时光深处的别离

落 蝉 著

Luo Chan Zhu

当代世界出版社

图书在版编目（CIP）数据

时光深处的别离 / 落蝉著 . —北京：当代世界出版社，2016.1
ISBN 978-7-5090-1058-7

Ⅰ.①时… Ⅱ.①落… Ⅲ.①言情小说—中国—当代 Ⅳ.①I247.5

中国版本图书馆CIP数据核字（2015）第286463号

书　　名：	时光深处的别离
出版发行：	当代世界出版社
地　　址：	北京市复兴路4号（100860）
网　　址：	http：//www.worldpress.org.cn
编务电话：	（010）83908456
发行电话：	（010）83908409
	（010）83908455
	（010）83908377
	（010）83908423（邮购）
	（010）83908410（传真）
经　　销：	全国新华书店
印　　刷：	北京墨阁印刷有限公司
开　　本：	710毫米×1000毫米　1/16
印　　张：	22
字　　数：	302千字
版　　次：	2016年1月第1版
印　　次：	2016年1月第1次
书　　号：	ISBN 978-7-5090-1058-7
定　　价：	39.80元

如发现印装质量问题，请与承印厂联系调换。
版权所有，翻印必究；未经许可，不得转载！

1

曾经，柯乐乐以为人活着最痛苦的状态是贫穷，后来她才知道，比贫穷更甚无数无数倍的是饥饿。饿……它像一个黑洞，吞噬一切，也毁掉一切。饿……身体上、心灵上，永远欲求不满，想要更多，更多，更多，更多……

不过十九岁的柯乐乐还不了解饥饿，她只渴望摆脱贫穷。

那年是2014年一月初。晚上公司的年会，柯乐乐一件能穿得出去的像样衣服都没有，昨天她鼓了好几次勇气才结结巴巴地问主编薛颜借了一条连衣裙，窘迫得满脸通红。进会场前，柯乐乐躲在洗手间里把自己那件有些脱线的廉价毛衣脱掉，换上白底粉色花朵的裙子，衬托出她白皙的皮肤，镜中的她看起来非常青春美丽。柯乐乐对着镜子凝视自己，薛颜的身材比她胖许多，裙子在她身上显得十分宽松，但它依然是她穿过的最好看的裙子，可惜不是她的，若她能买得起这样的裙子就好了。她一个月才三千块钱的工资，在上海这座城市生活，这点钱付掉房租后就算精打细算也过得非常拮据。她把自己的衣服塞进背包里，洗手间到年会会场要穿过长长的走廊，很冷，别人都是披着外套进入会场再脱掉，她不愿意让自己那件难看的外套丢人现眼，何况还听说年会上会来一些老板的重要宾客，柯乐乐宁愿挨冻穿过走廊。

柯乐乐第一次融入如此大型的场面，来上海已经三个月左右，每日都是公司——家，两点一线，除了部门里几个同事，还未与别人接触。柯乐乐很认生，进入年会会场后视线着急地四处搜寻，终于看到薛颜，她开心地跑去坐到薛颜身边的椅子上。

"你穿这条裙子真好看。"薛颜看看柯乐乐，由衷地说。这是她几年前穿的裙子，现在她这个岁数已经不能穿这么稚嫩的颜色，柯乐乐向她借衣服时，她在衣柜里挑了好半天才选中它。

"多亏姐姐借给我。"柯乐乐笑。

薛颜是柯乐乐在上海最亲的人，也是她的直接上司。去年十月份柯乐乐准备从大学退学到上海追寻梦想，是薛颜给了她这个工作的机会，她连续两年在薛颜主编的青春小说杂志上发表文章，薛颜虽然不支持柯乐乐退学这种偏激的行为，却被小姑娘那份对文学的执着劲打动，说服老板在杂志社里给了柯乐乐一份助理编辑的工作。"因为你没有文凭和任何工作经验，工资会很低。"那时薛颜这样对柯乐乐说，柯乐乐一脸不在乎，说："没事儿，我喜欢这份工作，只要够我生存下来就行。"

年会上除了有公司二十几个同事，还邀请了老板一些文艺界的朋友，有五六十个人，场面也算热闹。经过冗长的各种致辞以及员工的几个小节目，终于可以开始吃饭，柯乐乐早已饿得不行。本来想着晚饭应该会吃一顿超级大餐，于是她把吃午餐的钱省下来，早餐只吃了一个刀切馒头就一直扛到现在。

晚餐是西式的自助餐，菜品非常丰富，柯乐乐看着口水都要流出来了。她迅速取了几种菜肴堆在盘子里，走至甜点区域时，盯着各式看外表就很好吃的甜点，她想起之前在餐桌上薛颜叮嘱过大家，只有哪几个区域的东西是员工可以拿的，其他区域的食物是专门给客人食用的。呜呜，甜点区的东西都不允许员工吃，柯乐乐咽了咽口水，顿觉停留的时间好像过长了。

言子夜站在她身后，好奇地看着这个小女孩。她凝视甜点那种极度渴望的眼神让他微微扬起嘴角。他拿了一个提拉米苏放进自己的餐盘中，他很爱甜食。

"嘿，还没决定自己想要什么吗？"

耳边突然传来一个男人的声音，柯乐乐吓了一大跳，条件反射地向后弹了一步。极少穿高跟鞋的她原本就不习惯这六厘米的高度，走路不太稳，这么受惊地一跳，再加上地板光滑，她趔趄着就要摔倒，言子夜眼疾手快地扶住她，她是安全了，但言子夜被她盘中洒出的食物溅得衬衣裤子上都是油渍。

"没事吧？"他问。

柯乐乐觉得丢脸死了，满脸通红，低头死死地看着自己的脚。片刻，她才注意到自己还被这个陌生的男人搂在怀里，他看着她，脸靠得好近，她再次惊吓地跳开，忘记刚才的教训，这次是连人带盘结结实实地摔到地上。餐盘打碎发出的声响虽然有会场音乐的掩盖，也惊动了附近一些人，众人纷纷扭头看过来。

柯乐乐真想有条地缝钻进去。

呃……她好像忘记要爬起来了。

"有受伤吗？"言子夜弯腰向她伸出手。

柯乐乐眨眨眼，意识到自己还保持着难看的趴地造型，像抓到一根救命草般紧紧抓住言子夜伸过来的手，起身，站稳了，把脸躲在他宽大的肩膀后，视线只看得到他雪白的衬衣，她像把头埋进沙里的鸵鸟，似乎她看不到别人，别人也就看不见她。

"你的手……"言子夜惊呼。

柯乐乐的手掌撑地时被餐盘碎片划伤，鲜血渗出，被他提醒后她才开始感觉到一丝疼痛。他拉过她的手，用力捏住伤口处止血，她疼得深吸口气，依然把脸躲在他肩膀后面，不敢看任何人。言子夜察觉到这点，微扑嘴角，说："我车里有酒精棉和纱布，你要不要跟我去车库清理一下伤口？"

柯乐乐巴不得离开这儿。

言子夜在入口处取过自己的外套，回头看她，问："你的外套呢？"

"呃……忘在公司里了。"柯乐乐小声撒谎。她怎么可以在这个陌生的男人面前穿上自己那件起球的劣质大衣。

言子夜把外套披到她身上，好温暖，柯乐乐深吸口气，真好闻的香水味，她喜欢这个味道。她一路跟在他身后，始终低着头，右手按住左手手掌上的伤口。走了好久她才想起这个男人只穿着一件单薄衬衣，冬日的地下车库十分寒冷，他却走得气宇轩昂。

"那个……你不冷吗？"柯乐乐傻气地问。

言子夜回头笑，"你终于想起我的存在了呀。"

"你的身上……"柯乐乐惊呼，她才发现他衬衣裤子皮鞋上都有食物的油渍。是她造成的吗？

"哦，一会儿换掉就好，还好车里一直都有准备更换的衣服。"

"对……对不起。那个……衣服我会给你洗干净的。"柯乐乐小声说。

言子夜笑，他的衬衣和裤子都很贵，只可以干洗，这个小姑娘拿回去应该是用水洗吧？更糟的还可能是用洗衣机洗？他明知这样，衣服就算是毁掉了，他依然答应道："好啊，就辛苦你了。"

柯乐乐松口气，还好没受责怪。她这才敢偷偷抬头看一眼这个男人的脸，他一直都在看着她，她赶紧又低下头。

"你好像很喜欢低头？"言子夜笑。

柯乐乐没吱声。

从后备厢里取出医药包和衣服，坐进车里，言子夜把空调温度开到最高，他只穿一件衬衣的确感觉非常冷，这个不懂人情世故的小姑娘穿着他的外套，好像一点也没感谢他的意思。柯乐乐还愣愣地站在车外，他招呼她："上车吧。"

"呃……不……不用了，我等你换好衣服。"

"我先帮你清理伤口。"言子夜说。

柯乐乐还是站着不动。

言子夜无奈地下车，几乎是把她推进车的。

第一次坐这么高级的车，柯乐乐感觉很别扭，夹着有些兴奋，很想看清车子内部是什么样，又不敢四处看。她始终保持低头的姿势，手被这个男人拉过去握在掌心，感觉好温暖。他仔细检查她伤口里有没有碎片渣滓，然后用酒精棉消毒伤口。酒精清凉刺激，她不由得吸了吸气。

"疼吗？"言子夜问。

柯乐乐摇摇头。

其实只是个小伤口，贴张创可贴就好了，柯乐乐在心里嘀咕。看到这个男人很温柔地替她绑好纱布，柯乐乐又偷偷地瞄了他一眼，两个人靠得这么近，他握着她的手，她甚至能感觉到他的呼吸。柯乐乐窘迫得满脸通红。

"谢……谢谢。"柯乐乐结巴地说。

"等到你一声感谢真是不容易啊。"言子夜调侃。

柯乐乐抽回手，与陌生男人相处让她浑身不自在，她想回到年会现场。

"那个……你换衣服吧，我先回去了。"柯乐乐说。

言子夜蹙眉，"你不是答应要帮我把衣服洗干净嘛，现在又反悔啦？"

"我没有反悔！"柯乐乐着急地解释，不免提高音量。

言子夜笑，"原来你不是结巴啊。"

"啊？"柯乐乐疑惑地抬头看他。

"你每句话都结结巴巴地说，差点让我误会了。这么漂亮的小姑娘是结巴的话不免太可惜。"言子夜故意逗她。如他所料，她羞红了脸。完全素颜的女孩，长长顺直的头发披在肩后，还没沾染上这个大都市的浑浊气息，完全不像他身边常出没的那些摩登靓丽女郎，向他投来的每一个眼神，传达的每一个信息都带着事先预备好的目的。她一看就是小城市里长大的土气姑娘，却也清新脱俗，淡淡如菊。

"那……我在车外等你。"柯乐乐说。

她站在车外背对着他，一个男人在她面前更换衣服，真是尴尬啊，柯乐乐很不习惯跟异性接触。言子夜几乎是一直面带微笑换好干净的衣服，车里没有准备多余的外套，他的大衣还披在她身上，她好像忘记这个存在了？有趣的姑娘，笨拙却也讨人欢喜。言子夜把脏衣服包好，交到她手里的一刻就决定了衣服的命运，已不会再被他穿上身的衣服，但她应该会把它们洗得很干净，他也会一直留着作为纪念。

"那个……我会把它们洗干净的，你放心吧。"柯乐乐保证，"我该怎么把衣服还给你？"

言子夜笑，掏出一张名片递给她，柯乐乐看了看他的名字：言子夜。

"我还不知道你的名字。"言子夜说。

"哦，我叫柯乐乐。"

"哪个柯？"

"木字旁加个可爱的可。"

"快乐的乐？"

"嗯。"

"好名字，希望你一直快乐。"

"谢谢。"柯乐乐在心里苦笑，父母当时取名字时也是希望她永远快乐，可是她不快乐，她觉得自己的人生充满了悲剧。

"以后我就叫你可乐，好不好？"言子夜问。

"嗯。"柯乐乐小心地把名片放进外套口袋。

言子夜忍不住笑出声，"嘿，你把我名片放到我的衣服口袋里了。"

柯乐乐这才意识到自己一直穿着他的外套，她真是糊涂，居然完全忘记了！

"对……对不起。"柯乐乐羞愧得满脸通红，欲把外套脱下还给他。

言子夜按住她的肩膀制止，"我已经害你手掌受伤，再害你感冒的话那就罪加一等。"

"可是……"

"就听我的话，好吗？"言子夜说。

"嗯。"柯乐乐把名片放入那包脏衣服里面，准备回到年会现场再放进自己背包里。她跟在他身后走了几步,肚子没征询她的意见就兀自咕咕叫了两声,她尴尬地迅速抬头瞄了他一眼,希望他没听见。好饿,快点回去吃东西,不会食物都被吃光了吧?柯乐乐此刻满脑子想的都是吃,走得更加有气无力。突然,"哎呀,"柯乐乐脚扭了一下,身体向前倾,手条件反射地伸去死死抓住言子夜的胳膊,这才没摔倒。

言子夜转身扶住她,又气又好笑地看着这个小姑娘。她抓紧他胳膊的力气真大,抓得有些疼。

"对……对不起。"柯乐乐痛恨自己又丢脸了,该死的高跟鞋。她试图站稳身子,才发现右脚高跟鞋的鞋跟被折断了,糟糕!地摊货就是地摊货,二十元的鞋子你能期望它质量好到哪儿去,但也不至于才穿一次就坏了吧,也太倒霉了!

言子夜也注意到,无奈地摇摇头,"你还有更换的鞋吗?"

柯乐乐想起自己背包里那双难看的运动鞋,配这条连衣裙也真是太不搭了,却也没有别的选择。

"在楼上。"

"能叫你同事帮忙拿下来吗?"言子夜问。他不可能上去帮她拿包,被别人看见太有失身份。

"我没带手机。"柯乐乐说。

言子夜把自己的手机递给她。iphone全触屏的手机柯乐乐从未用过,她用的还是诺基亚最老款一百多块钱的手机,手机上都是按键的那种。她拿着这个手机一时不知道该怎么打电话。窘迫地抬头看了看他,柯乐乐小声问:"那个……怎么拨号啊?"

言子夜愣了愣,不会用吗?他问了号码,帮她拨通电话。

还好他没多说什么,真是丢脸。柯乐乐心想他看起来是个好人。柯乐乐给薛颜打电话,能拜托的人也只有薛颜,而且她唯一能背下的电话号码也只有薛颜的。她告诉薛颜她放包的地方以及她现在所处的位置,薛颜很快就赶来了。

薛颜万万没想到柯乐乐是跟言子夜在一起，她听说过他，一家传媒公司的老板，还是有名的才子，诗写得非常棒，油画画得也不错，三十出头还未结婚，是业界里很受女人追捧的钻石王老五。这小丫头怎么跟他认识的？薛颜不动声色地看着两人。

言子夜扶着柯乐乐换上运动鞋，柯乐乐在心里嘀咕：丑就丑吧，反正今晚在他面前已经丢尽脸了，还好他只是个陌生人，以后也不会有啥接触。脏旧运动鞋搭配连衣裙，这样的装扮再去参加年会显然不适合，柯乐乐黯然准备回家了。她把言子夜的外套还给他，又是道谢又是说对不起，把言子夜逗笑了。她提出要回家时，他很想送她一程，参加年会也没什么意思，但碍于薛颜在，这种大龄女人心思转得太快，谁知道她会出去乱说什么，言子夜只好作罢。

柯乐乐几乎是逃着跑走的。真衰！真衰！还以为能吃到一顿丰盛的晚餐呢，结果却是回家吃泡面。她肚子饿坏了，泡面在碗里还没完全泡熟，她等不及地把脸埋在热气腾腾的烟雾里大口吃起夹生的面，眼泪忍不住顺着脸颊流下来。这苦日子，啥时候才能熬出头啊……

但日子还得继续。

兜里只剩下两百多块钱了，离发工资还有一个星期，柯乐乐站在蛋糕店橱窗外看着陈列柜里琳琅满目十分诱人的杯式蛋糕，咽了咽口水。

每天下班回家都会经过这家蛋糕店，法式精致蛋糕，看着就很美味的样子，柯乐乐好想尝一个。但她买不起，一个还没二分之一巴掌大小的蛋糕就要七十八元，贵死人了，够她一个星期的生活费。一个月得有多少工资才能每天来这种地方消费啊，她幻想着自己每日下班后都来这儿，坐在舒适的沙发上悠闲地喝着咖啡吃着蛋糕，该是怎样幸福的滋味……只是想想而已，现实是每天她都往前走到街拐角买一个刀切馒头作为晚饭。没事儿，馒头也能填饱肚子嘛，她笑着安慰自己，吃得很满足。那时的柯乐乐很瘦，一副营养不良的样子。

"可乐！"一个男人的声音。

柯乐乐依旧盯着蛋糕看，没意识到有人在叫自己。

"嘿——"一只手拍了拍她的肩膀，柯乐乐吓了一跳，猛地回头，看到一个男人的笑脸。她瞪圆眼看着这个男人，这好像是她第一次敢仰起脸直视他，完全是由于惊吓过度。片刻，柯乐乐激动地跳起来，"是你！是你！"

言子夜笑。

柯乐乐显得有些兴奋，"你是那天被我弄脏衣服的人，是不是？"

言子夜点头，还好她没忘记他。

"太棒了，没想到这么巧会在这里遇到你，我还很愁怎么把衣服还给你呢！"柯乐乐说。

"我还以为你不准备还我衣服了。"言子夜调侃。

已经过了四天，言子夜一直没等到柯乐乐的电话。他有些惊讶自己为何要等她的电话。那晚她曾经在他的手机里拨过一个号码，他以为是她的手机号，前天他打过去，是一个陌生女人的声音，他随意编了个推销保险的话糊弄过去。那是薛颜的号码，言子夜完全没想到薛颜曾经在手机里存过他的电话号码，虽然两人并未直接打过交道，薛颜也忘记自己在什么场合拿到过一张言子夜的名片，出于职业习惯，她随手就把号码存在手机里。当时薛颜看到手机荧屏上显示着言子夜的名字时还愣了愣，然后又听他找个借口挂掉电话，薛颜笑，似乎明白点什么。

"我把你的名片不小心随着衣服一起泡水里了，等发现时上面的字都模糊了，可急死我了。那晚我不是还用你手机给我同事打过一次电话嘛，我问她要号码，同事说手机进出的电话太多，你的号码已经没显示在通话记录上。"柯乐乐急急地解释。

"哦？这么怠慢我的名片，看来你一点诚意都没有嘛。"言子夜故意逗她。

"不是不是！你误会了！"柯乐乐着急。她又不能说是因为回家时已经饿得快晕了，又怕油渍在衣服上停留太久会洗不掉，就急急忙忙地把衣服泡盆里然后去吃泡面……

"你今天有进步哦,说话一点都没结巴。"言子夜继续开玩笑。

柯乐乐原本还直直地看着他,被这么一说,脸唰地红了,低头看着脚尖。

言子夜哈哈笑。"进去坐坐吧。"

柯乐乐第一次走进这家店,她魂牵梦绕很久的地方,幻想突然变成现实,整颗心激动得厉害。

言子夜很爱吃甜食,他常常下班后路过这家店时买两块蛋糕回家,近段时间他好几次都看到一个小姑娘站在橱窗外带着渴望的眼神凝视着蛋糕,停留好几分钟,但从未进店,他很好奇她看着蛋糕时在想什么。今天也巧了,才知道原来那个小姑娘就是几日前在朋友公司年会上遇到的那个用同样眼神盯着甜点的柯乐乐。言子夜觉得缘分真是个奇妙的东西。

"想吃什么?"言子夜问。

柯乐乐看着琳琅满目的蛋糕,咬了咬嘴唇,全部看起来都很好吃的样子,她不知该要哪一个。

言子夜饶有趣味地看着她。"肉桂蓝莓味很好吃,"见她犹豫不决,他笑着提醒,"红丝绒的也不错,椰丝苹果的也很棒,芝士巧克力的也超赞。"

"那……我要这个。"柯乐乐指着肉桂蓝莓味的蛋糕说。

店员为她取出。"还要什么?"店员问。

还……还可以要?柯乐乐惊了惊,然后狂喜。"那就这个吧。"她指着红丝绒蛋糕。

"这两个也拿了。"言子夜指着椰丝苹果口味和芝士巧克力口味的蛋糕对店员说。

柯乐乐抬头看他,想确认清楚事实,有些结巴地问:"那个……这些蛋糕都是你……你请客,不用我付……付钱吧?"

言子夜哈哈笑,"是的,我请客。"

柯乐乐放心了。

"请问两位是在这里吃还是带走?"店员问。

"这里吃。"言子夜说。

"带走。"柯乐乐说。

两人几乎异口同声。

言子夜看着她,"坐下来喝点东西吧?"

"我……我还有工作没做完,得赶回家加班。"柯乐乐说。

言子夜也不强求。

四块蛋糕都包起来,柯乐乐看得心花怒放。

"我送你回家吧。"言子夜说。

"不用啦,我就住在附近,走几分钟就到了。"柯乐乐说。她接过店员递过来的纸袋,脸上露出掩饰不了的笑意。

她总是拒绝他的请求,言子夜皱皱眉。"你不打算还我衣服啦?"

"哦,又差点忘记了。"柯乐乐从包里拿出手机,"你电话号码是多少?冬天衣服干得很慢,我早上出门时还摸了摸,还没完全干透呢,等衣服晒干了我就给你打电话。"

言子夜看了看她的手机,非常老式的诺基亚手机,一百多块钱一部吧,只能发短信和打电话的那种。现在还有女孩用这种手机?言子夜很惊讶。他报出一串数字,柯乐乐记下,保存好,这次不会弄丢了。

"估计后天就能把衣服还你了,我洗得很干净,一点油渍都没留下。"柯乐乐说。

好像她还很自豪的样子嘛。言子夜无奈地笑。

"非常非常谢谢你请吃蛋糕。"柯乐乐晃晃手中的纸袋。

"要感谢我的话就让我送你回家,我车就停在外面,坐在温暖的车里总比你在冷风中走路舒服吧?"言子夜说。

外面的确很冷,柯乐乐有过敏性鼻炎,一吹冷风鼻涕就堵在鼻孔里,流不出来也吸不进去,超级难受。但这也比跟一个不熟悉的男人单独在车里那么狭小的空间相处要好过。

柯乐乐摇头，说："等衣服干了我就打你电话哦，我先走了。"她头也不回地跑掉了。哎，为什么她两次见到他几乎都是逃跑的？

一路小跑回到家，把乱七八糟堆放着各种书籍杂志报纸的书桌腾出小块空间，把四个蛋糕郑重其事地摆放在上面。真是好看诱人啊，柯乐乐咬着嘴唇，先吃哪一个呢？她犹豫一会儿，拿起离自己最近的芝士巧克力蛋糕，舔了舔表层的巧克力，真美味。她又舔了舔，然后咬了一小口，哇，巧克力和芝士混合着冲击她的味蕾，简直……太好吃了！在记忆中，柯乐乐真的从未吃过这么好吃的东西。她放下它，又拿起另一个蛋糕，也是舔了几下，然后咬一小口。另外两个蛋糕也如此。花了半个多小时的时间，柯乐乐细细地品味，每个蛋糕只吃掉四分之一，然后小心翼翼地重新包装起来。每次四分之一，明天还可以吃到美味的蛋糕，后天也能吃到，大后天也能吃到！想到这里，柯乐乐甜甜地笑起来。

柯乐乐把蛋糕放进冰箱里，想了想，又取出来。不行，放冰箱里万一被别人偷吃怎么办！

这个被柯乐乐暂时称为"家"的地方，其实是一个群租房，原本三室两厅的格局，现在除了公用的洗手间和一小块空地放着公用的冰箱和微波炉，其他空间都被房东用隔板隔出了十个小房间。柯乐乐的房间最小，只有七平方米，放一张小小的单人床和小书桌，一个可供转身的空间，再无别的余地。柯乐乐痛恨这个地方，充斥着贫穷又素质参差的社会底层人物，但以她目前的收入只租得起这样的住所。上海啊，什么东西都贵，由于地处市中心的位置，这样一个简陋的房间一个月也要六百块的房租，真是像打劫。可柯乐乐就是喜欢这座城市，让人充满希望的城市，柯乐乐曾经这样形容它。

今夜她睡得特别甜美，房间里散发着蛋糕的香味。

次日，柯乐乐在同样的时间同样的蛋糕店再次碰见言子夜。他坐在临窗的沙发上喝咖啡，特意等着她，可她今天却匆匆走过，没有像以往那样停留，只是带着强烈渴望的眼神扫视了一眼橱窗。他皱眉，起身追出去。

"嘿——"言子夜走到柯乐乐身旁喊。

柯乐乐吓了大跳，条件反射地跳开两步。这个男人真是的……为什么每次打招呼的方式都是突然冒出来吓人！

"昨天的蛋糕好吃吗？"言子夜笑。

"很好吃，谢谢。"

"我正准备买点蛋糕回家，你要不要也来几个？"言子夜问。

"不用啦，我家里还有。"柯乐乐说。

哦？这么节制？言子夜之前见她盯着蛋糕那贪婪的模样，以为她一定迅速把它们吃光。居然还有剩余，她这么瘦，也不是需要减肥的人啊。

"昨天吃掉四分之一，今天吃四分之一，明天还可以吃四分之一，后天也有得吃。"柯乐乐得意地说。

言子夜忍俊不禁，真是令人惊奇的小姑娘。

"今天晚上还要回家加班吗？"言子夜问。

"不用啊。"

"那我邀请你进去喝杯咖啡，你还会拒绝我吗？"言子夜问。

呃……柯乐乐找不到借口。她真的想了无数次坐在里面舒适的沙发上喝着咖啡的情景，她爱各种小资的东西，可自己却没享受过小资的生活。就进去坐一小会儿嘛，柯乐乐劝说自己，他看着也不像坏人。

柯乐乐能够很形象具体地说出好的咖啡豆的选择方法，各种咖啡的制作程序，不同口味的咖啡搭配什么甜点更适宜……如果她跟别人聊起咖啡，她那股侃侃而谈的兴奋劲还会让别人误认为她是咖啡达人，其实这些只是从书上看来的理论知识，柯乐乐的实践经验为零。现磨咖啡这还是她第一次喝到，平时她都是半夜赶稿时喝杯雀巢速溶咖啡解困。

两人相对而坐，柯乐乐显得雀跃又拘谨。她点了一杯卡布奇诺，回想书上看到的无数种描述，此刻品尝起来，视觉、味觉和嗅觉变成立体具象的，才真正明白它的滋味。咖啡闻着很香，柯乐乐抿了一小口，感受到奶泡的香甜和酥软。她又喝了一口，这次尝到一点点咖啡豆的浓郁和苦涩。她舔舔嘴唇，再大口喝了一口，奶泡混合着咖啡形成一种无法抗拒的独特味道，一种香醇和隽永，甜中带苦，苦中带甜。柯乐乐沉浸在回味里。她手捧着温暖的咖啡杯，喝得很认真的模样，言子夜坐在对面饶有趣味地看着她。

良久，柯乐乐意识到自己走神了，赶紧把思绪拉回现实中，她朝言子夜羞涩地笑笑，"谢谢你请的咖啡。"

"我也很感谢你陪我度过一杯咖啡的时间。"言子夜说。他从提包里取出一个盒子，递到柯乐乐跟前。是一部Iphone5S手机，他昨天看到她用的老款诺基亚后，立即就叫秘书去买了这部新手机。他看着她，很期待从她脸上看到收到礼物时欢喜的表情，却见她眉头紧锁，一脸不可思议的纳闷。

"这是干吗？"柯乐乐问。

"送你的礼物啊。"

"为什么要送我礼物？"柯乐乐反问。

言子夜无语，我想送礼物就送，你乖乖接受然后心怀感激就是。真是不解风情的麻烦姑娘。

"不喜欢？"

"你无缘无故送我手机干吗，我们又不熟。"柯乐乐说。

"我想以后常跟你联系，你那部老式手机的功能太不方便。"言子夜说。

啊？常跟我联系？为什么？柯乐乐在心里翻了个白眼，我们有什么好联系的。

柯乐乐把手机推回到他桌前，"抱歉，我不能收下。"

"为什么？"言子夜惊讶。认识的第一日她总是低头回答"嗯"，看起来很乖巧听话的样子，没想到如今却老是忤逆他。

"这么贵重的礼物，我怎么敢收。"

"只要我高兴送，你就大胆地收下。"言子夜说。

啧啧啧，多么霸道的语气。柯乐乐觉得这个男人真是莫名其妙，明天一早就把他的衣服包起来还给他，不然她总像欠他什么似的。

见这个小姑娘还是没有收下手机的意思，言子夜真是有些抓狂。他说："手机卡我已经帮你装好，我的号码也存进去了，你回去研究下这种智能手机怎么用，有不懂的地方随时可以给我来电话。"言子夜说，不容柯乐乐反应过来就起身离开。

"喂——喂——"柯乐乐扭头喊几声。

这个男人真奇怪。柯乐乐盯着桌上那部手机，Iphone5S 手机耶，听说要五六千块钱一部，听说时髦的男人女人都喜欢用这种手机，公司里也有几个同事用 iphone，虽然是老款，柯乐乐每次看到他们玩手机时还是很羡慕。他们的手机里有很多好玩的游戏，有很多社交软件，拍照也好看，看电影也方便，听歌也随心所欲……柯乐乐在心里嘀咕过无数次自己何时才能用得起这种手机。此刻，这样的手机就摆在她面前，伸手就可拿到的距离，她小小的虚荣心开始翻腾起浪花。

柯乐乐左右张望，确定言子夜真的已经离开了，也没有别人注意到他留了一部手机给她，柯乐乐像做贼般迅速把手机放进背包里。嗯，这是她的手机了。想到这里，柯乐乐嘿嘿傻笑起来。

"小姐，请等一等。"店员喊住准备离开的柯乐乐。

柯乐乐心怦怦乱跳。什么事情？难道言子夜没有买单吗？天啊，她怎么有钱付得起这顿咖啡！

"您有东西忘记拿了。"店员职业性地微笑，把一个纸包递给柯乐乐。"刚才坐您旁边的先生买了几个蛋糕，叫我在您离开时给您。"

柯乐乐愣愣地接过蛋糕。他什么时候叮嘱店员的？她完全没注意到。他干吗对她这么好？捧着蛋糕走回家的路上，柯乐乐觉得很温暖，有个人对她好，这种感觉真棒。

房间里的蛋糕香味更浓了，连做的梦都变得十分甜美。早晨七点多，柯乐乐还赖在梦里不肯出来，她看到自己写的书出版了，还摆放在书店最醒目的位置，进门处还立着一张很大的她的宣传海报，而她坐在签售桌前，身边是两个助理，不断地为她接过要她签名的书，读者排成长队……

"丁零——"电话铃声把柯乐乐从美梦中揪出来。什么声音？柯乐乐坐起身，很不爽地揉揉眼睛，声音应该是从她的房间里传出来的，一首陌生的小调，但柯乐乐找不到声源在哪里。小调持续响着，柯乐乐懒得理会它，躺下身想再重温刚才的梦境，脑袋刚接触到枕头，就感觉枕头下有样东西在振动，掀开一看，原来是那部新手机在响。她把它给忘记了。

手机荧幕上显示着言子夜的名字。

"喂。"柯乐乐没好气地接听。

"早安。"言子夜的声音听起来很欢快。

"这么早打我电话干吗？"

"手机会用了吗？"

"当然会了。"柯乐乐在心里嘀咕，大清早的来打扰别人好梦，这个男人真是莫名其妙。

"这部手机的系统跟你以前的手机完全不一样，功能十分强大，等我们见面时我再仔细教你。"言子夜说。

拜托，我昨天晚上可是按照说明书研究了一个多小时耶，还用得着你教吗？况且，我为什么要跟你见面啊！柯乐乐在心里对他翻个白眼。哦，衣服，对了，我还有衣服要还给他。

言子夜似乎能读出她此刻在想什么，紧接她的心理活动问："我的衣服干了吧？"

"嗯。我该怎么给你？"

"待会儿我来接你，我们一起吃早餐，然后我送你到公司。"言子夜说。

"诶？"柯乐乐愣了愣。

"给你二十分钟起床收拾应该够了吧，八点我准时在你家楼下等你。"不容柯乐乐回话，言子夜挂掉电话。

柯乐乐呆滞了好一会儿才回过神来。他怎么知道我家住在哪里？他不是在开玩笑吧？柯乐乐还是迅速地起床，她不用化妆打扮，几分钟就收拾好，然后把言子夜的衣服整整齐齐地叠好放进袋子里。她坐在床沿，看看时间，八点钟他真的会出现吗？好不真实的感觉。

八点，非常准时，言子夜的电话打来。"我在你家楼下，下来。"言子夜说。

"嗯。"柯乐乐飞奔出去。

一路欢快地跑下楼，出了楼下铁门时却停下脚步，微微喘气，热气在冬日的清晨凝结成一团团白烟，柯乐乐隔着烟雾看着言子夜走下车，为她拉开车门示意她过去，像是梦境一般。"呼——"柯乐乐大口呼出气吹散眼前的白烟，她小步走过去，手攥紧了装衣服的袋子。

"昨晚睡得好吗？"言子夜笑。

"嗯。"柯乐乐低着头，把衣服递给他，说，"洗得很干净。"

"好姑娘。"言子夜揉揉她的头发，柯乐乐把头埋得更低了。

一路上两个人没有交流，柯乐乐看着窗外，街道上是穿着厚衣服裹着围巾低着头在冷风中匆匆赶路的行人，她坐在温暖的车里，显得那么幸福。

言子夜把车开到一家餐厅前停下，说："这家粤式茶餐厅的点心很好吃。"

柯乐乐完全不挑食，一切能填饱肚子的东西她都吃。

点单全由言子夜负责，他迅速对服务员报出几样菜。真是霸道，连菜单都没让我瞧一瞧。柯乐乐在心里嘀咕了一句。她迅速张望一番周围的环境，在这么豪华的餐厅里吃早餐真是奢侈，她一般都是在路上买个馒头或包子或煎饼坐在电脑前一边工作一边吃。

东西很快上桌，蟹粉小笼、虾饺皇、生煎、榴梿酥、叉烧酥、蛋挞、蒸凤爪、肠粉、粥，她还单独有份木瓜炖雪蛤。柯乐乐目瞪口呆地看着一大桌菜，吃个早餐有必要点这么多吗？

"这些东西还合你胃口吗？"言子夜有些期待地看着她。

"嗯。"柯乐乐点点头。她在老家时基本上都是在家里吃饭，就算去次餐馆吃的也是川菜，在成都读大学时大多时候都是在食堂里吃，不外乎是些当地家常菜，现在摆放在她眼前的各式粤式点心，她甚至都叫不出菜名，更别说吃过了，她连见都没见过这些菜。母亲从小严格的教育，在饭桌上一定要淑女，要有礼貌，要端庄大气，柯乐乐怯怯地不敢动筷子，等到言子夜夹了一个小笼吃后，她才敢开吃。哇，真的好好吃，她还没吃过这么美味的点心呢，可是它们都叫什么名字呢，柯乐乐不好意思开口问。一吃就停不下来的节奏，她完全忘记什么淑女形象。言子夜爱看她吃东西的样子，吃得欢天喜地十分满足。

"好吃吗？"言子夜问。

"嗯。"柯乐乐仿佛才想起对面还坐了个人，她仰起脸，对言子夜羞涩一笑，忍住要打饱嗝的冲动。她看了看墙上的时钟，八点三十二分，是不是该去公司了？

言子夜也随着她视线看了看时间，似乎能读出她心里的想法。"从这儿开到你公司楼下只需要七八分钟，我们还可以再坐十分钟。"

柯乐乐吃得很饱，心里嘀咕着桌上还剩了这么多东西，她能打包去公司当午饭吃吗？她琢磨着要不要开口，不会显得很丢脸吧？

"送你的手机喜欢吗？"言子夜问。

"嗯。"柯乐乐第一次收到这么贵重的礼物，虽然不知道这个男人为什么莫名其妙送她礼物，或许几千块钱对他来说完全不算什么吧。他是在怜悯她吗？但是不管如何，柯乐乐很喜欢这份礼物。

言子夜笑，"你今天真乖，我爱听你说'嗯'。"

柯乐乐低下头，脸红了。

"手机会用了吗？"言子夜问。

"会用了。"

"确定？"

"嗯。"柯乐乐说，却在心里翻了白眼，这个男人是在看不起她吗？

言子夜笑，或许她以为这手机也只是发发短信打打电话而已。来日方长，他有空再教她。

"你来上海有多久了？"言子夜问。

"三个月左右。"

难怪，一点上海的气息都没沾上。他又问："为什么想来上海啊？"

"因为……因为想来追求梦想。"柯乐乐小声说。

梦想？这是一个好词语。"你的梦想是什么？"

"成为作家。"柯乐乐说。

爱好文学的好姑娘，真难得还有长这么好看的。言子夜扬了扬嘴角。在上海，女孩子稍微有点姿色就会沾沾自喜，哪里还肯静下心来看书写作。

"出版界我认识的朋友很多，你有什么好的作品的话，我可以帮你推荐一下。"

"真的吗？"欢喜的神色很明显地出现在柯乐乐脸上。

言子夜很满意看到这样的表情。"我说话算话。"

"谢谢。"柯乐乐甜甜地笑。对她来说，写作是她生命中最最重要的事情，她曾经对不支持她写作、动用各种方法强迫她放弃写作的父母说过："如果我停止写作，我整个人就像死去一般，或许我还真就去自杀了。"

"那个……我该去上班了。"柯乐乐担心上班迟到。

言子夜叫服务员买单。

顿了顿，柯乐乐鼓起勇气小声问："还剩了这么多东西，我……我……可以打……打包吗？"

言子夜笑，叫服务员拿来打包盒。柯乐乐雀跃，耶，午饭和晚饭都够吃了，今天省下了十几块钱。临走时，柯乐乐后起身，趁言子夜没注意把桌上那张点单券偷偷拿走，塞进大衣口袋里。她想看看今天吃的东西都叫些什么名字。

言子夜送她去公司，柯乐乐是个沉默寡言的姑娘，不擅长与人交谈，尤其还是不熟悉的男人。两人依旧一路无语，气氛却也没显得尴尬。柯乐乐紧绷的神经在一点一点放松。

"晚上下班后我来接你,一起吃晚饭。"车停到柯乐乐公司楼下,言子夜说。

"不用了,今天你已经请我吃过早饭了。"

"我猜你是打算晚上回家吃那些剩下的蛋糕?"言子夜调侃。

柯乐乐脸红。"你怎么知道?"

"晚上六点我来接你,不要说'不'。"言子夜绅士地下车为她拉开车门。

柯乐乐看到公司市场部的一个同事经过,朝她这边看了几眼。柯乐乐敏感起来,匆匆对言子夜说声再见就提着打包盒跑进大楼里,忘记对晚餐的事情表示同意还是不同意。

现在柯乐乐在杂志社里才刚过试用期,按理说她的学历和年龄以及零工作经验的条件不应该被录用,全靠主编薛颜在老板那里的争取,以及她对文学的满腔热情和很棒的文字功底。当然,还有一点,老板对她这种追求梦想的怜悯,她才获得助理编辑这个职务,她非常珍惜,工作也非常努力。薛颜喜欢这个不谙世事的小妹妹,一直像个亲人般照顾她。

今早在茶水间接热水时,一个八卦的市场部女同事走过来,对薛颜说:"嘿,猜我刚才进公司时在楼下看到谁了,你那个新来的小编辑柯乐乐啊,真是厉害呢,把乐众传媒公司的老板言子夜给钓到手了。"

"钓"这个字令薛颜很不舒服。

同事继续叽里呱啦地说,言子夜一大早开车送柯乐乐来上班,好像就意味着昨天晚上他们俩是住在一起似的。薛颜整个上午都在观察柯乐乐,以为柯乐乐会主动对她说起什么,但柯乐乐一直对着电脑认真编辑稿子,没看出什么异常。

午饭时间,办公室里热闹起来,有邀约着一起出去吃午饭的,有自己带了饭盒排队用微波炉热饭的,也有叫外卖来吃的。薛颜是上海人,跟父母住一块儿,母亲每天早上都会帮她把午饭准备好,搭配丰盛,非常幸福。柯乐乐通常是早晨上班的路上在超市买份三明治或寿司当作午餐,偶尔也叫份外卖。今天她一直坐在椅子上没动,早餐吃得好饱,到现在胃还很撑,打包的东西或许可以当晚饭吃了。晚饭……晚饭,或许晚饭还有一顿大餐等着她呢,她沉思,该不该跟言子夜一起吃晚饭呢?

"铃——"电话铃声响起,这次柯乐乐反应很快,知道是那部iphone手机发出的声音。那个言子夜又打电话过来干吗?柯乐乐嘀咕着,从包里掏出手机一看,不是他的来电,是一个陌生号码。她接起,电话那端是一个女人在推销理财业务,柯乐乐说声没兴趣立即挂断电话。理财?呵呵,真好笑,我哪儿有闲钱去理财。

薛颜看到柯乐乐的新手机,皱皱眉头。

"乐乐,还不吃饭啊?"薛颜走到柯乐乐身边的空椅子上坐下。

"姐。"柯乐乐冲薛颜笑,"早上吃多了,现在还不饿。我这儿有一些点心,你要不要来一点?"柯乐乐把打包的东西拿出来。

"我已经吃过了,谢谢。"薛颜微笑。看来柯乐乐早餐吃得很丰富嘛,是跟言子夜一起吃的吗?薛颜看看柯乐乐还没来得及放回包里的手机,问,"你新买了手机呀,这手机很贵耶。"

柯乐乐不好意思地想把手机塞回包里,又有小小虚荣心作怪,任它放在桌上。"别人送的。"柯乐乐红着脸说。

"呵呵,那真是个大方的人。快给姐姐讲来听听,你在上海结识到新朋友了?"薛颜问。

"那个人你也见过,叫言子夜,是老板的一个朋友,我们是几天前在公司年会上认识的,也不算熟。"柯乐乐说。

薛颜当然知道手机是言子夜送的,问题的关键是他们现在是什么关系?公司年会是一个星期前的事情,短短几天时间,两个人能发展得这么快吗?柯乐乐还是个小孩子,容易上当受骗,像言子夜这般三十出头还单身的男人,柯乐乐哪儿是对手。薛颜担心她。

"他是不是在追求你啊?"薛颜装作开玩笑的轻松语气。

柯乐乐的脸更红了，急急解释，"不是，没有的事儿。"

"那他为什么不送我一部手机啊？"

"我也不知道。"

"乐乐，你说过我是你在上海唯一的亲人，如果你真有谈恋爱或是发生什么事情，你一定要告诉我，知道吗？"薛颜语重心长地说。

"嗯。"柯乐乐答应着。她也不知自己为何暂时还不想对薛颜讲起言子夜。她从大衣口袋里拿出皱成一团的早餐点餐券，把那些菜的名字分别在百度图片上输入、查询，然后在脑子里回忆吃过的菜的模样，终于能和菜名一一对应上。哈哈，她不免对自己的小聪明感到得意，她现在能叫得出那些菜的名字了，若以后去类似的茶餐厅吃饭，她就能够从容地装作熟门熟路地对服务员报出她要点的菜。

言子夜的电话在下午六点准时打来，真是守时的人。"我在楼下。"他说。奇怪，柯乐乐接起电话时竟然有些小小的雀跃。她收拾好东西，没有立即离开，等大多数同事走了后，左顾右盼，逮着没人离开的空隙赶紧走出公司。言子夜的车停在大楼门口，他等了快二十分钟，柯乐乐像做贼似的迅速拉开车门坐进去，带着歉意说："不好意思让你等这么久，我得等同事们都走得差不多了才敢过来。"

言子夜皱皱眉，问："让你同事看到你坐进我的车会令你很丢脸吗？"

"不是这个意思，我……我是怕她们误会。"

"哦？误会什么？"言子夜问。

"误会……误会……哎，没什么。"柯乐乐不好意思说出口。

"下一次，我不允许你迟到。"言子夜说。

这么霸道。柯乐乐在心里对他翻个白眼，我又没答应还有下一次见面。

"你在心里嘀咕什么吗？"言子夜问。

"啊？"

"我会读心术哦。"言子夜笑。

真的还是假的？柯乐乐心虚，正襟危坐。她偷偷地瞄了他一眼，他的侧脸……蛮好看的。柯乐乐好像还没仔细看清过言子夜长什么模样。他的眉毛？好像很浓吧。他的眼睛？呃……还没敢直视过。柯乐乐好像看得最清楚的就是他的下巴，她和他站在一块儿或是坐在一块儿，视线刚好都和他的下巴平行。他的下巴跟大多数人长得很不一样，中间有条浅浅的沟把下巴尖部的肉分成两块，她很想用食指指腹从那条沟轻轻地划过……停！打住！脑子里在胡思乱想些什么啊！柯乐乐赶紧扭头看向窗外，脸不由自主地红了。

言子夜伸手揉揉她的头发，问："我的小可乐，今天过得好吗？"

"嗯。"

"都是怎么过的？讲给我听听。"

"呃……编辑了两篇短篇小说。向几个作者约了下一期的稿子。在投稿信箱里看了一些别人的投稿，但是没看到能录用在杂志上的。然后又写了一些杂志上需要编辑配的文字。就这些。"柯乐乐回答。

"听起来似乎很枯燥。"

"是的。"柯乐乐如实说。

"那你自己的作品呢？你通常都是晚上回家后才创作？"

"嗯。"

"也不出去玩？"言子夜问。

"不知道去哪里玩。"

"别告诉我你来上海三个月了只在公司和家之间两头奔走？"

"好像是的。"柯乐乐说。

言子夜无奈地摇摇头，"好姑娘。"

车一路在高架上行驶，柯乐乐贪婪地看着窗外夜幕繁灯下的城市，她在书中看到过无数种对上海的描述，大上海，夜上海，纸醉金迷，灯红酒绿。她还未好好感受过。那七平方米的出租房以及杂志社就是她整个世界，如今，言子夜带她看到了另一个花花世界。

车在一幢老洋房前停下，立即就有人前来殷勤地为柯乐乐拉开车门，柯乐乐不好意思地说了声："谢谢。"她看了看门牌，衡山路，哇，这就是传说中的衡山路，她知道这条出名的马路，难怪她刚才一路看到两旁茂盛高大的梧桐树，以及许多老洋房，旧上海曾经的辉煌与风情依旧风韵犹存。柯乐乐好奇地左右张望。

　　"想逛的话待会儿我陪你走走。"言子夜说。

　　"嗯。"柯乐乐开心地笑。他好像真的会读心术耶，每次都知道我在想什么。

　　夜晚的老洋房沐浴在暧昧的灯光下，看不清真实的面貌，柯乐乐可以想象那被爬山虎蔓延的墙和被几十年风雨斑驳的砖，她努力张大眼看着眼前的一切。这才是她向往的上海。言子夜牵起她的手，她忘记躲开。他拉着她穿过一个庭院，走上狭窄迂回的楼梯，来到一个旧上海风情的包厢。有侍者为她拉开椅子，她坐下，言子夜松开她的手后柯乐乐才感觉到他刚才握着她的那只左手好温暖，右手则冰凉。她在桌下用左手握住右手取暖。

　　"来，把右手给我。"言子夜说。

　　没等柯乐乐反应，他不容分说地拉过她的右手握在手心。他的手好大，好温暖。他一只手握住她的手，一只手翻着菜单，迅速点下今晚要享用的菜肴。

　　没有吃午饭，早上吃的点心扛到现在，柯乐乐本来还没觉得怎么饿，此刻闻到包厢外传来的阵阵菜香，柯乐乐咽了咽口水，肚子不争气地咕咕叫了两声。她窘迫得真想找个缝钻进去。

　　言子夜笑，"你好像很容易饿？"

　　柯乐乐脸红得发烫。

　　"不知你其他方面容不容易饿？"言子夜调侃。

　　"啊？"柯乐乐完全没听懂。

　　言子夜笑，揉揉她的头发。"今晚我们吃上海菜，你喜欢吃上海菜吗？"

　　"嗯。"柯乐乐说。她压根儿就没吃过上海菜，她只知道上海菜很甜，跟她老家的口味完全不同。言子夜是上海人吗？她眨眨眼，她对他还一无所知。

他的普通话说得很标准，声音也很有磁性，感觉像听新闻联播里的主持人在说话。想到这里，柯乐乐偷偷笑了一下。

"有什么事令你很想笑吗？"连这一抹偷笑都逃不过言子夜的眼睛。

"我只是突然想起你说话的腔调很像新闻联播主持人。"柯乐乐如实回答。

"所以，你是在偷笑我？"

"不是不是，我是觉得你普通话说得很标准，特别标准，都分辨不出你是哪里人。"柯乐乐急急解释，刚冷却下去的脸又红了。

"杭州人。"言子夜回答。"那么我们美丽的小可乐是哪里人？"

"四川的。"柯乐乐说。

"你看，我们会慢慢互相了解。"言子夜再一次伸手揉揉柯乐乐的头发，柯乐乐似乎已经习惯这个动作，没有躲闪。

冷盘迅速就被盛上桌，侍者每报一道菜的名字柯乐乐都记在心里。上海熏鱼、凉拌海蜇头、桂花糖藕、马兰头香干、醉蟹、醉虾。柯乐乐虽然已经非常饿了，吃东西时依然注意要有节制，一点都不能狼吞虎咽，而要一小口一小口细细品尝，背挺得很直，看着要像个淑女。从小严格的家教试图把她训练成这个样子。母亲是小学老师，对她要求非常苛刻，苛刻到令人发指的地步。她跟母亲的关系很不好，她恨她母亲，总是想方设法反抗她母亲，看到母亲生气得身体发抖时她会在心里幸灾乐祸地笑。柯乐乐温顺的外表下完全看不出她会有这么倔强叛逆的性格，言子夜当然是在后来才慢慢发现。

热菜也陆陆续续盛上桌，清炒河虾仁、清蒸小黄鱼、石锅海参、红烧肉、松茸汤。柯乐乐桌前还单独多了一份燕窝。哇，又是点这么多菜，这么好吃的菜，两个人怎么吃得完。他真是浪费，他是想显摆自己有钱还是习惯了这么铺张？每顿饭都这么吃的话一个月花在吃饭上的钱就得有多少啊！柯乐乐在心里嘀咕，或许她几个月的工资都负担不起，不过……她还满享受这种吃饭方式。

言子夜很喜欢看柯乐乐吃东西的样子，吃得非常满足非常幸福，都市里少有女孩子胃口这么好。言子夜身边一直不乏美女，每次带她们出去吃饭，她们都怕发胖只敢吃一点点，高贵优雅地坐在那儿，像尊雕像。而柯乐乐，呃……她吃东西的样子让人非常有食欲。

"好吃吗？"言子夜问。

"嗯。"柯乐乐笑。

"以后常带你出来吃饭，好不好？"

"嗯。"柯乐乐羞涩地低下头。

言子夜伸手捏起她的下巴，把她的脸仰起来，他想让她直视他，她却依旧垂着眼皮。他说："可乐，你长得很好看，不应该总是低着头。"

他俯身，吻了她的唇。只是轻轻点了一下，她感觉自己眩晕了，也忘记了呼吸。

她的初吻。

"以后这里只能属于我，知道吗？"言子夜用大拇指抚摸她的嘴唇。

这次柯乐乐忘记在心里对他翻白眼。她心跳得厉害，脑子里一片空白。

"以前有多少男人吻过你？"言子夜问。

"没有。"

"真的？"

"嗯。"柯乐乐小声说。

言子夜笑起来，如果是真的，他会很高兴。只是他有些不相信。他问："你从未交往过男朋友？"

"没有。"柯乐乐说。她哪里有机会结交男朋友啊，父母管得很严，父亲几乎天天都送她去学校又接她回家，母亲还很爱翻她的东西，她完全没有自由和隐私。暗恋的男生倒是有过几个，都是学校里成绩不好看起来有点坏坏的男生，跟她这种乖乖女形象完全不搭的风格，她每次只敢远远地看着他们，对自己完全没有自信。好像也没有哪个男生对她告白过吧？哎！

"好姑娘。"言子夜揉揉她的头发。

一桌菜还剩了好多，言子夜叫侍者买单，柯乐乐小声问："那个……这些菜可以打包吗？"这些剩菜打包回去够她两天的午饭和晚饭了，她在心里盘算，离发工资还有四天，她兜里只剩下86元钱，这样她这个月还可以结余几十元钱呢，就可以再还好朋友苏井然一部分钱了。她从大学退学时父母愤怒地断绝了她的经济来源，她靠从苏井然那儿借了一千元钱跑到上海，那时她全身只有一千元，她天真地觉得自己很快就能闯出一番天地。

言子夜笑，"你想吃的话明天我再带你出去吃。"

柯乐乐也不好意思再强求，只好作罢。心里还念叨着本可省下两天的午饭和晚饭钱就这么泡汤了。

下楼梯时言子夜很自然地牵起柯乐乐的手，柯乐乐的手很凉，连夏天的时候也是这样，天生需要别人的温暖。走到庭院时就感觉冷风吹来，好冷，柯乐乐把脖子缩起来。言子夜取下自己的围巾，在她脖子上绕了几圈，她的脸磨蹭着质地柔软的围巾，一种幸福感油然而生。他的味道，跟第一次碰见他时他大衣上的味道一样，以后有机会要问问他喷的是什么香水，真好闻。两人坐进车里，言子夜把暖气温度调到最高，皮椅也加热，很快柯乐乐的身体就暖和起来。

"你看，走路逛街太冷，我就开车带你到附近转转，如何？"言子夜说。

"嗯。"柯乐乐点头。

言子夜笑，他真爱听她说"嗯"。

柯乐乐觉得这个男人真好，很有耐心地带她夜游上海，还一边很有文化地解说某处建筑的历史故事。她脸上始终带着恬静的微笑，她觉得自己真的非常喜欢上海，有故事有文化有沉淀，还有一切最前沿最美妙的事物，总有一天她会好好享受上海的美好。她永远也不要回到出生的那个小县城，一片苍白荒凉，会把人生生给活埋了。柯乐乐在心里天真地想，等她现在正在写的小说出版成书，她就可以过上自己想过的那种生活。

言子夜把车开到柯乐乐家楼下，柯乐乐想起早上的疑问，问他："你怎么知道我家住这儿？"

言子夜神秘地笑,"我就是知道。"

"怎么知道的吗?莫非你昨天晚上跟踪我?"

"我是那种需要跟踪别人的人吗?我想知道什么事情我就能知道。"言子夜说。其实是那部手机,他在手机里装了定位软件,以后柯乐乐去哪里他都能知道。此外,手机的账号是言子夜设置的,她发的每一条 iMessage 他那边也能收到,她下载什么 APP 他那边也能同步。当然,对 iphone 手机的功能完全不懂的柯乐乐哪儿会想到这些。

柯乐乐也懒得再问,她心里想着今天的任务还没完成呢,她每天回家至少得写三千字的小说,这样才能争取在夏天到来前完成这部作品。看来今天得熬夜了。

"不邀请我上去坐坐吗?"言子夜问。

吓,我住的地方哪儿能坐得下别人啊。柯乐乐连连摆手。

"可乐,我只想看看你住的环境怎么样。"言子夜说。

"我住的环境不怎么样。"柯乐乐说。

言子夜已经不由分说地下车了。

"我住的地方真的不能参观。"柯乐乐急了。

"哦?莫非你跟别的男人一起住,所以不方便吗?"

"不止男人,还有女人。"柯乐乐小声说。

这是一处不算旧也不算新的小区,至少外观看着还算过得去。但是屋里……言子夜站在大门口,目瞪口呆地看着屋内格局。一条窄窄的过道,两边密密麻麻都是门,空气完全不流通,一股油臭味。

"这样的群租房是违法的,你知道吗?"言子夜皱着眉头。

柯乐乐低头不说话。

"一共住了多少人?"言子夜问。

"十四个。"

"天!"言子夜叫起来,"哪个房间是你的?"

柯乐乐怯怯地打开自己的房间门，七平方米的小房间，一张小小的单人床和小书桌，窗台上放着她的行李箱，里面有她的全部家当，此外还有容一人转身的空间，再无别的余地。窗户都是和隔壁的人公用的，紧关着，房间里弥漫着蛋糕的香味。言子夜不可思议地看着这个地方，墙只是用一块薄薄的隔板隔着，隔壁看电视的声音都能听见，哪里有安全可言！

"这种地方怎么能住人！我去附近的酒店给你开个房间，今晚你就暂时住在酒店。"言子夜说。

"不用。"柯乐乐摇头。

"我怎么可能放心你一个人住在这种地方！"言子夜咆哮。

"我都住这么久了，不是也好好的嘛。"柯乐乐说。

"不行，之前我是不知道，现在让我看到这种情况还能允许你住下去吗！"

"我只住得起这种地方。"柯乐乐小声说。

"不用担心，我会让你住上好地方。"

"不用。"

"可乐，不要拒绝我对你的关心。"言子夜说。

"真的谢谢你的好意，我住在这里也挺好的。你这样的关心让我很不自在。"柯乐乐说。"很晚了，我还要写稿子，你就请先回去吧。"

言子夜很佩服这个小姑娘能吃得了这样的苦。

送走言子夜，柯乐乐坐在自己的小房间里，憋下一肚子的心酸。真的好苦，生活为什么要这么辛苦。她把窗户打开一条缝，让新鲜的空气涌进房间，她努力深吸几口气，让自己的心情平静一些。她看到书桌上还有未吃完的蛋糕，想起刚才在老洋房里吃的一顿丰盛大餐，她舔舔嘴唇，生活还是有甜蜜的。

"砰！"一声，她的窗户被隔壁的人推得紧闭，隔壁男人大声抱怨着："这么冷的天开什么窗户啊！"也是生活在底层的贫穷的人，没有暖气，蜷缩在被子里。

柯乐乐叹口气，把被子裹住全身，坐在电脑前开始写稿子。

2

次日一整个白天柯乐乐都是在闷闷不乐中度过的。她的手机一次也没有发出过声响,她从早晨起床就开始期待着,没有他欢快的声音道"早安",也没有他霸道地说"我在你家楼下,下来",什么都没有。她显得精神恍惚,不时从包里掏出手机看看,害怕他打电话过来时没听到声音。她也不知道自己到底在期待些什么,昨天晚饭时,他吻了她,那个算吻吧?他为什么要吻她?表示他喜欢她吗?可是他今天为什么又不联系她?是她昨天拒绝他的好意时生硬的态度把他惹生气了吗?柯乐乐想解释,并不是她不愿意去住酒店,她当然很希望搬离那个破烂地方,可是,她不能接受无缘无故的好意,让她感觉……呃……他可怜她,他是在施舍……

薛颜用QQ发消息过来:"乐乐,你早上编辑的稿子里有好几处错误,你再仔细看看!"

"对不起,我再编辑一遍。"

"你今天看着很不在状态,有什么心事吗?"薛颜问。

"没有啊。"

"注意不要影响工作。"

"嗯,对不起。"柯乐乐发送消息。

好好工作,不要胡思乱想,他不来电话是很正常的事情呀。柯乐乐警告自己。你又不是他什么人,就算是他女朋友他也没必要时刻打电话过来呀。

女朋友……想到这个词柯乐乐深吸一口气，脑子里又浮现出他的唇在她的唇上轻轻一点……柯乐乐嘲笑自己太异想天开了，他这么优秀的男人，怎么可能看得上她！可是，他为何对她这么好……柯乐乐又陷入沉思中。

"认真工作。"薛颜故意去茶水间，路过柯乐乐身边时拍拍她的肩膀。

柯乐乐很不好意思，赶紧强迫自己进入工作状态。工作真是个忘记心事的好方法，柯乐乐沉浸在文字中，暂时不去想言子夜。一直到下班时，柯乐乐还在写稿子，她用其他的笔名为杂志投稿，这是她的小秘密。作为编辑就是有这点特权，别人投来的稿件先由她筛选一遍后再推荐给主编薛颜，这样她就可以优先推荐自己的小说，署名为一个陌生的名字，谁也不知道是她写的。哈哈，如果文章发表的话她就可以多拿一份稿费。柯乐乐很为自己的小聪明得意。

办公室的人都走得差不多了，柯乐乐伸伸懒腰，她真想在这里加班到半夜，因为有免费的空调可以吹，还有免费的咖啡喝。可是前台要等到大家都走完了才能锁门走人，柯乐乐不好意思让那个年轻的女孩回家太晚，她收拾东西准备离开。咦……手机上显示有七个未接电话……柯乐乐惊了惊，她完全没听到声音啊！

都是言子夜打来的，从五点四十七分打到六点三十二分。天！她为什么一个来电铃声都没听到！

柯乐乐赶紧回电话。那边响了一声就接起，言子夜生气地吼："为什么不接电话！"

"我……我没听见。"他这么凶的语气让柯乐乐有些害怕。

"我打了这么多电话你一个都没听见吗？你叫我怎么相信！"

"真的！"

"你现在在哪里？"

"公司。"

"我一刻钟后来接你。"言子夜挂掉电话。

他很生气，表示他在乎我吗？柯乐乐嘿嘿傻笑起来。

一刻钟后，言子夜非常准时地打来电话，还好柯乐乐一直带着期盼把手机拿在手里，不然又错过电话了。手机没有响声，好奇怪，是手机坏了吗？那么昂贵的手机质量还没她以前那个一百多块钱的诺基亚好，才用几天居然就出状况。

柯乐乐飞奔出去，看到言子夜的车停在门口，心怦怦乱跳。"嗨。"她坐进车里，努力掩饰自己的兴奋。

"以后不许不接电话，知道吗？"言子夜还绷着脸。

"手机铃声都不响了，真的，不信你再打来试试。"柯乐乐把手机递给他。

言子夜立即就拨通电话，手机荧幕亮起，没有铃声。他看了看手机侧边，把一个键滑上去，手机铃声立即就响起。

柯乐乐觉得好神奇，说："你把手机修好了？"

言子夜又好气又好笑地看着柯乐乐，她的无知不像是装出来的。她真不懂吧，哎！他气消了，指着手机侧面的几个键给柯乐乐看，说："这两个键是控制音量的，上面的一个键是加大音量，下面一个键是减小音量。"言子夜示范给她看，"然后这个键呢，可以来回拨动，往上滑是让手机处于响铃状态，往下滑是让手机处于静音状态。"

柯乐乐拍拍脑门，"我知道了，刚才我手机就是静音了，对不对？"

言子夜微扯嘴角笑。

"我不是故意的啊，应该是放进包里时不小心动到了。"柯乐乐解释。

言子夜迅速看了看她的通话记录和短信记录，没有与别人的联系。她任何APP都没有下载，连微信都没有。言子夜在心里叹口气，她果真还不会用智能手机，这种手机只用来打电话发短信真是浪费了强大的功能。他把手机还给她。

"以后我会小心的。"柯乐乐保证。

言子夜揉揉她的头发，"好姑娘。"

他这次带她去外滩吃法国菜。柯乐乐到上海唯一去过的景点就是黄浦江边，来上海的第三天找好房子安顿下来后就兴冲冲地跑去。按照薛颜的指示转了两班公交车，又问了路，结果路痴的她走错方向，又问了两次路才找到。而且中途还被两个老外拿着地图来向她问路，她操着夹生的英语，模糊觉得这条路是她刚才走过的，给他们指了一个方向，结果她找寻自己的目的地时突然看到老外刚才问的路，哎呀，给他们指错方向了，可惜为时已晚。

柯乐乐对言子夜讲述着，现在她面对他时已经没有那么紧张，她不知道自己还可以对他说这么多话，一路上好像都是她在不停地说。

后来终于来到外滩，无数人挤在江边拍照，柯乐乐没有加入那些游客，她一路慢慢走着，仔细看那一幢幢有着历史沉淀的老洋楼，现在都成为各种银行啊酒店啊饭店之流，她有些失望，但它们的轮廓看着依然魅力非凡。短短的一条马路，她来来回回反复走了两个多小时。几次经过游船码头，一百元一张船票，很多人在排队，柯乐乐只是朝他们看看，船票太贵。她揣着苏井然借的一千元闯荡上海，好不容易找到离公司很近，房租每个月才付一次的房子，但还是需要交一个月的押金。六百块加六百块，还好薛颜又借给她一千块钱，柯乐乐承诺薛颜拿到第一个月工资时就立马还给她。第四次经过游船码头时，柯乐乐咬咬牙狠心买了一张船票，一百块就一百块吧，大不了她接下来的日子每顿饭都吃刀切馒头。上了船，她像无数观光客一般，激动地看着两岸风景。霓虹灯闪烁，生活似乎充满无数种可能性，她一边大跳一边尖叫："上海，上海，我爱你！我爱你！"难得她有不顾周边人们投来异样眼光的时候。她告诉自己，这里是上海，我终于来到上海了！

"所以，你之后的一段日子真的就天天吃刀切馒头？"言子夜问。

"偶尔也会忍不住加包榨菜。"柯乐乐说。

天！言子夜惊呼，看不出她小小的身体还有如此强大的毅力。他认真地看着她，说："可乐，以后我不会再让你受这种苦。"

"嗯。"柯乐乐微笑。

"苏井然是谁？"言子夜不忘她提到的人名，听起来是个男人。

"我在大学里认识的一个学长，对我非常照顾，若不是他借我一千块钱，我还逃不到上海来呢。"柯乐乐说。

"逃？"

"嘿嘿，的确是逃出来的。"

"哦？看来我们的小可乐还是个有故事的人啊，我愿意好好听听你所有的故事。"

"我哪儿有什么故事。"柯乐乐脸红。

"这么说，那个叫苏井然的男生应该很喜欢你？"

"他呀，我们是好哥们。"柯乐乐笑。

言子夜皱皱眉头。

车停到地下车库，言子夜指指后座上的三个纸袋，说："我给你买了衣服和鞋子，你到后排座位去换上吧，我到车外等你。放心，车外面是看不见的。"

柯乐乐看看纸袋，又看看言子夜，一脸诧异地问："你是嫌我穿得不好看和你一起吃饭会丢你的脸吗？"

"我从来没觉得你会丢我的脸。"言子夜说。

柯乐乐低头咬了咬嘴唇。

"听话，好吗？我只是希望看到你打扮得漂漂亮亮的。"言子夜揉揉她的头发。这个动作像是有强大的魔力，每次他摸她的头，她就像中邪似的，什么都愿意做了。

言子夜站在车外，背对着她，像尊守护神，柯乐乐望着他的背影傻笑。她冬天只有两套可更换的衣服，都是地摊上淘的廉价货，一双脏球鞋，全身加起来不会超过两百块钱。这纸袋里的东西，她看了看袋子上印的字，那时她还不知道各种名牌的名字，也不知道这些英文是什么意思，但她猜想应该不便宜。柯乐乐找了找价格标签，都被细心地剪掉了，她吐吐舌头。一条粉色的蓬蓬公主裙，白色皮草外套，哇，这外套上的毛摸着真柔软舒服，柯乐乐忍不住把脸埋在毛里磨蹭几下。还有黑色绒裤袜，黑色过膝长靴。嘿嘿，靴子是平跟的，他害怕我像第一次见面时那样滑倒吗？柯乐乐偷笑，他真贴心。

"我好了。"柯乐乐下车，对着言子夜的背影说。

言子夜回头，微笑着看她，"可乐，你真美丽。"

柯乐乐脸红地低下头。"谢谢你的衣服。"

言子夜伸手捧起她的脸，"可乐，你非常美丽，不应该总是低着头，知道吗？"

"嗯。"柯乐乐还是不敢直视他。哦，老天，她多么想仔细看看他的脸，而不是每次只看到他跟别人有些不同的下巴。

言子夜牵起她的手，她乖乖地跟着他，保持半步路的距离，这样她就敢抬起头四处张望。她是个路痴，跟在他后面东拐西拐，完全不用担心认路，心里非常踏实。他告诉她，这是非常棒的酒店，叫半岛酒店……柯乐乐突然抽回手，停下脚步不动了。言子夜回头疑惑地看着她。

"那个……我们不是说去吃饭吗？怎么……怎么到酒店来了？"柯乐乐小声问。

言子夜反应过来，哈哈大笑，他还蛮开心听到她这种介意，是个好姑娘。"我们不是来住店的，我们就是来吃饭的。"

"可是……你刚才不是说这里是酒店吗？"

"很多好的餐厅都在酒店里。"言子夜说，他把手重新伸向她，"可乐，你信任我吗？"

柯乐乐咬了咬嘴唇，把手放入他手心。

穿过一些商铺，穿过有人在弹钢琴的大厅，终于来到电梯口。高大厚重的古铜色电梯门，看着像阴森森的旧时宫殿大门，门一合上，仿佛公主就被关在里面永远逃不出来。柯乐乐突然紧张得手心冒汗。电梯门打开，柯乐乐愣愣地没动，言子夜揉揉她的头发，对她说："乖。"柯乐乐像对这个动作着魔一般，这才任他拉着她走进电梯。

出了电梯，豁然开朗，耳边响起一个沙哑的女声唱着一首痴情的情歌。立即有侍者迎接上来招呼，把他们带到靠窗的位置，为柯乐乐拉开椅子。她坐下，双手放在腿上，用裙子擦了擦手心的汗。

言子夜点单，侍者拿着菜单离开后，他才看向柯乐乐。"你刚才很紧张，怕我是坏人吗？"

"不是的。"

"我感觉你全身紧绷，手心都出汗了。对不起，我很抱歉，不知道由于什么误会造成你紧张了。"

"不是因为你。"柯乐乐说。

哦？言子夜扬扬眉毛。

柯乐乐该怎么跟他解释呢？这是儿时留下来的阴影。那会儿柯乐乐本该是上幼儿园的年纪，母亲却没让她去幼儿园，母亲觉得没必要浪费那个钱，自己可以在家教女儿。那会儿父亲还在外地的部队里当兵，母亲一个人带着柯乐乐，按照母亲后来反复在她耳边抱怨的说法："你知道吗，你从小是我一个人带大的，我又要工作又要照顾你，我多么辛苦你知道吗！"柯乐乐不知道母亲的辛苦，她也不想知道，她只知道那时母亲对她造成的伤害有多大。母亲在一所小学当老师，每天一早母亲去上班时，就把柯乐乐反锁在家里，不让她出去乱跑。那里也不是她们的家，只是学校提供的一个小小教师宿舍，十几平方米的空间，床、厨房、煤气罐、餐桌等等一切都挤在里面。当然，还有一个便盆。厕所是每层楼公用的，母亲不让柯乐乐出门，就扔给她一个小小的铝盆作为便盆，如果她不小心把小便洒在地上了，就少不了一顿打骂。那是柯乐乐心底最大的痛，她从未对任何人讲起过她黑暗的童年。那段黑暗时光好像从两岁多就开始了，一直持续到她去念小学。一整个白天她都被反锁在房间里，一支铅笔、一个本子和一些书陪着她，还有总也缠不完的毛线。母亲很早就教会她认字，每天去上班前，母亲都会留下一些任务给她，要她照着书上的字练字，至少得完成要求的页数。还有，缠毛线。她穿的衣服都是用母亲穿了多年的旧毛衣重新织的，母亲要她把旧毛衣的线全部抽出来，然后缠成一个球状，这样母亲好重新编织。房间里有扇窗户，她坐在窗户下写字，天色变暗时她就开始缠毛线，这是她记忆里反复做的事情——写字，缠毛线。写字，缠毛线。写字，缠毛线……母亲离开时还会把电源都关掉，怕她乱开灯浪费电费，所以窗户外透进来的光是房间里唯一的明亮。每次写字写累了，柯乐乐就仰起脸看着窗户，偶尔飞过的小虫也会让她欢喜半天。她开始尝试着爬上椅子，然后爬上桌子，终于可以把头够出窗户。哇，外面的世界真美好！教师宿舍外就是操场，总有很多学生在那儿运动玩耍，柯乐乐喜滋滋地看着他们，好想也加入他们的行列。她又开始尝试着爬上窗户，坐在窗沿上，两腿伸出窗外摇晃着，嘴里叽里呱啦地自言自语。她还会冲楼下经过的学生大喊"喂"，他们有时也会停下来逗她玩，跟她说上几句话，偶尔还会有人扔糖果给她吃。她贪婪地珍惜着与他们的交谈，这是每天她最快乐的时光。这样的时光没持续多少天，有经过的别的教师看到她坐在窗沿上，赶紧告诉她母亲，母亲赶来时她正在那儿摇晃着双腿自言自语呢，远远看到母亲的身影，她吓得脸色苍白。其实她完全不明白自己做错了什么，她就是害怕看到母亲，母亲总是让她感觉自己像个犯错的孩子，永远在犯错，从未做过一件正确的能令母亲满意的事情。她惊慌失措，手忙脚乱地从窗户跳到桌子上，然后又跳到椅子上，跳得太过惊慌，重心一偏，摇晃着从椅子上摔下来，滚了一圈，还打翻了便盆……那次的教训在两岁多的柯乐乐记忆里留下深重的烙印。母亲回来时没有慰问过一句"你摔伤了没有"之类的关心话语，柯乐乐被母亲用衣架狠狠打了一顿，最后衣架被打断了母亲才罢休。她被罚跪在门外，母亲叫她认错，她不知道自己做错了什么，她只是想看看光。她跪在门口不停地说："我错了，我是坏孩子。"一直说了两个多小时，走廊里经过的人都看看她，问她发生了什么事情，她不被母亲允许说别的话，母亲说她停下忏悔的话就再用一个衣架打她，她怕被打，好痛好痛，全身四处都是青紫的伤，连脸上都肿起来，她不想再挨打。她依旧对着那些人重复着："我错了,我是坏孩子。"她一边说一边哭,大家都劝母亲不要惩罚她了,母亲脸上挂不住面子,终于拉她进屋。从此,母亲每次出门时都会先把窗户死死锁住,紧接着是门"砰"一声合上,剩下她一个人待在充满屎尿油烟味的房间里,看着窗户透进来的光亮一点一点减少,最后变成黑暗。她被淹没在黑暗中……

刚才看到那道电梯门,柯乐乐不知为何突然想起这段往事,尤其是那"砰"一声合上的声音,跟母亲关上门的声音那么相似。

"可乐。"言子夜唤她。

柯乐乐回过神来,冲他僵硬地笑笑。

"你怎么了?脸色突然不太好。"

"呵呵,我好像有幽闭恐惧症耶,刚才在电梯里不知怎么的就突然很紧张。"

"哦,吓我一跳,我还以为你担心我是坏人呢。"

"我知道你不是坏人。"柯乐乐小声说。

言子夜起身走到柯乐乐身边,替她脱掉外套,他握住她冰凉的手,说:"你刚才沉思的样子让我好担心,在我印象里你一直都是很开心乐观的。"

那只是表象,柯乐乐在心里说。她努力甜甜地笑:"马上有好吃的端上桌我就又恢复开心乐观了。"

"那还不容易。"言子夜揉揉她的头发。

柯乐乐真是爱死这个动作,感觉有无限温柔呵护宠爱在里面。

吃法国菜,龙虾、鹅肝、银鳕鱼、牛排、生蚝、土豆泥、芝士浓汤、蔬菜色拉、提拉米苏、香草冰淇淋、雪梨汁、红酒。好丰盛好好吃啊,柯乐乐心里的乌云立即烟消云散,吃得非常欢喜。虽然她还是第一次用刀叉吃东西,那有模有样的姿态看起来还是蛮熟练的,她喜欢在书中研究一切有情调的东西,曾经在脑海里演练过无数次用刀叉吃西餐的情景,她吃得很优雅。

"我第一次吃法国菜,"柯乐乐笑,"你好像每天都带给我新鲜的尝试耶。"

"喜欢吗?"

"嗯。"

"我也很喜欢。"言子夜举起红酒杯。

柯乐乐终于用到了在心里排练过无数次的动作，优雅地举起红酒杯，与言子夜碰杯。清脆的声响，杯中红酒摇曳，像柯乐乐身体里的血液在歌唱，她眼中也映出异样明亮的红光。

"希望我以后还能带给你很多第一次。"言子夜说。

柯乐乐不知为何脸红了。还没开始喝酒呢，她就先醉了。

她抿了一口红酒，苦涩的味道，好像还有些难以下咽，她又喝了一口，品不出书中所描述的红酒各种层次的滋味。她以前只偶尔几次跟同学聚会时喝过几口啤酒，连啤酒的酒精度她都觉得刺辣。柯乐乐想：我以后会慢慢喜欢上这个味道的。

两人坐在靠窗的位置，对岸的江景尽收眼底，一边吃法国菜一边欣赏江景是件非常享受的事情。难怪那么多人追求物质，钱真是个好东西，什么都能办到。柯乐乐憎恨贫穷。

"要不要去露台站一会儿？"言子夜问。

柯乐乐欢喜地点头，她早就想出去看看了，他好像真的会读心术耶。她起身就要出去，言子夜提醒："你不穿外套就出去吗？我可不希望你感冒。"

哦，对，外套。柯乐乐傻笑，他真是贴心得要命。他拿起外套替她穿上，柯乐乐低头蹭着那舒服柔软的皮草。

两人把红酒杯也带出去。外面冷风阵阵，柯乐乐不觉得冷，她的脸好烫，全身也似乎在发烫。是酒精的作用吧，她想。两人站在围栏边，若不是身边有他在，以及怕弄脏这么高档的裙子和白色纯洁的皮草，她一定会爬到围栏上坐下，双腿在半空中晃荡着歌唱。多么好的夜色啊。

"冷吗？"言子夜问。

柯乐乐摇摇头。

"你的脸好红。"言子夜伸手抚摸她的脸颊，"而且还很烫。"

柯乐乐的脸更红更烫了。"喝……喝酒的关系吧。"

"呵呵，你一紧张说话就结巴。"言子夜笑。

不是，我只是在你面前才说话结巴。柯乐乐在心里嘀咕。她想缓和自己的紧张，又喝了一口酒，依然觉得是苦涩的味道，不管了，反正我很快就会习惯这个味道。

"可乐，你在上海一个人生活辛苦吗？"言子夜看着她。

柯乐乐看着前方的夜景，"还好。"

"我想照顾你。"言子夜说。

柯乐乐不知所措，只好又喝了一口酒。

"我喜欢你，你知道吗？"言子夜揉揉她的头发。

嗯，从这个动作里我就能感受到。柯乐乐觉得全身皮肤都像被火烤一般炽热。

"让我来照顾你，好吗？"

"嗯。"柯乐乐小声说。

言子夜笑，一口把杯中的酒喝光，然后把她拥入怀中。柯乐乐又闻到那股很好闻的香水味，她好想每天都能闻到，令人安心的味道。

言子夜送柯乐乐回家，他叫了代驾开车，自己和柯乐乐一起坐在后排。她问他为什么不自己开车，言子夜笑，刮刮她的鼻子，"小傻瓜，我喝酒了怎么可以开车，而且，我想一路抱着你。"柯乐乐还是显得有些紧张，言子夜坐在左边窗户边上，她坐在右边窗户边，故意扭头看向窗外。

"可乐，你坐得离我那么远干吗？"言子夜笑。

柯乐乐绞动着手指不知该怎么回答。

言子夜几乎是把她强制拉入自己怀中的。她坐在他的腿上，两只胳膊环绕着他的脖子，脸贴在他的胸膛上，他把她整个人都包裹起来。柯乐乐能够感觉到他的呼吸热度，他的体温，他的心跳声，哇，好神奇的体验，这不仅仅是牵手、也不仅仅是轻吻那般单纯的感觉。她毫无与人亲密接触的体验，不只和男人，连和女人也没有过，可能除了她还是小小婴儿的时候吧，有记忆以来，父母也从未拥抱过她。此时此刻，她的身体被他完全环抱着，她集中全部注意力贪婪地去体会这种感觉，希望时间能够停止流动。

"你好瘦，我要让你长胖点。"言子夜握着她手说。

"嗯。"

"待会儿我帮你搬家。"

"什么？"柯乐乐坐直身子。

"房子我已经为你租好，就在你公司附近，离我家也不远。"言子夜说。

柯乐乐似乎松了口气，她刚才瞎想到什么地方去了啊，还以为他是叫她搬去他家住呢。柯乐乐脸发烫。

"房子里一切东西都准备好了，你搬进去直接就可以住。"言子夜说。

"我还没答应搬呢。"柯乐乐嘟起嘴。

"可乐，你又在拒绝我吗？"

柯乐乐重新把脸贴在他的胸膛，她只想安静地听他的心跳声。

"你的行李那只小行李箱能全部装下吗？"言子夜问。

柯乐乐没回答。

"你看，我房子都已经租下来，还付了一年的房租，你想让那房子就空在那儿吗？"

"你是在可怜我吗？"

言子夜笑，"可乐，我是喜欢你，我想照顾你，我希望你过得好好的。"

"可是我跟房东签了一年的合同，没到期就搬走的话房东不会退押金，而且这个月的租金我也付了，这个月还剩了十几天呢。"

"你押金是多少钱？"

"六百块。"柯乐乐说。

言子夜笑，"六百块，不要也罢。"

"可是那够我一个月的生活费了。"

言子夜揉揉她的头发，"可乐，以后我不许你再随便吃个馒头就当作一顿饭，我要让你吃好的穿好的用好的，我不会再让你受苦。"

这是柯乐乐听过的世界上最美妙的情话。她终于微笑着说了声"嗯"。

言子夜捏住她的下巴，使她的脸仰起来，他说："可乐，我喜欢听你说'嗯'，也希望你敢直视我，希望听到你说你喜欢我。"

柯乐乐垂着眼帘，她依旧很紧张，心里有无数只小兔子在乱窜。

言子夜低头吻她。这次不是蜻蜓点水般，而是真正的吻。他的舌头撬开她的牙齿，寻找她的舌头，湿润、交缠、炽热、融化。柯乐乐不会接吻，她屏住呼吸，完全受他掌控。良久，他离开她的唇，在她额头上又印下一个温柔的吻。他低头看她，她的脸憋得好红，眼睛闭得死死的，双手拽紧他的衣服。她张开嘴大口呼吸，再继续吻下去的话她真的就会窒息了。

"你刚才都没有呼吸吗？"言子夜觉得不可思议。

"你把我……我嘴都堵住了，我不知道该怎么呼吸。"柯乐乐说。

言子夜哈哈笑，"你完全不会接吻吗？"

"我没有经验。"柯乐乐低下头窘迫地说。

言子夜很高兴听到她这么说，如果她很有经验，或许他就不会喜欢她。"对不起，我会教你的。"

柯乐乐紧张地看看前座，司机似乎在专注地开车，没有注意到后面的动静。"你会不会觉得我很笨？"柯乐乐小声问。

"不，一点都不，你是我见过的最可爱的女孩。"言子夜说。

柯乐乐放心了。她在想她是不是该去上网查查怎么接吻，网上应该有详细的描写吧，说不定还有视频教学呢。想到这里，柯乐乐再次脸红发热，她和他还会有接吻的机会吧？

车停在柯乐乐住的楼下，言子夜想上去帮忙搬家，柯乐乐摇摇头，她就一点儿家当，破旧简陋，在他面前展示出来真够丢脸的。她说她一刻钟后就下来。她迅速跑上楼，因激动而大口喘气。微波炉前有男人在等着热饭，看到她时冲她吹了吹口哨，柯乐乐没理他。这屋子里十几个人虽然经常抬头不见低头见，但柯乐乐从未与他们打过招呼，也没有过交谈，甚至，从骨子里柯乐乐非常瞧不起他们，她觉得她跟他们不同，他们是社会最底层的人，而她不属于那里。柯乐乐拿出钥匙开门，身后洗手间里走出一个男人，看到柯乐乐的背影还以为是新搬来的，拍了拍柯乐乐的肩膀，"嗨，美女。"

柯乐乐吓得失声尖叫，钥匙也掉在地上。

"原来是你哦，这身新衣服不错。"那男人猥琐地笑。他刚洗完澡，手里端着个脸盆，只穿着裤衩。

柯乐乐有些害怕，壮着胆子故意脸色凶巴巴地骂："找死啊，从背后跑出来吓人。"

男人嘿嘿笑，"明天晚上一起吃晚饭啊？"

"明天再说。不要站在我面前啦，看着你穿成这样我就觉得冷。"柯乐乐板着脸。

"谢谢美女关心，明天我等你回家啊。"男人挤眉弄眼。

见他关上自己房间的门，柯乐乐才松口气。这个房子里租住的除了两对情侣外，其他租客全是男人，柯乐乐经常担惊受怕。她捡起地上的钥匙，现在好了，她终于摆脱他们了。

东西不多，几套换洗的衣服、鞋、几本书、电脑，行李箱足够装下。等等，被子和床单要带走吗？柯乐乐犹豫。他好像说过新的地方搬进去就可以住？那边准备好床单和被子了吗？柯乐乐不好意思打电话问言子夜，想了想，敲开隔壁房间的门，里面住的是一对小情侣，柯乐乐曾经跟他们交谈过几句，此时厚着脸皮问他们借大的编织袋，并保证明天一定还给他们。全部东西打包好，柯乐乐最后环视这个狭小简陋的空间，自己这身装扮站在这儿真是相当怪异。好了，苦日子都结束了，她要奔向幸福。她一手提着行李箱一手提着编织袋下楼梯，在楼梯拐角的窗户上看到自己的影子，不禁痴痴笑。像不像落难的公主？不过，现在有个王子来解救她了。

言子夜下车帮柯乐乐把行李放进后备厢，看了看编织袋，问："这里面是什么东西?"

"被子和床单。"

言子夜摇摇头,他相信这里面东西的质量一定不好,她真是节俭的姑娘。不过,他还蛮喜欢她这一点,非常难得。言子夜二话没说就把袋子扔进旁边的垃圾箱里。

"喂,你做什么!"柯乐乐惊呼。

"这些东西不需要,我都为你准备好了。"言子夜说。

"可是袋子……袋子我是向邻居借的,我答应明天要还给他们的。"柯乐乐打开垃圾箱盖子,里面很多垃圾,编织袋已经被弄脏了。她仰起脸看着言子夜,不免提高音调,"你干吗不问我一声就把它扔了!"

言子夜蹙蹙眉,他不喜欢她对他大喊。"一个袋子多少钱?一百块够了吧,你现在就上楼把钱给他们。"

柯乐乐很不喜欢他这种蛮横的态度,咬着嘴唇瞪着他,没有接他递过来的钱。

她第一次敢仰起脸直视他。

两人大眼瞪小眼,僵持着,言子夜才发现这个外表看着柔顺的小姑娘也有倔强的因子。片刻,言子夜先温柔下来,"可乐,外面很冷,我们上车吧。"

柯乐乐顿了顿,说:"我先上楼把袋子钱还给他们。"

言子夜要给她钱,她摆手,"我这里有钱,一个袋子六块钱就够了。"

虽说闹了个小插曲,柯乐乐还是搬进言子夜为她安排的房子。高档小区,出入森严的门禁,绿化很好的环境,有健身房、游泳池、网球场、超市,甚至还有咖啡店。柯乐乐看着这个她将要住一年的地方,他说过,已经付了一年的房租,那就意味着至少一年里她都不用搬走。她雀跃,房子比她想象中豪华多了,两室两厅耶,都属于她的!柯乐乐兴奋地一进屋就蹦跳着把每个房间兜了一圈。

"喜欢吗?"言子夜问。

"非常非常喜欢。"柯乐乐笑,"谢谢。"

言子夜很满意从她脸上看到预期的欢喜表情。

"房间里有些家具你不喜欢的话就换掉,想要购置什么东西就按照自己喜欢的去买,我给你一张信用卡,你空闲的时候就可以出去逛逛。"

"你不陪我去买吗?"

"乖可乐,我平时工作很忙。"言子夜说。

"这儿的东西都挺好挺齐全的,我不需要添置什么。"柯乐乐没有接过信用卡。

言子夜拉过她的手,把卡放在她掌心。"不要拒绝我的好意,可乐。"

"就算我拿着我也不一定会用。"

"至少你可以刷卡买几个蛋糕吃,不用再站在蛋糕店门口馋得流口水了。"言子夜挤挤眼。

"我哪儿有流口水!"柯乐乐瞪他一眼。

"这儿是你的零花钱。"言子夜取出一个信封递给她。

柯乐乐惊讶地看着这个信封,"我不要你的钱。"

"可乐,你会需要它,我希望你生活得不要那么辛苦。"

柯乐乐摇着头后退几步,"我的工资够用了,你不要拿钱给我,这样会让我感觉很不舒服。"

言子夜勾起唇角笑,还有女孩会拒绝钱吗?他出生家境良好,事业也一帆风顺,玩到三十二岁还没结婚,身边一直不缺美女主动投怀送抱,那些女人一个个绞尽脑汁从他手里要钱,胃口一个比一个大,他也知道她们的目的,乐得用钱博美人一笑。现在却有个小姑娘拒绝送到手边的钱?真有趣。

"为什么会感觉不舒服?"

"感觉像是……像是……被包养。"柯乐乐咬了咬嘴唇,她很反感这个词。

言子夜哈哈笑出声。

柯乐乐更觉得自己被冒犯了,瞪着他。

言子夜靠近她，她则后退一步。

"我的小可乐，你怎么会有这种想法，我说过我喜欢你，我想让我喜欢的女人过得开心，难道有错吗？"言子夜说。

"我现在已经很开心了。"

"但看到你每天打扮得很好看吃得很有营养，我才会开心。"言子夜说。

柯乐乐低下头，她手里还握着他的信用卡，她握得有些用力，手被锐利的卡的边缘划痛。她想用痛感来提醒自己得保持清醒，千万别被突如其来的幸福冲昏了头。

"可乐，到我身边来。"言子夜伸出手。

"好吧。"柯乐乐犹豫一下，把手放入他手心。温暖的手心。

言子夜拥她入怀。他捏起她的下巴，说："我更喜欢听你说'嗯'，而不是诸如'好吧''就这样吧''随便吧'之类的话。"

"为什么你喜欢听什么话我就要说什么？"柯乐乐故意撅起嘴。她虽然垂着眼还不敢直视他，胆子却也渐渐变大。

"因为我喜欢。"言子夜霸道地说，然后低下头吻她。

第三次接吻，柯乐乐似乎尝到一点接吻的滋味，努力让自己保持呼吸，并且想要持续更久。

"收下我给你的礼物，并且希望你今天晚上能有个好梦。"言子夜说。

送言子夜出门时，柯乐乐羞愧自己刚才怎么有一瞬间产生过那么邪恶的念头，她还以为他会要求留下住在这儿呢，她还琢磨着如果他真这么要求的话她应该怎么拒绝呢？她会拒绝吗？呃……羞死人了，还好他不知道她心里曾有的挣扎。

屋里只剩下她一个人，柯乐乐终于可以放肆地大声笑大声尖叫，像个野丫头般，在沙发上滚了几圈，跑床上弹跳几下，还有浴缸耶，以后可以泡澡啦！哇，厨房也好宽大，连烤箱都有，太棒了，可以在网上找食谱做菜咯！柯乐乐开心坏了，这不就是她一直希望住进的大房子吗？好像没费什么力气就住进来了，不劳而获的滋味令她既兴奋又担忧。

小小的虚荣心又开始扑腾起浪花，柯乐乐好想跟别人分享自己的喜悦，以及炫耀一番。可惜啊，别提朋友了，她平时就连能说上几句话的人都没有，她自卑却还容易看不起别人，多么奇怪的性格组合。柯乐乐用手机拍了几张新家的照片，以及自己这身漂亮的衣服，真是人靠衣装啊，感觉穿着这身衣服后整个人都变好看很多，柯乐乐甜甜地笑。她把照片传给苏井然，他是她在读大学时认识的学长，当时她在校报做记者，他是校报主编，对她十分照顾。她感叹若自己从小有这么一个亲哥哥就好了。

等了几分钟，苏井然打电话过来，问她刚才发的是什么东西，他的手机无法看到彩信。柯乐乐这才想起来，苏井然的手机跟她之前用的手机一样，一百五十块钱的诺基亚，只能打电话和收发短信。苏井然的家境也不好，他的学费和生活费都是做兼职自己赚来的，通常柯乐乐不会理会跟她一样的穷人，但苏井然的文章写得实在太棒，又非常有学识，柯乐乐喜欢跟他交谈。

"一些新家的照片，我搬新的住所了。"柯乐乐说。

"住到更好的地方去了？"

"嗯。"

"哈哈，真为你高兴。"苏井然由衷地说。

柯乐乐盘腿坐到沙发上，真软真舒服。她看到茶几上那个信封，里面是言子夜给她的零花钱，她对苏井然说："嘿，老板说我工作能力好，给我涨工资了耶，这个月我发表了好几篇文章，稿费拿到不少，我可以还你钱啦。"

"你刚搬了新家，上海生活开销也大，不用急着还钱。"

"还了我心里才踏实，我这人就是欠不得别人什么。"柯乐乐说。

"随便你吧。"苏井然说，"马上快过年了，你几时回老家？"

笑容从柯乐乐脸上消失，她咬咬嘴唇。家？呵呵，这里才是她的家。

"还没有跟父母和好吗？"苏井然问。

柯乐乐叹口气，"他们恨我，我也恨他们，关系就这样了。"

"回去和他们坐下来好好聊聊,他们毕竟是你父母……"

"苏井然,不要再跟我提他们!"柯乐乐大声吼。

苏井然叹口气,"放寒假了我来上海看看你。"

"真的吗?一定要来哦。"柯乐乐又笑起来。

穿着昨天言子夜送她的一身衣服去公司上班,都是该死的虚荣心作怪,柯乐乐只是想秀一秀而已。一进公司,同事们都抬头打量她,好几个同事夸她这身衣服真好看,柯乐乐喜滋滋的。薛颜看到柯乐乐这身行头,皱了皱眉,等到午休时间,说是请柯乐乐去吃午饭,找到单独交谈的机会。

两人坐在公司附近的小饭馆里,一人叫了一碗老鸭粉丝汤,狭窄简陋的饭馆,柯乐乐这身价格不菲的衣服显得非常突兀。柯乐乐很担心弄脏雪白的皮草外套,脱了小心地放在旁边椅子上,很快饭馆里挤满了人,她放衣服的椅子也被别人要去坐了,柯乐乐左右看看,没有空余的椅子,椅子背面又没有靠背可以挂下衣服,她只得把衣服放到腿上,吃饭时十分不自在,担心溅出一点油水到衣服上那就糟糕了。薛颜看到柯乐乐这副模样,不禁摇摇头。

"你坐在这儿吃饭真是格格不入。"薛颜有点嘲讽的口气。

敏感的柯乐乐当然听得出来。

"乐乐,你这几天变化有点大,我都快认不出你了。"

"我还是我。"柯乐乐说。

"我想你需要跟我谈谈。"薛颜语重心长地说。

柯乐乐知道薛颜关心她。她高三时在杂志上发表文章就认识薛颜了,大学退学时也是靠薛颜收留她,她十分感激这位姐姐。可是,她最反感别人管她教育她,她是那种别人强迫她往东她就硬要往西的性格。

"言子夜说他喜欢我。"柯乐乐红着脸说。

"那你们现在是在交往了?"

"我也不知道算不算。"柯乐乐完全没有谈恋爱的经验。

"不知道?"薛颜压低声音,把头靠近柯乐乐,"你们现在发展到什么程度了？"

"一起吃过两顿饭。"

"就这样？"

"嗯，就这样。昨天他带我去吃法国菜，送了这身衣服给我，好像是嫌我穿的那身衣服出入高级场合有损他的面子吧。"柯乐乐说。她隐瞒了主要的部分，关于他为她租的房子，关于他给她钱……薛颜知道了一定会骂她的。

薛颜狐疑地看了看柯乐乐，柯乐乐一脸无辜，不像在骗人。薛颜还是担心柯乐乐一时被冲昏头脑，她是个很单纯的女孩，言子夜这种在情场里游走多年的老手很容易就把她玩弄于掌心，她会付出真心，他呢，就不得而知。薛颜不想看到柯乐乐受伤，言子夜不适合她，她应该跟和她同样年龄的男生谈恋爱，谈单纯美好的花季恋爱。

"言子夜是个很优秀的男人，很多女人喜欢他，我想你应该也已经被他吸引了吧？"薛颜说。

柯乐乐红着脸。

"乐乐，我是为你高兴，他喜欢你，说明你很有魅力。"薛颜说。

"真的吗？姐姐你不责怪我？"

"我为什么要责怪你？"

"我感觉……呃……你不太支持我们。"

"不会，你做什么决定我都是支持的。我只是想保护你，你是我乖巧可爱的妹妹，谈恋爱这方面你曾说过你毫无经验，所以我希望你能跟我多交流，我至少还能提供一些建议。"薛颜说。

柯乐乐松了口气。

"男人追求女人嘛，总是想尽快走到那一步，我希望你不要太快把自己交付给他。"薛颜说，"你应该明白我指的是什么吧？"

柯乐乐点头。

"至少也要等到认识三个月后吧。"薛颜拉起柯乐乐的手，"乐乐，这点你可以向我承诺吗?"

"嗯。"柯乐乐脸红地保证。

结账时,柯乐乐抢着买单,以前她从来不会这样,一起吃饭时别人买单她总是低头装作不知道,现在她感觉自己有底气了。薛颜不让,柯乐乐坚持,"姐姐拜托了,就让我请一次客,十块钱的东西我还是可以请请你。"

两人交谈后互相都放松了,恢复了以往的亲密关系,有说有笑地挽着胳膊回公司。经过茶水间时,听到三个女人在聊天,她们正说起柯乐乐,一边说一边酸酸地笑,"傍大款"、"包养"、"物质"、"装清纯"等字眼刺痛了柯乐乐,她顿时红了眼圈。薛颜拉着柯乐乐离开,说:"她们是嫉妒你,你年轻漂亮还有才华,能得到她们得不到的东西,别去管她们说什么。"

柯乐乐早晨炫耀的得意神色完全消失了。杂志社里大多都是女人,还多为自恃清高又郁郁寡欢的大龄单身女人,柯乐乐脸皮薄,哪里经得起这番口舌,决定明天就穿回廉价的衣服。

这身高贵的装扮还让柯乐乐被房东羞辱一番,她打了好几次房东的电话,房东才同意退剩下几天的房租,但坚决不肯退押金,合同上白纸黑字写得很清楚,柯乐乐也没办法。至少还退了几天的房租钱,柯乐乐安慰自己,而且接下来的一年都不用她自己付房租了,节省好大一笔钱耶。柯乐乐笑起来。

房东看到柯乐乐这一身高档服装,眼神上下扫视几回,笑道:"这么有钱的人还在乎两百多块钱啊。"

"两百多块也是钱!"柯乐乐口气不好地说。

我穿得好看一点到底招谁惹谁了啊!柯乐乐回家就气呼呼地把这一身衣服换掉了。

言子夜今天一天都没联系她,柯乐乐好想把一肚子委屈向他倾诉。他一定工作很忙吧,柯乐乐安慰自己。她自己买菜做饭,坐在宽大的写字桌前写稿子,还泡了热水澡,最后舒舒服服地躺在大床上。大房子,她梦寐以求的大房子,她带着欢喜又伤感的情绪入睡。

接连两天言子夜都没有联系她，柯乐乐开始坐立不安，时不时拿出手机看看，是不是自己又不小心按到静音键了，听不到电话铃声？莫非是没话费了？她打电话给10010询问话费情况，得知手机里还有九百多块钱的话费，她甜甜地笑起来，他连话费都替她预存好了，真贴心。可是他为何不联系她？难道我手机坏了？没有呀，刚才打10010不是都能正常通话嘛。前几天他对她这么殷勤，现在却突然像消失般没有任何动静，柯乐乐心里好失落。

第三天，柯乐乐终于鼓起勇气给言子夜打电话。他的声音听起来没有任何异常。"嗨，我的小可乐。"

柯乐乐咽下想质问他为何一直都不联系她的冲动，只是问他晚上有没有空，她发工资了，想感谢他，请他吃晚饭。言子夜答应。挂完电话，柯乐乐真想尖叫着告诉全世界，他没有消失耶。

趁下班前的空闲时间，柯乐乐在网上研究了几道菜的食谱。说实话，搬进言子夜为她租的房子前，她还几乎不会做菜，以前在老家时父母也没让她做过家务，他们只会逼着她念书，不许她出去玩，不许她看电视，不许她玩电脑，更别说看闲书和写作了，她只得在学校里偷偷地用笔写作，然后去网吧把它们打成word文档。在爱上写作前，柯乐乐的学习成绩非常好，因为她把全部时间和精力都花在了学习上面，这样能讨得父母高兴。后来她发现了另一个世界，那个能够与各种人物灵魂交流的世界，她疯狂地陷进去，开始荒废学业，与父母的关系也越来越僵……一不小心思绪就跑远了，每次想到父母，柯乐乐的心情就变得很糟糕，她努力让自己的心思专注回菜谱上。

柯乐乐要在家里宴请言子夜。

下了班就兴奋地冲去菜市场买菜，购置了几个好看的碗碟，回家路上经过鲜花店，柯乐乐还难得奢侈地买了一束百合花，为此还得又买下一个花瓶，她有些心疼，不过想着今后不用自己付房租，也就咬咬牙了。她把百合花摆放在餐桌中央，满意地俯身闻闻花香，整个房间都充满了生气，呵呵，今后她要常换鲜花插上，她微笑。她从工资里抽出几百元放进言子夜那天给她的零花钱信封里，补上前几天拿的用来还苏井然的钱。哎，才一会儿工夫刚发的工资就没剩下多少，柯乐乐看着手中剩下的钱叹口气。

柯乐乐套上围裙开始做菜，全程哼着小曲，像个等待丈夫归家的小妇人。和言子夜约好七点会面，几样小菜已经做好，还有炖菜和汤在锅里，柯乐乐抬头看钟，还有几分钟就到时间了，她赶紧把衣服换成他送她的公主裙，重新梳好马尾，然后把空调暖气打开。她搬进来还没开过空调呢，她宁肯穿很厚的衣服冷得全身哆嗦，也要省下电费，但言子夜来就不能让他冻着。

一切准备就绪，柯乐乐的心怦怦乱跳，待会儿开门时该说些什么呢？

"嗨"——好像太普通了。

"好久不见"——又显得酸溜溜的。

"嘿，欢迎光临"——这里又不是饭店。

"你终于来了"——是不是太刻意？

柯乐乐抓狂，在厨房里来回踱步。门铃响起，柯乐乐努力大吸几口气，镇定，镇定。

言子夜拿着一瓶红酒和一套酒具站在门口，对她微笑。柯乐乐正犹豫该怎么跟他打招呼时，他一把拥她入怀，他吻她，吻得十分热烈，她不由自主地抱紧他，努力回应他。呜，真是个甜蜜的开场，完全不需要言语。

"可乐，你想我吗？"言子夜问。

"嗯。"柯乐乐说。

言子夜笑，又在她额头上重重印下一个吻。

言子夜一直在等柯乐乐主动联系他，她这个电话让他等得有点久。他有时真搞不懂她，她是反应迟钝还是故意装傻？他把红酒放餐桌上，看到百合花，伸手摆弄一下花瓣。"你的爱好很有品位，我的小可乐。"言子夜说。

柯乐乐嘿嘿笑，觉得百合花和红酒放在一块儿真是有情调。她接过言子夜脱下的外套，小心地搭在沙发上。呃……是不是该买个挂衣服的架子放在门口，以后他来就有地方挂外套了。"以后"，柯乐乐想到这个词不免脸红，以后会是什么样子?

"你先看着电视等我一会儿,马上就可以开吃了。"柯乐乐欢喜地跑进厨房。

言子夜环视四周,屋里没什么变化。他没有收到她刷卡消费的任何消息通知,那个信封放在茶几下,他看看她的背影,然后取出信封数了数,钱也没动一张。呵呵,好姑娘。言子夜露出满意的微笑。

饭菜很快盛上桌。土豆炖牛肉,清蒸鱼,红烧肉,麻婆豆腐,韭黄炒蛋,玉米胡萝卜排骨汤。还好前两日在家做饭练了下手艺,今天才没有手忙脚乱,一切照着菜谱做,觉得做菜是件很简单的事情嘛。柯乐乐喜欢吃辣的,但想着言子夜是杭州人,特意把口味调清淡。她满怀期待地看着他。

"哇,没想到我的小可乐还会做饭。"言子夜笑,"闻起来不错。"

"你尝尝。"

"呵呵,我是个很苛刻的评委哦。"言子夜说。

他首先夹了一块鱼肉,柯乐乐紧张地屏住呼吸。

"不错,很鲜嫩,可以得90分。"言子夜说。

柯乐乐松口气。

他又夹了一块牛肉。"嗯,炖得刚好,也很入味,可以得95分。"

柯乐乐咯咯笑,她知道味道只是一般,他哄得她很开心。"我才学着做菜,以后会慢慢进步的。"

"那我以后有福了,不用愁每天吃什么了。"言子夜说。

柯乐乐立即脸红,每天,他说每天,哦,难道以后他们每天都会在一起?光是想想就好开心。

言子夜笑,他喜欢看她娇羞的姿态。"怎么,你好像不欢迎我常来?"

"不是不是。"柯乐乐急急摆手。

"那你希望我经常过来吗?"

"嗯。"柯乐乐小声说。

这才是他最喜欢听到的字。

两人有说有笑地吃饭，柯乐乐想，夫妻生活大抵也就如此吧。

言子夜还特意带了一套酒具过来，想得真周到，知道她这儿不会有。以后，我自己在家也可以偶尔小酌一下啦，柯乐乐想。第二次喝红酒，依然觉得味道苦涩，她努力让自己喜欢这个口感。那么多人都说"好"的东西，以及把它作为小资和有浪漫情调的表现，她为什么会觉得难喝呢，她要改变自己这身穷骨头。真正脱胎换骨的道路还很长，柯乐乐想，但她一定会实现的！

一定要喜欢它！一定要喜欢它！柯乐乐一口又一口地喝着红酒，不知不觉就喝多了，全身很红很烫。她起身收拾盘子，感觉有些发昏，立即又坐下。

"这些东西明天再收拾吧，我扶你去沙发上躺会儿，抱歉，不该让你喝这么多的。"言子夜说是扶她，一把却把她横抱起来。"你好轻，可乐，你要多吃点。"

"嗯。"柯乐乐把头枕在他肩膀上。

或许是醉了，柯乐乐胆子大了很多，她靠在他怀里闭着眼，感觉无比惬意。他们聊天，他想要了解她更多。她从未对别人谈过自己的成长，压抑的童年，有抑郁症的母亲，母亲总是失眠，脾气暴躁地全发泄在她身上，她经常挨骂挨打，母亲从来就没看她顺眼过，她一直努力迎合母亲，却总不能令母亲满意。父亲从部队退伍回来后给别人当司机，是个冷漠寡言的男人，起早贪黑地工作，每天唯一相处的机会就是早晨他送她去学校，晚上放学时接她回家，说得最多的话就是你要好好学习。他们好像是在她小学四五年级时就分屋睡，他们两人常吵架没什么感情，她也感觉不到他们对她有任何温情，他们只知道逼她读书，不让她有任何课外活动，她始终感觉像有一双眼睛在背后盯着自己的一举一动，她没有任何隐私和尊严，她的书包每天都会被他们翻查，写的日记藏得再隐秘都会被他们找出来，她在房间里看书他们总会站在门口查看，她跟同学打电话也被要求必须按免提……

所以她要逃离，不然她真的就窒息了。她是逃到上海来的，她觉得退学是对父母最好的反抗，她成功了，父母气得暴跳，她却笑得很开心。

退学？言子夜惊了惊，他以为她是大学毕业后才来上海的。

"你大几退的学？"

"大二刚开始时。"柯乐乐说。都是红酒惹的祸，让她把不该说的最秘密的事情都说了。她在人前都装得充满快乐朝气，没人知道她的阴暗面。

"那你现在几岁？"

"19岁啊。"柯乐乐说。

天，才19岁！言子夜以为柯乐乐应该是22岁或者23岁，只是模样看起来比较显小而已，没想到真的是这么年轻，还是什么都不懂的年纪嘛！他嘀咕："老赵怎么敢聘用你。"

老赵是她的老板。

"他说他欣赏我的勇气和才华。"柯乐乐说。

言子夜被逗笑，的确是无知无畏的年纪。这个小小可人儿躺在他怀里，他有些不敢碰触，生怕碰碎她。如果当初他知道她才19岁，一定不会萌生追求她的念头。天杀的，她怎么才19岁！言子夜有些抓狂，自己真成坏人了。

"那你喜欢我什么？"柯乐乐仰起脸看他，酒精真是个好东西，使人变得好大胆。

"乖巧，温顺，听话。"言子夜说。还有关键的一点他没说出来——容易满足。他第一次看到她凝视着蛋糕咽口水的样子，就知道这样的女孩是他需要的。

柯乐乐傻笑，我才不乖，也一点不听话呢，那只是表象。为什么你们都喜欢我乖乖的，父母是，你也是这样。柯乐乐把脸贴在他的胸膛上，她能听到他的心跳。"言子夜，我好像也喜欢你。"

言子夜终于丢掉顾虑去吻她。柯乐乐热烈地回应着，她紧紧搂着他的脖子，她喜欢他，也被他喜欢，多么美好的事情！柯乐乐身心都醉了，久违的幸福感，她愿意深陷进去永远都不要出来。他抱着她走向卧室，柯乐乐知道接下来会发生什么，耳边响起薛颜语重心长的警告：我希望你不要把自己太快交付给他，至少也要等认识三个月后吧。柯乐乐把这话从耳边赶走，她想尝试男女的滋味，她觉得其实自己等这一刻已经等很久了。她在书中看过很多关于性的描写，也曾经有过性幻想，此刻，真实感受到身体的交缠，那么甜美的战栗，这里就是天堂么……

啊——柯乐乐痛得尖叫起来。

言子夜亲吻她眼中流出的泪水，从她身上离开，紧紧抱住她。

好痛好痛，撕心裂肺的痛。柯乐乐把身体缩成一团，这下她彻底清醒了。

"对不起。"言子夜抚摸她的头发。天，她还是处女！言子夜第一次面对这种情况，她真的完全属于他。

"你会一直对我好吗？"柯乐乐问。

"会的。"

"我要你保证。"

"我保证。"言子夜说。

柯乐乐把他抱得更紧，她连父母都抛弃了，从此她就只有他。柯乐乐很快在言子夜怀中睡着。他起身，开灯看着床单上那团血红，嘴角勾起一抹微笑。她睡得好甜美，他不忍心叫醒她，他现在还没有睡意，想用她电脑收发下工作邮件，看到书房那台破旧的笔记本电脑，那是柯乐乐从一位学姐那儿用低价买来的使用了四五年的二手电脑，运行速度极慢，光是处理文档还好，上网的话就经常死机。言子夜皱皱眉头，给秘书打去电话，叫她立即订购一台苹果电脑送到指定的地址。他报了柯乐乐公司的地址。

言子夜浏览了一下柯乐乐电脑里的内容，她写的文章还真多，有耐心能吃苦的好姑娘。此外就是下载的大量电影和电子书，也没别的东西。网页浏览记录也没什么不良的，他又点开QQ，很好，不用输入密码就可以直接登录，他扫视她的好友，以及最近的聊天记录。她几乎每天晚上都和一个叫苏井然的男人聊天，有时只是打声招呼，有时是一天生活琐事的汇报，有时是小小的抱怨，也有对文学和电影的讨论，以及海阔天空的瞎聊。言子夜皱皱眉，他听柯乐乐提起过这个男生，看起来他们的关系好像很不一般。言子夜刚想仔细看看他们的聊天记录，柯乐乐的呼唤声响起。

"言子夜——言子夜——"

柯乐乐从梦中醒来,发现自己一个人躺在床上。她刚才做了一个很美妙的梦,梦见她和他嬉戏交缠,他说他会永远对她好,她蜷缩在他怀里,犹如婴儿躺在子宫里的姿势,安全又温暖。那只是一个梦吗?柯乐乐抱紧赤裸的双臂,茫然地看着黑暗的空荡荡的房间,只有她一个人。她叫唤他的名字,没有应答,他就这么沉默地丢下她走了?柯乐乐起身披上外套走出卧室,突然看到他从书房里走出来,她惊喜地跑去扑入他怀里。

"我还以为你走了。"柯乐乐激动得身体颤抖。

"傻瓜。"言子夜揉揉她的头发。

"今晚你会留在这儿陪我吗?"

言子夜笑起来,"你希望我留下吗?"

"嗯,我想你抱着我睡觉。"柯乐乐脸红着低下头。

言子夜一把横抱起柯乐乐,惹得她开心尖叫。"只要是你希望,我天天都愿意留在这儿。"他说。

"我当然希望这样。"柯乐乐急急说。如果每天都被他抱着入睡,那是多么幸福的事情。光是想想就激动得热血沸腾。

粉色的床单上一团血红在灯光下十分明显,柯乐乐捂住眼睛,很不好意思。言子夜把她双手拉开,要她直视那团血红。"非常美丽,"言子夜说,"这条床单我要拿回去。"

第一次,她的第一次,柯乐乐看着那团血红,在十九岁即将结束之际,她终于完成了自己的成年仪式。这是她的筹码,她希望付出得值得,她甚至想到他能马上娶她就好了,她好想有个家,有个疼爱她关心她让她觉得温暖的人,她不想活得那么辛苦。

两人相拥着聊天,都是他问她答,很快他就把她的基本情况掌握清楚。她有提到借了苏井然一千块钱就勇闯上海的事情,他也就装作不经意地问到苏井然的情况,他不喜欢她跟别的男人保持亲密关系。他还教她怎么使用新手机，虽然柯乐乐嚷嚷着她会用，看到他帮她下载了几款 APP 后，她吐吐舌头，原来这款手机的功能这么强大，她有些爱不释手了。当然，他省略了关键的部分，手机的账号和密码都是他设置的，她想下载什么 APP 都需要通过他，以后她手机里面有些什么内容他都能知道，连收发的邮件他都能了如指掌，他嘴角勾起不易察觉的微笑。柯乐乐却傻乎乎地觉得他真是太贴心了。

平时一个人睡，柯乐乐蜷缩着身子把被子裹得紧紧的，还是觉得冷，现在有了言子夜的拥抱，好暖和，连电热毯都可以省去，柯乐乐说着说着话就安心地睡着了。整夜都是被言子夜抱着的，柯乐乐半夜醒来，看着他还保持环抱自己的姿势，她甜甜地笑起来。小心地翻个身面对他，在黑暗中仔细辨认他的轮廓，她还未好好看看他的模样，每次都只敢迅速扫视他脸上某个部位，把它们拼凑起来总不是那么完整。黑暗中也看不仔细，柯乐乐趁他睡着，拧开台灯大胆地注视他。他真帅，眉毛很浓，鼻梁很高，下巴上冒出新长出来的胡须茬，那下巴中间凹陷下去的一条沟，她一直就好想触摸，她怯怯地伸出手，轻轻用食指指腹划过那条沟，呵呵，愿望实现了。她变得更大胆，抚摸他的脸颊，眉毛，眼睛，鼻子，嘴唇，然后又忍不住把嘴唇凑过去亲吻他，像玩一个小小游戏，她咯咯笑出声。吻了一遍，还贪心地想吻第二次，言子夜猛地翻身把她压在身下，她尖叫，立即紧紧闭上眼睛，像鸵鸟把头埋进沙里那般——我看不见你你也就看不见我。言子夜想翻开她眼皮，她就是死死闭着不愿意睁开眼。真丢脸，他怎么突然就醒了啊，该不会刚才我做的举动他全都知道吧？柯乐乐在心里嘀咕，丢死人了。

"嘿，趁我睡着时在非礼我吗？"言子夜调侃。

柯乐乐窘迫死了。

"看着我，可乐，大胆地看着我。"言子夜努力把她的眼皮翻开。

柯乐乐不情愿地眯着眼看他，昏暗的灯光下，他灼热的目光看着她，有火在燃烧。他拉过她的手，用她的手指在他脸上像刚才她抚摸他那般重新做了一遍，她激动得全身颤抖，眼睛慢慢睁大，直直地盯着他……

"以后我要你说话时都看着我,而不是低头看自己的手指。"言子夜说。

"我努力。"

"你该说'嗯'。"

"嗯。"柯乐乐伸手关掉台灯,在黑暗中做了个鬼脸。霸道的家伙!

睡觉时言子夜喜欢让柯乐乐背对着他,从身后抱住她,把她整个身体都紧紧包裹起来,她不得动弹。柯乐乐其实很想和他面对面相拥,这样她也可以紧紧抱住他,睁开眼就可看到他的脸,还可以感受他的呼吸。柯乐乐在黑暗中嘟嘟嘴,在他面前她好像都没有发言权,哎,算了,他喜欢这样姿势睡觉的话她也会努力去喜欢的,她只要他对她好就心满意足。

被人抱着入睡,然后醒来时还有个人在晨光中对你微笑的感觉,真的好幸福。柯乐乐睁开眼就看到言子夜用胳膊撑着头凝视她的目光,他说:"早安,我的小可乐,你睡觉的样子好甜美。"他低下头吻她。

好幸福,这不就是我一直期待的生活吗?柯乐乐笑。

言子夜带柯乐乐出去吃早餐,见她穿着一身很土的衣服,他皱皱眉头。"可乐,我希望你去买一些好看的衣服和鞋子,我给你的信用卡为什么都没用过?"

柯乐乐低下头。

"我要你每天都穿得漂漂亮亮的,这样我会高兴。"言子夜说。

"可是……可是同事们会议论我。"柯乐乐支吾着说,"前几天我穿你送我的衣服去上班,她们在背后嘲笑我,说我傍大款啊被包养啊什么的,话说得很难听。"

言子夜揉揉她的头发,真是敏感的姑娘。"放心,我会帮你解决这件事情。你尽管去买衣服,我喜欢看你穿得可爱休闲一点,如果你不知道去哪里购物的话你可以联系我秘书。"言子夜把秘书的电话号码发送到柯乐乐的手机上。

"可是我希望你陪我去逛街。"柯乐乐在心里说。

临走时言子夜还真把那条染血的床单要走了,开玩笑说要裱起来,柯乐乐嘴上说着这是很丢脸的事情,心里却祈祷他真能如他说的那般珍惜。

一起在上海风味的点心店吃过早餐，柯乐乐还打包了一份小笼包和生煎作为午饭，她这种省钱的性格应该是从母亲那儿遗传的，却不自知，还经常在心里嘲笑母亲的抠门。言子夜开车送她到公司楼下，她很想叫他停在附近的路口就好，她可以走过去，言子夜却不依。他说就是要让她公司里的人看见，他还在车里强吻她，弄得柯乐乐惊慌失措地四处张望，果真被几个同事看见了。他却像做坏事得逞般哈哈大笑。

"坏蛋，故意制造麻烦给我，待会儿又不知道那些八婆会议论什么。"柯乐乐瞪着言子夜。

"你现在是在瞪我吗？你以前连看都不敢看我，现在居然敢瞪我？"言子夜捏捏她的脸蛋。

"我不敢上楼了。"柯乐乐哭丧着脸。

"去吧，待会儿你有礼物收。"

礼物？柯乐乐疑惑地看着言子夜。

"快点去公司，乖。"言子夜再次吻了吻她。

柯乐乐开始舍不得下车了，极不情愿地道再见，想着不知道什么时候才能再次见到，关上车门又把车门拉开，问："晚上我还能见到你吗？"

"贪心鬼。"言子夜敲敲她额头。

根本就没有给我答案嘛。柯乐乐忧伤地看着他的车子消失在视线外。

办公室里当然已经炸开锅了，两人公然在公司楼下接吻，真够大胆的，完全是在炫耀嘛。柯乐乐努力让自己在那些八婆们异样的眼光和窃窃私语中保持镇定。坏蛋言子夜，大坏蛋！害得柯乐乐都不敢去洗手间和茶水间，她刚才连去趟洗手间都被经过的同事拉住，同事眼睛贼亮地盯着她问："嘿，听说你和一家传媒公司的老板在交往啊，是不是真的？"还没等柯乐乐说话，那女人又自顾自大声地说："看不出嘛，柯乐乐你真厉害啊，居然把大老板都搞到手了，你们怎么认识的啊？你到底用什么方法把他迷住的呀？听说他还是钻石王老五耶，你现在跟着他就有福了，厉害呀柯乐乐，你真是厉害，平时见你闷不吭声的，没想到你这么厉害呀！"接连几个"厉害"，把柯乐乐说得真想躲在洗手间里不出来。这也还算好的，更有几个同事起哄着要柯乐乐请大家吃午饭，吓得柯乐乐脸色苍白，她哪里有钱请客！昨天宴请言子夜以及补上挪用信封里的用来还苏井然的钱就差不多花了她半个月的工资，接下来一个月她只能省吃俭用才行。柯乐乐吓得不敢与任何同事接触，只得坐在电脑前一动不动，装作认真工作的样子。

十一点多的时候，快递员上门来，把一个盒子递给柯乐乐叫她签收，并且快递员还要柯乐乐开箱检验一下电脑是否能正常启动。

电脑？柯乐乐想起下车前言子夜神秘地说她会有礼物收，他送她电脑干吗？她打开盒子，是苹果电脑耶，超薄超轻，线条超赞，看着就很喜欢。旁边的几个同事凑过来看，啧啧称赞这电脑好，而且挺贵的。

一个同事好奇地问："柯乐乐，这是你买的还是别人送的啊？"

另一个同事赶紧接话说："当然是别人送的啦。喂，是那个言总送的吗？"

"不是言总还有谁啊？"又一个同事笑。

"也说不定哦，我们柯乐乐这么厉害，说不定还有什么大老板追求呢？"

几个同事哄笑。

柯乐乐收到礼物的兴奋劲儿瞬间降到冰点。她也没开机验货，草草在验收单上签了字，把电脑塞到办公桌柜子里。本来是件值得开心的好事情，现在却像她做了坏事一般。快到午饭时间，柯乐乐真是害怕这帮八婆会继续议论她以及要她请客，她提早几分钟就拎着早晨打包的食物躲进洗手间，她在洗手间里迅速解决了午饭，早晨吃起来非常好吃的小笼包和生煎，此刻冷冰冰、干巴巴的，好难下咽。柯乐乐在洗手间的马桶上坐了一个小时，忍受着洗手间难闻的气味，期间还听到几个同事对她的议论，她觉得好委屈。她不就是谈个恋爱嘛，难道她就没资格被优秀的男人爱上吗？柯乐乐眼眶红了，努力不让泪水流出来。

薛颜一直在等着柯乐乐出现，结果午休时间结束后柯乐乐才重新坐回位置上，薛颜注意到她眼睛红红的。薛颜通过 QQ 发消息过去："中午是故意躲出去的吧？"

柯乐乐苦笑。

"你和言子夜现在是正式交往了？"薛颜问。

"嗯。"

"不要在意部分同事的议论，她们都是嫉妒你。言子夜是个优秀的男人，就是岁数上比你大太多了，不过这样也好，成熟的男人会让你成长很快。"

"谢谢姐姐。"

"答应我的事情没忘记吧？"

柯乐乐心里咯噔一下，呃……她等不到三个月那么久。欺骗薛颜令她很不好受。"当然没忘记，姐姐放心吧。"

身边真的没有任何人可以倾诉啊，柯乐乐感觉好无助，为什么从小到大都看到其他女生总是三五个腻在一块儿有说有笑，她却交不到朋友。难得后来遇到苏井然和薛颜还能说说话，却也不能完全交心，需要隐瞒和刻意美化一些事情，真累。柯乐乐想到言子夜，他能懂她吗？她能完全依赖他吗？她才认识他这么短的时间，说了很多该说和不该说的话，他只是温柔地揉揉她的头发，她整颗心就融化了，就死心塌地了，就天长地久了。她才不需要在意别人呢，她有他一个人就够了。柯乐乐释怀地在心里笑起来。

"谢谢你的礼物，我很喜欢。"柯乐乐第一次用微信，她的微信好友里只有言子夜一个人。她那台笔记本电脑就像个垂暮的老人，运行缓慢还经常死机，好几次她正在写小说时电脑突然就卡住了，文档没有保存，只得重新写过，心情超级沮丧。哈哈，现在好啦，全新的电脑，他真是贴心。

"只要你开心，我就很开心。"言子夜回复。

柯乐乐对着手机傻笑。

她好想问他要不要一起吃晚饭，犹豫几秒又忍住了，她是个被动的人。下班回家时经过曾经每天都要停驻凝视非常渴望品尝一下的那家法式蛋糕店，柯乐乐咽了咽口水，咬咬牙推开蛋糕店的玻璃门。言子夜说过他很爱吃甜品，柯乐乐为他买了两块蛋糕，自己闻闻香气就够了，或许他还会喂她一两口。他今天应该不会来吃晚饭了，晚一些应该会来我家吧？柯乐乐想。

可惜他没来。

柯乐乐花了一个晚上研究新电脑，她是电脑白痴，只得打电话求助苏井然，苏井然帮着她在网上查询方法，然后一步一步指导她，终于把系统和需要的软件全部安装好。如果言子夜在，他很轻松地就能帮她把电脑搞定吧，柯乐乐叹口气。弄新电脑花了她原本该写作的时间，每天写三千字的自我要求，柯乐乐遵循得很严格，熬夜也要把它完成。一直对着电脑写到凌晨三点多，喝了两杯速溶咖啡。若是有个咖啡机就好了，现磨咖啡的口感会好很多，柯乐乐扫视了一眼放在茶几下的现金和信用卡，再次叹口气，她不想用他的钱。

蛋糕孤独地散发甜腻的香味。柯乐乐怕蛋糕放冰箱里口感会变得不好，就放在餐桌上，反正她不开空调屋里温度也很低，而且这样一来言子夜进屋就能看到她特意为他准备的蛋糕，心里会觉得温暖吧？

可惜第二天他也没有过来。

第三天还是没来。

柯乐乐终于忍不住给他打电话，她好委屈，他为什么接连三天都不来看看她！言子夜给出的答案是他在北京出差，他叫她乖乖的。柯乐乐不高兴地嘟起嘴，看了看餐桌上的蛋糕，迅速把它们吃掉。蛋糕好像有点变质了，柯乐乐吃得很快，来不及去体会它们的味道。她突然觉得七十八元一个的蛋糕和八角钱一个的刀切馒头没什么两样，只要填饱肚子就够了。

3

　　爱情来得太容易，反而让人觉得很不真实。尤其是言子夜接连一个星期都没有出现，柯乐乐开始坐立不安，之前他可是每天都给她制造惊喜耶，是不是男人的通病都是得到一个女人之后就不会珍惜了？柯乐乐后悔没有听从薛颜的话。

　　哼，你不联系我，我也不会主动联系你！柯乐乐似乎在较劲儿。却又怕他真的忘记她，她想到一个方式提醒他关于她的存在——刷他的信用卡。呵呵，他会收到消费记录的短信，他就会想起她了，柯乐乐为自己的小聪明感到得意。

　　犹豫许久后，柯乐乐在周末时拨通言子夜秘书的电话号码，她真的不知道该去哪儿逛街，也需要有个人指导她该怎么打扮。秘书爽快地答应当晚就陪她去逛街。柯乐乐噘噘嘴，言子夜找的是个什么秘书啊，秘书还有陪老板女朋友逛街的义务吗？

　　言子夜的秘书是个热情的上海姑娘，啧啧啧，柯乐乐没想到她还这么漂亮，穿着十分时尚大方，她整日有机会待在言子夜身边，会不会对言子夜图谋不轨？柯乐乐立即小心眼地竖起敌意。秘书自我介绍，姓黄，可以叫她Coco，言子夜已经打过招呼要她好好陪自己购物。柯乐乐挤出微笑，努力不让自己去瞎想这位Coco与言子夜的关系，却还是忍不住刻意自报身份提醒Coco，"你好，我是言子夜的女朋友柯乐乐。"Coco职业性地微笑，言行举止都十分得体，柯乐乐顿时没了底气。她穿着自己买的廉价衣服和鞋子，像个乡下姑娘，跟在时尚的 Coco 身后穿梭于商场，Coco 好像对各个品牌都很熟悉，耐心地为柯乐乐挑选搭配。柯乐乐看了看衣服标签上的价格，瞠目结舌，这么贵，居然还有这么多人来买！每次从试衣间里走出来照镜子，柯乐乐都觉得自己瞬间变身为高贵公主，人靠衣装这句话说得太对了，没想到自己还可以这么美丽有气质。柯乐乐着迷地盯着镜子中的自己。

Coco 忍住嘲讽，脸上始终挂着恰到好处的微笑。老板的眼光怎么突然改变了，跳转跨度也太大了吧，这个女人完全不像老板平时接触的女人的风格，老板到底看中这个土包子哪一点！

逛了两个多小时，Coco 为柯乐乐买了两件外套，两条连衣裙，一件毛衣，一件 T 恤，两条牛仔裤，一双短靴，一双休闲鞋。一共花了两万四千多块。柯乐乐看着这个数字吓得直冒汗，天，她从小到大买的所有衣服加起来也没有这么多钱吧，母亲花钱非常节省，总是给她买大一号的衣服，这样她接下来几年就算个子长高些都还可以穿，她恨透了穿着不合身的衣服了。

言子夜会不会骂死她！柯乐乐惊恐地看着 Coco，小声问："会不会太贵了？买这么多不太好吧。"

"我是按照言总的指示办事。"Coco 说。

"我这样穿他会喜欢吗？"

"言总喜欢这种风格。"

"你好像对我男朋友的喜好非常熟悉嘛。"柯乐乐故意把男朋友这三个字提高音量说。

"是的，我跟在言总身边四年了，他送各个女朋友的礼物都是我为他购买的。"Coco 故意说。

各个女朋友？他有过很多女朋友吗？柯乐乐不悦。"你见过他几个女朋友啊？"

Coco 笑而不语。

柯乐乐又问了一遍。Coco 用别的话打岔："柯小姐，我再带你去买瓶香水。"

去香水区的路上柯乐乐心里窝着一团火,他一定交往过很多女朋友!他一定很花心!而且他居然每次都叫秘书为女朋友挑选东西!哼,这位秘书见过他每一任女朋友,见到她的第一眼是不是就在心里嘀咕:老板和这第×任女朋友这次又会持续多长时间呢?柯乐乐越想越生气,刷他两万多块钱也不心疼了,他这张卡不知道给多少女人用过呢!

突然,柯乐乐脑子里闪过一个念头,她问Coco:"你最近有没有为言子夜买一部苹果手机和一台苹果电脑啊?"

"呵呵,那不是言总送给柯小姐的吗?"

"是你去买的?"

"对,前几日我还把电脑快递到柯小姐公司呢。"Coco职业性地微笑。

柯乐乐心凉了,原来礼物都不是他亲自买的。

Coco拿了一瓶Dior小姐花漾甜心香水给柯乐乐,说言总喜欢女人喷这款香水。柯乐乐闻了闻香味,很好闻,她却故意说这个香味她不喜欢,她要自己挑选一瓶香水。哼,她才不要跟他以前的女朋友们用同样的香水呢,她要他闻到某个味道时就只想起她一个人而不是所有的前任。Coco试图劝说,柯乐乐完全不理会,自己去别的专柜选了一瓶闻起来味道甜甜的、瓶子又很好看的香水,安娜苏的碟之恋香水。这款香水比起Dior香水要便宜很多,Coco在心里嘲笑:土包子就是土包子。

"言子夜平时用的是什么香水?"柯乐乐问。她一直觉得那个味道非常好闻。

"香奈儿。"

"这里有卖的吗,我也买一瓶。"柯乐乐问。她很嫉妒Coco对言子夜的了解,她对他几乎一无所知。她到香奈儿的专柜闻了闻这款香水,是的,就是这个味道,从第一次见到他摔跤时跌入他怀里,她就爱上了这个味道。以后她想他时,就可以把这瓶香水喷洒在空气中,仿若他把她整个人都包裹起来。

柯乐乐去结账时还把之前Coco推荐的那款Dior香水也买了,几百块啊,她心疼死了，不过用的是言子夜的钱，谁叫他惹她生气了，活该！柯乐乐努力挤出微笑，把香水递给Coco，"谢谢你今天陪我逛街，你挑选的衣服我都非常满意，这瓶香水就送你作为礼物，我好像闻到你身上喷的也是这款香水？"

Coco的笑容里闪过一丝尴尬。"谢谢，你太客气了。"

柯乐乐很得意地反击了一回。

提着大包小包的东西挤公交车回家，两万多块钱提在手里的感觉，柯乐乐吐吐舌头，她还没想象过花这么多钱买衣服，如果是现金拿在手里就好了，够她用一年了。柯乐乐还特意去超市买了木质衣架，这么贵的衣服当然要小心地挂在衣柜里，不能像她以前的衣服那般随便塞一团就可扔在箱子里。她看着热闹起来的衣柜，终于露出几天来第一个真正欢喜的笑容。这些衣服真好看，她终于摆脱地摊货了。

言子夜那边应该收到刷卡消费的短信了吧，他真是不在乎钱啊，都没来质问她，原本她还担心他会骂她乱花钱呢。柯乐乐有些难为情地主动给言子夜发微信："买了一堆衣服，好开心。"

"乖，等我回来，我要看你打扮得漂漂亮亮的样子。"言子夜回复。

哎，他怎么还在出差啊，柯乐乐真怀念前段时间天天都能见到他的日子。"什么时候回来？我想你了。"鼓起勇气发出这几个字。

"我很高兴听到你说想我，小可乐，我过几天就回来。"言子夜回复。

哎，过几天到底是几天嘛，过两天也是过几天，过十天也是过几天，相差很大耶。柯乐乐自言自语地抱怨。不过万幸的是，他一点都没问钱的事情，柯乐乐的担忧消失了。

他很有钱吗？柯乐乐疑惑。一时心血来潮，柯乐乐上网查了查现在住的房子的房租，天，一万块钱一个月！柯乐乐瞪大眼，她以前住的是六百块一个月的地方啊，天壤之别！她又想查查言子夜开的车的价格，她对车完全不了解，不知道那款车是什么牌子，模糊记得几个英文字母，查询下来才知道那款车是保时捷的卡宴，不知道究竟属于什么配置，但也要一百多万啊。柯乐乐目瞪口呆，原来他这么有钱。柯乐乐开始有些不安，她喜欢钱，希望自己可以摆脱贫困，一个有钱的男朋友是拯救她最快的捷径。但是也不要这么有钱呀，这样就会有很多女人追求他，想方设法得到他，她会很没有安全感。

柯乐乐的情绪一落千丈，难得连写作都没有兴趣，早早上床睡觉，却辗转反侧睡不着。

周一出门时纠结良久，忍不住穿了新衣服去上班，粉色的风衣，白色毛衣加牛仔裤，休闲鞋，看起来乖巧可爱又不张扬，应该不会像之前那般穿着皮草引起同事的议论吧。柯乐乐对着镜子做个鬼脸，心情稍微好一点。她还喷了新买的香水，她问自己：这样是不是看起来就像个城市姑娘了？

她这一身装扮的确让人眼前一亮，在电梯里还被一个男人搭讪问电话号码，紧张得柯乐乐心怦怦乱跳。她第一次被陌生人搭讪，这种感觉……真好！进公司时前台也主动跟她说话，前台说："嘿，乐乐你现在的样子一看就是谈恋爱中的幸福小女人。"柯乐乐很喜欢这样的评价，心情又好了很多。

穿着几千块钱的行头，午饭还是只吃三块五毛钱的三明治，午休时一边在电脑上看电影一边吃三明治，也津津有味。薛颜看了看这个小妹妹，也不知该怎么评价，只能观望一段时日再说。

柯乐乐还穿着几千块的行头去菜市场跟小贩讨价还价，她一点都没觉得别捏。一手提着菜，一手拿钥匙开门，咦，门口怎么多了一双男士皮鞋？言子夜？言子夜！柯乐乐丢下菜，激动地冲进屋，鞋都没来得及换。

言子夜躺在沙发上闭着眼，耳朵里塞着耳机听音乐。柯乐乐扑入他怀中，把他惊醒。

"言子夜，言子夜！"柯乐乐欢喜地大喊他的名字。

"哦，可乐，你这样真令我高兴。"言子夜揉揉她的头发。

片刻后回过神来，注意到自己的失态，柯乐乐脸红地赶紧站起身，羞涩地冲他笑笑。

"过来，我要好好抱抱你。"言子夜说。

温柔的呼唤，柯乐乐心都快融化了，之前对他的各种抱怨消失无踪，她变得好开心好开心。她重新躺回他怀里，抱紧他，把脸贴在他胸膛，她喜欢感受他的心跳声，还有那熟悉的味道。

"再说一遍昨天你发微信时说的那几个字。"言子夜说。

"哪几个字？"

"说你想我。"言子夜说。

柯乐乐害羞地把整张脸都埋进他脖子间，怎么好意思当面说出口嘛。

"快说，我的小可乐。"

"不要。"

"我喜欢听你回答'嗯'。"

"那我再用手机发微信说可不可以？"柯乐乐问。

"不可以！"言子夜翻个身，把她压在身下，双手把她两只手臂拉过头顶紧紧钳住，好像一个投降的姿势。她除了头部可以左右摆动外其他地方都不得动弹，柯乐乐把脸偏向右侧，紧闭双眼。

"可乐，看着我。"言子夜命令。

柯乐乐知道他正盯着她，她更不敢看他。

"真拿你没办法，害羞的小家伙。"言子夜吻了吻她的眼皮。"但我就喜欢看你这个样子。"

光是这样柯乐乐就呼吸不畅了，该死，怎么才可以面对他时不紧张嘛。她好想和他眼神相交，触摸他的脸颊，深情地告诉他：我想你。关键时刻她总是怯场。

"嗯，你喷香水了。"言子夜在她脖子间嗅了嗅，鼻尖擦过她肌肤，她痒得全身颤抖。"这味道很好闻。"

"嘿嘿，我自己挑的。"柯乐乐很开心他喜欢这个味道，跟他的前任女友们以及那个虎视眈眈的秘书不同的味道。

言子夜的鼻尖继续在她的脖子间磨蹭，柯乐乐痒得咯咯咯笑。"很痒耶，快停下。"

"你看着我求饶我就住手。"言子夜说。

"好啦好啦,我求饶,你看我都做着投降的姿势耶。"柯乐乐把脸面对他,迅速地睁开眼看他一眼,又闭上。

"耍赖。"言子夜捏捏她鼻子,然后一只手继续握住她双臂,另一只手捏住她下巴,这样她就全身都完全不能动弹。他吻她的唇,她似乎等这个吻已经等很久了,嘴唇狂热地和他缠绵,索求着他,品尝着他,痴迷着舌尖交缠的滋味。这么吻到海枯石烂就好了,柯乐乐贪恋这种感觉。

只是节奏完全由他控制,他说结束,就是结束。言子夜松开她的胳膊,看着她小脸红扑扑的,真是惹人怜爱。他坐起身,柯乐乐有些不情愿地睁开眼。

"我饿了,我们出去吃饭吧。"言子夜拉她起来,他打量她今天的穿着,说:"可乐,你这样打扮很清新动人。"

柯乐乐傻笑。

"你应该再买个包。"言子夜看了看沙发上她的双肩包。

十九块钱的包,大一时逛夜市买的,当时柯乐乐觉得非常好看,而且还很实用,书啊笔记本啊等大堆东西都可以塞进去。此刻被言子夜这么一说,柯乐乐非常难为情,好像是跟现在的装扮很不搭哦,她早上居然就这么背着去公司,一定有同事偷偷笑话她吧。

"家里也应该购置一套音响,我们晚上可以喝着红酒听音乐。"言子夜说。

哇,这个建议相当不错。柯乐乐说:"晚饭后我们可以一起去逛逛呀。"

"晚饭后我只想在家好好抱着你。"言子夜说,拿出手机准备给秘书打电话,"我叫 Coco 去买。"

"不要,"柯乐乐赶紧制止,音量不自觉地提高几度,"我明天自己去买。"

言子夜看了看她,"你好像不喜欢 Coco?"

柯乐乐真是不擅长掩饰,什么都写在脸上。她嚅嚅嘴,"你秘书很明显的喜欢你。"

言子夜哈哈大笑，捏捏她鼻子，"会吃醋了嘛，很好。"

"你跟她有没有交往过？"还是忍不住好奇地问。

"没有。我很公私分明，从来不会跟下属纠缠不清。"言子夜说。

柯乐乐松口气。哼哼，那女人只有暗恋的份，不像她，柯乐乐在心里偷笑，她可以拥抱亲吻甚至抚摸他。柯乐乐不免得意起来，自信心爆棚，胆子也变大。她又问："你之前是不是交往过很多女朋友？"

"很多。"言子夜毫不掩饰地说。

柯乐乐沮丧起来，只有他才有办法让她前一秒还在云端欢跃，瞬间就跌入谷底。

"可乐，我不会隐瞒你什么，你不用去想我的过往，你只需要知道现在我心里只有你。"言子夜揉揉她的头发，"笑一笑，我们去吃饭。"

柯乐乐挤不出微笑，她报复性地拉过他的胳膊，在他手腕上不轻不重地咬了一口。

次日，Coco就按照指示买好了一个手包一个挎包，以及一套音响。待言子夜接了柯乐乐下班去吃过晚饭后，回到家里，音响已经安装好，包也被好看地包装好放在茶几上，花瓶里颓败的百合花也被扔掉，换上了一束火红的玫瑰花。柯乐乐目瞪口呆，有人闯入过她的家！

"Coco办事效率很好。"言子夜夸赞。

"你把我家的钥匙给Coco了？"柯乐乐瞪着言子夜。她很生气，那个女人对她的打扮进行操纵就已经够令她不爽了，现在那女人居然还步入她的家，对属于她和言子夜的爱巢指手画脚！

"你是在瞪我吗？"言子夜捏捏她的脸蛋，"那我宁肯见你低着头不敢看我的样子。"

"我很生气！"柯乐乐大声说。

言子夜不当回事。他把手机连接音响，音乐响起，他似乎很满意。

"你居然没经过我同意就随便让人趁我不在家时进来！"柯乐乐继续抗议。

"来，我们跳舞吧。"言子夜伸出手，完全没理会她的气愤。

柯乐乐站在原地不动，鼓着脸气呼呼的模样。

"很好，继续保持直视我，我教你跳华尔兹。"

"你怎么知道我不会跳！"

"你会吗？"

"不会。"生硬的语气。

"我教你。"言子夜走近她，揉揉她的头发。

柯乐乐无法抗拒这个温柔的动作，情绪稍微平复一点。"答应我，以后不许再让Coco进入这里。"

"好。"言子夜拉起她的左手置于自己的右肩，搂住她的腰，握起她的右手。他从最基本的步伐教她，起初她还有些耿耿于怀，嘬着嘴，每一次转身不经意地看到餐桌上那束玫瑰花就来气，她从未像此刻这般讨厌玫瑰，无比讨厌，以后再也不想看到玫瑰！她喜欢百合花，那女人只是个秘书而已，哪里有权力扔掉她的花！渐渐的，柯乐乐在他温柔的声音和炽热的呼吸下融化，他的动作真是优雅浪漫，她痴迷地跟随他的舞步，学习得很快。他说她再跳好点就带她出去参加舞会，她终于欢喜起来，想象着他向朋友们介绍她时的情景，以及那些暗恋他的女人们嫉妒得脸色发青的模样。哼，她才是他的女朋友！柯乐乐释怀。

接连三日柯乐乐都和言子夜共度下班后的时光，一起吃饭，一起看电影，喝点红酒，随着音乐翩翩起舞。她的舞越跳越好，她在上班的空闲时间一直都上网看华尔兹的舞蹈视频，然后期待着下班时间快快到来。言子夜会在公司楼下等她，她不再遮遮掩掩，而是无比骄傲地在同事的眼光中坐进他的车。她甚至开始有些享受那份注视。

这三日的夜晚时光真是甜蜜幸福，柯乐乐沉醉了。她在爱，同时也被人爱着，这就是天底下最美妙的事情。在人世间度过将近二十年，柯乐乐终于尝到爱的滋味，她跟母亲之间没有爱，跟父亲之间也没有爱，只有他，言子夜，他唤醒了她冰封多年的情感，他是她在世界上唯一爱的人。她只有他，她要他一个就够了！他们相拥而睡，这种感觉好极了，失眠离她而去，在他怀里她很快就能睡着。他喜欢让她背对他，从她身后把她整个身体紧紧包裹住，她保持婴儿在子宫里的姿势，安全而温暖。

言子夜的家就在柯乐乐租的房子附近，他曾给她指过一次，她记住了那个小区名字。她好奇地问他，为什么不让她搬去他家里住？言子夜笑，他不喜欢同居，两个人要有适当的自由空间，这段感情才能长久。哦，"长久"这个词柯乐乐非常喜欢，她痴痴地傻笑，他希望他们的感情长久耶，跟她希望的一样。

第四日柯乐乐就迎来了所谓的自由空间。她下班前没有收到言子夜的短信，她还以为他们是形成默契了，他不需要提前联系她直接就在她公司楼下等她呢，结果走出大厦却没见到熟悉的车辆。哎，柯乐乐在冷风中缩了缩脖子，冒着严寒走路回家，这跟坐在温暖舒适的车里完全是两个世界，她一时竟然有些不习惯。她哆嗦着手给言子夜发微信："今天要一起吃晚饭吗？"

"我跟客户吃饭谈事情，乖，在家乖乖写作。"言子夜回复。

那你吃完饭还会过来吗？柯乐乐很想继续问他，犹豫片刻，把这行字删掉。

回家一个人放着音乐跳舞，闭上眼，手架在半空想象他正站在她面前，舞得深情又忧伤。原本自我规定每天要写三千字的小说，这几日柯乐乐一个字都没有动，她哪里还有心思写作。她孤独地跳至深夜。

柯乐乐的心情已经完全受言子夜的控制，喜怒无常，他一条短信一个电话会让她欢喜半天，一天没有消息又会令她情绪低落到做什么事情都无精打采。他完全不会提前通知她，总是突然出现在她跟前，如胶似漆热情如火，然后又突然不见踪影。柯乐乐没跟别人谈过恋爱，不知道情侣间是不是都这样，她好希望能和他整日都腻在一起。

他会不会有别的女朋友？柯乐乐脑子里偶尔会闪过这样的念头。他在她家待几天，又在别的女人家里待几天，或许，他自己家里就住了个女人，所以他才不要她跟他同居！越想越觉得可怕，柯乐乐捂住眼睛真想大声尖叫发泄。完了，她爱他，她深深地爱着他，她好像比他爱得要多。她在无数的文学作品里读到过，爱情里总有一方爱得比另一方多，爱得多的那一方不可避免地会受伤。柯乐乐不想受伤，她从小一直在被伤害，好不容易以为找到个安全港湾，她只想躲在里面享受阳光照拂。

　　柯乐乐控制不住自己，在又一次两日没见到言子夜后，她连着两天下班都跑到他住的小区游荡，不知道他住在哪一幢，去地下车库一辆一辆地看车牌号，也没看到他的车。柯乐乐安慰自己，不该胡乱怀疑他的，他应该在外面应酬忙到很晚吧。一会儿又忍不住猜测他现在是不是正在别的女人家里？他会和那女人一起看碟片吗？会和那女人喝着红酒跳舞吗？会对那女人说动听的情话吗？会整夜紧紧抱着那女人入睡吗？柯乐乐越想越抓狂，哦，她太爱他了，她想每分每秒都拥有他，这样她才有安全感。柯乐乐又突发奇想，或许守在大门口等能碰到言子夜带着别的女人回家吧？她立即冲去小区入口处，躲在角落里死死盯着进入的车辆，在冷风中搓着手跺着脚全身瑟瑟发抖。良久，她意识到这个小区好像不止只有一个入口，她又赶紧一路小跑去另一个入口守候。她全身充满警觉，以为自己是静候猎物的猎人，殊不知此刻看起来跟落汤鸡无异。

　　神经质的性格好像就是这个时候形成的，或许是早就存在体内，一直等待机会萌发罢了。柯乐乐开始经常失眠。她以前总是在心里嘲讽母亲，母亲几乎每晚都无法入睡，完全要依靠安眠药，有时严重起来安眠药都不管用，得去精神病医院开一种特殊的药丸。柯乐乐总说母亲的失眠症是因为莫须有地对她和父亲想太多管太多瞎操心，是抑郁症的表现。她似乎也遗传了这部分。

　　整夜睡不着，在床上翻来覆去折腾一两个小时后，起床在房间里暴躁地走来走去。饿，柯乐乐突然感觉很饿，煮了一碗面吃，还是觉得没吃饱，又煎了两个荷包蛋。虽然打了个饱嗝，依然觉得肚子空空的，还想吃东西。既然无法入睡那时间不能浪费了，她决定去写作，头昏昏沉沉，在电脑前坐了两三个小时才写出五六百字,她愤怒地抓头发大骂自己没用,这个长篇何时才能写完啊,她还妄想着出书成名呢!又走去厨房煮了一碗面吃,肚子撑得好鼓,怎么还是觉得饿呢?

言子夜再次见她,开心地说:"可乐,你胖点了,你胖点好看。"

柯乐乐心酸地苦笑。

言子夜当然不会明白她内心的煎熬。他拥她入怀,吻她,她激烈地回应,试图把这几日他欠她的吻都弥补回来。他笑:"小丫头开始变主动了嘛。"

"又是四天不来见我,你都在干吗?"

"工作忙。"言子夜说。

柯乐乐靠在他的胸膛,鼻子变成警犬,嗅了嗅,只闻到熟悉的味道,很好,没有掺杂别的香水味。

"我想你,天天都好想你,见不到你我的心就好乱,我们住在一起好不好?"柯乐乐仰起脸期待地看着他。

"乖,我不是说过嘛,我喜欢有自由空间,这样两人的关系才能长久。"言子夜笑着揉揉她的头发,"不过我很高兴听到你亲口说你想我,看来几天不见面的效果很好。"

"很不好。"柯乐乐嘟起嘴,"你每天工作忙好了可以睡在我这儿啊,我想每天都被你抱着入睡。"

"乖,听话。"言子夜吻了吻她额头,"为了你今天难得的告白,我奖励你一个礼物,你想要什么?"

"我只想要你。"柯乐乐闷闷地说。

言子夜笑,捏起她两边脸颊,把她噘起的嘴拉成一个向上翘的弧度。

柯乐乐突然想起什么,从他怀里挣脱开,打开音响播放器。她显得有些兴奋地冲他眨眨眼,"我想到我要什么礼物了,我要你带我出去参加舞会。"柯乐乐把手架在半空,独自在他跟前舞动起来。见不到他时,她每日都在家里这样跟臆想中的他共舞,深情又忧伤的姿势,看起来那么美丽。言子夜看呆了。

"你好美。"言子夜起身搂住她的腰，握住她的手，他们一起舞蹈。"我答应你。"

柯乐乐咯咯咯笑起来，好棒！

猜疑消失了，抱怨消失了，伤心消失了，柯乐乐只觉得满满的甜蜜幸福感。暴食的症状也随之消失，没几日，柯乐乐又清瘦下来。她在镜中看着自己的脸型曾经由瓜子脸胖成圆脸，现在又瘦出尖尖的下巴，她对着镜子呼出一团热气，镜中影像被雾气氤氲蒙住，她伸手在雾气上写了个"言"字，又写上"柯"字，然后画了个爱心的图案框住这两个字。她傻笑，他们都被"心"框住了，跑不走的。只是柯乐乐转身时，没看到雾气消失，图案也瞬间没了踪迹。

很快柯乐乐就等来言子夜兑现的奖励，他要带她去参加舞会。柯乐乐下班后按照言子夜发给她的地址来到他公司，这是她第一次去他的公司，好紧张，好兴奋，他这是在对他的员工昭示：她，柯乐乐，是他的女朋友！光是想想就激动无比。

言子夜的公司门头比她上班的杂志社气派多了，乐众传媒，柯乐乐用手机自拍了一张和这个 Logo 的合影。有下班的员工从公司里走出来，好笑地看了看她。

"你好，找一下言子夜。"柯乐乐对前台说。

"请问你有预约吗？"

"没有。"

"言总不在公司。"前台说。

"可是他叫我过来……"

"那你自己联系言总吧。"前台没好脸色地打断柯乐乐。

怎么可以这种态度！这前台好像狗眼看人低嘛！我一定要向言子夜投诉你，一定要！气死我了！柯乐乐正准备给言子夜打电话，突然听见有人叫自己的名字，她抬头，看到 Coco 职业性地对她微笑。

"你好，柯小姐，言总在开会，我先帮你准备一下。"Coco说。

柯乐乐像找到救星，不满地抱怨："看到你太好了，你们前台的态度真是恶劣，居然不让我进来，还说子夜不在公司。"

Coco立即厉声责备了前台一句，还叫前台记清楚柯乐乐这个人，她是老板的贵宾，以后看到她要非常热情地接待。

"我是子夜的女朋友。"柯乐乐纠正。

Coco在心里笑了一声。

柯乐乐跟着Coco去会客室，Coco说言总在开会，交代她先帮柯乐乐化妆打扮。前台端着茶水进来，恭敬地称呼柯乐乐为"您"，柯乐乐仰起下巴哼了一声。前台弯腰把茶杯放桌上，身体离柯乐乐很近，柯乐乐突然闻到一股香水味，跟Coco喷的香水同样的味道，她记得Coco曾说过言子夜喜欢这款香味。天啊，柯乐乐暗暗心惊，这公司里的女人都对她男朋友虎视眈眈，太可怕了。

Coco带了全套化妆工具，凑近看柯乐乐的肌肤，真是细腻白皙，底子太好了，不免心生羡慕。不像自己，现在是不化妆就出门见不得人，扑过粉的肌肤远看十分光彩靓丽，近看的话就显得干燥粗糙。Coco职业地为柯乐乐化好妆，柯乐乐一直是素面朝天，她完全不会化妆，也没有化过妆，此刻在小手镜里看着自己的脸，变化好大，都快认不出来了，长长的假睫毛令她眼皮沉重，她眨了眨眼，十分不习惯。她问："妆会不会太浓了？"

"不会，在舞会的灯光下刚刚好。"Coco说。

柯乐乐看着镜中另外一个自己，美丽指数增加了好几倍，难怪那么多女人都爱化妆。我明天就要开始学化妆！

"你有没有跟子夜一起参加过舞会？"柯乐乐好奇地问。

"有时我会陪言总出席一些工作应酬。"Coco说，接着又补充，"言总的舞跳得非常棒。"

柯乐乐脸色黯淡下来，她有时还真羡慕Coco，可以每天都见到言子夜，待在他身边的时间比她还多，可恶。

Coco 微笑，这个小丫头还相当缺乏功力，什么情绪都写在脸上了。"来试试我为你准备的晚礼裙。"Coco 起身去一旁的衣架，晚礼裙被白色的衣罩罩着。

柯乐乐身上穿着言子夜第一次送她的粉色蓬蓬裙和白色皮草外套，她以为这样出席舞会就够正式了。她有些不高兴地在心里哼哼着：我才不要穿你买的衣服，我就穿我现在这身去。待衣罩取下，晚礼裙展示在她眼前时，柯乐乐惊得合不拢嘴。好漂亮好高贵好有女人味，她不得不佩服 Coco 真是挑选衣服的高手。柯乐乐有些迫不及待地换上这条晚礼裙。会客室里没有镜子，她对着落地窗看了又看，夜幕下的玻璃中映出她模糊的影像，单肩黑色晚礼裙，长及脚踝，非常舒适的真丝面料，很贴身，完美地勾勒出她的体型。她虽然偏瘦，还算凹凸有致，尤其是最近胸部好像又发育了一点。是言子夜的功劳罢，柯乐乐低头在心里羞涩一笑。

"喜欢吗？"Coco 问。

"非常非常喜欢，Coco，真是太谢谢你了。"柯乐乐由衷地说。

"你需要换上这双鞋子。"Coco 递上一双十厘米的高跟鞋。

天，这么高的跟！柯乐乐眨眨眼，她不确定自己穿上后还会不会走路。"必须穿它吗？"

"你总不能穿着长靴配这条裙子吧。"Coco 笑。

柯乐乐硬着头皮穿上，整个人瞬间显得更加气质高挑。她扶着椅子，对着落地窗上的影子莞尔一笑，原来她也可以这么美丽。

言子夜推门进来，看到柯乐乐的背影和落地窗上的影子，不禁感叹："可乐，你好美。"

柯乐乐回头冲他腼腆地笑。

言子夜走到柯乐乐身边，拉起她扶在椅子上的手，至唇边吻了吻。柯乐乐迅速偷偷瞄了一眼 Coco，终于在 Coco 总是职业性的一丝不苟的看不出情绪的脸上逮到一丝发怔，柯乐乐很开心言子夜当着他员工的面表露亲密。哼，她是他的女朋友，只有她才是！

言子夜手里捧着一个 Tiffany 的盒子，他打开，取出项链为柯乐乐戴上。柯乐乐完全不知道 Tiffany 是个什么品牌，她对奢侈品一无所知也从不关注。若问她关于文学、电影和艺术之类的东西，她就能激动地侃侃而谈。柯乐乐抚摸着项链，上面闪闪发光的应该是钻石吧，一把钥匙的形状，表示着他把开他心门的钥匙交给她了吗？柯乐乐对着落地窗上模糊的影子端详。

"你的锁骨也好美。"言子夜说。

"谢谢。"柯乐乐低头微笑。

言子夜总是不能从她身上看到收到礼物时激动欢喜的反应，她应该蹦跳着拥抱亲吻他，尖叫着说她好喜欢，她太含蓄了，连撒娇都不会。言子夜爱的是她这一点，无奈的也是她这一点。

"我们出发吧。"言子夜说。

Coco 恢复理智，递上柯乐乐的外套，并亲自替她穿上。柯乐乐礼貌地说声谢谢，心里却非常得意。

柯乐乐第一次穿这么高跟的鞋，走了两步，身体重心不稳地摇晃几下。言子夜皱着眉头看了看她脚上十厘米的高跟鞋，问："能走路吗？"

"当然。"柯乐乐嘴硬地说。

言子夜一副"你确定"的表情。

哼，不要小看我。柯乐乐倔强地走在前面，小心翼翼地，走了几步路后似乎也就适应了。她回头冲言子夜得意地吐吐舌头，"你瞧。"

言子夜哈哈大笑，真是可爱的丫头。

Coco 又有些发怔，她好像很少听到老板这么爽朗的笑声。

公司里的人几乎都下班走光了，前台还守在门口，见到打扮过后的柯乐乐，惊了惊，片刻后恢复职业性的微笑，声音好听地说："言总慢走，柯小姐慢走。"

柯乐乐故意挽着言子夜的胳膊，和他并肩走。

电梯里，柯乐乐嘟起嘴，"你的秘书喜欢你，你的前台也喜欢你，天，你公司里还有多少暗恋你的美女啊？"

言子夜笑，捏捏她鼻子，"真爱瞎猜疑。"

"我哪儿有瞎猜疑，我是有证据的，她们都喷同样的香水，叫什么名字我忘记了，反正Coco说过你喜欢女人喷这款香水。"

"我现在喜欢你身上这个味道。"言子夜吻了吻她的额头。

柯乐乐面红耳赤，呼吸急促。他在告白耶，她欢喜得真想在电梯里又蹦又跳，可是穿着这么高的高跟鞋，还有优雅的晚礼裙，她得保持淑女形象。

电梯门打开，柯乐乐昂首挺胸试图走得端庄高贵，嘿嘿，十厘米的高跟也没什么大不了嘛，她完全可以驾驭。柯乐乐开始得意忘形，步伐也加大了，就快接近言子夜的车时，他松开搂着她腰的手，伸进包里取钥匙，她没了依偎，刚走两步路脚就突然崴了一下，趔趄着身体向前倾，还好条件反射地伸手去抓住他的衣服才没摔倒。言子夜扶住她，无奈地看看她，又看看手表，说："我们还有点时间，先去给你换双低跟的鞋子。"

"我多走几步路就会习惯了。"

"我可不希望待会儿在舞会上一直对你提心吊胆。"言子夜说。

柯乐乐甜甜地笑，这个男人真关心她。

开车去南京西路，言子夜没工夫闲逛，直接把车停在目标商店门口，那儿是违规停车的，言子夜说几分钟就出来不碍事。他搂着柯乐乐的腰尽量放慢脚步走，柯乐乐倒宁愿她一直穿着危险的高跟鞋，这样他就会一直陪伴左右对她小心呵护。商店名是一串英文字母，Ferragamo，柯乐乐不知道是什么牌子，她迅速记住了这串英文。走进商店后柯乐乐好奇地左右张望，鞋子真多真好看，她该买哪双呢？柯乐乐正看花眼时，言子夜迅速指着一双鞋子对店员说："我要这双，给我拿35码的。"

"你怎么知道我穿35码的鞋？"柯乐乐问。

言子夜笑，"我不知道你穿几码的话你脚上的鞋怎么就刚好合适呢？"

是哦，柯乐乐想起他第一次送她衣服鞋子时，尺寸就刚刚好，那会儿Coco还没陪她去买过衣服才不会知道她的尺寸呢，是他告诉Coco的！想到这里，柯乐乐又甜甜地笑起来，越来越觉得他对她好，怎么之前还会去怀疑他的爱呢，他明明就很爱她嘛，自己真傻，以后再也不要怀疑他！

黑色带水钻的鞋，鞋跟只有四五厘米吧，柯乐乐试了试，穿着好舒服，只是整个人的气场好像就弱了一截。此刻有大镜子让她看清楚自己，哇，真的好漂亮，这个妆容，还有这条晚礼裙，令她看起来像个电影明星。店员在一旁夸她美丽，说她穿衣很有品位，柯乐乐有些不悦，她穿的东西没有一样是她自己挑的。言子夜付好钱就拉着她的手离开，她可以很平稳地走路了，却失落他不再小心地搂着她的腰。

"是个什么样的舞会？"车上，柯乐乐好奇地问。

"慈善舞会，也没多大意思，主要想带你出来见识见识，对你写作会有帮助。你总是闭门造车想象不出什么好故事。"言子夜说。

我是该高兴还是该不高兴呢？柯乐乐在心里嘀咕。说我写不出好故事，哼，我可是每个月都在杂志上发表两三篇小说耶。不过增长点见识也是很重要的，好吧，原谅你。

"我有几个出版商朋友也会去，或许你可以跟他们交流一下。"言子夜说。

"哇，真的吗？天啊，我可以直接跳过编辑跟他们的老板交流耶，好棒好棒！说不定他们还能看中我正在写的这个长篇小说呢！"柯乐乐激动地起身去吻言子夜的脸颊。"你真好。"

言子夜笑，送她昂贵的礼物她好像没什么反应，只是介绍个出版商给她认识她却欢喜成这样儿，有趣的姑娘。

"你的长篇小说写得怎么样了？"言子夜第一次关心她写的东西。

"完成三分之二了。"

"写的什么内容？"言子夜问。

谈到自己的小说，柯乐乐就口若悬河了，她很开心言子夜突然对她的小说有兴趣。言子夜也是第一次见到柯乐乐一口气激动地说这么多话，或许她平时一周内说的话加起来也没有现在多。她是真的喜爱写作罢，他想，可惜她的思维还十分幼稚，逻辑好像也不太清楚，这样的作品不会畅销，或许出版成书籍也有些困难。言子夜没有读过她的作品，不知道文笔怎么样，不过无论怎么样，他都有办法把她写的东西出版成书，只要他愿意。

舞会在一家五星级酒店里面，先是晚宴，接着是拍卖捐款，最后才是跳舞环节。存了外套和包，侍者把他们带到他们的座位，桌上已经摆好写有他们名字的牌子，好正式，柯乐乐原本以为只是来跳跳舞而已。大厅里大概有十几桌，已经就位大半，全是陌生人啊，柯乐乐莫名地紧张起来。

言子夜握住她的手，发现她手心冒汗，他揉揉她的头发，说："别紧张。"他这个动作总是有魔力让她平静，他似乎也发觉这一点。

我是言子夜的女朋友，我 Hold 得住这种场面的。柯乐乐给自己加油。她把背挺得笔直，那条高贵优雅性感漂亮得无法形容的晚礼裙令她增加很多自信。她环顾四周的女人，都妆容精致，穿得十分得体正式，她吐吐舌头，还好没穿那条粉色的蓬蓬裙来，会显得好幼稚好傻气，言子夜想得真周到。她在桌布下紧握他的手，全身渐渐放松。

言子夜形容舞会是"沉闷的，没啥意思"，柯乐乐却很享受，眼睛好奇地四处张望，这些耀眼的物质财富，纸醉金迷的生活方式，她长这么大从来没有过这种经历，一切都是那么新鲜，令她无比向往。她想过这样的生活，她喜欢这样的生活。

不时有人过来向言子夜敬酒，他谈笑风生如鱼得水的样子让柯乐乐十分崇拜，她仰起脸看他，有时他会回头对她花痴的模样挤挤眼。菜肴十分丰盛，却没什么人动筷子，他们都忙着互相交谈，和老朋友叙旧以及结识新的朋友，柯乐乐一个人都不认识，也懒得去认识，她胃口很好地吃了很多东西，觉得那些人真是浪费。

"我喜欢看你吃饭的样子。"言子夜说。

"为什么？"

"会让人很有食欲。"

"那你就快吃点东西吧，别光顾着喝酒，那样很伤身体。"柯乐乐夹了一大块鱼肉放到言子夜的碗里。"你倒了十七次红酒了。"

言子夜笑，这都替他数得这么清楚。

"呵呵，言总好福气啊，女朋友还会为你夹菜。"一个胖乎乎的男人举着酒杯过来。

"李总您好。"言子夜还没来得及吃东西，又站起身。他们碰杯，交谈了两句，然后言子夜示意柯乐乐也起身。柯乐乐嘴里还含着一块虾肉呢，她慌忙硬吞下去，似乎咽住了，又不好意思咳嗽或喝水。

"可乐，这位是出版商李总。"言子夜介绍。

"李总好。"柯乐乐笑。

"这位是柯乐乐，她喜欢写小说，以后还要请李总看看能不能帮下忙。"言子夜把她的酒杯拿起，递给她。

柯乐乐接过酒杯，愣愣地不知道该干吗。

"可乐，还不敬李总一杯。"言子夜提醒。

哦，哦，敬酒。柯乐乐反应过来，赶紧向李总举起酒杯，"谢谢李总。"

谢人家干什么？

李总哈哈笑，和柯乐乐碰杯。"言总好福气啊，女朋友真漂亮。"

李总一口把杯中的酒全喝光，柯乐乐只抿了小口。言子夜替柯乐乐打圆场，"她还小，不会喝酒，请李总见谅。"两人又交谈了几句。

柯乐乐还停留在自己的兴奋中，他向别人介绍她了耶，她是他女朋友！

待重新坐回座位，言子夜教她敬酒的礼仪，她真是什么都不懂啊，让人头痛，却又喜欢她毫无社会经验这一点。柯乐乐这才意识到刚才自己说错话了，应该说"很高兴认识您"，并且应该跟李总一样把杯中的酒全喝光。柯乐乐小声地问："我刚才是不是丢你脸了？"

"没有,你这么美丽,怎么可能丢我脸。"言子夜对她笑。

柯乐乐的心里有些自卑。我不能表现得像没见过世面的乡下人,我一定要融入他们的世界。柯乐乐暗下决心。

一桌菜好像几乎都是柯乐乐一个人吃的,她吃得好撑,满意地用手捂住嘴无声地打了个饱嗝。言子夜说这里的女人都要嫉妒她吃不胖,她们为了保持身材晚饭只吃根香蕉吃个苹果就够了。柯乐乐吐吐舌头,她们平时是营养过剩,而她每天吃的都是几块钱的三明治、刀切馒头、盖浇饭之类的,这样怎么可能长胖。记得以前家里的亲戚或是父母的朋友也常说她胃口好,她每次去别人家吃饭,总是吃得最多的一个,狼吞虎咽,像家里没有东西吃被饿了很久一般。尤其是水果,母亲很节省,家里几乎不买水果,所以每次去别人家时,饭前饭后她都守在水果盘边一口接一口地吃水果,准备给众多客人的好几斤的水果,她一个人也能吃完。母亲总会骂她,说她没规矩,那些东西是给大家吃的,平时难道饿着她了不成?怎么贪吃成这副德行。好吃懒做,这是母亲对她最常用的评价。柯乐乐才不管,她喜欢吃水果,平时在家根本就吃不到,临走时她还不忘偷偷地拿点走……

陷入回忆时,柯乐乐的脸上就会浮现出忧伤。言子夜见过几次这种忧伤的表情,跟她的年纪很不符,一种扭曲的美感,也会让他着迷。他抚摸她的脸颊,问:"发呆想什么呢?"

"嘿嘿,在偷偷想跳舞的步伐。"柯乐乐挤出微笑。

"跟着我的步伐动就够了。"言子夜说。

柯乐乐拉过他的手,用双手包裹住它,温暖的大手,给她安全感。

晚宴结束,是慈善拍卖环节。言子夜一直在跟旁边的人交谈,生意上的事情,柯乐乐听不懂。她的头扭过来转过去忙个不停地张望一个个举手喊价的男女,好生羡慕,她何时才能对金钱产生洒脱的态度?但她也万万想不到,她今天一身行头就是好几万。骨子里,她是非常节约的,如果身上这件晚礼服和这双鞋子以及这条项链是现金握在她手里,不知道她会开心成啥样儿。

舞会的音乐终于响起。吃得好饱，小肚子有些凸起，里面好像已经没有多余的空间让柯乐乐可以吸气收腹。言子夜拉起她的手进入舞池，她完全不需要考虑舞步，跟随他的带动就好。他问她，"你今天开心吗？"

"嗯。"她回答。

一曲结束，他又带着她继续跳第二支舞，然后又不停歇地跳第三支舞。他很享受跳舞的过程，令他放松，他微醺，跳得更加尽兴。柯乐乐陶醉于那一圈圈旋转里，脸上泛起红晕，在灯光下非常迷人，言子夜几次都忍不住低头亲吻她，舌尖混合着红酒的甜涩味，柯乐乐眩晕了，她喜欢舞会。

停下到一旁休息。有侍者端着香槟、红酒及白葡萄酒穿梭于人群，言子夜取过两杯香槟，他们碰杯，他在她耳边低语："你真美丽，我的小可乐。"柯乐乐低头笑，这话他今天说了好几次。

有熟识的人过来跟言子夜打招呼，他们也会跟她碰杯，说她好漂亮，柯乐乐被夸得有些飘飘然，觉得香槟真好喝，没什么酒味，比红酒好喝，不知不觉喝了好几杯。男人们又交谈起公事，一拨人走了还有另一拨人靠拢过来，在这种大好时光里谈工作真是扫兴，言子夜似乎不属于她了，牵着她的手也渐渐松开。柯乐乐像个局外人般站着有些郁闷，还好没穿那双十厘米的高跟鞋，站这么久的话脚早就累死了。她对言子夜说她去上洗手间，言子夜点点头。

香槟喝的时候没什么感觉，后劲却很大，柯乐乐从马桶上起身时就顿觉天旋地转，眼前发黑，手赶紧扶住墙，不然就摔倒了。呼，她大口呼出几口气，全身越来越烫，裸露出来的肌肤都发红了。完了，手机也没拿，无法向言子夜求救，柯乐乐只好重新缓慢地坐回马桶上。镇定，镇定。柯乐乐歪着头把脑袋靠在墙上，眼皮变得很沉重，她几乎都睡着了。隔壁马桶冲水的声音把她惊醒，蓦地睁开眼，发现自己还坐在马桶上，她不知自己其实已经坐了很久。她扶着墙缓慢地站起身，嗯，感觉好多了。

若不是化着妆，柯乐乐就把脸埋在冷水下冲洗，绝对立即清醒。她照镜子，眯着眼，对镜中那个女人十分着迷，高挑，纤瘦，美丽，性感，她看呆了。

别的女人在她旁边洗手,看了看她,夸赞道:"这条裙子真好看,在哪儿买的?"

"男朋友送的。"柯乐乐得意地说。

头还有些发晕,柯乐乐缓慢移动步子,微醺让她仪态变得风情万种。经过入口处,看到宾客签到留影的大幅海报,之前进来时她就好想在这儿拍张照片留个纪念,碍于言子夜在,他直直地朝会场里走,她便不好意思提出这个要求。现在这儿几乎没人看到,也无所谓丢脸,柯乐乐雀跃,走去存包处拿出手机,然后在海报前自拍了几张照片,看到有侍者经过,还叫侍者为她拍全身照。哈哈,这些照片她准备分享出去,她希望也被别人小小羡慕一番。

回到舞会现场,灯光变得昏暗,闹哄哄的全是人,音乐声令她体内的酒精似乎又沸腾起来。柯乐乐试图回忆她刚才和言子夜站在什么位置,此刻她的脑子很迟钝。

"嗨,美丽的小姐,能邀请您跳支舞吗?"一个男人走至柯乐乐身边。

"哦,可……可以。"柯乐乐居然大胆地接受了邀请,天,她真的喝晕了。

柯乐乐不知道她已经离开言子夜身边半个多小时,言子夜着急地四处寻找她,还特意叫侍者去洗手间看看,不见她的踪影。结果他突然看到她被一个陌生的男人搂着跳舞,他们还谈笑风生,她居然看起来笑得很开心的样子嘛。言子夜怒火中烧,大步走过去,用力推开那个男人,狠狠拉过柯乐乐,柯乐乐还未反应过来,就几乎是被言子夜拖着走出会场。痛,手腕被握得好痛,柯乐乐跟跄狼狈地跟着。

走至门厅处,言子夜粗鲁地甩开柯乐乐的手,柯乐乐差点就摔倒。他取过外套和包,然后看她一眼,说:"走。"兀自大步走出去。柯乐乐的意识还未完全恢复清醒,机械地取过自己的外套和包,小跑般地跟在他身后。

"言子夜。"她喊。

言子夜没有回头。

"走慢点嘛,我头好晕。"她乞求。

言子夜没有放慢脚步。

柯乐乐一边穿外套一边小跑,进电梯门时,她的鞋跟踩到门缝里,她绊了一下,扑向言子夜死死抓住他胳膊,他冷漠地没有伸手扶她一把。她的右脚扭伤了,走路时一瘸一拐,他似乎也没发现,她只好忍着痛尽量跟上他的速度。

他突然怎么了?柯乐乐看出言子夜的表情很生气,但她不知道他为何生气,真是情绪变化多端的怪人。她十分惊恐地看着他,回家路上他一句话都没有说,把车开得好快,她不知如何是好。脑袋还是很沉重,该死的香槟,她干吗要喝这么多酒嘛。柯乐乐试图理清思路,她刚才都做过什么事情呢?上洗手间。拍照。跳舞。哦,对,跳舞,被一个陌生男人邀请跳舞,一支舞还没跳完呢言子夜就出现,然后就被他拉走了。柯乐乐拍拍脑袋,都是酒精惹的祸,她没喝晕的话怎么可能跟一个陌生男人跳舞嘛。她又有些激动,他吃醋了,他是在乎她才会如此生气。想着,柯乐乐傻笑起来。

车停到她家楼下,而不是地下停车库。柯乐乐看看言子夜,他没有动。她小声问:"你不下车吗?"

"不了。"言子夜的声音冰凉。

"你好像在生气?"

"下车吧。"言子夜说。

这种局面她怎么可能下车!柯乐乐试图解释,"是因为我跟别的男人跳舞你才生气的吗?对不起啦,我刚才喝多了,都不知道自己在做什么。"

"喝了酒就可以乱来吗!喝多了被别人骗上床的话你也可以说是因为不知道自己做了什么吗!"言子夜大声吼。

好凶,柯乐乐被吓着了。

看她楚楚可怜的模样,言子夜叹口气,稍微舒缓自己的语气。"下车吧,我也喝多了,我们明天再谈。"

柯乐乐才意识到他刚才是酒后驾驶。"我不能再让你开车回去,你是酒驾啊,被抓住了怎么办!"

"下车。"言子夜大声命令。

"要么你跟我一起下车，不然我就不下去。"酒精令她大胆。

她竟敢反抗他！言子夜冷冷地看着柯乐乐，她也毫不畏惧地抬头直视他，这种四目相对的机会难得发生，她也很难得眼神不躲闪。片刻，言子夜勾起嘴角，伸手捏住她下巴，有些用力，她的嘴唇被挤压变了形状。

"可乐，你确定要让我留下来？我喝多了酒，你又惹恼了我，说不定我会对你做出什么过分的行为。"言子夜说。

"难不成你还谋杀我啊。"柯乐乐下巴被紧紧捏住，还不忘口齿不清地开玩笑。酒精啊，真是会让人变成另一个人，或许，只是让她骨子里的大胆本性冒出来罢了。

言子夜笑，"我不会谋杀你，但我会惩罚你。"

柯乐乐眨眨眼。

"我突然不喜欢你盯着我看了，你还是低头的样子比较可爱。"言子夜俯身狠狠吻了她一下，她的嘴唇被吮吸出痕迹。他松开她的下巴，她雪白的脸上赫然留下几个红色手指印，他刚才捏得真的很用力，她的注意力只放在他留不留下的问题上，奇怪了，竟然没感到疼痛。

"可乐，你要我留下来吗？"言子夜问。

"当然。"

"我喜欢听你说'嗯'。"

"嗯。"柯乐乐回答。

柯乐乐记不太清楚昨天晚上发生了什么事情，她早晨起床洗好澡，用浴巾擦拭身体，突然在镜中看到自己，惊得目瞪口呆，浴巾也掉到地上。天！她的脸上，嘴唇上，脖子上，胳膊上，还有屁股上都是红紫色的吻痕，他留下这么多吻痕干吗，如同狗撒尿占地盘吗？柯乐乐完全想不起他怎么留下吻痕的，她不痛吗？她没有反抗吗？头现在还好晕，香槟的后劲真是太大，以后她再也不要喝香槟了！

她几乎是尖叫着言子夜的名字冲出去的。言子夜坐在沙发上用手机看新闻，抬头淡淡地扫她一眼，说："把衣服穿上，别感冒了。"

柯乐乐才意识到自己全身裸露。她脸红羞愧地跑回洗手间穿好衣服，再出来时质问的冲动情绪已经减弱大半，说话声音有些颤抖，故意提高音量为自己壮胆。"为什么！"她问，"你为什么在我身上留下这么多吻痕！留在看不见的地方也罢了，我脸上脖子上都是，同事们看见会怎么笑话我啊！"

"我就是要让别人看见。"

"为什么！"

"要你记住以后不许再犯错。"言子夜说。

犯错？我犯什么错了？柯乐乐眨眨眼，记忆短路了。

"我不喜欢你现在对我说话的态度。"言子夜说。

柯乐乐真的想不起来她昨晚犯了什么错。

"别愣在这儿，快点收拾好，我们出去吃早餐。"言子夜命令般的语气，"你家里除了泡面其他可以吃的东西都没有，可乐，你这样的饮食习惯很不好，你至少也得买一些牛奶面包放家里吧，我饿了想找点吃的东西也找不到。"

"哦。"柯乐乐被他这么一训，像做错事的小孩般低下头。

柯乐乐出门时全副武装，脖子上裹着围巾，脸上戴着口罩，全身就裸露出一双眼睛和额头。言子夜皱着眉看看她，不容她反抗强制把她的围巾和口罩都扯下，他就是要让吻痕暴露出来。她试图偷偷把它们塞包里，想着进公司前再戴上，被他霸道地抢过扔到沙发上，然后就二话不说拉着她出门了。

我不要以这种方式引人注目啊。柯乐乐在心中叫苦。吃个小笼包，被多少双眼睛好奇地看过来，柯乐乐把头埋得低低的。

言子夜开车送柯乐乐到公司楼下，坏坏地笑，"上班愉快啊。"

柯乐乐朝他翻个白眼。

"你刚才是在向我翻白眼吗？"言子夜问。

"没有，哪儿敢啊。"柯乐乐赶紧溜下车。

把头发放在胸前挡住脖子,缩着头躲在大厦门后的拐角,见言子夜的车开走,柯乐乐就一路小跑去附近的超市。没有围巾卖,只买到口罩,柯乐乐心里很不踏实,就算头发挡住脖子也容易暴露出吻痕啊,只得小心翼翼。她对同事说自己感冒了,怕传染别人,上班时一直戴着口罩。可恶的言子夜,怎么能做出这种恶作剧嘛!

整个上午都相安无事,午饭时薛颜叫柯乐乐一起出去吃,她借口感冒不舒服,想趴在桌上睡一会儿。逮着身边没人的机会,柯乐乐才敢把口罩取下,迅速大口解决掉三明治,然后又把口罩戴上。她趴在桌上玩手机,突然看到昨晚拍的照片,咦,她什么时候站在海报前留影了?柯乐乐眨眨眼,努力回想昨晚的事情。她吃了饭,看了慈善拍卖,接着是跟言子夜跳舞,他们跳得很开心。之后呢?还发生什么事情?他们是怎么回家的?柯乐乐模糊想起自己似乎喝了很多酒,叫什么来着?哦……香槟。对的,香槟!她好像喝多了,现在头还不舒服呢,言子夜好像也喝了很多酒,好像还是酒驾一路飙车回家的。柯乐乐找到一些记忆片段。那么回家之前呢?以及回家之后呢?呜,真的想不起来了。

柯乐乐给言子夜发微信:"请问大人,昨天您为何要惩罚我?小女子真的喝醉了完全回忆不起来。"

"你突然变得伶牙俐齿,这风格还真令我喜欢。你真的什么都想不起来?醉得这么厉害,以后再也不许你喝这么多酒。"

"很高兴能令大人您喜欢。可是大人,您还没告诉我答案呢。"

"你跟别的男人跳舞,这就是你被惩罚的原因。这次只是小小警告,若再犯第二次,就没这么简单了。"言子夜回复。

柯乐乐笑,哈哈,他是吃醋啦,说明他真的很在乎我。整个上午对他的怨恨情绪完全消失,柯乐乐的心情变得非常好。微信里她只有言子夜和薛颜两个好友,所以别人没事就爱刷刷朋友圈那种感觉她完全无法体会。也曾开通过微博,粉丝寥寥无几,写的一些心情感想无人问津,渐渐也就把微博荒废了。柯乐乐只能把昨晚在海报前拍的照片传到QQ空间里，至少因为工作的关系和许多作者、插画师以及杂志读者加为好友，在那儿，她才有观众，才能找到一丝存在感。柯乐乐为图片配上文字：和男朋友一起参加慈善晚宴，好开心。后面是长串大笑的表情。柯乐乐隔几分钟就刷新一次空间，看到一些QQ好友留言评论，夸奖她好漂亮、裙子好惊艳、身材真棒、这个活动看起来好高上大之类的恭维，还好戴着口罩，掩饰住柯乐乐已经乐得合不拢嘴的得意之色。

被人羡慕的感觉真好，柯乐乐想。

也有同事看到她空间里传的照片，走来找她聊天，从背后开玩笑突然拍柯乐乐肩膀一下，正趴在桌上玩手机的柯乐乐吓了一跳，猛地直起身回头，看到同事一副"嘿嘿，被吓到了吧"的得逞表情。柯乐乐拍拍胸口，抱怨："你吓死我了。"

"你脖子上是什么？"同事问。

柯乐乐慌忙把头发拉在胸前挡住脖子。

"吻痕？"同事贼笑。

"不是啦，过敏挠伤的。"就算口罩掩饰了柯乐乐脸上的表情，眼里的慌乱也出卖了她。

"就是传说中那个言总留下的？呵呵，看来你们现在感情很好嘛。"同事话语里带着揶揄。

"过敏挠伤的啦。"柯乐乐重复。

"我看看。"同事说着就伸手来试图拉开柯乐乐胸前的头发。

反正午休时也无聊，同事只是想开开玩笑，柯乐乐却非常较真，她躲闪着，口罩下她的表情很生气。她一只手死死压住头发，一只手乱挥动着阻挡同事伸来的手，"啪"一声，柯乐乐不小心打到同事的手背，声音响亮，似乎真把同事打痛了。同事抚摸着自己被打的手，表情铁青，狠狠地瞪着柯乐乐，"柯乐乐，你不要以为傍到一个有钱的男朋友就可以那么嚣张，平时还总装清纯呢，真贱!"

柯乐乐眼眶发红。明明她才是受欺负的那一方啊,是同事先来招惹她的。

同事这么一喊,办公室里好些女人八卦地围过来,叽里呱啦地对柯乐乐说三道四指手画脚,柯乐乐不堪重负,跑去洗手间躲起来。忘记带手机了,她在心里暗叫糟糕,手机放在桌上,被那些八卦的女人看见又会说她显摆,她真是怎么做都有错,她们为何爱针对她!脑子里浮现出同事们嘲笑她的画面,和她记忆中同学们嘲笑她的画面逐渐重叠起来。小学,中学,她总是同学们嘲笑的对象。她经久不变换的又旧又难看的衣服;她上体育课跑步时经常会跑掉的大两码的鞋子;她被母亲剪得像狗啃似的男孩子般短短的头发;她近视却不敢告诉母亲,上课完全看不见黑板上写的字,被老师抽问时说不出话罚站;告诉朋友她暗恋某个男生又被朋友宣传出去的笑话……她总是那么敏感及小心眼,只要她们稍微聚在一块儿聊天时边笑边不经意地看她一眼,她就全身紧张,她们又在嘲笑她了,她们这次又是在议论她什么?她知道这种性格是由于她的自卑造成的,她却在心里否定这一点,她不自卑,她为何要自卑!记得父亲每次去学校接送她时,她都叫父亲把车停在学校附近几十米开外的一条小巷子里,她借口说怕同学们笑她娇生惯养,其实是父亲开的那辆车实在太破了,她觉得丢脸。可初二时父亲升职了,为公司的领导开车,开的车换成一辆崭新的丰田车,那会儿这辆车在她的小县城里算得上高级货了,柯乐乐特意叫父亲把车停到学校门口,每次上下车时都非常得意地享受众人看她的目光。可惜这份享受只持续了四天,不知道是谁传开的,同学们都知道她父亲只是个司机而已,车也是别人的,还有脸来炫耀!一张张嘲笑的面孔在柯乐乐脑子里回荡,她不要看到这些面孔,不要!柯乐乐捂住头,痛苦地流下眼泪……

等啊等,也不知道时间,约莫着已经过了午休时段,柯乐乐调整自己的情绪,回到办公室,看到薛颜抬头望过来的关切眼神,柯乐乐挤出微笑,忘记自己还戴着口罩,薛颜根本就看不见她的苦笑。

"乐乐，下班后我们一起吃饭吧。"薛颜发 QQ 消息过来。

柯乐乐不确定今晚要不要跟言子夜一起吃晚饭，他从来就不会提前通知她。她想了想，哼，为什么她要这么乖乖地等他，她也需要有自己的生活和朋友啊。她答复薛颜："好的，好久没跟姐姐一起吃饭聊天了。"

到下班时间都没有收到言子夜的任何消息，柯乐乐庆幸答应了薛颜，不然又是一场空等待。她邀请薛颜去她家里吃饭，两人去超市购买食材时，柯乐乐想起早晨言子夜说的话，他说她家里除了泡面其他吃的东西都没有，她特意买了牛奶、面包、手工曲奇、鸡蛋、燕麦片、速冻水饺、汤圆、面粉、水果。或许明天早晨还可以为他做一份爱心早餐呢，想到这里，柯乐乐抿嘴笑起来。

薛颜没有参观过柯乐乐以前住的群租房，但她觉得以柯乐乐的工资住不了什么好房子，从小跟父母一起居住的薛颜不至于能想象出群租房那种简陋，也不至于会想到柯乐乐竟然住在这么高档的小区。

"这房子很不错。"薛颜脸上不露声色，心里暗暗惊了惊。

柯乐乐笑。

"言子夜为你租的吧？"薛颜问。

"嗯。"

"他看起来好像对你很好。"

"是的。"柯乐乐说。

柯乐乐把超市购买回来的东西分类放好，然后开始做饭。薛颜看着她忙前忙后，依旧戴着口罩，放在胸前的头发有时不经意地甩动，露出吻痕的踪迹。薛颜环顾四周，不知该为柯乐乐高兴还是忧心。薛颜与言子夜并不熟悉，只是文化圈子很小，而且女人在一起总喜欢八卦，关于言子夜的事情，她倒是听说不少。言子夜的名声，似乎不怎么好，至少听起来是花花公子的形象，身边美女不断，不乏搂着模特小明星之流出入公众场合，何况三十出头还未结婚的男人，长得丑或者家里穷也还情有可原，的确不好找到女人结婚，言子夜长相英俊事业有成，还未结婚就是他自身花心的问题。

薛颜一直和父母住在一起，不会做任何家务，她见柯乐乐十分熟练地做饭，小小年纪就独立的女孩儿，她喜欢这类女孩儿。薛颜靠在厨房的门边，两人有一搭没一搭地聊天，话题从杂志投稿情况和一些相熟的作者的八卦慢慢过渡到言子夜。柯乐乐谈起言子夜时，面若桃花两眼放光，一副恋爱中的甜蜜模样。从她口中说出来的言子夜，真的是个超级贴心宠爱女朋友的好男人，她当然有聊到昨晚的慈善舞会，她激动地描述着看到的奢华，不无羡慕之情与融进上流社会的渴望。

已经做到杂志主编地位的薛颜也没参加过这样的舞会，她是一步一步从编辑助理做到如今位置，这么多年的努力，或许还比不上一个漂亮小姑娘，轻松就从男人那儿获得一切。薛颜承认她有些嫉妒，但她也不会像公司里一些老女人那般说些酸溜溜的话，她试图引导柯乐乐，千万不能变成贪图物质的坏女孩。

许久未与人聊天，柯乐乐十分欢喜，整个人也变得放松，吃饭时很自然地把口罩摘下，忘记了吻痕。薛颜看到她脸颊以及嘴唇上都有深深的红紫色吻痕，大声惊呼："天！"

柯乐乐尴尬地笑笑。

"乐乐，你老实告诉姐姐，你是不是已经和言子夜发生关系了？"

"嗯。"无法再隐瞒下去。

"可是你们才认识一个月！"薛颜大声说。

柯乐乐在心里嘀咕薛颜真是传统。

薛颜以一副长辈的姿态开始教育柯乐乐，柯乐乐不喜欢被人教训，父母就老是教训她，他们叫她往西她就故意往东，忤逆他们看他们生气的模样她会病态地觉得开心。

一顿饭最后无趣地收场，柯乐乐决定以后再也不要对薛颜吐露心扉了。

4

  柯乐乐特意为言子夜买了几种早餐的食材，还在网上搜了一些好看又好吃又容易做的早餐的做法，想象着他睁开眼醒来，闻着早餐的香味，给她一个深情的亲吻，他说：我感觉自己是世界上最幸福的男人。光是想想这个情景柯乐乐就露出甜甜笑容。虽然幻想十分美好，现实却如同此刻的天气般冰凉刺骨。又是三日没见到言子夜，夜里柯乐乐一个人在家里穿着高跟鞋练习走路，放着他喜欢的音乐，空气里喷洒他爱用的香水，仿若被他围绕。以前只是没有机会穿而已，其实十厘米的高跟鞋也不是什么高难度嘛，柯乐乐很快就驾驭了它，期待着再一次和言子夜出去参加舞会。她觉得只要自己努力，她就能成为她一直仰慕的那类女人，高贵，优雅，时尚，精致，一颦一笑间无不散发从容自信。

  不知不觉中柯乐乐再次陷入狂躁饥饿的状态，失眠，坐在电脑前写小说，文中的女主角跟她一样忧郁。饥饿感一阵阵袭来，她写一会儿就走去厨房寻觅食物，不停地往嘴里塞东西，似乎怎么也吃不饱，她都快把为言子夜准备的早餐食物吃完了，就算肚子撑得鼓鼓的，还是觉得饿。完全没有睡意，眼睛睁得很大，熬了整个通宵，在天色将亮时终于胃难受得跑去马桶前呕吐起来，吐得虚弱无力，柯乐乐冲掉马桶里的食物，感觉好浪费。

  身上的吻痕也消失了，柯乐乐终于上班时不用戴着口罩围巾遮掩。同事们这几日都在谈论着过年放假去哪儿玩，柯乐乐一直坐在电脑前装作很努力工作的样子，她过年不准备回家，来上海后就一直没跟父母联系过，她甚至打算以后跟他们断绝来往。从小她就盘算着如何逃离他们，父母完全理解不了她为何恨他们如此之深。

"你过年会在上海吗？"柯乐乐忍不住发微信给言子夜。还有一天就放假了，她要见他。

"跟我爸妈去澳洲过年。你什么时候回家？"

"我不回去。"柯乐乐叹口气，她也好想去澳洲，她都还没出过国呢。可是她连护照都没有，护照得回老家办理，还得开口向父母要户口本，算了，她宁肯不要。

"赌气都赌这么久了，也该回去看看。"

"不要。"柯乐乐说，"亲爱的，我好想见你，好想好想。"

"晚上等我电话。"言子夜回复。

柯乐乐真想开心地尖叫，撒娇这么管用啊，看来以后得常向他撒娇了。

言子夜带柯乐乐去一间浪漫精致的西餐厅吃晚餐，趁言子夜看菜单的片刻，柯乐乐迅速扫视餐厅的各种细节，并且牢记在心，她小心地不让他看到自己张望时那种没见过世面的傻样儿。跟他一起吃饭就是好，可以见识各种物质世界的美妙，可惜她没有可以侃侃炫耀的讲话对象。

离情人节还有一段时间，餐厅就开始打出情人节的预定活动，柯乐乐坐下时侍者还送给她一朵玫瑰花。今年的情人节刚好是元宵节，选择情人还是选择亲人？很多情侣在那天可能都无法一起度过吧，柯乐乐虽然这样安慰自己，仍然觉得失落，她有了男朋友后的第一个情人节耶，她不想有男朋友后还是自己一个人过情人节，言子夜会来陪她吗？

"你好像有心事？"言子夜问。

"没有啊。"柯乐乐挤出微笑。

"过年你就一个人待在上海？"

"不然呢？莫非我还要找个临时男朋友陪我啊。"柯乐乐说。

柯乐乐放在桌上的手立即被言子夜重重拍了一下，柯乐乐叫着抽回手。很痛耶。

"如果现在是在家里，我一定会狠狠教训你一顿。"言子夜严肃地说。

开个玩笑也不行么，柯乐乐在心里嘀咕。"你会怎么教训我啊？"柯乐乐好奇，莫非又是在我身上留下吻痕？

"打你屁股。"言子夜说。

柯乐乐扑哧笑出声。如果是母亲这么说，柯乐乐一定会很害怕，为何从言子夜口中说出来她反而觉得是甜蜜的惩罚呢。

"很好笑吗？"言子夜蹙眉。

"抱歉，我刚才想到一个很色情的画面。"柯乐乐吐吐舌头。

言子夜的表情缓和下来，他勾勾唇角，饶有趣味地看着柯乐乐。"可乐，你似乎学坏了嘛。"

"好吧，以后不乱想了。"

"不，我喜欢你这样。"言子夜说。

柯乐乐羞涩地低头微笑。她把玩那朵玫瑰花，问："情人节你应该从澳洲回来了吧？"

言子夜用手机看了看日历，说："那天刚好是元宵，我可能陪不了你，你想要什么礼物？"

其实我最想要的礼物就是你，柯乐乐在心里叹口气。谁叫今年的情人节刚好就遇到元宵节呢，算她倒霉，都活十九年了还没有感受过真正的情人节。她又转念一想，还有七夕呢，再过半年又是一个情人节，哈哈，到时候再叫他弥补。想到这里，柯乐乐终于释怀地露出微笑。

"我能不能预定你的时间作为礼物？"柯乐乐问。

言子夜好奇。

"我想要明年七夕那天，你陪我度过。"柯乐乐说。

言子夜笑，第一次有人向他要这样奇怪的礼物。"好。"

"真的？哇，好棒好棒！"柯乐乐欢喜地手舞足蹈。

问女人想要什么礼物时，女人都是装作思考几秒，然后故作难为情的扭捏姿态，说出某个大牌的包包或手表或首饰等等。眼前这个小姑娘总是令他惊喜。言子夜温柔地看着她，说："你还可以再要一件礼物。"

还可以要啊？柯乐乐像中了彩票头奖般高兴。她眼望天花板想了想，不知道该要什么，她现在似乎不缺什么吧？哦，缺钱，但她总不能赤裸裸地张口要钱啊，何况有他在身边，她以后不会缺钱的。

"你可以慢慢想。"言子夜说。

柯乐乐觉得言子夜真是对她好极了。奇怪，见不到他的时间里，她可是常常把他想象成一个风流冷酷无情的大坏蛋，但每次只要和他在一起，他又变成世界上最爱她疼她照顾她的超级好男人。

"我不在的这段时间，你要好好吃饭，不要总吃没营养的东西，知道吗？"言子夜用手指捏了捏她纤细的胳膊，说："你得再胖一点，想吃什么就去买，别想着为我节省钱。"

"我现在已经吃得很好了。"柯乐乐说。她一个月的工资都快花光了，离下一次发工资还有半个月呢，这不像她一贯抠门的风格。

"我见你最近也没刷信用卡，我给你的零花钱你也一分没动，可乐，我希望你花我的钱，那样我才会高兴。"言子夜把她的手握在手心。

柯乐乐对他微笑，心里觉得好温暖。

那朵餐厅送的玫瑰花被柯乐乐放在床头，当作是他送的。明日晚上言子夜就要飞去澳洲了，今年最后一次深情相拥，柯乐乐叫自己不要感到害臊，要为这个男人变得性感，他完全是值得她付出爱的，同时他也让她感到自己被爱。她一丝不挂地站在他面前，表现得落落大方，她不再觉得自己下贱，只感觉她是他的女人。这种感觉对她来说很新奇，贪婪地一再索求着他，这样的亲热让她觉得两人的感情是真实安全的。

言子夜刮着她鼻子笑，"可乐，你越来越大胆了，似乎学坏了嘛。"

柯乐乐把脸埋在他胸膛,撒娇地说:"我学坏也是你教的。"

"当然,只有我可以。"

"嗯,只有你可以。"柯乐乐重复。

言子夜很满意。

做爱心早餐的幻想也终于实现。次日柯乐乐早早起床,在昏暗中仔细看言子夜的脸,只有在他睡着时她才敢如此大胆地看他。她小心地亲吻他的眼皮、鼻尖、嘴唇、冒出胡须茬的下巴。哦,光是这样她就呼吸急促脸红心跳。她爱他,她好爱他。她去厨房忙碌,原本购置了很多早餐的食材,结果前几日都被她半夜饥饿地吃得差不多了,她只得利用剩下的食材煎了蛋饼,几个水饺,两碗燕麦粥,一份咸菜,小碗圣女果,牛奶只能倒出大半杯了。看起来是不是太简单了?柯乐乐看着餐桌上的早餐,有些惶惶不安,不知道言子夜会不会嫌弃这样的早餐。哦,真该死,前几天她为何要不受控制地吃这么多嘛,明明该想到他过几天就会来的,她还想精心为他准备丰盛的早餐从他眼睛里看到惊喜呢,现在,她好怕他会说一句:我们还是出去吃吧。

干脆我们就出去吃吧。柯乐乐想把餐桌上的早餐都收拾起来不让他看到,突然传来言子夜呼唤她的声音,柯乐乐迅速跑进卧室。

"宝贝,你去哪儿了?"言子夜把柯乐乐拉入怀中。

"为你做早餐去了。"

"好棒。"

"别抱什么期待,你别嫌弃就好了。"

"我的小可乐准备的早餐,我当然爱吃。"言子夜亲吻她的额头。

柯乐乐把脸埋在他胸膛咯咯咯傻笑。她当然也不忘解释,其实前几天特意去超市为他买了好几种早餐的食材,结果他都没来,她半夜写稿子时饿得慌就把它们都解决掉了。她话语里带点小小抱怨,他听得出来。女人啊,总是喜欢抱怨的,希望男人一直陪着她们,所以言子夜有时宁肯找那种只用物质就可以打发的女人,简单的关系,各取所需,没有纠缠和烦恼。但跟柯乐乐在一起时，言子夜还是喜欢有感情的关系，知道自己是被爱和被依赖的，是从内心深处涌出的温暖柔情。他怜爱地揉揉她的头发，说："走，我们去吃早餐吧。"

早餐并不是言子夜喜欢吃的种类，他对食物很挑剔，不像柯乐乐，什么都能吃得津津有味。他还是努力做出赞赏的表情，柯乐乐很开心，她仰着脸天真地问："等你从澳洲回来，我天天做早餐给你吃好不好？"她真的很想做个贤妻良母，她也的确适合做贤妻良母。

"好。"言子夜随口答应。

柯乐乐却当真，欢喜得不行。

临走时言子夜给了柯乐乐两万块钱，说是给她的过年钱。柯乐乐把眼睛瞪得很大，她不要，他上次给她的钱她都还没用呢，虽然她很喜欢钱希望自己有很多很多钱，但这样的举动总让她觉得不堪。言子夜无语，让她收下钱居然还是一件麻烦事，她什么时候才能学会感恩并欢天喜地激动不已地收下他给她的一切。他严肃的口气，说："可乐，不要忤逆我。"

柯乐乐低下头，就像做错事的小孩。

直到晚上时，柯乐乐独自一人躺在沙发上捧着这些钱，脸上才渐渐露出欢喜激动。两万块钱耶，好多钱，她从未拿到过这么厚的钱，捧在手里好沉。她像抚摸宝贝般一遍又一遍地抚摸它们，乐得合不拢嘴。她爱它们，也好爱言子夜，她上辈子是修了多大的福分才能在今世遇到他。她很不舍地去银行存钱，如果每天枕着这些钱睡觉的话一定睡得很香甜吧，但柯乐乐怕小偷。把钱放进ATM机时柯乐乐如同割爱般揪心，但看到存款上的数字时她又傻笑起来。

姐也是个有钱人了。柯乐乐真想大声尖叫。

除夕时薛颜邀请柯乐乐去她家里一起过，柯乐乐欣然答应。薛颜的家里柯乐乐去过两次，她父母都是热情友善的人，知道柯乐乐小小年纪退学到上海来工作，夸赞她的勇气，同时也惋惜她就这么轻易断了学业。在老人的眼里，文凭是很重要的。柯乐乐不喜欢听别人教训她，去过两次后薛颜再邀请她，她总是找借口婉言谢绝。

柯乐乐为两位老人买了两盒脑白金作为新年礼物，花了她四百多块钱，好心疼。吃顿饭要这么贵，她嘀咕着，但今天柯乐乐真的不想一个人孤零零地迎接新年，那样太凄惨了。哎，以为有了男朋友后就可以什么时候都不再是一个人，现在却居然大多数时候还是她一个人面对，她讨厌孤独。

薛颜的父母很欢迎柯乐乐，说多个人过年更热闹些。上海人过年好像挺没节日气氛的，柯乐乐想起老家的除夕，一大帮亲戚二三十个人聚在一块儿，通常是在外婆家里，几个舅妈负责做饭，其余大人打牌喝茶聊天，小孩儿们在院子里放鞭炮追逐游戏，十分热闹。柯乐乐曾经很喜欢过年，这一天她是自由的，不用被逼着学习，还可以看电视，有很多好吃的可以吃。最主要的是，这一天她可以拿到过年钱，虽然只有几百块，足够她欢喜一阵子。今年，她回不去了，全部亲戚都知道她退学了，见到她一定会轰炸式地教训她，以及母亲脸上会露出那副"我为你牺牲付出这么多，你就是用这种方式来报答我吗"的哀怨表情。柯乐乐最怕看到母亲这副表情，母亲总觉得她为柯乐乐牺牲付出很多，她的整个人生都被柯乐乐给毁了。母亲年轻时候很美丽，真的很美丽，柯乐乐见过母亲高中时拍的黑白照片，比现在很多时尚杂志上的封面女郎还要好看。柯乐乐只遗传到母亲三分之一的美丽，她常常想，如果她长得像母亲年轻时候的模样，她就去做明星了。但是从柯乐乐有记忆起，她眼里的母亲就不再美丽，母亲总觉得自己是个不幸的人，这种不快乐令她如同怨妇，改变了她的面目。母亲常在柯乐乐耳边唠叨，诉说自己嫁给柯乐乐父亲后没享受过一天的福。母亲是早期的大学生，曾经心高气傲，不把一般的男人看在眼里，渐渐年龄大了，家里兄弟姐妹八个，只有她二十九岁了还迟迟没有结婚，被封建世俗理念逼着去相亲，匆匆忙忙嫁了个当兵的老实人。母亲说，她当年看中父亲的，就是那份老实本分，若放在早些年，追求她的优秀男人很多，她才不会看父亲一眼。她啊，就是年轻时候太挑剔。母亲的情绪一落千丈，觉得自己是下嫁给父亲的。她是县城里的人，父亲家是农村人，怀孕时奶奶硬要母亲辞了工作去乡下生养，吃得不好睡得不好，生的还是个女孩儿，封建思想的奶奶更加嫌弃母亲，坐月子时还要母亲干活儿，也不帮忙带孩子，母亲的抑郁症，或许就是那时候开始的。母亲总觉得她为了柯乐乐把自己一生都牺牲了，她把全部心血都灌注到柯乐乐身上，她要柯乐乐出人头地为自己争气，柯乐乐却一再令她失望，现在，还居然退学……

柯乐乐想到母亲就全身颤抖。

而薛颜的家庭多好，一家人其乐融融，柯乐乐好羡慕。薛颜的母亲说柯乐乐变得好看了，都快认不出来。柯乐乐笑，或许是衣服穿得好看了吧，身上的土气褪掉很多。柯乐乐要进厨房帮着薛颜父母一起做饭，老人不让，叫她乖乖等着吃饭就好。薛颜在家里从未做过家务，不像柯乐乐，从小就被要求独立，什么事情都得自己做。

两人坐在沙发上聊天，薛颜突然伸手拉起柯乐乐脖子上戴的项链，露出原本放在衣领里的吊坠。

"哇，是Tiffany的呢。"薛颜惊呼，"这条项链很贵哦，要好几万吧。"

柯乐乐微笑。

"言子夜送的？"

"嗯。"

"他真大方。"薛颜羡慕地说。

这条项链柯乐乐已经在脖子上戴了一段时日，终于被人发现并被赞叹羡慕，柯乐乐很开心。

这份好心情一直持续到吃过晚饭四个人围在一起看春节联欢晚会，原本有说有笑的除夕夜，被二姨突然打来的电话打破。柯乐乐看着手机上显示的名字愣了愣，然后躲进厕所里接起电话。

二姨问了下她的近况，然后说她父母很担心她，她不该不回家过年。柯乐乐冷笑，父母为何不自己打电话来！当初是母亲口口声声在电话里大声吼着要跟她断绝母女关系的,现在又派人来质问她为何不回家。家?呵呵,那不再是她的家。和二姨在电话里聊了几分钟,可以听到那边背景人声嘈杂,一大家人聚集在外婆家里的热闹场景柯乐乐可以想象。她也可以想象父亲吃完饭待不了几分钟就急着想离开,父亲跟外婆这边的亲戚是玩不到一块儿的,他是个木讷的男人,没有任何兴趣爱好,兢兢业业地工作,闲时就宅在家里看电视。他希望自己的妻女也除了工作上学外其他的时间都待在家里,哪儿都不能去,三个人闷在家里一句话都不交谈,只要是待在家里就好。柯乐乐还可以想象母亲不停地对亲戚们控诉她的不孝,母亲那份总觉得自己不幸的哀怨,柯乐乐不想再继续想下去……

一通电话害得柯乐乐完全没了好心情。电视里主持人在倒计时,薛颜和她的父母也在倒计时,柯乐乐强迫自己挤出微笑,跟着大家一起喊:五,四,三,二,一。新年快乐!四个人互相拥抱祝福。

新的一年了啊,柯乐乐看着漫天灿烂的烟火,在心里许了个愿望:希望我和言子夜永远相爱,不离不弃。

柯乐乐发消息给言子夜:"新年快乐,我好想你。"

言子夜回复:"宝贝,我也很想你,你要乖乖的。"

柯乐乐低着头痴痴笑起来,她至少还有他。

初四下午苏井然到达上海看望柯乐乐。他坐了将近三十个小时的火车,硬卧车票,车里人声嘈杂根本睡不着觉,没有洗漱,胡子茬也冒出来,一脸倦容。他提着行李包走到火车站出口处,看着人群中向他不停挥手笑容满面的柯乐乐,一时有些恍惚。她穿了一件粉红色的风衣,黑色连衣裙,黑色长靴,长发飘飘,跟周围黑压压的人群格格不入,她看起来那么靓丽,以及……呃……摩登,这个词在苏井然脑子里冒出来,她真的像个城市姑娘了。不知怎的,苏井然竟有些怀念在校报记者招聘会上第一次见到的柯乐乐,穿着一条洗得有些发旧的白色棉布连衣裙,一双帆布鞋,面试时紧张绞动的手指,发红的脸,以及结巴的窘迫,看起来那么纯洁美好。

"苏井然！"柯乐乐大声尖叫着跑向苏井然，给了他一个大大的拥抱。见到他真是太开心了，她一个人宅在屋里已经四天，邋遢得懒得洗脸梳头，节省地不愿意开空调，裹着厚厚的衣服抱着暖手炉瑟缩坐在电脑前写小说，只能自言自语，人都快闷出病了。

苏井然笑，说："哇，变得都快认不出来了。"

"我变化很大吗？"柯乐乐歪着脑袋问。

"是个美丽的大姑娘了。"苏井然说。

柯乐乐笑，有个人说说话的感觉真好。

苏井然打算在上海待三天，过来只是为了看看柯乐乐，现在见她似乎过得很好的样子，他也就放心了。原本打算在火车站附近找个小旅馆住宿，柯乐乐坚持不让他住旅馆，浪费钱呢，还不如拿住宿费请她吃饭。她提到钱时一本正经的模样还是跟以前的柯乐乐一样，苏井然欣慰地笑。

为了在这个好哥们面前显摆一下，柯乐乐才忍痛坐出租车回家，她一路上跟苏井然说着自己在上海的生活和工作，她把一切都描绘得非常美好，她要证明自己当初退学是个明智的选择。柯乐乐受到一些退学作家的影响，觉得在小城市没有出路，读书也没啥用处，她要去大城市寻求梦想，瞒着家人偷偷地退学了。学校需要打电话跟家长确认，当时柯乐乐还不想让父母知道她退学，她还想贪图家里人每个月寄给她的五百元生活费，如果他们知道她退学的话一定气愤得不会再寄生活费给她。柯乐乐只得求助于苏井然，他是她唯一的朋友，而且他说的也是四川话。起初苏井然不同意成为摧毁她前途的帮凶，他努力劝说她继续读书，一边读书一边写作有何不可？柯乐乐听不进去任何劝告，从小她就是特立独行的人，她下定决心想做的事情，没有任何人可以阻挡。最后苏井然无奈地冒充柯乐乐的父亲，柯乐乐把手机里苏井然的电话号码显示的名称改为"爸爸"，教导主任打电话过去，苏井然故作沙哑成熟的声音说同意女儿退学……

谈起这些共同的回忆，两人心里是不同的感慨。苏井然看着车窗外林立的摩天大楼，他还是喜欢小城市，他对生活没有野心，还有半年时间大学毕业后他会留在成都找份报社的编辑工作。

出租车开进一个高档的小区，苏井然看着小区的环境，不免惊了惊，他试图让自己保持淡定，跟在柯乐乐身后，电梯看起来就好豪华，都要刷卡才能启动，治安真不错。然后她打开门，微笑地对他说："欢迎来到我的家。"

"房子真不错，租金是多少钱一个月？"苏井然问。

"一万块。"柯乐乐说。

苏井然再也无法淡定了，他没想到她现在的生活竟然过得这么好，她曾说过她在杂志社的工资是一个月三千块钱，就算把发表文章的稿费算进去也租不起这样的房子啊！看到柯乐乐这身打扮的第一眼时产生的那份担忧终于变成现实，苏井然痛苦地攥了攥拳头，真想狠狠捶墙壁发泄一下。

柯乐乐完全不知道苏井然的心理活动，她兴冲冲地拉着苏井然到客房，说："这是你这几天住的房间，床单都是新铺的，放心睡吧。"

苏井然努力挤出微笑，说："看到你过得这么好，我很开心。"

苏井然注意到房子里有不少男人的东西，鞋柜里的男士皮鞋、男士拖鞋，洗手间里的剃须水、男士护肤品、两把牙刷，阳台上还晾着一套男士睡衣。看来这里有男人居住，而且柯乐乐还完全没有把东西藏起来试图向他隐瞒的意思。苏井然苦笑，她有交男朋友的自由，他像个侦探一般敏锐地搜索这屋子里男人的蛛丝马迹是不是显得太好笑了。

"你饿不饿？要不要出去吃点东西，然后我带你四处逛逛？"柯乐乐问。

"抱歉，先让我睡一会儿吧，昨晚一夜没睡。"苏井然打着哈欠。他真的很困，需要好好地睡一觉，然后头脑清醒地思考柯乐乐在上海的状况。

原本只想睡两三个小时，没想到醒来时已经晚上十一点多了，苏井然懊恼地抓抓头发。外面很安静，苏井然以为柯乐乐已经睡下，走出房间，看到书房里的灯还亮着。他靠在书房的门边双手抱在胸前，看着柯乐乐敲击键盘的背影，脸上露出微笑。她还在认真地写作，她曾经说过写作就是她的生命，他喜欢她这份执着。像她这种年轻漂亮的女孩儿通常是忙着打扮玩耍谈恋爱，哪里肯静得下心来在电脑前一坐就是几个小时。

柯乐乐沉浸在文字里，完全没注意到苏井然站在身后。良久，她伸了个懒腰，捏了捏有些酸痛的肩膀，哎，写作的职业病，肩膀不好颈椎不好腰也不好。一个多星期前言子夜带她去香格里拉酒店做过一次SPA，做完后全身那个舒服啊，现在真想再过去按摩放松，可惜贵死人了，要一千三百块，她哪里负担得起。言子夜啊言子夜，你快点回来吧，跟你在一起的每一分每一秒才是真正地享受生活。柯乐乐对着空气轻声念叨言子夜的名字，她每日一起床就在空气中喷洒他用的那款香水，她思念他，每次才分开几天就如同分开了几个世纪般久远。

苏井然轻咳一声。

"嘿，你醒了啊。"柯乐乐回头冲他粲然一笑。

"抱歉，居然睡了这么久，本来还准备跟你一起吃晚饭的。"

"现在出去吃夜宵也不错。"柯乐乐说。

"等我刮个胡子洗个澡，我这么邋遢的形象都不好意思走在你身边。"苏井然自嘲。

他去行李包取出洗漱用品，咦，剃须水呢？他忘记带了吗？苏井然没找到自己的剃须水，他叹口气，洗手间的台子上有一瓶，那是别的男人留在这儿的，他只能借用一下，他同时还借用了这儿的沐浴露。他只带了一身换洗的内衣，外套只有穿来的那一件，他闻了闻外套，觉得它在火车上被各种浑浊的气味熏得臭烘烘的，一向不修边幅的他来到上海后就莫名地觉得不自在，他拿起洗脸台上的一瓶香水喷了喷，好似这样才能勉强及格地和柯乐乐走在大街上。

"可以出门了。"苏井然对还坐在电脑前的柯乐乐喊。

柯乐乐看了看今天写的字数，存档，关上电脑。

"今天有完成规定的字数吗？"苏井然笑着问。他了解她的习惯。

"基本上完成。"柯乐乐起身走向他。蓦地,柯乐乐皱皱眉头,鼻子再次仔细地嗅了嗅,苏井然身上的味道……好熟悉的味道……好像言子夜的味道。

"怎么了?"苏井然注意到她脸上表情有些凝重。

"你身上的味道很好闻。"柯乐乐回过神来。

苏井然笑。

并肩走着时,柯乐乐尽量靠近苏井然,努力嗅着这个味道,一时有些恍惚。

夜宵就在附近的避风塘吃,价格还算大众化,对于柯乐乐来说也是偏贵了,但是请客不能显得寒酸。这好像还是柯乐乐第一次请苏井然吃饭吧?念大学那会儿,苏井然三天两头请柯乐乐吃饭,虽然只是小菜馆,一顿饭二三十块钱,两人也吃得很开心。坐进避风塘里,柯乐乐也是第一次来这个地方吃饭,却努力让自己显出对这儿很熟悉的姿态,装作豪爽的样子让苏井然想吃什么随便点。苏井然小心地点了几个价格便宜的菜。

苏井然很想问出心中的疑问:你现在看起来很不错的生活,是那个男人带来的吗?他对你好吗?你们同居了吗?他是做什么工作的?他很有钱吗?他关心你的写作吗?他能够懂你吗……一长串的问题,苏井然急切地想知道答案,张口,说出来的却是:"你现在正写的这部长篇小说预计什么时候能够完成?"

"按照正常的速度,还有一个月就能完成了。"柯乐乐谈到自己的小说,瞬间眼睛发亮,变得眉飞色舞。她谈起自己构思的几种小说结尾,似乎都不太满意,询问着苏井然的意见,两人讨论起来,一如以往在大学时两人经常就某篇文章某个作者进行激烈讨论一般,不知不觉就忘记时间,一聊可以聊好几个小时。这是柯乐乐唯一感兴趣的话题,也是她难得话说最多的时候。平时,她是个沉默寡言的人,而且还不知道该如何与别人交谈。

两人一边吃东西一边聊天,苏井然很高兴看到刚见面时那种隔阂的感觉终于消失。柯乐乐聊得兴奋时也不忘记在心里感叹这儿的东西真好吃,她是不是偶尔该动用一下言子夜给她的零花钱来这里犒劳一下自己?反正他以后还会再给她钱花的。哦，言子夜，她又想到言子夜，每次想到他柯乐乐心里就莫名地甜蜜又忧伤。

苏井然慢慢也把话题转移到柯乐乐现在的感情问题上。柯乐乐毫不遮掩她对言子夜的爱，脸上泛起幸福的红晕。她把言子夜描述成世界上最好的男人，不仅长得英俊条件优秀，还非常非常疼爱她。

"喏，这条项链就是他送我的，四万多块耶。他还送了我好多昂贵东西。"柯乐乐得意地炫耀。

苏井然目瞪口呆，这个男人真有钱。他问："乐乐，你幸福吗？"

"嗯，很幸福。"柯乐乐笑靥如花。

苏井然相信她真的过得很幸福，他替她高兴，她是个好女孩，值得过上好日子。

结账时，两人吃了一百六十多块，苏井然抢着买单，柯乐乐争执不过，嘟起嘴警告地说："剩下几天，必须都是我请客，你再跟我抢我就不理你了。"

苏井然口头上答应着。

过年期间的上海像个空城，马路畅通，街上人也稀少，对于两人来说这样的状况更好，他们都不喜欢人热闹。柯乐乐带着苏井然在上海四处闲逛，也可以说是他陪着她在熟悉上海。来上海已经四个多月，柯乐乐对它还非常陌生，除了言子夜带她去过的一些吃饭地方和坐在他车里匆匆浏览的街景，她并未好好感受这座城市。摊开地图，柯乐乐和苏井然研究着观光的路线，把她一直想去的地方都慢慢走个遍。穿着一身洋气地坐公交车，柯乐乐似乎一点都没觉得别扭。她这几天非常开心，两个人每天一早就出门，玩到晚上才回来，把上海值得去的小资文艺的地方几乎都去看了看，拍了很多照片，吃了很多小吃，买了大堆东西，还感受了很多家咖啡馆和小酒吧。她把这个月的工资全花光了，还用了一些言子夜给她的零花钱，也刷了几次信用卡，但她兴致盎然，难得没有产生心疼钱的顾虑。这才是生活嘛，柯乐乐不免感叹。她好欢喜享受，也好希望身边能一直有朋友可以这样陪着自己，在没有言子夜的时间里，可以有人谈心，共同打发无聊的时光。她为何总交不到朋友呢？

苏井然要离开的最后一晚，柯乐乐突然变得失落，明天开始又是自己一个人了，她讨厌一个人。最后一顿饭柯乐乐决定在家里吃，她对着苏井然脸上露出的那种怀疑的表情气鼓鼓地说："等着瞧，我做的菜可是超级好吃。"苏井然看着她在厨房忙碌的背影，觉得那个姓言的男人真是有福气，她一定会对他很好，倾心付出自己所有。

桌上的菜色看起来不错，味道闻着也很香，柯乐乐得意地对苏井然扬起下巴。她做了自己最拿手的红烧鱼、泡椒牛肉丝、麻婆豆腐、酸辣土豆丝和羊肉汤。因为两个都是四川人，她放了很多辣椒和花椒，和言子夜在一起吃饭时，她总是刻意把味道做得清淡。哦，言子夜，又是言子夜，她为何随便从一件小事上就能够联想到他，真要命！柯乐乐一时走神，脸上浮现出痴笑的表情，言子夜应该快回上海了吧，他一定也像我这样无比想念我吧。

苏井然咳嗽两声，把柯乐乐拉回现实。

"赌一块钱，你刚才走神是不是想到你男朋友了？"苏井然打趣地说。

柯乐乐脸红了。

苏井然笑，她现在这种状态很好，不像大学时那会儿，她整个人总像笼罩在忧伤中。

两人还开了一瓶红酒，也不在乎红酒配川菜是不是有点怪异。这瓶超市买的几十块钱一瓶的红酒当然不能跟言子夜带她喝的那些红酒相比，但在柯乐乐口中尝起来似乎是一个味道，涩涩的不好喝。才两口下去，柯乐乐身上的皮肤就开始泛红，全身发烫，她笑，在冬天喝酒似乎是个抵御寒冷的好方法嘛。在苏井然身边吃饭喝酒，柯乐乐完全不用注意自己的形象，十分放松自在。两人天南地北地聊天，饭后柯乐乐还一时兴起要教苏井然跳华尔兹，她拉着他站到客厅中央，两人都不胜酒力，跌跌撞撞，她骂他笨，被他踩了几脚，她也故意去踩他，还把他绊倒摔跤了一次。两人有说有笑地打闹，喝几口红酒，又继续跳舞，时间不知不觉过了两三个小时，苏井然稍微跳得有点华尔兹的雏形,柯乐乐也喝得晕乎乎的。柯乐乐把音响打开,是言子夜最喜欢听的音乐,喝了酒后听起来更动听。她一本正经地说:"我们开始正规地跳舞了,你再踩我一脚,就罚款你一百块钱。"

"天,太宰人了吧。"

"这样才能激励你啊。"柯乐乐做个鬼脸。她微蹲双膝弯下腰发出一个邀请的手势,苏井然大笑,欣然接受邀请。

柯乐乐脑子里浮现出言子夜第一次教她跳舞的画面,她闭上眼,投入地在脑海里看着那些画面,脸上洋溢微笑。苏井然用的是言子夜的剃须水、沐浴露和香水,身上散发出类似言子夜的味道,柯乐乐一时闻得着迷,错乱了时间空间。音乐声中,与她共舞的这个男人慢慢和另一个男人的身影重叠起来,柯乐乐越跳越投入,头靠在苏井然的肩膀上,身体也与他贴得很近。蓦地,她睁开眼,炽热发红的双眼和苏井然的目光相对,两个人都有些意乱情迷,脸渐渐靠近,再靠近……

"言子夜,言子夜……"柯乐乐喃喃着另一个男人的名字。

苏井然猛然清醒,把柯乐乐推开,自己也惊讶地后退几步。柯乐乐重心不稳地摔倒在地,疼痛让她稍微清醒一些。

这……两个人互相看了看,气氛十分尴尬。

"我想我该洗个澡去睡觉了。"柯乐乐站起身,揉了揉被地板磕碰的胳膊。

"对,我也该早点睡觉,明天一早还要赶火车。"苏井然说。

柯乐乐把自己关在洗手间里,猛拍几下脸让自己更清醒一些。刚才怎么了,差点就做错事了!她想起上次舞会上喝醉酒后言子夜对她的惩罚,喝酒误事啊,酒精真是个坏东西,她以后再也不要多喝酒了。自言自语时,柯乐乐又在脸上打了两巴掌,这是替言子夜打的,她要对他绝对忠诚。

苏井然听着洗手间里的放水声,懊恼地在客房里来回踱步。他仔细地辨别柯乐乐洗漱好后打开门的声音,走回卧室的脚步声,然后是卧室门关上的声音。苏井然叹口气,走去洗手间冲澡,看到下水处过滤隔网上挂着一绺长发,苏井然有些做贼心虚地朝洗手间门看了看，门明明是反锁着根本不会有人进来，苏井然还是很紧张，弯腰迅速把那绺头发拿起握在手心，然后用纸巾把它包起来放进裤子口袋里。

苏井然几乎一夜没睡，不知道自己乱七八糟地想些什么，也不知道明天早晨该怎么面对柯乐乐。柯乐乐却因为红酒的作用，躺在床上就呼呼大睡。早晨八点多被电话吵醒，柯乐乐迷迷糊糊地翻个身，抓起枕边的电话。谁会这么早打她电话啊，她的电话经常一整天都不会响一声。

"喂。"柯乐乐沙哑的声音，她干咳两下，嗓子好一些了。

"你还没起床啊！这么晚了还在睡觉，你那懒惰的性格就是改不了！"

柯乐乐被这个女人的声音完全惊醒了，母亲！这个声音是具有威慑性的，柯乐乐从小就怕这个声音中发出不满的语调，那意味着她即将遭到一顿臭骂，严重了还有一顿毒打。就算她现在已经逃得远远的，还是忍不住浑身战栗。

"你打电话来干吗！"柯乐乐咬着嘴唇没好气地说。

"你这是什么态度！你就是这么对待生你养你的父母的？我辛辛苦苦地把你养到大，你就是这么来报答我们的？过年时全部亲戚都在笑话我们家，就因为你，我现在都没脸出去见人了，我是造了什么孽啊怎么就生出了你这个不孝子……"母亲喋喋不休地抱怨。

不要听！她不要听！为何她已经逃离到两千公里远的地方，还要受到母亲的指控！母亲每次说的几乎都是同样的话，翻出旧账，试图指明自己为柯乐乐牺牲了那么多，她就应该完全成为母亲的奴仆。她不要！她已经做了十九年的乖乖女，现在她要过自己的人生！

苏井然听到柯乐乐歇斯底里的叫骂声，猛地从床上起身，披上外套走至柯乐乐的房间门口。他仔细听了听，这样的对话方式有些熟悉，有几次他和柯乐乐待在一起时她的母亲打电话来，她控制不住地气得全身发抖，眼带恨意。起初他还很惊讶外表看着如此温顺的柯乐乐为何每次跟母亲说话时态度都非常恶劣，后来慢慢知道一些她的经历，她十分敏感、自卑，又自尊心很

111

强的性格，也就能够懂得她心中承载的痛苦，以及试图向母亲证明她能力的决心。只是这次的通话，柯乐乐似乎完全失控，说话真的是用大声吼的，声音因为气得肌肉痉挛而有些变调。苏井然好担心她。

等到吼声消失，接着是一阵撕心裂肺的痛哭声，苏井然敲了敲门，没有反应，他又着急地拧了拧门，门没有反锁，他顺利打开门，看到柯乐乐整个人蜷缩成一团坐在地板上，脸埋在双膝间号啕大哭，身体剧烈颤抖。哦，她看起来那么痛苦、可怜、无助，整个人都垮掉了。苏井然好揪心，走过去蹲下身，把她紧紧抱住。

应该蹲了很久了吧，苏井然蹲得双脚发麻，他很默契地没有问她任何问题，只是轻拍她的背，让她感觉好受一些。她需要关心，她是那么脆弱。柯乐乐哭得声音都沙哑了，身体完全不受控制地痉挛，她脑子里什么都没想，只觉得痛苦，需要好好地发泄一番。良久，哭声猛然截止，她用衣袖擦了擦脸上的眼泪鼻涕，努力伪装出坚强，不允许自己再哭。

"谢谢你。"柯乐乐说。

苏井然叹口气，扶着她站起来。两个人的腿都麻得厉害，坐到床边敲揉着腿。

"她从来没夸过我，快二十年了，她从来没说过我一句好话。"柯乐乐望着窗外，悲哀地说。

苏井然不知道该说什么，或许现在最好就是不要发表任何看法。

"无论我做什么都是错的，曾经十几年来我都努力让自己很听话表现很好，可是她从来没满意过，她到底想要我怎么做！"柯乐乐又有些哽咽，她咽了咽口水，试图让自己保持镇定。

"你很棒，乐乐，你非常优秀，而且你写作很有天赋，完全可以成为大作家。你可以向你母亲证明你自己。"苏井然握住她的手，她的手好冰冷，他希望传递给她温暖。

"谢谢。"柯乐乐挤出苍白的微笑。

两人静静地坐了一会儿，就算不说话，身边有个人陪着也令柯乐乐倍感暖意，她不是一个人，她是有人关心的。柯乐乐一点一点让自己恢复正常状态。

"等我洗个脸，我该送你去火车站了。"柯乐乐感激地拥抱一下苏井然，在他耳边说："谢谢。"

"我可以自己过去，你应该在家好好休息一下。"

"我已经好了，你知道的，我的恢复能力特别强。"柯乐乐自嘲地笑。

她似乎已经忘记昨晚发生的事情，苏井然有些松口气，她母亲来的一通电话拯救了他，不然两人现在的局面一定十分尴尬。待柯乐乐走去洗手间，苏井然环顾这间卧室，床头柜上还放着一支玫瑰花，已经开始有些干枯。她的居住环境很好，这是那个姓言的男人带给她的，至少表面看起来那个男人对她还不错。苏井然在心里默默地说：姓言的，你一定要对柯乐乐好一点，好好爱护她，不要再让她受到任何伤害！

送走了苏井然，柯乐乐站在空荡荡的大房子里，觉得刺骨的寒冷。房子大了也有不好之处，更显得自己孤独。第一次言子夜不在家时柯乐乐也把空调打开，温度调到25度，还是觉得冷，好冷。母亲的一通电话令她重新陷入忧郁中，那个她好不容易才爬出来的黑暗深渊，就算隔着两千公里的距离，母亲光是用声音也有令她惊悚的强大力量，各种痛苦的回忆纷呈迭现，哀思如潮将她吞没。

好痛苦，快要承受不了了。柯乐乐拨通言子夜的电话，他是她的救命草，听到他"喂"的那一声后，柯乐乐的心瞬间平静很多。

"可乐，很高兴你能主动打电话给我。"言子夜笑。

他的笑声好温暖，带着明媚的阳光融化这个似冰窟的房间，每一样东西都复活了过来，春意盎然，鸟语花香。柯乐乐惨白的脸上也渐渐泛起丝丝血色。

"喂，可乐？可乐？听得见吗？"言子夜奇怪电话那端为何没有声音。

良久，柯乐乐轻声说："言子夜，我好想你。"

言子夜笑得很开怀。"宝贝，我也想你。"

哦，他也想我，真好。柯乐乐有了笑意，世间的一切都变得美好起来，他是她的骑士，她的守护者，带她远离黑暗，不再有愤怒，不再有悲伤，不再有束缚，飞向那繁花盛开的旖旎天堂。

"我想你。"柯乐乐重复了一遍，她自己也被这三个字的魔力震惊，简单的三个字，让她清晰地看到自己的感情。母亲错了，母亲总爱骂她是个没有感情的冷血怪胎，她也曾经这么认为，她常常连自己都漠不关心。但是现在，她发现这个世界上还有个人与她息息相关，可以令她牵挂，让她找到皈依的着落点。

"我想你。"柯乐乐又重复一遍，自己忍不住咯咯咯笑起来。

"宝贝，你今天变化有些大，不过我喜欢你这样，我不在的这段时间，你要乖乖的。"言子夜说。

"嗯。"柯乐乐的心情完全变好了，她真的好感恩能够遇到他。"我爱你，言子夜，我是不是都没好好告诉过你我对你的感情？"

"不，可乐，你已经告诉过我了，我能感觉到，不过能听到你亲口说出来我非常开心。"言子夜顿了顿，问，"是不是发生什么事情了？"

柯乐乐咽了咽口水，她不想让他看到自己的黑暗面。"没事，我只是想快点见到你。"

"宝贝，快了。"言子夜说。

柯乐乐欢呼雀跃。

次日柯乐乐恢复到正常状态去上班，还是上班好，整天忙忙碌碌也就没啥功夫去感伤。那些作者们还处于休假懒散状态，柯乐乐整天不停地催稿，对几个大牌的作者还得耐心地献殷勤哄着，她不免感叹还是自己勤劳，用了另外两个笔名写了两篇短篇小说，都被录用了，自己的文章也不比那几个大牌作者差嘛，但稿费就少了三分之一，真不公平。文学圈里，混的就是名气，柯乐乐等着自己的长篇小说出版成为畅销书，到时候带着自己的书衣锦还乡，得意地对家里的亲戚证明：我，柯乐乐，跟你们这些市井小民不一样！光是想想这样的画面柯乐乐就热血沸腾。

白天忙了一天，晚上柯乐乐还能回家继续面对电脑写小说，她不逛街不出去玩也不看电视不打游戏，她只喜欢写作。写到夜里十一点半，然后洗漱上床睡觉。她这样的作息时间真是让人省心。

2月14号那天，柯乐乐郁郁寡欢，去公司的路上就看到很多商店打出情人节的招牌，连早餐买三明治的便利店也装饰出很多爱心气球，进公司电梯时还看到一个男人捧着大束玫瑰花。不止如此，几个同事还来询问柯乐乐情人节准备跟她那个大款男朋友怎么度过，柯乐乐尴尬地不知如何回答。工作也变得心不在焉，在心里嘀咕着澳洲此刻是几点了，那边会不会有很多辣妹想勾引言子夜？今天是情人节耶，他连一个电话都没打来，柯乐乐不免在心里抱怨。

"情人节快乐！"午休时柯乐乐发微信给言子夜。现在她已经放下矜持学会主动了，因为她知道如果自己不联系他或许他就真的忘记要联系她。

"我的小可乐，情人节快乐。喜欢我送你的礼物吗？"言子夜回复。

礼物？什么礼物？柯乐乐眨眨眼，他有为我准备礼物耶！"你是快递到我公司吗？"

"还没有收到？或许是今天节日订单比较多，送货速度慢吧。"言子夜说。

柯乐乐的心情瞬间就好起来了，他心里一直有她，远在国外还挂念着送她情人节礼物。柯乐乐兴冲冲地跑去前台问是否有自己的包裹，得到否定的答案后，又坐立不安地在椅子上想象着他会送什么礼物。

下午两点多，快递员送来包裹，柯乐乐签收时脸上是掩饰不住的兴奋。坐在一旁的同事打趣道："笑得这么开心，男朋友送的礼物啊？"同事这么一说，附近另外几个同事也起哄地叫柯乐乐开箱看看里面是什么东西。柯乐乐起初还有些忐忑，转念想到言子夜送的礼物一定不会差，大胆地开箱。

"是Dior的包包耶！"一个同事惊呼。

柯乐乐只来得及看到标有 Dior 黑色大字的白色纸袋，就被同事抢过去，拿出纸袋里的粉色包包啧啧称赞。柯乐乐完全不知道这个奢侈牌子，但她从同事的议论中看出这一定是个好牌子，东西一定不便宜。包装盒里有包的发票，价格两万八千块，柯乐乐听到这个价格时惊得合不拢嘴，天，一个小小的包就要这么多钱，如果是现金拿在手里该多好啊。哎，柯乐乐对奢侈品完全没有兴趣，她更喜欢看到银行卡里的存款数目增加。

在接过同事归还来的包包时，柯乐乐的脸上几乎是带着炫耀的得意神色。"他还在澳洲陪父母度假，谁叫今年情人节刚好遇到元宵节呢。"柯乐乐说。

"能收到这么好的礼物你就知足吧。"同事说。

柯乐乐按捺住想仔细抚摸察看包包的冲动，她必须得装作对奢侈品见惯不怪，不能让同事嘲笑她是个对奢侈品一无所知的土包子。

没多一会儿，鲜花公司的快递员又送来一束玫瑰花叫柯乐乐签收，99 朵玫瑰，捧在怀里好沉的分量。柯乐乐痴痴傻笑着，好欢喜，之前真不该抱怨他冷落她。

"看起来他对你挺好的。"薛颜由衷地说。玫瑰和昂贵的礼物，或许是很多女人心中想要的。薛颜还从未收到过 99 朵玫瑰花。

从早晨被同事问起情人节安排时的尴尬突然逆袭成为大家羡慕的对象，柯乐乐今天遭遇的大起大落一时不知如何感慨。

"亲爱的，收到礼物啦，好开心好喜欢，谢谢你，你真好。"柯乐乐发送消息。

言子夜笑，她终于有了收到礼物该有的反应。

柯乐乐还是管不住自己的好奇心，她问："这个包是你买的还是叫 Coco 买的？"

"Coco 买的，她眼光一向不错。"言子夜回复。

柯乐乐后悔问了这个疑问，心情立即失落起来，他送的礼物都是叫别的女人买的，而且还是爱慕着他的女人。她好想他亲自去精心为她挑选礼物，或者两个人手牵手一起去逛街，那才是她想要的，就算礼物很简单便宜，她也比拿着这个包开心。但昂贵的包包也有好处，至少可以提出去炫耀。

几日后柯乐乐还在伤感到底何时才能见到言子夜，清晨四点多时，还在半梦半醒间，感觉有人在亲吻自己，柯乐乐在梦中咧开嘴傻笑，她梦见言子夜正抱着自己，他的体温把她冰凉的肌肤一寸一寸温暖，然后变得燥热起来。呜，柯乐乐有些不情愿地睁开眼，她被热醒了。但是……等等……柯乐乐眨眨眼，又眨了眨眼，然后眼睛瞪得老大，不敢相信看到的现实：她被言子夜抱在怀里，他正低头饶有兴趣地看着她，脸上是坏坏的笑容。

我睡糊涂了吗？怎么会出现幻觉？柯乐乐掐了掐身边这个男人的胳膊，触感好真实。

言子夜发出惨叫，"喂，很痛耶。"

"言子夜，真的是你吗？"柯乐乐兴奋地尖叫，"我以为我是在做梦。"

言子夜捏了捏柯乐乐的脸蛋，亲吻她的额头，"是我，宝贝。"

柯乐乐把言子夜抱得紧紧的，他终于回来了，他一下飞机就赶到她这儿来，她好开心。她在他怀抱里又迷迷糊糊睡着，待睁开眼看时间，天，已经八点四十三分，上班快迟到了，她怎么睡了这么久！柯乐乐赶紧从床上跳起来，冲去洗手间刷牙洗脸。

言子夜单手托头侧身躺在床上，看着柯乐乐急匆匆地脱下睡衣准备换上出门的衣服，他说："其实你今天可以请病假不用上班的。"

"拜托，你也是老板耶，你希望看到自己的员工撒谎请假吗？"柯乐乐给他一个白眼。

"你刚才是对我翻白眼吗？可乐，你好像胆子变得太大了嘛，我是不是该消消你的气焰？"言子夜说。

柯乐乐吐吐舌头。

"过来。"言子夜说。

柯乐乐站着重心不稳地把牛仔裤穿好。

"到床上来。"言子夜说。

"我上班马上就迟到了。"柯乐乐说,"我又不是老板,可以想什么时候去上班就什么时候上班。"

"你也可以不用上班,我可以养你。"言子夜说。

什么?柯乐乐以为自己听错了。

"到我这儿来,宝贝,这么多天没见到你,让我再好好抱抱你。"言子夜挑逗地说。

柯乐乐受不了这股诱惑,躺回床上紧紧抱住他。"两分钟。"她说。

言子夜的双腿像藤蔓一样缠住她,他亲吻她,令她呼吸急促。哦,这样不行,她得去上班。柯乐乐的意识在挣扎,她伸手捂住他的嘴不让他再继续吻她,她说:"我真的该赶去公司了,已经迟到了。"

言子夜拉开她的手,把她双手拉至头顶死死钳住。"我不让你去上班,请一天假,我们可以整天待在一起。"

听起来真的好诱人。柯乐乐的潜意识继续在挣扎,撒谎请假是不对的,但她真的好想一整天都和言子夜待在一块儿,他们还没有过一整天都不分开的经历呢。怎么办怎么办?柯乐乐有些抓狂。言子夜继续亲吻她的脖子,好痒,她咯咯咯笑,好吧,她认输,她现在本就双手举在头顶保持着投降的姿势。

偶尔请一次假上头应该不会怪罪她吧?柯乐乐有些忐忑地拨通薛颜的电话,装作沙哑虚弱的声音说自己感冒发高烧,真的起不了床,只得请一天假。没想到薛颜轻松就同意了,柯乐乐有些意外,原来撒谎请假这么容易啊。接着薛颜又说:"严重吗?我午休时过来看看你,发烧度数高的话得去医院看看。"

"不用不用。"柯乐乐着急地大声说,忘记装作沙哑虚弱的声音。

"不麻烦的,反正公司离你家很近。"

"谢谢姐姐关心。"柯乐乐恢复生病的语气,"我觉得好累,头晕晕的一直想睡觉。"

"发烧是这样的,那待会儿中午时如果你醒了给我打电话。"

"好的,我继续睡会儿。"柯乐乐迅速挂掉电话,松了口气。

言子夜哈哈大笑，说："你真不会撒谎。"

"差点就露馅了。"柯乐乐吐吐舌头。

"我喜欢你这么可爱。"言子夜把她拉回怀里，温暖的嘴唇覆盖上她的唇。

请假是值得的。柯乐乐在失去意识前这么想。

午休时薛颜真的打电话给柯乐乐，柯乐乐看着电话闪烁，不敢接听。薛颜是关心她的，柯乐乐想，只是某些时候她的关心有些烦人。柯乐乐看了看身边熟睡的言子夜，他坐了十个小时左右的飞机回到上海，疲惫不堪，直接就奔向她这儿来，说明她在他心中是多么重要。柯乐乐露出甜蜜的微笑。分开二十天了，柯乐乐记得很清楚，好漫长的二十天，四百八十个小时，两万八千八百分钟，一百七十二万八千秒。柯乐乐仔细地看着言子夜，他睡觉时看着好美好，像个小男孩，她忍不住凑过去亲吻他的唇，他静静地一动不动，可以任她为所欲为，她傻笑，这种感觉真奇妙，他是她的。她又伸手触摸他下巴中间那条勾，这是她印象最深的地方，因为大多数时候她都不敢正眼看他，视线只敢停留在他的下巴上，哦，他的下巴，她好喜欢他与众不同的下巴，中间凹陷了一条浅浅的沟，刚好够她食指指腹轻轻划过，光是这简单的触摸就令她心跳不已呼吸急促。他睡着时，完全属于她，只属于她！柯乐乐觉得自己这样看他一整天都看不够。

言子夜醒来时，柯乐乐还侧着身单手托头凝视着他，言子夜笑，把她拉入怀中，手揉着她的头发。

"嘿，你一直在偷看我吗？"言子夜问。

"只敢趁你睡着时好好看看你。"柯乐乐在他怀里傻笑。

"我怎么记得别的时候你也爱偷看我啊？比如我开车时，比如我低头吃饭时。"言子夜调侃地笑。

柯乐乐脸红了，她以为他不知道呢，真丢脸。

"真不知道什么时候你才敢大胆地看我，而不是偷偷摸摸的。"

"我没有偷偷摸摸，我刚才是光明正大地看你。"柯乐乐提高音调。

"好吧,我的小可乐开始噘起嘴抗议了。"

"嗯,我是你的,你也是我的。"

"不,你是我的。"

"你不是我的吗?"柯乐乐问。

"我是我的。"言子夜说。

柯乐乐非常失落。

"起床吧,宝贝,下午陪我去练会儿球。"言子夜说。

"练什么球?"

"高尔夫。"

"我可以打吗?"柯乐乐问。

"可以,我教你。"言子夜说。

柯乐乐欢呼,又转化为好心情。

言子夜先去洗澡,柯乐乐对着衣柜想着待会儿穿什么衣服好,她平时完全不运动,没有运动装,去打球的话穿裙子不合适,那就穿毛衣配牛仔裤。或许该再去买点衣服,马上天气也要暖和起来了,她连薄外套都没有,来上海时只拧着个小箱子,带了两身冬天换洗的衣服,其他衣服都还在老家,她不要回去拿衣服,她也不会再穿那些难看又便宜的衣服。她是不是要提前跟言子夜说一声她想购置服装?想了想,还是算了,她不好意思开口。这个月的工资已经花完了,他给她的零用钱也花了一些,存在银行卡里的钱还有两万块,她不愿意动用那批资金。刷他的信用卡应该没有关系吧?柯乐乐绞动手指,他说过她可以随便刷卡的,前几天她也刷过两次信用卡,他应该收到消费短信通知,他也没质问她什么。哈哈,就用他的信用卡,而且要自己去选衣服,才不要让他秘书的审美观支配她。

言子夜裹着浴巾出来,热气腾腾,画面好诱人。柯乐乐不敢抬头看他,心怦怦乱跳,用鼻子嗅着他的气息。

"小可乐,你羞红着脸干吗?"言子夜走近她,勾起她的下巴,给她一个吻。他松开她时她还紧闭着眼保持着仰头让他亲吻的姿势，他笑着捏捏她的脸，"我们在一起都这么久了，你怎么还会紧张？"

柯乐乐窘迫地说声"我去洗澡了"就冲向洗手间。她大呼几口气，是啊，为什么我看到他还是会紧张，他总有魔力令我无法呼吸。

趁着柯乐乐去洗手间的时间，言子夜开始在房子里寻找蛛丝马迹，他莫名地觉得他放在洗手间里的东西被别人用过，而且是被别的男人，他说不出为什么会有这种感觉，他试图证明自己的猜测。他把卧室的窗帘拉开，让明亮的阳光照进房间，他迅速仔细地检查了一遍，没发现什么不对劲的地方。他又走去厨房、客厅以及书房看了看，那双狼一样敏锐的眼睛搜索着每一个角落，也没找出什么端倪。莫非只是自己的错觉？言子夜耸耸肩，他承认自己很多疑。只剩下客房没检查了，打开灯，言子夜站在门口环顾这个房间，房间里只有一张床，一目了然，没什么不对劲的地方，他似乎松了口气，她是个乖孩子，不会做出什么对不起他的事情。这个房间平时没有用途，门窗一直都关得严严实实，也该开窗透透气了，言子夜想。他走去拉开窗帘，推开窗户，让新鲜空气流通进来。他准备离开时，脚下突然踢到什么东西，那东西滚动几圈停下，一个黑色瓶身绿色盖子的铝皮瓶子。言子夜弯腰捡起那个瓶子，看了看，脸上瞬间露出令人毛骨悚然的阴冷表情。那是一瓶剃须水，呵呵，男人的剃须水！

洗手间的门被大力推开，发出哐当的巨响。柯乐乐正对着镜子描眉毛呢，她想着和言子夜一起出现在公众场合，说不定练球时还会遇到他的一些朋友，她一定要漂漂亮亮地站在他身边。她几乎不会化妆，抹了点粉底液，再描下眉毛和刷下睫毛膏就好了，只是眉毛不是画得太浓就是画得左右粗细不同或是画歪，已经六次擦掉重画，她都快抓狂了，看似简单的操作她怎么就做不好呢，真笨，早知道平时就该多练习几次，言子夜会不会在外面等得不耐烦啊？越是着急越是画不好，柯乐乐对着镜子描眉毛的手都开始发颤，就在这时，门发出的巨响把柯乐乐吓了大跳，她的手一抖，眉笔顺着太阳穴往下拉出一道丑陋的黑色线条。

怎么了？柯乐乐在镜中看到言子夜怒气冲冲的模样，忘记去擦掉额角的黑线，回头愣愣地看着他。他的表情让她有些害怕，就像……母亲要开始对她破口大骂时的前奏……

"这是什么？"言子夜晃了晃手中的瓶子，声音十分冷酷。

是什么？柯乐乐眨眨眼，她不知道。

"呵呵，我不在的这几天，你是不是带别的男人回家了？"言子夜大声吼。

柯乐乐吓得头脑一片空白，他这么生气干吗？

"说话！你是不是还有别的男人？这儿是我给你租的房子，你居然带别的男人到我的地盘来乱搞！"言子夜的声音更高了几个分贝。

他眼里不可遏止的怒火令柯乐乐恐惧得全身颤抖，她结结巴巴地说："我……我的好朋友到上海……来……来看我，在这儿住了……住了三天。"

"男的？"

"嗯。"柯乐乐小声说。

"呵呵，看来我想错了，我还以为你会在家乖乖待着，结果你就趁我不在时跟别的男人鬼混！好啊，柯乐乐，你不用再装作一副楚楚可怜的模样了，让我觉得恶心！"言子夜把剃须水瓶子狠狠朝柯乐乐身体偏右的方向扔去，撞击墙面发出巨大声响。"原来你的单纯只是装出来的而已，你跟我在一起是不是就是为了钱？我还以为你跟别的女人不一样，看来你真是厉害啊，把我都给骗了，你该不会是用我的钱偷偷去养小白脸吧？"言子夜发出冷笑。

柯乐乐不可思议地睁圆眼，他突然像变成了另外一个人，她不认识他了。他怎么可以这样说她！

"我没有。"柯乐乐狠狠咬着嘴唇，咬得十分用力，她尝到了血腥的味道。

言子夜冷冷地看她几眼，转身走出去。

柯乐乐还愣在原地瑟瑟发抖。

片刻，柯乐乐听到开门的声音，她惊醒过来，慌乱地跑出洗手间，看到言子夜已经穿好外套和鞋子，准备要出门。柯乐乐惊魂未定地问："你要走了吗？"

言子夜没有回答，大步走出去。

柯乐乐尖叫着他的名字追上去，"言子夜，你为什么要走？你不是说要我陪你去打球吗？我马上就去换衣服，你等等我啊。"她去拉他的手，他甩开她，她又死死拉住他的衣角哀求："言子夜，我做错什么了你这么生气？我很抱歉我朋友借宿这儿没有通知你一声，我和他的关系是清白的呀，我没有做过任何对不起你的事情呀……"

电梯门打开，言子夜扳开她拉住他衣角的手指，他不要听任何解释。他快步走进电梯，柯乐乐跟跄地跟进去，她还穿着拖鞋和一身单薄的睡衣，忘记寒冷，她此刻的心比外面的温度冰冻无数倍。他是要丢下她一个人走了吗？他要离开她了吗？

"言子夜，言子夜……"柯乐乐怯怯地想去触碰他，他冷漠地打开她的手。"言子夜，不要不理我……"柯乐乐的眼里噙满泪水，她好害怕。

电梯来到地下车库，柯乐乐失魂地跟着言子夜走出电梯，他回头，冲她大声吼："不要跟着我！"柯乐乐吓得呆在原地，言子夜大步走向自己的车，决绝地开着车离开。柯乐乐过了好久才意识到他真的已经离开了，他是不是不要她了？柯乐乐颤抖地蹲下身哭起来。不是梨花带雨端庄秀气地滑落两行清泪的哭法，而是撕心裂肺的那种号啕大哭。他走了，他走了，他走了……

柯乐乐蹲在那儿哭了好久，有几辆车经过，车主停下来好心地询问她发生什么事情，柯乐乐只知道哭，她的世界里只剩下她一个人了，周围的一切都形同虚设，她看不见也听不着，无穷无尽的黑暗把她吞没。

待柯乐乐终于擦擦眼泪，准备回家打电话给言子夜好好解释一番，走到家门口时，才发现自己出门忘记带钥匙，她被关在门外了。怎么办？只有言子夜还有家里的钥匙，他头也不回地走了，这会儿一定不会再回来，她连手机都没有带……柯乐乐颓然坐在地上，好累，好无助，天真的塌下来了。这时她才看到自己只穿着睡衣，寒意席卷而来，她抱紧自己的胳膊，身体蜷缩成一团，他那些刺伤人的尖锐话语回旋在她耳边，新一轮的眼泪又抑制不住地往外涌。

她真的不是为了钱才跟他的啊，她从未主动向他要过一分钱，每次都是他自己要给的。而且，为什么说她养小白脸，天啊，她怎么舍得花钱去养别人！苏井然只是她的好朋友，她没有做任何对不起言子夜的事情，也没有故作单纯地欺骗他，她心里只有他，上天作证她是多么喜欢他！还有，那个瓶子是什么东西？柯乐乐焦急地想进屋去看个究竟，然后打电话求言子夜快回来。他现在是不是也正在等她的电话，刚才他只是太生气而失去理智而已，因为他很爱她才会这样发怒，他一定在等着她去解释，他等了太久没等到她的电话会不会伤心地以为她默认自己做了对不起他的事情？哦，该死，我要进屋！柯乐乐站起身发疯般地对着门拳打脚踢，我要进屋，这该死的门快给我打开！

隔壁住户听到走廊上的动静，打开门探出头来看个究竟，还好这个老人平时见过柯乐乐几次，不然还以为她是精神病跑出来的疯子呢。

"姑娘，你怎么了？"老太太问。

现在柯乐乐真的好需要别人嘘寒问暖。"我没带钥匙……"说着眼泪又忍不住流出。

"小姑娘别哭啊，你先进我家里来坐一坐，你穿这么少，小心感冒了。我帮你叫物业来开锁。"老太太说。

"麻烦您帮我叫下物业吧，我就不进您家坐了，我在这儿等。"柯乐乐用寒冷来惩罚自己，替他惩罚，她活该，为何要惹他生气？

老太太又邀请两次柯乐乐都摇摇头，这个小姑娘真奇怪。很快物业就赶来，物业需要确认她是这儿的住户才能帮她撬开锁，她报了自己的名字，物业看了看登记册，摇头说不对，她又说出言子夜的名字，这下正确了。她流利地背出言子夜的电话号码，物业看了看，和登记册上的一样。但是言子夜的身份证号码她不知道，他的生日是几月几号她也说不出来，天，柯乐乐突然意识到她对他真的还不怎么了解。

物业为难了，不是租客本人的话他不敢轻易撬锁，况且柯乐乐现在的模样真的很狼狈，不会是上门来找麻烦的痴情女子吧？

柯乐乐手脚都冻得麻木了，她几乎是用吼的，"我真的住在这里啊，你快给我把锁撬了，我进屋还有急事做呢，你耽误我的事情对我有多么严重的后果你知道吗！"

物业很不爽，怎么这种态度？"那你跟这位姓言的先生是什么关系？"物业问。

"我是他女朋友。"柯乐乐说。

隔壁的老太太听到外面的吼声也开门来看热闹，帮腔地说："这个姑娘是住在这里的，我见过她好几次。"

"但我还是需要打电话跟业主确认一下。"物业说。

电话拨通，柯乐乐听到物业问："请问是言子夜先生吗？我是小区的物业，这儿有一位叫柯乐乐的小姐说她忘记带钥匙了，要我给她撬锁，我看物业登记上显示你是这儿的租客，请问你认识这位柯乐乐小姐吗？"

柯乐乐很着急地想知道言子夜说了什么，只听物业说着——"嗯"，"好的"，"我知道了"，似乎确认完毕。柯乐乐一把抢过手机，冲着手机喊："言子夜，言子夜，我是可乐……"

那边已经挂了电话。

门很快就被撬开，物业在换新锁，柯乐乐冲进屋找到自己的手机，她担心刚才言子夜会不会有打电话过来，没人接听的话他会不会又胡乱猜疑什么，结果手机上一个未接来电都没有。她想多了。柯乐乐拨通言子夜的电话，一直响一直响，就是没有人接听。他为什么不接电话？他在开车是不是不方便拿电话？或者他不小心把手机调成静音了没有听到？柯乐乐替他找着各种借口，她就是不愿意相信他是真的不想接电话。

"锁换好了，一百块钱。"物业说。

这么贵！柯乐乐情绪不好地把钱递给物业，不自觉地骂了一句脏话。物业被激怒地想骂回去，门已经被柯乐乐"砰"一声重重关上。

那个让言子夜如此生气的东西到底是什么？柯乐乐走去洗手间，捡起瓶子看了看，是一瓶剃须水。天，莫非是苏井然落下的？对，只有他。

柯乐乐给苏井然打电话，把满腔委屈全部发泄到他身上，从电话接通起她就开始大声质问他，吼着责备他，都怪他，言子夜才会离开她，原本他们是多么甜蜜融洽，他还要带她去打球呢，他会介绍她给他的朋友们认识，他会很幸福地说这是我的女朋友。可是现在全完了，就因为苏井然的一瓶剃须水，他怎么能这么大意，他把她的幸福都毁了，她好不容易才得到的幸福，将近二十年来唯一能让她觉得生活是美好的人，能让她发自内心露出笑容的人，能让她感觉自己被爱被呵护的人……现在她什么都没有了……

柯乐乐泣不成声，不停诉说着她对苏井然的不满，她用了自己所能想到的最肮脏最恶毒的骂人的话，她已经失去理智，需要迁怒于人。苏井然静静地听着，一开始很诧异柯乐乐怎么会这副泼妇的形象，听到她哭泣时又心疼不已。他就记得自己去上海时带着剃须水的嘛，看来是不小心让它从包里滚出来了，他还误认为自己忘记带了呢。不过只是如此小的一件事，解释一下不就能解决的事情，那个姓言的男人却大发雷霆，还居然离她而去，这个男人也太小心眼了吧。苏井然任柯乐乐在电话里对他破口大骂，她心情不好，需要一个替罪羔羊，同时他也在心里骂着那个姓言的男人，那个男人伤害了柯乐乐，他从未见柯乐乐如此失去理智。

过了半个多小时，柯乐乐骂够了也哭够了，神智慢慢恢复，不再说话，只有一阵一阵身体不受控制地痉挛的抽搐声。苏井然不知道该如何安慰她，只能陪着她沉默。

良久，柯乐乐轻声说："对不起。"

"是我该说对不起。"苏井然说。

柯乐乐叹口气，"如果他也像你一样能耐心听我说话解释就好了。"

苏井然当然知道那个他是指谁,他也无声地叹口气,说出自己都觉得违心的话:"他误会你,并且做出这么激烈的反应,完全是因为他太在乎你,他害怕真的失去你。所以,乐乐,你不要伤心也不要绝望,他会回来的,他只是需要静一静。"

"是这样吗?"

"对,就是这样。"苏井然坚定的语气。他完全不了解那个男人,他只是希望自己能给予柯乐乐希望,她是个乐观的时候特别乐观、悲观的时候又异常悲观的女孩。

柯乐乐似乎松了口气。"他真的冷静下来就会回来吗?"

"是的。"

"我需要发一条乞求原谅的短信给他吗?"

"乐乐,你并没有做错任何事情,干吗要乞求他的原谅!"苏井然忍不住提高音调,她在爱情面前卑微的姿态令他痛心。

"可是万一他不回来呢?我总该做点什么吧。"

"你现在唯一需要做的,是好好把脸洗干净。然后,你可以对着电脑把你的忧伤情绪发泄到小说里面。"苏井然试图转移她的注意力,这个方法很棒,她沉浸写作时真的可以达到忘我的状态。

柯乐乐按照苏井然的提议去做了。

5

撒谎请假骗薛颜自己生病了,没想到成为现实,在十四五度的室外只穿了一身单薄的睡衣待了那么长时间,柯乐乐真的感冒发烧了。半夜里身体开始发烫,她被热醒,全身是汗,口干舌燥,鼻子不通,喉咙发痒使她不停地咳嗽。柯乐乐想起身去喝点水,脚刚踩到地板上,眼前突然一片发黑,她赶紧坐回到床上,手撑着床沿,有些气喘。她才想起自己昨天一整天都没有吃东西,她忘记吃东西了,应该是有点贫血吧。她坐了会儿,再次尝试站起来,全身疲惫无力,她拖着脚步去厨房倒了杯热水,本还想煮个鸡蛋吃,头昏昏沉沉的实在没精力,她继续躺回床上睡觉。连续不断的噩梦袭来,柯乐乐反复被惊醒,十分害怕,把台灯打开,睁大眼不敢再睡。梦里全是言子夜离她越来越远的背影,她怎么奔跑都无法抓住他,梦中那种撕心裂肺的痛到醒来时还有余韵,她抱紧自己忍不住放声大哭。

折腾到早晨八点,柯乐乐想着自己必须起床,收拾一下然后去上班。她努力支撑起上半身,立即头晕目眩,只得重新躺回到床上才稍微舒服些。她咳嗽两声,摸了摸额头,好烫,不会是发烧了吧?柯乐乐很着急,她昨天已经请过一次假,今天无论如何也要去上班,她不能给老板留下不努力工作的坏印象。努力尝试了三次试图下床,眼冒金星,手脚发软,完了,她是彻底病倒了。

柯乐乐首先想到的是言子夜,她给他打电话,他没有接听,她又打了两个,依旧无人接听。她颤抖着手发微信过去:"亲爱的,我好像发烧了,全身无力起不了床,好希望你现在在我身边,我需要你!"等了十几分钟,没有回应,柯乐乐真是伤透了心,却仍然为他找着借口:或许他还在睡觉没有看见,嗯,一定是这样的。

"姐,我生病更严重了……"柯乐乐给薛颜打电话,刚开口就忍不住哭起来。

薛颜吓了一跳,这丫头怎么哭了?她担心柯乐乐,以为柯乐乐一定是病得难受,她在去公司的地铁上,说:"丫头,别慌,吃药了没?"

"家里没药……"

"怎么办呢?我还得赶去公司,一早有个会议要开,我要等到午休时才能去看你。"薛颜说。

"姐,抱歉,我只能再请一天假。"柯乐乐颤抖沙哑的声音,这次真的不是伪装。她想起昨日这个时候,她被言子夜搂在怀里,他亲吻她,嘲笑她的撒谎技术,那时的甜蜜与此刻的凄凉真是天壤之别,不由得新一轮眼泪又涌出来。柯乐乐尽量克制自己不要发出声音。

薛颜能听出电话那端的些微抽噎,她皱皱眉头,问:"乐乐,你是不是还发生了别的事情?"

"没有,姐姐,我只是全身烫得好难受,我再休息一天吧,或许明天病就好了。"柯乐乐说。又顿了顿,有些难为情地问,"能麻烦姐姐中午帮我买点药来吗?"她实在是无法出门买药,言子夜又不理她,哦,言子夜,想到他就忍不住伤心。

"好的,我中午去看你。"薛颜说,又问,"言子夜呢?你生病了他还不去照顾你吗?"

"他……不在上海。"柯乐乐怕薛颜还会继续盘问下去,慌乱地挂掉电话。她想他,好想他,他怎么可以丢下她一个人!柯乐乐心都碎了,蜷缩身体埋在被子里放声大哭,哭了很久,哭得累了,竟迷迷糊糊睡着。

电话铃声响了几次柯乐乐都没听见,她被梦魇纠缠,有时呓语,有时发出恐惧的尖叫声，她烧得有些神志不清。

"可乐，可乐……"有人在喊她，推了推她，摸了摸她额头，天，好烫。柯乐乐被人抱起来，那人为她穿上外套，焦急地奔出去。

柯乐乐觉得梦境突然转换成春风拂杨柳的暖融融画面，她似乎听到言子夜的声音，他呼唤她，可乐，可乐，好温暖的声音，她迷失在这个美好的梦里不愿意醒来。

发烧39.7度，再加上两天没有吃任何东西，柯乐乐的身体虚弱得不行。打了退烧针，输了两罐葡萄糖，柯乐乐稍微有些意识，不情愿地睁了睁眼，灯光好刺眼，她又紧紧闭上，翻个身，想继续刚才的美梦。

"可乐，可乐。"

她听见有人在叫她，有手在抚摸她的脸，好真实温柔的触感，柯乐乐在梦里笑出声。呓语道："言子夜，言子夜。"

"我在这儿。"

"不要离开我好吗，言子夜，永远陪在我身边好吗？"

"好，我不离开。"

得到肯定的答复，柯乐乐十分安心地睡着了。

再次醒来时，已经是次日凌晨四点多，柯乐乐揉揉眼睛，打着哈欠伸个懒腰，双腿摆成一个大字形。咦，怎么两只脚都伸到床沿外去了，这床好小。柯乐乐抬起手想去打开床头柜上的台灯，奇怪了，开关在哪里？柯乐乐努力让眼睛适应昏暗的光线，四处瞧了瞧，模糊的影子，轮廓看起来不像是在自己家里嘛。呵呵，我是病糊涂了吗？柯乐乐自嘲地笑，我不在家里又会躺在哪儿？莫非我还在梦里吗？

"可乐，你醒了啊？"一个沙哑的声音，灯被拧开。

柯乐乐瞪大眼，不是在做梦吧？言子夜，是言子夜！她大声叫着他的名字，握住他的手，温暖的，是真实的。她傻笑起来。"呵呵，真好，你回来了，你是不是原谅我了？我真的没有跟别的男人乱来，那瓶剃须水是苏井然不小心落下的，我跟他是清白的，他只是我大学的学长……"

"嘘！"言子夜用食指按住柯乐乐的唇，她不需要解释，他已经原谅他。他抚摸她的脸，他白天时吓坏了，起初还以为她是用生病的借口来骗他同情，没想到赶去她家时她真的发烧得厉害，她看起来那么无助，他好痛恨自己昨日对她发那么大的火，说了那么伤人的话语，他就是这个脾气，太急躁，眼里容不得沙子。他已经不在乎她有没有欺骗他，他只知道听到她梦中不时呼唤他的名字时他整颗心都融化了，他很庆幸自己看到短信后犹豫片刻还是去了她家，不然让她一个人在家里病成这样他一定不会原谅自己。

"你不会离开我吧？"柯乐乐小心地问。

"不会。"

"你发誓，永远不会再像昨天那样离开我。言子夜，我怕，我真的好害怕失去你。"眼泪湿了柯乐乐的眼眶。

言子夜轻轻拂去她的泪水，说："可乐，答应我，不要再哭了。"

"嗯。"柯乐乐吸吸鼻子。她看了看四周，她不是在自己家里。"这是哪儿？"

"医院。"

"现在几点了？"

言子夜看看手表，"凌晨四点多。"

天，我睡了这么久。柯乐乐看着言子夜，他看起来有些憔悴，下巴的胡子茬都冒出来了，她伸手抚摸他的脸，问："你之前一直都在这儿陪着我吗？"

"你昏迷这么久，吓坏我了。"言子夜说。

柯乐乐傻笑起来，她好开心，好感动，他是在乎她的。言子夜喜欢看她的傻笑，他充满爱意地揉揉她的头发，这个小姑娘，竟能牵动他的心控制他的情绪，他似乎许久未有这种感觉。

"我现在没事了，你回家睡觉吧，我不希望让你累着。"柯乐乐说。

"不累，我等着明天和你一起回去。"言子夜说。

一起，哦，柯乐乐真是爱死这个词。

"可是你这样太辛苦……"

"不辛苦。"言子夜摸了摸柯乐乐的额头,很好,温度低了一些。他把她的胳膊放进被子里,替她把被子紧紧包裹好,她不能着凉,最好再出点汗。

"那你躺到床上来睡觉吧,坐在椅子上太辛苦了。"柯乐乐说。想了想,又说,"发烧会传染人吧?你最好还是离我远一点,我不想看到你也生病。"

"发烧不会传染。"言子夜笑,她真是爱操心。

柯乐乐松口气。"其实我睡了那么久,现在完全没睡意了,我们现在就回家吧。"

"拜托,傻丫头,我怎么放心带你私自逃离医院,明天待烧完全退了再说。"言子夜又问,"你饿吗?我出去给你买点吃的。"

"不用。"

"你必须吃东西,你这两天是不是都没好好吃饭?送你到医院时你血糖非常低,就是因为你没吃饭才导致身体更虚弱,以后不许你这么不爱惜自己,知道吗?"言子夜有些责备的语气。

"知道了。"柯乐乐像个做错事的孩子。

言子夜开始穿上外套。柯乐乐有些担心地问:"你……不会走了就不回来了吧?"

"傻瓜,乖乖等我,我很快回来。"言子夜在她额头上印下一个吻。

柯乐乐依依不舍地看着他走出门外。

我是什么时候到医院来的?柯乐乐觉得奇怪,她完全没有之前的记忆。她环视这个房间,看起来还挺豪华的,只有一张床,还有个大电视,她一直以为医院的住院条件很差呢,电视上不总看到一个房间里住了很多人么,床与床之间用一道帘子隔着,熙熙攘攘,也完全没有隐私可言。她现在住的病房应该是超级 VIP 房吧,是不是特别贵啊?言子夜对她真是用心,柯乐乐甜甜地笑,完全忘记之前的伤心欲绝。

真的没有任何睡意,睡了一整天脑袋有些沉,等待的时间变得好漫长。

柯乐乐平时几乎不看电视，觉得电视节目都很无聊又浪费时间，现在她只得打开电视来打发更无聊的时间。如果手机带在身边就好了，她还可以上网看看。想到手机时柯乐乐才突然想到薛颜，她昨日本来叫薛颜中午给她买药的，言子夜是什么时候送她来医院的？是在中午之前吗？那薛颜去敲门时不就吃了闭门羹？薛颜不会怪她放鸽子吧？或许薛颜还打了很多电话给她可是都没人接听，薛颜一定会很生气，不知道她在搞什么名堂，说不定还以为她是撒谎请病假呢。糟了，薛颜会不会听她的解释？柯乐乐忧心忡忡。

言子夜很快回来，柯乐乐听到门打开的瞬间就欢喜地尖叫他的名字，因为曾经失去过，现在柯乐乐只想把他死死攥紧在身边，害怕再一次失去。

带了白粥和炖蛋，言子夜说："你胃里空空的，现在只能吃点这些清淡的东西，我已经叫Coco炖了燕窝，待会儿她会送过来。"

什么？柯乐乐以为自己听错了，秘书还有半夜为老板的女朋友炖燕窝的职责吗？"做你的秘书真辛苦，既要忙你公司里的工作，还得陪你女朋友逛街，还得替你给女朋友买各种礼物，还得去你女朋友家里装音响，现在还要半夜起床炖燕窝以及冒着严寒把燕窝送到医院来。"柯乐乐打趣道。

"呵呵，你的思路很清楚嘛，看来你的病也基本上好了。"言子夜捏捏她的鼻子。

不过柯乐乐很期待看到Coco为她送燕窝过来时脸上的表情，哼哼，她才是言子夜的正牌女朋友，她是他的心头肉，而Coco只有暗恋以及嫉妒的份。

胃饿了两天，反而吃不下什么东西，喝了一口粥尝了几勺炖蛋后柯乐乐就觉得饱了，她把碗放下，言子夜盯着她，说："把东西全部吃完。"

"吃不下了。"柯乐乐难得也有没胃口的时候。

"必须全部吃完，我可不希望再次看到你没力气走路的模样。"

"我现在充满了力气。"柯乐乐把胳膊弯成直角攥紧拳头做了个展示肌肉的动作，"只要见到你，我就活过来了。"

言子夜笑，"哟，胆子大了开始会说俏皮话了嘛。"

柯乐乐嘿嘿傻笑，看着他，大胆地看着他的脸，她差点就以为自己再也看不到这张脸，还未仔仔细细凝视过的整张脸，她不要在心里一个部位一个角落地拼凑他的模样，万一以后再见不到他时，她至少还可以回味。哦，不，不会有万一，他说过不会再离开她……想到这里，柯乐乐脸上又露出忧伤的表情。

"你脑子里又在想些什么？"言子夜捏捏发愣的柯乐乐的脸，"快把东西全吃完。"

"我吃完了，你是不是能向我保证你不会再离开我？"

"你乖乖的，我当然就不会离开你。"言子夜说。

"嗯，我会很乖的。"柯乐乐保证。就算没胃口，柯乐乐还是端起碗强迫自己把东西吃光，吃得非常干净，对言子夜展示着空碗，说："你看，我把它们都吃完了，你答应我的事情也要做到哦。"柯乐乐伸出右手的小拇指，"我们来拉钩，你要保证永远不会再离开我。"

小孩子玩的游戏。言子夜笑，握住她整只手，他不习惯许下承诺。

"你为什么不保证，你是不是还会离开？"柯乐乐难过起来。

"把被子裹好，别着凉。"言子夜把她的胳膊放回被子里。

柯乐乐抵抗地把被子掀开，倔强地噘起嘴，"我知道你还会走的，你条件那么好，喜欢你的女人那么多，我只是个长相普通又不解风情的小丫头，我留不住你，总有一天你会离开我……"说着眼眶又红了。

言子夜叹口气，他捂住她的眼睛，手心感受到泪水滚烫的温度。"乖，别说傻话，我说过只要你表现乖乖的，我就不会离开。现在，你得停止再哭了。"

柯乐乐立即止住流泪。

言子夜微笑着揉揉她的头发，乖孩子。

"还要睡会儿吗？"言子夜柔声问。

柯乐乐摇摇头。

"那我抱着你，再睡会儿好吗？"言子夜说。

柯乐乐立即笑着点头。

小小一张单人床，刚好够两个人抱紧躺着，言子夜很快就呼吸均匀地睡着了。柯乐乐埋怨自己真笨，之前他一直坐在椅子上陪着她，一定没睡好，她怎么就只顾自己睡了一天而忘记他的劳累呢？她被他从身后像藤蔓一般缠绕得无法动弹，在黑暗中大睁着眼，感受着他的温度，他的呼吸，他肌肤的触感，她不敢闭眼睛，生怕睡过去再睁开眼就会发现是梦一场。

早晨七点护士就推门进来了，打开灯，看到床上躺着两个人时吓了一跳。柯乐乐用手指在嘴唇边做了个"嘘"的动作。她被他抱得好紧，无法起身。护士把温度计放在她嘴里，说了一句："你老公对你很好。"柯乐乐心里乐开了花，嘿嘿，他们看起来像一对夫妻吗？这种感觉真好。

几分钟后护士回来取出温度计，38度，低烧。柯乐乐着急地问："我待会儿就可以出院了吧？"

"想出院也可以，一会儿问下家属意见，需要家属签字。"护士说。

家属，呵呵，这个词柯乐乐也很喜欢，一大早就有好心情。

"你早餐想吃什么？有包子、馒头、粥和面条。"护士问。

"粥吧。"柯乐乐说。

早餐很快送来，可惜柯乐乐的身体被他紧紧抱着无法动弹，言子夜睡得那么香甜，她怕弄醒他，只好乖乖躺着。

Coco是七点半来到医院，提着炖好的燕窝，敲了敲门。柯乐乐以为又是护士呢，尽量降低音量说了声："进来。"

柯乐乐是背对门的方向侧身躺着的，她努力把头扭转过去，房间里没有开灯，透过走廊上的光线，柯乐乐看到Coco愣愣地站在门口，脸上掩饰不住的吃惊表情。柯乐乐冲Coco挥了挥手。

Coco也算见多识广了，在言子夜手下工作四年，看到他身边的女人走马灯般地变换，却是第一次见他对一个女人如此肯花精力。他居然会陪着柯乐乐睡在医院里！片刻后Coco恢复理智的常态，走进病房把保温桶放到柯乐乐那边的床头柜上。

柯乐乐抱歉地说她身体动弹不了。

Coco也装模作样地小声慰问柯乐乐的病情怎么样，祝她早日恢复健康。Coco在昏暗中看着自己的老板挤在一张简易小床上睡得那么沉，心里打翻了五味瓶。她想起两年前曾经有个女人为言子夜怀了孩子，言子夜强制要那女人去医院把胎儿打掉，还是派Coco陪同那女人去的，在医院里那个女人抱着Coco哭得稀里哗啦，骂着言子夜是个冷血无情的动物，从头到尾言子夜都没有出现在医院。而柯乐乐只是小小地发烧感冒而已，他却大动干戈，让这女人住单人贵宾病房，还半夜把她叫醒给这女人炖燕窝，最不可思议的是，他居然整晚都在医院陪着这女人！

柯乐乐完全不知道言子夜的过往情史，她只知道他对她好，这就够了。他睡得真沉，看来昨天他真的累坏了，平时他都是早晨七点左右自动醒来，现在也不知道是几点，病房里没有时钟，她也没带手机。今天得去上班，已经请了两天假，今天再不出现在公司的话老板心里一定会不爽，说不定工作就难保了。言子夜，你快醒醒啊。柯乐乐不敢叫醒他，只得在心里祈祷。

护士敲门进来，要取早餐的餐具，见床头柜上的粥都没有动过，问柯乐乐："粥还要吗？"

"还要。"吃了东西才有力气去上班。柯乐乐问，"现在几点了？"

"快九点吧。"护士说。

天，上班要迟到了！柯乐乐咬咬牙，狠心地推推言子夜，他咕哝着把她抱得更紧。醒醒，拜托你快醒醒。柯乐乐努力把身体平躺过来，摇了摇言子夜的肩膀，言子夜很不情愿地睁开眼。

"马上就要九点了。"柯乐乐焦急地说。

"所以呢？"言子夜没搞明白她是什么意思。

"我上班要迟到了。"柯乐乐说。

言子夜大笑，看她这么急的模样还以为发生什么大事了呢。

"我得走了。"柯乐乐起身。

言子夜大力把她拉回怀里,摸了摸她的额头,温度似乎恢复正常了。他说:"可乐,如果你不想上班,你以后都可以不用上班的。"

"我喜欢这份工作。"柯乐乐说。虽然她很高兴听到他这么说,她也很高兴不用上班可以有更多时间专心在家里写作,但她不希望听到别人说她是被男人养着,"包养"这个词非常难听,她希望靠自己的能力,写作也能养活自己了,再辞掉工作。

"好吧,但是我今天坚决不同意你去上班,你的病还没有好……"

"早晨护士测过我温度,我已经不发烧了。"柯乐乐撒谎,其实还有些低烧。

"我说不同意就是不同意,可乐,不要跟我争辩。"言子夜厉声说。

真霸道!柯乐乐在心里嘀咕,今天又不上班的话她的工作还保得住吗?

"燕窝吃了吗?"言子夜看到床头上的保温桶。

你抱得我那么紧我完全无法动弹,怎么吃啊?柯乐乐继续在心里嘀咕着。

"不许在心里嘀咕了,现在快吃。"言子夜下命令。

他会读心术吗?柯乐乐吐吐舌头,坐起身,乖乖地端起保温桶。这是她第二次吃燕窝,上次吃燕窝是她和言子夜第一次一起吃晚饭,在衡山路一座老洋房里,上楼梯时他温柔地拉起她的手。那时她还不知道自己会成为他的女朋友,她甚至连往这方面去想都没有想过,他那么高高在上遥不可及,她竟会如此幸运被他爱上。幸福的笑意浮现在柯乐乐脸上,言子夜看得心都融化了,他揉揉她的头发,柔声说:"快吃吧,别让它凉了。"

柯乐乐还不知道燕窝长什么样子,看来回家得上网查查。现在已经无法分辨,她只能记下燕窝炖好后的模样,仔细品尝它的味道,真好喝。

"给你,请个病假吧。"言子夜把柯乐乐的手机递给她。

柯乐乐看了看,天,昨天薛颜从中午到晚上一直打了她十六个电话,还有三条短信,薛颜担心她出什么事情。

"你为什么不早点把电话给我?"柯乐乐问。

"你一直在昏睡，我给你了又有什么用。"

"那你应该接下电话啊。"柯乐乐提高音调。

"可乐，我不喜欢你用这种语气跟我说话。"言子夜说。

薛颜昨天一定担心坏了吧，打了这么多电话都没人接听，短信也没人回，或许她还真的跑到我家去敲门，结果没人响应，一定会非常生气吧。柯乐乐急急地拨通薛颜的电话。薛颜果真气炸了，大声质问着柯乐乐为何不接电话，为何家里没人，她是真生病还是假生病，她这种工作态度和做人的态度十分有问题！薛颜完全不容柯乐乐插话解释的余地，一个人在电话里噼里啪啦地说了大通，电话里声音很大，言子夜在一旁听得皱起眉头，抢过电话说："她生病住院了，需要继续请假，住院证明她去上班时会带给你。"言子夜说完不容那边有回音就挂掉电话。

"你这样会害我丢掉工作的。"柯乐乐觉得这种态度对待薛颜很不礼貌，薛颜关心她，而且还是她的主编，这份工作完全是靠薛颜替她争取她才得到的。柯乐乐拿过手机，想重新打电话回去，言子夜把她手机抢过塞兜里，然后去洗手间了。

"喂——"柯乐乐冲着关上的洗手间门大喊。真是可恶霸道！

开了住院证明，出院，回家，柯乐乐一路绷着脸不说话，心里盘算着应该怎么跟薛颜解释，并且对言子夜颇有微词。他好起来真的是温柔又体贴，坏起来真是让人恨得牙痒痒。言子夜送柯乐乐到家楼下，把手机还给她，捏捏她的脸蛋，说："乖乖在家休息，我晚些再过来。"

"嗯。"柯乐乐答应着，又有些担心地问，"你不会丢下我吧？下班后就会过来？"

"小傻瓜，放心吧。"言子夜吻了吻她额头。

柯乐乐解开安全带，准备下车，言子夜突然问："跟我在一起，你会觉得辛苦吗？"

"不会啊。"柯乐乐奇怪他为什么要这么问。

昨日柯乐乐高烧昏睡时，她手机里的通话记录和短信记录言子夜都看过了，她真是不怎么跟人来往交流啊，大多都是跟言子夜的联系记录。那个叫苏井然的男生，他要来上海时两人有联系过，说的也是无关痛痒的话语，似乎两人真的没什么不轨关系。昨日苏井然还发了两条短信过来，看来他是知道柯乐乐和言子夜因他而差点分手的事情，他的短信写得很长很长，都是安慰柯乐乐的话，他这个朋友当得十分称职嘛，言子夜有些酸溜溜地想。而且其中有一句话令言子夜非常不爽，那句话说：你男朋友的性格会让你以后的生活时刻得小心翼翼，会非常辛苦。

言子夜用柯乐乐的手机回复短信：不会的，你这个旁观者没资格评论我的生活，我们现在已经和好了，我很幸福，你以后也请尽量不要联系我，以免产生不必要的误会。

如果这是你希望的，我不会联系你。苏井然回复。

是的，这就是我希望的。言子夜发送短信。

然后，言子夜把这几条短信都删除，柯乐乐完全不知道这件事情。

拿回手机，见言子夜的车开出视线外，柯乐乐第一个反应就是赶紧在家楼下给薛颜打电话，解释她昨日真是高烧得昏迷过去，没想到那时言子夜刚好从澳大利亚回上海来，看到她生病这么严重，立即送她去医院，她并不是有意要放薛颜鸽子的，而且她真的一直昏迷不醒，也不知道薛颜打了这么多电话来……薛颜有些不耐烦地打断柯乐乐的解释，说她工作很忙没功夫听长篇大论，柯乐乐很抱歉，她说她马上就去上班。

柯乐乐迅速回家洗漱一下，换了一身衣服就冲去公司，一路小跑，到了公司楼下后只是觉得有些气喘而已，柯乐乐以为自己的身体已经完全康复了。时间将近十一点，在前台打工作卡时柯乐乐担忧地问前台："这两天老板有来公司吗？"

"两天都在。"前台说。

柯乐乐在心里大叫不妙。老板去他的办公室必定要经过柯乐乐的办公桌，看到那么显眼的一个地方空着，不知道心里会如何想。柯乐乐忐忑地走到薛颜身边，把医院开的住院证明递上去，薛颜头也不抬地说："放到桌上吧。"

"姐姐对不起，我……"

"快回到自己的座位上去工作，我马上把要编辑的几篇文章发你邮箱里。"薛颜冷冷的语气。

看来薛颜真的生气了，柯乐乐十分自责。她午饭都没去吃，一直坐在电脑前工作，待见到老板从她身边经过时，她小心地抬头看了看老板的脸色，老板似乎看都没看她一眼，柯乐乐才稍微松口气，还好老板没怪罪她，她应该还可以保住这份工作。言子夜的话蓦地从柯乐乐脑海里冒出：如果你愿意，你可以不用上班的。柯乐乐慌乱地把它压制下去，她胡思乱想什么啊，她需要工作，她不想被人说闲话。

下午三点多时，柯乐乐开始觉得有些头晕，眼睛也很酸痛，或许是盯着电脑太久了吧，柯乐乐揉揉眼睛，准备去茶水间泡杯咖啡，刚站起身就眼前发黑，身体有些痉挛，她慌乱地想坐回椅子上，结果屁股从椅子边沿擦过，椅脚上的轮子往后滚动，她跌落到地上，发出"哎呀"一声。

旁边的几个同事扭头看了看她。

柯乐乐在地上坐了一秒，觉得眼前不发晕了，才扶着桌子坐回到椅子上。没有人过来慰问她，甚至还有人当笑话般看她摔倒而发出一声轻笑。柯乐乐窘红了脸，坐在椅子上不敢乱动。或许是因为没吃午饭的关系吧，又造成贫血了，柯乐乐也不好意思问薛颜那里有没有饼干可以吃，刚才薛颜的态度令她有些望而生畏，她想着再忍耐两个小时就可以下班了，再忍耐忍耐吧。

离下班时间还有一个小时，办公桌上的固定电话突然响起，柯乐乐接起，是人事通知她去领一张正规的请假表补填一下，柯乐乐一时着急忘记贫血的事儿，匆忙起身，走了两步就头晕目眩地摔倒在地，身体还不受控制地躺在地上痉挛，把附近坐着的几个同事都吓了一大跳，她们尖叫着不知所措，只有薛颜急忙走到柯乐乐身边，蹲下身，按住柯乐乐还在抽动的肩膀。

"你们都光看着干吗呀,还不来个人帮忙把她抬到沙发上去。"薛颜大声喊。

几个同事你看看我我看看你,谁都没动。

前台送打印的资料去老板办公室时经过这儿,赶紧把一叠资料放到一旁的桌上,帮着薛颜抬起柯乐乐放到茶水间的沙发上,平躺下来后,柯乐乐的身体渐渐停止痉挛,呼吸也平缓下来。

薛颜松口气,对柯乐乐说:"你刚才吓死我了。"

"我也吓得半死,路过时突然看到有个人躺在地上抽动。"前台拍着胸脯似乎还心有余悸。

柯乐乐脸色苍白,对两人说声"谢谢"。

"我还要送资料给老板,先不管你了哦,你在这里休息一会儿吧。"前台说。

柯乐乐突然发觉前台是个好女孩,她是有恩必报的人,会找机会感谢这个好女孩。

"你病还没有好,不应该逞强来上班。"薛颜说。

柯乐乐在心里翻个白眼,你之前在电话里不是还说我请假不上班这种工作态度非常不好吗?

"反正都快下班了,我批准你提前回去。"薛颜说,"你这种状态我不放心你一个人回去,要不要我帮你打电话给你男朋友,叫他来接你?"

"不要!"柯乐乐大声脱口而出。被言子夜知道她偷偷来上班,并且再次昏倒的话他一定会骂死她。

薛颜奇怪地看着柯乐乐。

"那个……我不想让他担心,他昨天在医院里陪我一天了,今天又去公司忙工作,一定非常累,我不想再给他增加负担。"柯乐乐解释。

"好吧,你再休息会儿,实在不行等我下班了送你回家。"

"谢谢姐姐,我休息一会儿就没事了,我还可以继续工作。"最好再吃点东西,我应该是没吃午饭造成贫血才会这么虚弱。柯乐乐在心里嘀咕,可惜她不好意思开口要薛颜喂她点吃的。

"别想着工作,等身体恢复了再努力做事,不然两样都弄不好。"薛颜说。

柯乐乐吐吐舌头,只要你不生气开除我就行。

待茶水间里只剩下柯乐乐一个人,她小心地从沙发上爬起来,她得喝点水,今天在公司里连水都忘记喝了。身体真的好虚弱,站起身时又开始眼冒金星,一阵痉挛再次袭来,柯乐乐这次已经提前有了思想准备,双手紧紧抓住沙发边货物柜的把手,天旋地转,意识消失了几秒,身体不受控制的剧烈痉挛渐渐平息,眼前重新恢复了光明。柯乐乐微喘着气,好了,这下她可以顺利走动了。她为自己倒了一杯热水,加了四包配咖啡用的白砂糖,喝点糖水的话体力应该会充沛许多。她咕咚咕咚大口喝完一杯糖水,看到矮柜上的外卖单,肚子抗议性地咕咕叫了两声。柯乐乐打电话叫了一份鱼香肉丝盖浇饭,吃饱了饭就有力气自己回家了,她得赶在言子夜回家前提前到家,装作乖乖听话的模样。为了节省体力,柯乐乐重新躺回到沙发上,盯着天花板无所事事,竖起耳朵听了听外面的动静,只听到噼里啪啦敲击电脑键盘的声音,大家似乎都在努力工作嘛,柯乐乐好怕会听到对她的议论声。哎,生病真是件麻烦事,不过,正是因为她生病才挽回了言子夜,才看到他对她真的很关心在意,他爱她,柯乐乐甜甜地笑,这才是她最在意的事情。

也不知道过了多长时间,等待的过程饥饿感更加严重,柯乐乐不停地吞咽口水,谨慎地不敢再次尝试起身去喝水。听到有人走进茶水间的脚步声,柯乐乐还以为是送外卖的人来了呢,她扭头朝门的方向看去,看到言子夜铁青着一张脸。天,他怎么在这里!柯乐乐急急地坐起身,糟了,动作不该太过急促的,使她一阵眩晕。

"躺好。"言子夜命令的语气,大步走来扶着柯乐乐躺回沙发上。

柯乐乐花了一些时间才恢复清晰的视线。

"你……你怎么来了?"柯乐乐忐忑地问。

"你以为你背着我做了什么事情我就不会知道吗?"言子夜的脸色很不好。

"对……对不起。"柯乐乐觉得自己像个做错事的小孩,虽然她没觉得自己做错了什么。似乎从此岸过渡到彼岸后状况并没有改变什么，她从小就在父母不满以及指责的眼神下惶惶不可终日，始终像个做错事的小孩，现在在言子夜面前时也总是如此，不过还好她是心甘情愿，没有对父母的那种敌对的情绪。

薛颜站在门口，朝里面看了看，说："乐乐，你先回家吧，我帮你把包收拾好了。"

十几分钟前柯乐乐的手机在包里响了很久，薛颜怕铃声打扰到同事们的工作才擅自拿起柯乐乐的手机，看到是言子夜打来的，想着正好可以叫言子夜来接柯乐乐回家，薛颜于是接听了电话……

言子夜谢过薛颜，把柯乐乐的包挂到肩膀上，然后俯身横抱起柯乐乐。呃……柯乐乐和薛颜都吓了大跳，言子夜就这么抱着柯乐乐大摇大摆地走出公司，经过的同事和前台都看得目瞪口呆。柯乐乐愣了片刻才反应过来，这时他们已经进入电梯，柯乐乐大呼："放我下来，我可以自己走路，你这样成何体统！"

柯乐乐在言子夜怀里挣扎，言子夜凶狠地说："乖点，你再闹的话一会儿回家我就把你反锁在屋里不让你出门！"

"大家都会看着我们的。"柯乐乐脸皮薄。

"他们爱看就让他们看去。"言子夜说得满不在乎。

"万一你碰见熟人怎么办？"

"嘘，安静点。"言子夜不耐烦地说。

柯乐乐只得任言子夜抱着她一路走出大厦，她把脸埋进他的臂弯里，如同鸵鸟般隐藏起来，羞得脖子都红了。与此同时，无比的幸福感也溢满全身，柯乐乐忍不住抿嘴微笑起来，很快连微笑也控制不住，她咯咯咯大笑出声，笑得停不下来。

"你傻笑什么！"言子夜把她扔进车里，虽然还是一副生气的模样，唇角也被感染得向上扬起。

"我觉得好幸福。"柯乐乐依旧咯咯咯笑个不停。

言子夜又气又好笑，敲了敲柯乐乐的脑袋，警告地说："等你病好了看我不好好收拾你！"

"你会怎么收拾我？打我一顿还是一天不给我饭吃？"柯乐乐好奇地问。这是母亲最常用的惩罚方式，所以柯乐乐对于刚才在公司里那种饿得眼冒金星的感觉习以为常，她在成长发育期经常被母亲反锁在房间里一天不能吃饭，造成了她身体看起来营养不良的纤瘦。

"我不会虐待你，但我会让你记住教训。"言子夜说。

柯乐乐想起那次喝醉酒后跟别的男人跳舞，被言子夜弄得全身都是吻痕，哦，真是甜蜜又恼人的惩罚，柯乐乐的脸再次羞得通红。

"你刚才在想什么？为什么脸这么烫？"言子夜勾起柯乐乐的下巴。

"没……没想什么。"声音出卖了她。

"我猜你想到什么猥琐的画面了。"言子夜笑。

柯乐乐的脸更红了，低垂着眼，完全不敢看他。

"你要听话，知道吗，以后不许再违背我。"言子夜在她唇上重重印下一个吻，"你这样会害我担心。"

"嗯。"柯乐乐还沉浸在双唇湿润温柔的触感里，她觉得此刻他就算要她上高山下火海她都愿意。

被言子夜强制要求待在家休息了两天，柯乐乐当然抗议过，只是抗议无效。他从餐馆订了营养好吃的食物给柯乐乐滋补身体，还从药店买了鹿茸阿胶之类的补品给柯乐乐，受宠的感觉令柯乐乐喜滋滋的。言子夜还再次提出要柯乐乐辞掉工作的建议，柯乐乐虽然有些心动，仔细想想还是不同意，她不想被别人说她吃闲饭，何况工作是她唯一跟别人接触的窗口，不然她的世界就真是狭小得可怜。

这两日言子夜除了下午去一会儿公司处理事情，其余时间都在家里陪着柯乐乐，柯乐乐倒宁愿病永远不会好，这样他就能一直待在她身边。他坐在餐桌边用电脑工作，她在书房里写作，房间里很安静，只听见键盘敲击的声音，却又不会觉得乏味。他工作四五十分钟后会休息一会儿，大声呼唤她的名字，"可乐，我的小可乐——"她立即从椅子上蹦起来，激动地小跑至餐厅，跳到他双腿上紧紧搂住他脖子，把脸贴在他胸膛上。他揉揉她的头发，两人说一会儿话，有时他会问起她写作进展如何，她激动地谈着在他听来十分幼稚的构思，他会微笑着鼓励她，他在她脸上看到欢喜的表情。

这种默契的相处状态是愉悦的，柯乐乐好希望天天都如此。她试过坐在他怀里时仰起脸充满期待地看着他，问："我们同居好不好？"

"我不是说过嘛，两个人要有自由的空间感情才能长久。"

"就算住在一起你也有自由空间啊，就像这两天一样，我保证不会干扰你。"

言子夜笑着摇摇头，"我知道我想要什么样的相处方式，小可乐，你得跟着我的方式来。"

"哦。"

"我喜欢听你说'嗯'。"言子夜说。

柯乐乐嘟嘟嘴。

言子夜捏起柯乐乐的下巴，带着警告的语气说："你是不是又不乖了？"

"我怎么敢！"

"哦？为什么不敢？"言子夜扬扬眉毛。

"我怕你又离开我。"柯乐乐小声说。

言子夜哈哈笑，他充满柔情地揉揉柯乐乐的头发，说："小可乐，只要你一直乖乖的，我就不会离开你。"

"嗯，我会一直乖乖的。"柯乐乐保证似的说。

休息两日后柯乐乐必须得去公司上班，言子夜开车送她，她甜蜜地笑着说有他这个专属司机真是幸福。在她公司楼下时两人吻别，柯乐乐突然有种预感，今天晚上他不会来她家了，她的心情瞬间被这莫名冒出的想法弄得很低落，她的情绪全写在脸上，看起来忧心忡忡。言子夜却看成是她舍不得分开，微笑着抚摸她的脸颊，提醒她再磨蹭下去上班该迟到了。

有同事看到柯乐乐从言子夜的车里下来，笑着打招呼，两人一同走进电梯。同事无比羡慕地谈起前几日言子夜在公司里抱起晕倒的柯乐乐大步走出去的英俊身姿，柯乐乐有个这么成功又这么疼爱她的男朋友真是幸福，同事还笑着说如果柯乐乐看到男朋友身边有什么条件好的单身男人，记得给她介绍介绍。柯乐乐微笑着说好。

"这个是Dior的包吗？也是男朋友送的？天啊，这个包很贵耶，他对你可真好啊。"同事突然看到柯乐乐手上提的包。

这是言子夜送给柯乐乐的情人节礼物，她第一次提着来上班，还是早晨出门前，言子夜看到她提着别的包时问起"你干吗不用我送你的Dior的包啊，莫非不喜欢吗"时，她才换过来的。她很喜欢这个包，只是提着去上班未免太张扬了吧？柯乐乐只想本本分分地做好自己的工作，不想引人注目，但似乎交往上言子夜这个优秀的男朋友后她的安静生活就被打破了，她成了公司里同事议论的焦点，隔三岔五就有新的话题跳出来供她们消遣。

"病完全好了吗？"柯乐乐在前台处打工作卡时，前台抬头冲她笑。

"谢谢关心，已经好了。"柯乐乐也冲前台笑，她想起自己还欠这个小姑娘一个人情，公司里似乎就薛颜和前台是好人。不过进公司这么久了，她连前台姓什么都还不知道呢，直接去问前台的名字会不会太尴尬了？

"这个包很好看哦。"前台说。

完了，柯乐乐就知道会有这种效果，大家都会去在意她这个包，她们会嘲讽地说她是在炫耀吗？哼，炫耀就炫耀吧，反正现在大家都知道她是言子夜的正牌女朋友，她的一切物质都是正正经经得来的。

柯乐乐来到自己的座位上，看到不远处的薛颜背对着她在吃早饭，一盒生煎。柯乐乐把包放在柜子里，然后小心翼翼地走到薛颜身边，不知为何柯乐乐有些畏惧薛颜，可能薛颜老是教训她的关系吧。

"姐，我来上班了。"柯乐乐小声说。

薛颜回头看了看她，说："病完全好了就要开始努力工作哦。"

"嗯，姐姐放心。"

"我昨天跟老板谈了一下，你在公司里工作已经过了试用期，我想给你涨一千块的工资。"

"真的吗？"柯乐乐欢喜地跳起来，"谢谢姐姐。"

只是区区一千块而已，言子夜随随便便给的零花钱就比这多很多，但柯乐乐却无比开心。

薛颜露出笑容，柯乐乐依旧还是以前那个小姑娘，她前几日还很担心柯乐乐会辞职不干，安心在家当阔太太呢。

"老板给我涨工资啦，好开心。"柯乐乐激动地把这一消息告诉言子夜。

"涨了多少？"

"一千块！"

"你真是容易满足，那我也给你涨零花钱好不好，是它的十倍，这下你该乐得飞上天了吧。"言子夜回复。

柯乐乐叹口气，他连声"恭喜"都没有说，却还来调侃她。

"激动得没有反应了？"言子夜发微信过来。

"谢谢。"

"好像你听到这个消息还没有得到那一千块钱开心？"

"那是我努力工作赚来的。"

"这也是你努力赚来的。"

"努力什么？"

"努力对我好，努力听话。"言子夜回复。

柯乐乐笑着摇摇头，这家伙。不过他是说真的吗，真的再多给我一万块的零花钱？柯乐乐一阵小激动，这可是个大数目啊！

"就算你不给我零花钱我也会努力对你好。"柯乐乐发微信过去。

"好姑娘，我知道。"言子夜说。

柯乐乐把手机抱在怀里偷着乐，仿若是抱着言子夜。

午饭时前台破天荒地走到柯乐乐的座位旁，邀请柯乐乐一起去吃饭。在公司里柯乐乐除了薛颜外还没跟别的同事有什么过多的接触呢，不免受宠若惊，欣然答应。临走时柯乐乐问薛颜要不要一起出去吃饭，薛颜说她带饭了，柯乐乐跟前台两人出去，她不知道该怎么称呼前台，又不好意思直接问前台叫什么名字。前台是个活泼的女孩，话很多，这样也好，避免了柯乐乐不爱说话爆冷场的尴尬。路上遇到另外三个同事也去吃饭，前台热情地招呼，吃饭队伍壮大为五人，大家一路说说笑笑，柯乐乐许久未感受过这种热闹了。

在公司附近的一家茶餐厅吃饭，人多点菜种类也丰富许多，几个同事里有一个女人柯乐乐曾经听过她议论过自己几次，所以柯乐乐面对那女人时面无表情，面对另外四个同事都是带着微笑。今天真是奇怪了，大家对柯乐乐都很客气，没有尖酸刻薄的嘲讽，反倒恭维夸奖起柯乐乐，都说柯乐乐好福气啊交往到如此优秀的男朋友。柯乐乐很惊讶自己也能融入进群体中，十分努力地附和着大家想留下好印象，买单时还抢着结账。平白无故地花了一百三十多块钱，柯乐乐真心疼，若能以此为契机成为群体中的一员，也算值得吧。柯乐乐责备自己以前真是太独来独往，从不主动去结交朋友，只知道这几人看着脸熟是她的同事，但连她们每个人姓什么都不知道，所以她刚才有留心听她们互相怎么称呼对方，记下每个人的名字，除了那个之前嘲讽过柯乐乐的女人她不想理会外，她希望能跟另外三个人成为朋友。

今天是工作的全新开端，涨了工资，还结识了新朋友。柯乐乐想把这一喜悦心情与苏井然分享，他一定很开心看到她能与同事和睦相处吧。在QQ上找到苏井然的头像，是灰色的，他是在隐身还是没有上线呢？柯乐乐突然意识到这几日苏井然都没有联系过她，莫非他是因为之前她就那瓶剃须水的事情对他大吵大骂而生气了？他没有这么小气吧！柯乐乐已经习惯苏井然每天对她关心慰问，以及她发生什么好事或坏事都第一时间向他分享或抱怨，他莫名像消失一般连在QQ上一条留言都没有，柯乐乐有些不爽，仔细想想，好像已经过了五天了，他居然连着五天都没有任何消息！搞什么鬼，他真的生气了？还是他突然结交到女朋友就懒得理会她了？之前柯乐乐忙着纠结生病以及言子夜的事情完全忘记了苏井然，现在意识到苏井然对她的忽视，非常恼火，有他这么做朋友的嘛，居然五天都不联系我！

"在吗？"柯乐乐在QQ上给苏井然发消息过去。

没有回应。

"你在干吗？是不是交到女朋友了？为什么不理我！"柯乐乐用手机发短信给苏井然。

"你最近怎么样？和那个姓言的还好吗？"苏井然回复。

"喂，你还没有回答我的问题！"

"我在图书馆。我没有交女朋友，是你叫我不要联系你。"

"我什么时候说过叫你不联系我啊？"柯乐乐完全不知道言子夜用她的手机发了这条消息。

"或许那时你在气头上，说过什么都忘了吧。"苏井然有些赌气地回复。当时他看到这条短信时整个人都傻掉了，认识一年多，两个人几乎没吵过架，相处得十分默契愉快，学校里很多人都以为他们是情侣关系。他从未想过她居然会说出一句这么狠心的话。

柯乐乐奇怪自己怎么可能说出这种话嘛，她当时再怎么生气都不可能说这种过分的话啊！两个人的短信记录全都在手机上面，她往回看了看，没有找到这条短信。哼，那家伙，害我刚才还内疚自责，居然找这么烂的借口，可恶！"既然你不想联系我那就算了！"柯乐乐气呼呼地回复。她以为苏井然会发短信来道歉以及说好话哄她的，结果没有回音。柯乐乐生气地把手机扔桌上，不联系就不联系，谁稀罕啊，哼！

结果苏井然这次也是真的决定赌气到底，柯乐乐已经有男朋友了，有人疼她爱她照顾她，能给她许多他无法给予的东西，或许是他该退出的时候了。两人第一次出现冷战局面，都想着要对方先联系自己，对方先妥协道歉。

突然丢失了苏井然这个知己，柯乐乐十分闷闷不乐，她总怀疑苏井然交往女朋友了，不然他不会对她不闻不问。哼，重色轻友的家伙！可恶可恶！

这几日手机除了偶尔接收到几条垃圾广告信息，安静得可怕。没有人联系柯乐乐。柯乐乐有时会悲观地想，就算她突发心脏病死在家中，或许好几日都没有人会发现吧，尸体孤独可怜地躺在那儿，腐烂发臭，蚊蝇叮咬……光是想想这个画面柯乐乐就觉得恐怖，但这的确是她目前的状态，下班后一个人回到家里时，仿若被全世界遗忘。言子夜已有四日没到她家里来，柯乐乐还是无法习惯两个人如胶似漆几日后又变成孤零零一个人，她好想时刻都和言子夜在一起，或许她可以到他公司里去上班，随便做什么工作都成，只要能天天见到他，最好是把那个Coco辞退，她去做他的秘书，这样她就能掌握他所有的工作时间表，成为他的得力帮手，还能陪同他出席各种工作应酬，哇，那种如影随形的关系才是她所向往的。柯乐乐面带微笑地想象着，但只是想象，她不知该怎么向他提出这个建议，万一被拒绝了怎么办？柯乐乐很怕被拒绝。一个人在家里时，柯乐乐就这么胡思乱想，原本是要坐在电脑前写作的，结果思绪飘远了时间也就浪费一大截，待回过神来，柯乐乐痛恨自责，迅速在键盘上敲击写作，这个长篇已经写了将近半年，柯乐乐急急地想快点结束，她要出书，她要成名，那样她才能更般配地站在言子夜身边，或许言子夜也会更喜欢她。

所幸这几日柯乐乐在公司里跟同事们相处得还算愉快，连着几日的午饭都是三五个一起出去吃，有说有笑，柯乐乐就真的把她们当作是朋友，她一直很想能有几个朋友。每日她都抢着买单，她并不是想炫耀自己交了男朋友后就变得有钱，她只是想展现自己的诚意。结果几个同事表面上跟柯乐乐友好亲热，在背地里却偷偷议论她，她们带着轻蔑又嫉妒的情绪，说些不好听的话。柯乐乐当然不知道，她还以为自己已经成功融入群体了呢。

柯乐乐把自己以前交不到朋友的症结归根于自己太不主动，总等着别人不请自来，她们凭什么要跟你做朋友呢？她现在想努力纠正自己的待人方式，不能太冷漠，不能无所谓，要热情！她把最有可能发展成为朋友的目标锁定到前台身上，她已经通过别人称呼前台时知道了前台的名字，叫樊亚茹。柯乐乐在这段通向友情之路的过程中表现得特别卑躬屈膝，樊亚茹只是个长相普通穿着廉价并且只有中专学历的女孩，对文学也没有兴趣，如若放到以前，柯乐乐会看不起这样的女孩，柯乐乐一直都想交往高贵优秀有共同话题的女性朋友，可惜她没有机会去认识，现在她有点寒不择衣的感觉。

樊亚茹是上海人，虽然自己工资不高，却不用付房租不用担心伙食费，父母每个月还会给她一些零花钱，她的生活也倒轻松自在。她下班后就无所事事，很爱玩，邀约了柯乐乐三次后柯乐乐才答应晚上跟她一起出去吃饭逛街。柯乐乐想着反正言子夜今晚也不会去她家，她整夜守在屋里空等着他又有什么用，她也应该出去呼吸一下新鲜空气，看一看依然还很陌生的这座城市。

下班的高峰期公交车上十分拥挤，柯乐乐提着两万多块钱的Dior的包包，穿着一身名牌，站在熙攘的人群中自己倒没觉得不自在，樊亚茹看着却觉得非常别扭。樊亚茹说："嘿，你应该叫男朋友给你买辆车才对。"

"我又不会开车。"

"现在就去考个驾照啊。"

"我平时也没有开车的必要。"柯乐乐微笑。

樊亚茹指导柯乐乐，"笨啊你，先要到一辆车再说嘛，就算不开的话放在车库里也不碍事啊。男人的心说变就变的，现在他对你很好，谁知道以后会是什么样的情况。所以啊女人要聪明一点，尽量多要一些实际的东西握在手里，万一哪天被男人抛弃了，也不至于那么亏啊。"

"他不会对我变心的！"柯乐乐说。

"这谁能保证啊。"

"他一定不会对我变心的！"柯乐乐提高音调，即使在哄闹的车厢里这个声音也显得十分响亮，好多人都看向她。

樊亚茹无奈地说："好，好，他当然不会变心，他会爱你一辈子。"

柯乐乐最害怕言子夜会离开她，她永远不会让这个事情发生，除非她死。

注意到柯乐乐脸色不好，樊亚茹满脸堆笑地拉拉柯乐乐的胳膊，说："不好意思啦，刚才我只是随口开个玩笑而已，好妹妹不要计较哦，我说错话了，待会儿吃饭我请客好不好？言总这个人啊，从那日他听说你病倒就着急地冲到公司来，当着那么多人的面抱着你走出去的瞬间，我就觉得啊他这人对你的爱特别特别深，我都看到你们结婚的曙光了，我相信他会为你戴上一个克拉数非常大的钻戒。"

柯乐乐的心情稍微舒服点。

"我啊就等着在你们的婚礼上张望下有没有好的单身男人适合我呢！"樊亚茹打趣说。

柯乐乐终于笑起来。是的，她和言子夜会结婚的，说不定很快他们就结婚了。

跟苏井然这个知己在打冷战中，跟薛颜在一起嘛又会老被她以长辈的姿态教育，柯乐乐现在就像乱抓救命草一般急需有个陪她说说话消磨晚上无聊的时间，只好不再跟樊亚茹计较，两人重新像好姐妹一般手挽起手。这顿晚饭当然还是柯乐乐买单，樊亚茹虽然嘴上说了说这顿饭她请，结账时完全没动静。樊亚茹总以为柯乐乐结交了言子夜后就不缺钱花，没人知道柯乐乐那节俭的性格，两人吃一顿火锅花了两百多块钱，柯乐乐心疼死了。她对于吃真的不在意，平时她一个人时吃饭很简单，自己炒个蔬菜一碗米饭就够了，偶尔难得才买一点小零食吃，言子夜给她的钱她都存在银行里，她最爱看存款上数字的增加，真是超级兴奋的一件事情。

樊亚茹拉着柯乐乐逛新乐路，沿街是一些没有品牌的小店，东西的价格却贵得惊人，樊亚茹一家一家小店穿穿试试，什么都没有买，却逛得很兴奋。柯乐乐觉得自己没有什么需要买的，一切衣服啊鞋啊包啊之类的东西言子夜都会叫秘书给她买好，还都是精致又昂贵的。柯乐乐第一次来这条街，刚来上海时被薛颜带着逛过两次西宫，也是各种小店，天黑时还有地摊摆出来，东西的价格相当便宜，柯乐乐逛得兴致盎然，两次都有收获而归。不过便宜货质量就是不好，年会上穿的那双高跟鞋就是在西宫的地摊上买的，才第一次穿鞋跟就断了，真倒霉。不过话又说回来，多亏了那双鞋，她才得到与言子夜接触的机会，呵呵，那双鞋是她的媒人，有时好运来时真是挡也挡不住，柯乐乐总觉得自己能认识言子夜是她上辈子修来的福分。

"喂，你想什么呢，怎么在抿嘴偷笑啊？"樊亚茹打断柯乐乐的思绪。

柯乐乐回过神来，看到樊亚茹在试一个耳环，闪闪的全是钻，又不是真的钻，看着好俗气。

"好看吗？"樊亚茹问。

"挺好看的。"柯乐乐违心地说。

"你好像没有耳洞？"樊亚茹看看柯乐乐的耳朵。

柯乐乐初中时曾经想去打耳洞，刚跟母亲提了提，立即被母亲大声呵斥制止，母亲说小小年纪就想着打耳洞是街头混混的行为，她整日不想着念书却总是动些歪脑筋，真是令人失望。就因为说了一句话而已，柯乐乐当时就被母亲骂了一个多小时，现在那些伤人的话仿佛还在耳边徘徊。柯乐乐咬咬牙，赌气似的说："我一直想打耳洞呢。"

"这里就可以打耶，打吧，然后我们一起买对一模一样的闺蜜耳环戴。"樊亚茹兴奋地说。

打就打！柯乐乐坐到镜子前，看到店员用笔在需要打耳洞的地方画了个点，然后拿出一把枪的造型的工具，枪口对准那个点，最后确认似的问："打了哦？"

"嗯，打吧。"柯乐乐确定地说。

砰的一声，耳垂被刺穿，柯乐乐疼得龇了龇牙。很快，另外一个耳垂也留下一个耳钉。店员用酒精给耳洞消毒，说了几条注意事项，柯乐乐完全没听进去，她着迷地看着镜子中自己红肿的耳朵，这是她对母亲的报复。

最后两人选了一对民族风的耳环，金色的，带有假的红宝石蓝宝石的长长吊坠，柯乐乐很期待看到伤口愈合后戴上耳环的样子。柯乐乐抢着付钱，说这是送给亚茹的道谢礼物，多谢那天她晕倒时亚茹帮忙抬她去沙发。

逛了两个多小时，两人就买了一对耳环，其他什么都没有买。樊亚茹问起柯乐乐平时去哪儿逛街，柯乐乐窘迫起来，她平时就没有出去逛街嘛，又不好意思说西宫，那是廉价商品的地方，说出来太丢人。她努力回想 Coco 带着她买衣服的那个商场叫什么名字，一时想不起来，她完全就没有心机去记这些奢侈的地方。脑子里突然冒出一条街的名字，那是她和言子夜去参加舞会时他带着她买鞋的地方，她无意看了看街上的路牌，叫南京西路。既然是言子夜带着去购物的地方，一定就是高档的地方，说出来准没错。

"南京西路。"柯乐乐说。

"那儿卖的东西都好贵，我可买不起。"樊亚茹吐吐舌头。

柯乐乐很得意自己还记得这个路名。

"乐乐，我太羡慕你了，你怎么找到这么好的男朋友，他身边有好的单身男人你一定记得要给我介绍哦。"樊亚茹说。

柯乐乐随口答应着。言子夜身边的单身男人？除了上次在舞会上见过几个面孔，她连他的朋友一个都不认识呢，她是不是该向他提出建议：他应该多带她出去参加朋友聚会？这样她才能稳固她正牌女友的身份，才能增长见识，或许还能和他朋友的女友成为好朋友，成为共同战线探索男友更多的隐私以及联手对抗敌人。哎，柯乐乐想和言子夜一起做好多好多事情，可是他总把她丢在家里。

将近十点才到家，勤奋的柯乐乐不忘记今天的写作任务，安静地坐到电脑前，朝着自己的梦想更迈进一步。一时写得太投入，忘记了时间，她平时可是每天很准时地将近十二点上床睡觉，关灯前会给言子夜发条微信说："晚安，想你。"言子夜会回复："宝贝晚安，我也想你。"可是今晚柯乐乐忘记了，灵感源源不断地冒出来，混着耳朵刺痛的报复的快感，她越写作越兴奋……

电话铃声难得响起来。咦，是言子夜，他这么晚还想着给我打电话，哈哈，是不是他要过来？柯乐乐激动地接起电话，言子夜张口就是质问："你在哪里？你在干吗？为什么还不睡觉？"

"我在家啊，你现在要过来吗？"

"还在写作？"

"嗯。"

言子夜似乎松了口气。"快睡觉吧，乖，这么晚了。"

"不行，今天的任务还没完成呢。"柯乐乐的写作思路被打断，这才突然感觉到有些疲惫，不免打了两个哈欠。

"你晚上一直在写作吗？"

"跟同事出去逛了会儿街。"柯乐乐说。

"男的女的？"言子夜敏感起来。

"呵呵，当然是女的。"

"既然知道自己的写作任务完不成，还得熬夜，就不该贪玩。"言子夜说，他希望她下班后就一直乖乖地待在家里。

"你要过来吗？"柯乐乐期待地问。

"过几天吧，现在很晚了，你立刻上床睡觉去。"

"好吧。"柯乐乐心情低落下来。她还想跟言子夜说会儿话的，想告诉他她打耳洞了，好痛，不过等伤口愈合后戴上耳环应该会很好看，可是他挂断了电话，他只是想确认她是不是乖乖在家。柯乐乐对着嘟嘟响着忙音的手机那端说：我想你都快想疯了，你再不来见我或许我就冲去你公司找你去。

次日下班后樊亚茹又邀约柯乐乐，几个同事要去桌游吧玩杀人游戏，这个游戏好几年前曾经很风靡，柯乐乐听说过，不过一直没机会玩，她很开心自己能融入群体中。柯乐乐硬拉着薛颜也去，薛颜也是个下班就回家没啥娱乐活动的闷女人，是不是文艺女青年都比较难嫁出去呢，自身条件一般眼光却非常高，对要找的对象各种条条框框能说出一大堆。六个同事中只有柯乐乐一人有男朋友，当然她也是年龄最小的一个，樊亚茹还处于年龄不慌不忙的 25 岁，那四位就都是将近三十的恨嫁型剩女。之前除了薛颜外还没有人知道柯乐乐是退学过来工作的，聊天时听柯乐乐说起自己还有几日才满二十岁，几个同事不禁面面相觑，天，这么小的女孩儿，真是年轻就是优势啊，难怪连言子夜那样的钻石王老五都愿意和她交往。薛颜给柯乐乐使了个责备的眼色，这丫头不该说话如此不经大脑，有时太老实并不是一件好事。柯乐乐并没有领会到薛颜的担心，继续单纯地她们问什么她就回答什么。

桌游吧离公司不远，六个同事走路过去，决定晚饭就在那儿吃点简餐解决。薛颜看到一路上樊亚茹都亲密地挽着柯乐乐的胳膊，很奇怪她们两人什么时候关系变得这么要好。原本薛颜还想单独问一下柯乐乐和言子夜的近况，被樊亚茹插在中间一直找不到机会。

游戏人多才好玩，到桌游吧后这六人与另外五个不认识的男女生一起组成一桌玩杀人游戏，柯乐乐是第一次玩，连游戏规则都不知道，还好樊亚茹非常热心地讲解，第一次有女生与她这么亲密，柯乐乐好感激。点了色拉、意面、三明治、汉堡、烤鸡翅、薯条等一些简餐，十一个人围成一桌，一边吃一边玩。柯乐乐是个做什么事情都很认真的人，尤其对游戏还不怎么熟悉，她完全没去碰食物，专心想着台词。第一局她就抽到杀手，不知是幸还是不幸。

法官是一个陌生男生，主持游戏说："天黑请闭眼。"全部人都闭上眼睛。法官说："杀手请睁眼。"柯乐乐猛地睁开眼，又似乎想确定下有没有记错牌，自己是杀手吧？她对着法官指了指自己那张红桃 A 的牌，法官用眼神示意她安静，柯乐乐脸红起来，好像自己犯了什么错误。樊亚茹也是杀手，她冲柯乐乐吐吐舌头。

法官说："杀手请杀人。"

樊亚茹立即指了指薛颜。

"杀手请闭眼。"

"警察请睁眼。"

"天亮了，大家请睁眼。"法官说。

全部人都睁开眼睛，开始寻找杀手并陈述自己的理由。柯乐乐兴奋得憋得小脸通红，她是杀手耶，他们猜得出是她吗？结果指证柯乐乐是杀手的人数最多，她的模样一看就是杀手吗？柯乐乐有些泄气地嘀咕。她排在最后一个发言，试图为自己辩解，她紧张时说话就会结结巴巴，把自己的身份暴露无遗，第一轮就被踢出局。柯乐乐叹口气，继续看着他们玩，樊亚茹这个杀人不眨眼的家伙，楚楚可怜地装着委屈，口若悬河地冤枉着良民，一个一个中招，樊亚茹却能继续玩下去。柯乐乐有些羡慕地看着樊亚茹，她多么活跃，完全是那种走到哪儿就能迅速和陌生人打成一片的人，她真希望自己也能那样。她似乎总被一股线拉扯着，像风筝，努力挣扎着想借助风力高飞，却始终被拉扯的那根细线束缚住。

柯乐乐一直以为那根线被握在别人的手里，比如以前是在母亲手里，现在是握在言子夜手里。殊不知，这根线其实一直就被她牢牢地握在自己手中。

樊亚茹成功地杀了所有良民，杀手获得胜利。樊亚茹尖叫着和柯乐乐击掌，"耶，我们胜利了。"她说的是"我们"，柯乐乐喜欢这种被接受感。第二轮游戏开始，柯乐乐又抽到杀手，她决定这次一定要成功地掩饰自己。她才刚开始有些熟悉这个游戏，并且产生了浓厚的兴趣，言子夜的电话突然打来。

"你为什么不在家？"言子夜开口就是有些生气的质问。

"啊？你在我家吗？"柯乐乐问。不提前打声招呼就跑过去，真是言子夜的作风。

"你在哪里？"

"我跟同事们在桌游吧玩杀人游戏。"柯乐乐说。

"地址。"

"怎么了？"

"我现在来接你。"言子夜说。

柯乐乐眨眨眼，现在吗？她才没玩多久的游戏呢。

"地址！"言子夜提高音调。

柯乐乐只好问别人这儿的具体地址，然后报给言子夜听。

"等我。"言子夜挂掉电话。

本来要见到言子夜了她该非常开心才对，她不是一直盼望着与他见面吗，为何此刻却有点失落。柯乐乐叹口气，他真的马上就来接她走吗？要不叫他一起坐下来玩游戏好了。对，一起玩游戏，我还没介绍过他跟我的朋友认识呢。柯乐乐这才笑起来。

"男朋友？"樊亚茹问。

"嗯。"柯乐乐笑。

"真是甜蜜哦，他要过来吗？"

"好像是的。"柯乐乐说。

几个同事都开始说些羡慕柯乐乐的话，柯乐乐飘飘然有些得意起来。

十分钟不到言子夜就再次打电话来，说："下来。"

"你已经到楼下了吗？要不要上来和我们一起玩啊，杀人游戏很好玩耶。"柯乐乐说。

一旁的几个同事也起哄——

"对，叫他上来一起玩。"

"一起玩一起玩。"

柯乐乐开心地说："我同事们都很欢迎你呢。"

"下来，立刻。"言子夜说。

"上来一起玩嘛。"柯乐乐试图撒娇。

"我说的话你听懂没，别让我再重复一遍！"言子夜大声吼。

柯乐乐脸色瞬间苍白，手机里声音很大，一旁的人似乎也听见了，不解地看着柯乐乐。

"好的，我马上下去。"柯乐乐刚说完，那端就挂断电话。

柯乐乐努力挤出一丝微笑，对同事们说："他还没有吃饭，叫我陪他去吃，那我先走了，你们继续玩啊，玩得开心点。"

言子夜的车就停在楼下，柯乐乐走出电梯就看见了，她停在原地磨蹭片刻，心里突然生出几缕叛逆的情绪，她真想重新上楼去继续玩杀人游戏，她最讨厌别人指挥她做这做那儿。可是，这个人不是别人，是言子夜，她深深爱着的男人，如果她不听他的话，他就会离开她。哦，莫名的悲从中来，她怎么可能忤逆他的意愿，他说什么她都会乖乖地照做。

柯乐乐深吸一口气，咧了咧僵硬的嘴角弧度，面对他时她必须看起来很开心的样子。她走去拉开车门坐进车里，对言子夜笑了笑，言子夜似乎都没有看她，放下手机，启动车子。两人没有说话，几分钟的路程柯乐乐却觉得漫长难受，她坐立不安，不时偷偷瞄一眼言子夜，他嘴唇紧闭脸色严峻，好像在生气，生她的气吗？就因为他去她家时她不在家？她只是跟几个同事一起玩玩游戏嘛，而且还全是女同事，完全没有做任何不轨的行为，同事们可以为她作证。

车开进柯乐乐家的地下车库，柯乐乐松了口气，至少他还是愿意和她共度今晚。

"嘿，你怎么不说话？"柯乐乐小心地问。

"你想让我说什么？"

"说什么都成，你不说话的样子让我好害怕。"

"哦？你怕什么？"言子夜终于看了她一眼。

"怕你生我气。"柯乐乐小声说。

言子夜冷笑一声。停好车，他跨出车外，就算他很生气也是很有修养地轻轻关上车门，柯乐乐刚才还担心来着，如果是重重的"砰"的一声，她一定会忍不住红了眼眶。她想起刚认识言子夜那会儿，他总是会先下车，然后十分绅士地走来为她拉开车门，像呵护珍惜宝贝一般，是容易令人沦陷的柔情啊，现在，他再也没有为她拉开过车门，多么大的落差感。

"磨蹭什么，怎么还不下车！"言子夜皱着眉头。

柯乐乐赶紧把思绪拉回现实中。

好奇怪，柯乐乐甚至都不敢去牵住言子夜的手，两人一起等电梯，一前一后站着，柯乐乐穿着平跟鞋还低着头，更显得自己矮小。她几次颤抖着伸出手指，想去碰触言子夜没有插进口袋的右手，又害怕地缩回。对，她在害怕，也不知道自己害怕什么。

这时柯乐乐的肚子不合时宜地"咕咕"叫了两声。

呃……什么情况，柯乐乐窘迫地红了脸。

言子夜回头看了看她。

电梯"叮"一声提示到达，门随即打开。言子夜没有走进电梯，他问："你饿了？"

"嗯。"柯乐乐真想钻进电梯门缝里，肚子怎么这么会挑时间叫呢。

"你晚饭吃了什么？"

"还没有吃。"

"为什么不吃饭？"

"呃……忘记了。"柯乐乐小声说。

"早点不说！"言子夜责备的语气。他转身大步朝车子走去，走了几步，回头看着还愣在原地的柯乐乐，说："快走啊，我带你去吃饭。"

"哦，哦，来了。"柯乐乐小跑跟上。她的心情又突然好了一点，他还是关心她的。

路上少不了被言子夜唠叨不爱惜自己身体总是不好好吃饭之类的话，柯乐乐听着却笑起来，这是关爱的责备啊。

"对不起。"柯乐乐说。

"对不起什么？"

"不该害你担心。"

言子夜没有接话。

"如果我知道你今天会到我家来，我下班就立即乖乖回家，我也是被同事拉着去玩的。"柯乐乐解释。

"偶尔跟同事出去玩没什么错。"

"那你不生我气了？"

"我没有生气。"

"才怪呢，刚才吓得我都不敢跟你说话。"柯乐乐说。

"我有什么好怕了，除非你做贼心虚。"

"没有！"柯乐乐大声说。

言子夜扯了扯嘴角，似笑非笑，脸色还是冷冷的，柯乐乐只好不再说话。

来到餐馆，言子夜为柯乐乐点了五样菜，就她一个人吃吗，好浪费。他命令般的语气，说："好好吃饭，以后不许再忘记吃饭！"

"嗯。"柯乐乐说。她把头发别到耳朵后，开始乖乖地吃饭。

言子夜这才注意到她红肿的耳垂。"你打耳洞了？"

"嗯，昨天和同事逛街时打的。"

"靠近一点，让我看看。"言子夜说。

柯乐乐坐到言子夜身边的座位上。

耳洞有些化脓，一直隐隐作痛，柯乐乐完全不敢碰触耳垂。

"伤口都发炎了，怎么这么不小心，你是不是洗澡时把伤口弄湿了？"言子夜责备地说。

诶？你怎么知道？柯乐乐在心里嘀咕。昨天打耳洞时店员有说耳洞不能碰水这条注意事项吗？柯乐乐努力回忆到底有哪些注意事项，她一条都想不起来。

"你先吃饭，我马上就回来。"言子夜起身出去。

"喂——喂——"柯乐乐喊，看着言子夜的身影消失。他去哪儿？他还会回来吗？柯乐乐哪里还能安心吃饭嘛，她恨不得追上言子夜，他是埋怨她不会照顾自己又生气地把她扔下吗？好烦躁，柯乐乐坐立不安，完全不再动筷子，眼睛死死盯着餐厅的入口处。她以后每天下了班就乖乖地回家写作看书好了，不要四处乱跑，不要乱做事情，免得好不容易才见到言子夜又把他给气跑了。

柯乐乐不停地自责。

还好，无比黑暗漫长的几分钟后，言子夜出现在餐厅门口。柯乐乐差点要失声尖叫他的名字。哦，他回来了，他没有扔下她。

言子夜去附近的药店买了碘酒、红霉素软膏和棉签，他坐到柯乐乐身边，小心地用碘酒为她把耳洞边缘的血痂擦掉，柯乐乐刺痛得龇龇牙。

"酒精会有点痛，忍一忍就好了。"言子夜说。

消毒完毕后，他又为柯乐乐抹上红霉素软膏，仔细地瞧了瞧伤口，责备地说："这几天洗澡洗脸都注意点，记得消毒抹药，知道吗？"

柯乐乐嘿嘿傻笑。

"什么事情很好笑吗？"言子夜蹙了蹙眉。

柯乐乐还是嘿嘿傻笑。

似乎是笑声感染了言子夜，他终于露出今晚第一个笑容。他伸手揉了揉柯乐乐的头发，脸上的表情变得柔和。柯乐乐完全停不下傻笑，她把手心覆盖上言子夜放在桌上的手背，好温暖宽大的手背，她想：他是爱她的，他有时脾气变得很糟糕完全是因为他爱她。

"嘿，快别笑了，你再这么大声地笑下去别人会以为你发神经了呢。"言子夜捂住柯乐乐的嘴。

她顺势嘟起嘴吻了他的手心。

言子夜笑，敲她的额头说："快吃饭。"

"嗯。"柯乐乐咧着嘴开心地笑。

6

次日早晨言子夜又温柔地为柯乐乐耳垂上的伤口消毒抹药，柯乐乐甜得掉进蜜罐里。开车送柯乐乐去上班的途中，言子夜突然问起柯乐乐有没有驾照，答案如他预料的一样是No。驾照这东西还是需要一个，他不可能一直送她上班，她从未主动向他要过什么物质方面的东西，他反而想送她一部车。以前他交往过的女人总是接触一段时间后就以为关系稳定了，开始贪心地暗示他买车买房，仿佛这样她们才愿意嫁给他，呵呵，他说过想娶她们吗？她们一提这样的要求他立即就会对她们感到厌恶，迅速结束这段关系。可是柯乐乐不会，他喜欢她这点，他叫她考驾照她就乖巧地点头，没有装天真地仰起充满期待的小脸问："我又没有车，考了驾照也没什么用。难道你会给我买车吗？"如果她真这么问了，他不知道他会不会也对她感到厌恶，很好的是她什么都没说，那么逆来顺受的模样，令他想好好疼惜她。

在公司楼下，依然是老样子两人吻别后她才下车，柯乐乐左右张望了一下，真奇怪，平时不希望被别人看到时总会遇到同事，今天她倒希望被几个同事看到言子夜送她来上班，好打破她和言子夜关系不好的传闻，却一个人都碰不上。昨晚在桌游吧，她的手机里传出言子夜的大吼声，同事们一定会误会她和言子夜的关系不好吧，哪儿有的事啊，她和言子夜的关系好着呢。为什么关键时刻一个同事都碰不到？

刚进公司，在前台处打卡时，樊亚茹笑着跟柯乐乐打招呼，说："昨天你先走了，我们结账时是 AA 制，我帮你把钱垫付了。"

"哦，不好意思，是多少钱？"

"一人七十九块钱。"樊亚茹说。

好贵，怎么这么贵！是不是把吃饭饮料的钱也算进去了？我昨天明明一点东西都没吃嘛。柯乐乐在心里嘀咕着，脸上却继续面带微笑。她掏出钱包，它还是柯乐乐读大一时买的，十二块钱的地摊货，一看就很廉价没品位。言子夜送过她各种首饰衣服鞋子包包，却没注意到她的钱包，她在他面前哪里有掏钱的机会嘛。如果被他看到这个难看的钱包，他一定会抢过去立即就扔掉它，叫 Coco 去买几款时下流行又昂贵的钱包给她。

"谢谢啊。"柯乐乐把钱递给樊亚茹。

樊亚茹看了看柯乐乐的钱包，她开始有些怀疑柯乐乐提的那个 Dior 的包是不是 A 货了，她得找机会去摸一摸。

"昨天，你们……还好吧？"樊亚茹问。

"什么？"

"我是说你跟男朋友，是不是吵架了？"

"没有啊。"柯乐乐尽量让自己笑得灿烂。

"听他打电话时脾气很不好……他平时是不是很凶啊？"

"哪儿有，他很温柔的。"

"哦。"樊亚茹狐疑地看了柯乐乐一眼。

我就知道被误会了！柯乐乐坐立不安，她应该怎么解释呢？或许明天言子夜送她来上班时，就会有同事看到他们在车里吻别吧，那样误会就不攻自破了。

"他对你还好吧？"薛颜突然走来拍了拍柯乐乐的肩膀，把正在失神的柯乐乐吓了一跳。

"好……很好啊。"柯乐乐笑。怎么每个人都在问这句话。

"昨天听他打电话时口气很凶，他平时是不是管你管得很严，不允许你有社交活动？"

"没有啊。"

"乐乐，如果一个男人限制你的自由，你就得好好考虑这段关系。"

"放心吧姐姐，他对我很好的，昨晚吃晚饭时他看到我耳洞发炎了，就立即跑出去给我买药呢。"柯乐乐想到这件事就忍不住甜蜜地笑，她善于从一切小细节里发掘他的好。

"嗯，你要记住，别委屈自己，遇到什么事情记得跟我谈谈。"薛颜说。

"姐姐最好了。"柯乐乐笑。

"还有几天你就该过生日了吧？想好怎么过了吗？要不就叫你男朋友请大家吃个饭呗，这样也免得昨天那几个同事乱播你的谣言。"

"啊？什么谣言？"

"说你感情危机。"

"哪儿来的什么危机，我和言子夜恩爱着呢！"柯乐乐不免激动地提高音调。

附近的两个同事看过来。

柯乐乐脸红了，她小声说："好的，我跟他商量一下。"

柯乐乐都忘记自己的生日了，薛颜怎么记得，看来薛颜对自己的关心程度比想象中深嘛，真是好姐姐，她以前不该总是在心里抱怨薛颜爱教训人。她忽略了QQ里有个自动提示即将过生日的好友的功能，薛颜也是到公司后打开QQ，无意中看到的。生日，她的二十岁生日，或许还是她有生以来第一次将正儿八经过的生日，会有生日歌，会有蛋糕，会吹蜡烛，还会有祝福，哇，想想就觉得好美妙。柯乐乐还从未感受过生日那天与平时有什么不同，父母完全不在意她的生日，从来没有举办过什么仪式庆祝过她的生日，他们只会在那天说："又大了一岁了哦，要更懂事了哦。"柯乐乐一直很憧憬电视中看到的那种梦幻般的生日派对，言子夜会为她实现这个愿望吧？

午休时Coco打来电话，柯乐乐觉得奇怪，这女人找她干吗？她真是有些嫉妒Coco，能每天待在言子夜身边，她好想去他公司上班啊，当个前台也行。

"喂。"柯乐乐没好气地说。

"柯小姐您好，您要报读的驾校我已经替您联系好了，麻烦您把身份证扫描件发给我，传真号我现在已经发到您手机里了。"Coco职业性亲热好听的声音。

柯乐乐的手机震动一下，短信果真来了。办事效率真是高，难怪言子夜也会夸奖那女人。柯乐乐摇摇头，迅速击毁脑子里对Coco的好评，那女人是她的敌人。"嗯，收到了。"

"这周六上午八点半柯小姐得去驾校先做个体检，然后会领到一本考交通规则需要用到的教材。柯小姐是希望半个月后就参加交通规则考试，还是希望一个月后？或者，更久一点？"

"半个月吧。"

"这么快就参加考试，我怕柯小姐会来不及准备……"

"我背书很厉害的。"柯乐乐不悦。

"好的，我会照办的。"Coco一丝不苟的声音里听不出情绪。"驾校地址我马上发到您手机上，周六的体检我应该会陪着您去。"

"谢谢。"柯乐乐嘟嘟嘴，是言子夜叫他秘书陪她去体检吗？听起来是有些体贴，但为什么他不亲自陪她去？哎，柯乐乐，你的要求不要太高哦，没叫你一个人去已经很好了，你一个人去的话或许东南西北都分不清楚。柯乐乐的心里有两股声音在打架。

不知道怎么扫描身份证，传真也不会发，柯乐乐求助樊亚茹。樊亚茹拿着柯乐乐的身份证看了一眼，忍不住感叹："年轻真好。"

"你也很年轻呀。"柯乐乐笑。

"那不一样，你还小，你不懂。"樊亚茹说。

我不懂什么？柯乐乐在心里嘀咕，我懂的一定比你多，哼！

"你还有几天就过生日了嘛，想好怎么过了吗？"樊亚茹问。

"呃……还在计划中。"

"嘿嘿，叫你男朋友给你办个大型派对。"

"有这个打算。"

"太棒了，让你男朋友多叫几个单身男性朋友哦，我们这边可都是单身女性。"樊亚茹激动地说。

柯乐乐在心里暗叫不妙，她还没向言子夜提起过呢。

身份证扫描件传真给Coco，Coco收到后的第一反应也是一声惊呼：天啊！Coco知道柯乐乐很年轻，但没想到她才这么小，难怪老板会对她疼爱有加，就算她再怎么无知老土长相平庸都没有关系，年轻就是资本啊。Coco终于明白老板这次交往的女朋友和以往那些女人都不一样，反而是这样的小女孩才难以对付。

同时Coco也知道了柯乐乐的生日将至，她不晓得老板知不知道这个日子，作为职责所需，她必须提醒老板。她在给言子夜的行程备忘录上写下了这条。

言子夜和客户谈完事情回到公司，看到这条备忘录。他并不会在这种事情上花费自己太多心思，一如往常，他拨通Coco的专线电话，吩咐道："柯乐乐的生日你准备一下。"

"照旧吗？"

"对。"言子夜说。

Coco跟在言子夜身边工作四年来，操办过九次他女朋友的生日晚餐，在同一家餐厅，同样的鲜花，同样的贺卡，同样的小提琴师在一旁伴奏，同样的生日礼物……Coco对于办这种事情已经得心应手。

"好的，老板放心吧。"Coco说。

"那个……下班前帮我联系好一家印刷厂，我明天会交给你一部书稿，在她生日前你要把这本书做好。"言子夜脑子里突然冒出来的念头。

"好的，需要联系平面设计师设计版面吗？"

"不用，我来设计。"言子夜说。

"好的。"Coco挂了电话，脸上掠过一丝惊讶。书？柯乐乐的书吗？那丫头在杂志社工作，应该会写点文章，不过应该也只是一本无法出版的书吧，才会找个印刷厂印刷一本而已，看来也没多大文采。Coco介意的是老板又特别对待那丫头，居然要亲自设计这本书。

柯乐乐完全被蒙在鼓里，她只知道今天言子夜又和她在一起，她好开心好幸福。言子夜借口需要写一封邮件，借用了一下柯乐乐的电脑，把她正在写的这部长篇小说拷贝了一份。还未完成的作品，只能先单独印刷一份，待它完成，他当然会帮忙推荐给几个出版商朋友看看，如果不能出版的话，他也会花钱自费为她出版。他嘴角勾起上翘的弧度，十分期待她收到这份礼物时欣喜若狂的表情。他要她更爱他，死心塌地地爱他。

犹豫两日后柯乐乐才开口告诉言子夜她马上就过二十岁生日了，那时两人关灯准备睡觉，她躺在言子夜怀里，支支吾吾地说着，黑暗中他看不见她脸上羞涩的红晕，她总觉得不好意思开口，就好像她在赤裸裸地向他索取什么似的。不过她也的确想索取一点东西，就是生日那天能举办一个派对，邀请公司里的同事都来参加，她打扮得像个公主出场，骄傲地向所有人证明她的幸福。她还没来得及接着说出她的计划呢，言子夜就"哦"的一声，然后把她身体翻转过去，用他一直喜欢的霸道的睡觉姿势，从背后紧紧抱住她，说："快睡觉吧，宝贝，你明天一早还得去驾校体检呢。晚安。"

就这样？柯乐乐在黑暗中睁大眼睡不着，言子夜的反应太平淡了，就好像没听过这话一般，她的生日耶，他一点都不当回事吗？

柯乐乐的心情好低落，又不好意思再开口向他说起这事情。这种情绪一直持续着，柯乐乐几乎一夜没睡，第一次居然跟言子夜在一起时她也会失眠。设定好的闹钟铃声响起，柯乐乐霍地坐起身，把抱着她的言子夜弄醒了。他看着她下床穿衣服，不像往日那般继续赖床，躺在他怀里贪恋他的温存，他微扯嘴角，知道她在赌气，他昨晚没把她的生日当回事儿，呵呵，他想要给她惊喜。

"怎么，小可乐，你好像心情不好？"言子夜打趣道。

"没有啊。"柯乐乐说。

"我不喜欢看你绷着脸。"

"那我背对着你好了，你就看不见了。"柯乐乐没好气地背对他。

言子夜觉得好笑，真是个小孩子。"你准备给我吃什么早餐啊？"他问。

"冰箱里有什么就吃什么呗。"柯乐乐穿好衣服，走去洗手间。

言子夜笑出声来，逗她是件很好玩的事情。

待柯乐乐洗漱完毕，走去厨房准备做早餐时，言子夜已经端着盘子走出来。"今早有三明治吃，你好福气哦。"言子夜第一次为她下厨，虽然只是把吐司面包片放进面包机里烤，简单的煎了荷包蛋，切几片西红柿和火腿，柯乐乐却立即感动得不行，他端着盘子走出厨房的形象简直太帅了！

"别愣着啊，快吃，然后赶去驾校。"言子夜下命令。

柯乐乐觉得这是她吃过的世界上最美味的三明治。

"Coco前几天好像说她会陪我去体检，那她是到我家来一起过去，还是在驾校碰头？"柯乐乐问。

"她不用去，我会陪你去体验。"言子夜说。

呃……她好像已经暂时忘记昨晚关于生日那件事情的不愉快了。柯乐乐真想冲过去热情地抱着言子夜亲吻，他真好。她坐在座位上对他半低着头羞涩地傻笑，手上拿着吃了一半的三明治也忘记吃了，言子夜喜欢看她这副呆样儿。

驾校的体检也就是走个过场，马马虎虎地检查了几个项目，然后发给柯乐乐一张学员卡和一本交通规则教材。言子夜全程都陪着柯乐乐，临走时领着柯乐乐去找教她的教练，叫教练好好关照她，还塞了个红包给教练。柯乐乐眨眨眼，那个红色的信封里装的是钱吗，不就是学个车嘛还需要贿赂教练？言子夜啊你在工作中不会一贯是这种作风吧？

教练乐呵呵地张着满嘴被香烟熏黄的牙齿，拍拍柯乐乐的肩膀说这丫头一看就很灵光，学车会很快地。

言子夜皱了皱眉，厉声说："把你手拿开！"

教练愣了下，呵呵笑着抽回手。

言子夜回到车里就给Coco打电话，大声骂道："你找的什么破教练！给我立即换一个女教练！"

Coco极少听到言子夜这么火大的声音，颤抖着声音解释："这个王教练是驾校里最好的一个……"

"他妈的就是个流氓，我要女教练！"言子夜吼着挂掉电话。

柯乐乐也是第一次听到言子夜说脏话，不免惊讶地看着他。她伸手覆盖上他的手，问："怎么突然这么生气？"

"你被占便宜了我还能不生气吗？"言子夜说完才意识到自己的声音太大，缓了缓语气说，"放心，我给你换了个女教练。"

不就是被那人拍了拍肩膀嘛，这么大惊小怪！而且，他因为她居然骂了Coco耶，真好。柯乐乐又露出花痴的傻笑，哇，他好在乎她，有他在身边真是充满安全感，他会好好保护她，一辈子都会。

柯乐乐安慰自己，就不要去想什么生日的事情了，或许他是个对生日不怎么在意的人，他自己不会特意去过生日，所以也没把她的生日当回事儿。言子夜送柯乐乐回家后就离开了，他说他还有事情要处理，叮嘱柯乐乐周末在家乖乖看交通规则，争取考试一次就通过。柯乐乐都已经放弃今年的生日与往年要有些不一样这个念头，她连生日那天能不能见到言子夜都有些怀疑呢，她还担心周一生日那天去公司上班，同事们问起派对的事情时该怎么回答。

周日晚上言子夜却打电话来，问她想不想吃夜宵。柯乐乐并没有吃夜宵的习惯，不过这样可以见到言子夜，说不定他今晚还会睡在她家，她当然立即答应，然后迅速换了一身衣服，照镜子时还犹豫了一下要不要化个妆呢，转瞬又打消这个念头，她的化妆技术实在太差劲，万一她化妆到一半言子夜就到楼下了，她不想让他等待。

两人也是第一次出来吃夜宵，柯乐乐以为消夜嘛就是随便在家附近吃吃，没想到言子夜把车开上了高架桥。真是个对生活追求品质的家伙，跑大老远就为吃个消夜，柯乐乐笑。今晚车里的音乐也十分欢快，言子夜平日喜欢听深情的爵士乐，柯乐乐好像是第一次坐他车时听到这种就像是圣诞夜节日曲风格的歌，全是英文歌，似乎总能听到 Happy Birthday 这个词，不过柯乐乐的英文不好，也没太在意歌曲里唱些什么。夜晚的道路十分通畅，柯乐乐看着窗外闪过的霓虹灯，她真是越来越爱这座城市。

车开过隧道，柯乐乐看到了东方明珠塔，才意识到他们来到了浦东。"我还是第一次到浦东来。"柯乐乐说。

"很高兴能带给小可乐很多个第一次。"言子夜笑。

柯乐乐脸红了，她想起那条被自己的初血染红的床单，言子夜真的带回家好好收藏起来了吗？那时他开玩笑怎么说的来着，他要把它裱起来，他真的这么做的话……柯乐乐把头扭向窗外，偷偷笑起来。

"你似乎想到什么淫秽的内容？"言子夜打趣道。

他怎么又会读心术啊！柯乐乐在心里嘀咕。

"说，你刚才在想什么？"言子夜说。

"你不是知道嘛。"

"想看看那条床单被裱起来的样子吗？"言子夜笑。

他怎么知道！柯乐乐脖子都红了，她把窗户全打开，她需要吹吹冷风。

言子夜哈哈哈大笑。"我手机里有照片，待会儿给你看看。"

"不要。"柯乐乐羞愧死了，她不要谈这种话题。

"是幅艺术品，很美的。"言子夜说。

柯乐乐用手捂住脸，又像鸵鸟般躲起来。他刚才的话……声音那么柔情……由衷的赞美……哎呀，柯乐乐不能再继续想下去，她已经对他爱得无法自拔。

车开进一座大厦的地下停车库，柯乐乐的手被言子夜握在手心，换了两部电梯，她完全分不清东南西北，反正跟着他走就是了。电梯在87楼停下，门打开，无数的粉色白色气球映入柯乐乐眼里，一路整个天花板都被气球充盈，柯乐乐微笑着抬头看这些气球，这个吃饭的地方布置得还真梦幻。侍者把两人带到靠窗的位置，哇，可以俯瞰半个上海耶，柯乐乐激动地看着窗外的夜景。

言子夜不动声色地笑，示意侍者可以上菜了。

红酒首先拿来，侍者为言子夜展示了一下瓶身，言子夜点点头。侍者为言子夜倒了小杯红酒，言子夜尝了尝，说了句："味道不错。"侍者开始为他们倒酒。柯乐乐注意着这些过程，他是她生活的导师。

"这里的夜景真好。"柯乐乐说。

"你喜欢的话我可以常带你来。"言子夜说。

柯乐乐微笑，他说什么她都相信。

现在将近晚上十一点，餐厅里却空荡荡的只有他们两位客人，这里风景这么好为什么都没人来呢，或许是过了吃饭的时间，或许是这里消费非常昂贵？柯乐乐抿了小口红酒，她不敢喝多，她记得她两次喝醉后都做了什么蠢事，她可不敢再惹言子夜生气。

菜陆陆续续上来，生蚝、帝王蟹、龙虾、鹅肝、鱼子酱、薯条、冰淇淋、果盘。夜宵这么丰富，柯乐乐开始后悔晚饭吃多了，早知道她就应该饿着肚子。言子夜都没怎么碰食物，他晚上不会吃太多东西，他怕身材走形。他喝着酒看着这个小女孩，她的食欲真好，又不用担心长胖，吃几口就会抬头冲他笑一笑，嘴巴里还含着食物，那副傻样儿真是让人看着就心情舒坦。和她在一起是一种很好的减压方式。

言子夜看看手表，小提琴师该上场了。他已经熟悉这个流程，变得麻木枯燥，但是女人啊就是喜欢这种浪漫，每次为女人过生日几乎都是这样的模式，全由自己的秘书包办，十分省心。不过今夜他为柯乐乐特意安排了别的节目。

一段悠扬的小提琴曲在耳边响起，柯乐乐侧过脸，看到一个老外拿着小提琴在桌边演奏，似乎是一首诉说深情的曲子，柯乐乐托着头呆呆地听了会儿。

"这家餐厅的情调真好，居然还有小提琴演奏呢。"柯乐乐兴奋地说。

言子夜笑笑，没有说出是他安排的，接下来还有更多兴奋的事情呢。

琴师一直站在他们桌边演奏，柯乐乐喝了一杯红酒，脸颊变得通红。

"我可以拍拍这儿的风景吗？"柯乐乐问。

"随便，但别拍我。"言子夜说。

柯乐乐掏出手机，拍了几张窗外夜景的照片，真美，落地玻璃上还隐约倒映出她和言子夜的影子。她还拍了张老外拉小提琴的照片。可惜食物已经吃了大半，刚才上菜时她就好想拍拍食物的照片，不好意思开口说。不过，有这些照片已经足够她去炫耀了，或许身边认识的人都从未来过这种地方进餐吧。

两人聊了会儿天，窗外突然绽放起烟花，柯乐乐的目光立即被吸引过去，欣喜地看着烟花一朵一朵绽放，从这个高度看过去，仿若就在眼前盛开。"好美。"柯乐乐赞叹。

"祝你生日快乐，祝你生日快乐，祝你生日快乐……"桌边的小提琴师突然拉起生日快乐歌的曲调，餐厅里也响起这首歌，两位侍者推着生日蛋糕餐车过来，烛光闪烁，中间两根蜡烛的数字赫然就是她的岁数嘛——20。

柯乐乐惊呆地看着言子夜。刚好过十二点，她忘记过了十二点就是她二十岁生日，她总以为还要等着明天呢。

侍者把蛋糕摆放到桌上，祝福柯乐乐说："生日快乐。"两人退下。

这个蛋糕真好看，底下一层的巧克力酱上全是各种水果，第二层上是一圈玫瑰花簇拥着一位正在舞蹈的少女，那少女脸上挂着甜美的笑容，一如现在的柯乐乐。

言子夜从餐车下取出一束玫瑰，好大的一束红玫瑰，他站起身，坐到柯乐乐身边。他说："宝贝，生日快乐！"

天！柯乐乐激动得说不出话来，紧紧地把鲜花抱在怀中。他在乎我的生日，他好坏，居然偷偷地策划。

"许个愿吧。"言子夜说。

"嗯。"柯乐乐把鼻子埋入花丛里,好香。她闭上眼,在心里默默许下愿望:老天保佑,愿我身边这个男人永远如此爱我。她微笑睁开眼,看着眼前美轮美奂的蛋糕,用力吹气,蜡烛熄灭小半,她再次吹了两次,蜡烛全灭了。这就是她从小梦寐以求的生日场面,她咯咯咯笑,她的二十岁,有蛋糕,有蜡烛,有鲜花,还有一个爱她的男人,真好。

"生日快乐。"言子夜问,"许了什么愿?"

"不能说,说了就不灵了。"柯乐乐用手指蘸了一点蛋糕上的巧克力酱,放进嘴里尝了尝。

"呵呵,但愿和我猜的一样。"言子夜拉过她的手,把那根刚才被她含在嘴里的手指放入自己口中,用舌头舔了舔,似乎也想尝尝蛋糕的滋味。

柯乐乐脸红。但愿你猜得正确,也但愿你要做到。

"打开看看。"言子夜把一个小盒子递给柯乐乐。

哇,还有礼物,太棒了!一个手掌就能握住的盒子,莫非是戒指吗?柯乐乐知道自己有些异想天开,他们才认识两个多月,怎么可能这么快就送戒指求婚嘛,何况求婚的话他应该单脚跪在地上。爱情小说看多了。柯乐乐有些迫不及待地打开盒子,不是戒指,莫名的失落感。盒子里放着一对耳环,十分精致,那闪烁的钻应该是真的钻石,显得她之前和樊亚茹一起买的那对耳环简直就太土了。

"喜欢吗?"言子夜问。

"非常喜欢,谢谢。"柯乐乐把耳垂上那对打耳洞用的简陋耳钉取下,戴上言子夜送的耳环,她从落地窗上看着自己模糊的影子,耳环上钻石折射的光点异常耀眼。窗外的烟花还在绽放,除了元旦除夕元宵之类的节日,柯乐乐很少在上海看到有人放烟花,今天放烟花的人有什么特别要庆祝的吗?该不会是……柯乐乐猛吸口气,天啊,不会吧!她被脑子里突然冒出来的念头吓着。她回头看看言子夜,说:"外面的烟花……"

言子夜笑,"是的,烟花是我叫人放的。"

"你不会也把餐厅包场了吧?这个拉小提琴的也是你特意安排的?"柯乐乐张大嘴。

"开心吗?"

"天啊,我超级超级开心,太谢谢了,你给我过的这个生日我永远永远都忘不了。"柯乐乐激动地扑入言子夜怀中,双手紧紧抱住他。

"先不要这么快就感动,正式的礼物我还没送出来呢。"言子夜说。

啊?还有礼物?柯乐乐眨眨眼。

言子夜从餐车下拿出一个包装精美的长方形东西,还系着丝绒带子,看起来比刚才那对耳环还显得贵重。柯乐乐拿在手里,这个有点沉重分量的东西,不可能是首饰,也不可能是衣服,莫非是钱包吗?钱包也没有这么重啊。会是什么?柯乐乐好奇,问:"我现在可以拆开吗?"

"当然。"言子夜说。

柯乐乐急急地拆开包装,看到的是一本书,书名是《猫的等待》,作者署名是柯乐乐……柯乐乐整个人都懵了,这是……她的书吗?她慌忙翻开书页,里面的文字,那么熟悉,真的是她的书,可是她还没写完呢……

好像言子夜真能读懂她心里在想什么,他说:"这只是先让你预先感受一下自己的书的滋味,等你把小说全部完成,到时候就是你签名送我书了。"

柯乐乐愣愣地看着书说不出话来,她的书,她的书。天啊,她写的文字出版后就是这样,一个个铅字整齐地排列,唱着愉快悦耳的音符。她把脸埋进书页中,闭上眼,深深地嗅着书的味道,她的书,她的书就快要摆放到各大书店,会有很多只手拿起它,很多双眼睛注视它,她的思想将会传递给很多人,他们会喜欢它吗,会过了很久后也能想起它吗?

"我亲自设计的封面,喜欢吗?"言子夜问。

柯乐乐怔怔地从书页中抬起头来,她合好书,看着封面,白色的底面,青草地上,一只猫仰起脸看着天空,天上什么都没有,它到底在看什么,或是在等待什么出现，或许，它也不知道自己到底想看什么到底在等待什么……柯乐乐一阵感动，他读了我写的东西，他知道我想表达什么，他懂我！

柯乐乐忍不住潸然泪下。

这不是言子夜预想的反应，他以为她会欣喜若狂，会欢呼雀跃，会说她非常非常感动，会说她爱他。第一次遇到一个女孩在收到礼物后流出眼泪，多么珍贵的眼泪，言子夜震惊得说不出话来，这个女孩……总能触动他内心深处。言子夜伸手揉揉柯乐乐的头发，用嘴唇亲吻她的眼泪，他把她抱在怀里，突然不知该如何呵护她，如何才能好好呵护她一辈子。言子夜第一次想到一辈子这个词。

"我爱你，言子夜，谢谢你。"柯乐乐在言子夜怀里泣不成声。

言子夜抱紧她，"我爱你。一辈子。"

诺言这种东西，大多时候在说出的刹那都是真心实意的，"一辈子"这个异常宏大的词语，言子夜一直不敢去想，他第一次对它产生了冲动。

超级无敌夜景。美食。烟花。蛋糕。鲜花。礼物。还有你亲自设计的世界上唯一一本书。谢谢你，让我度过终生难忘的二十岁生日。睡觉前，柯乐乐用手机在微信朋友圈和QQ空间里写下这段话，附上几张照片，然后点击发送出去。她觉得好幸福，他总是一次又一次升级她对幸福的感受。

睡得太晚，早晨被闹钟叫醒时柯乐乐极不想起床，她在言子夜怀中随意咕噜了一句："呜，能睡到中午就好了。"

"想睡的话就睡吧，我陪你。"言子夜抱着她说。

"不行，我得去上班。"

"可乐，你可以不用那么辛苦，我养你。"

"嘿嘿，你有这份心意我就很开心了。"柯乐乐吻了吻言子夜，赶紧起床。

同事们当然也看到了柯乐乐半夜发在朋友圈的那条信息，柯乐乐走进公司时，前台樊亚茹就带着羡慕的表情说："哇，乐乐，你男朋友给你庆祝生日的方式太浪漫了，果真是有钱人才能办到的。"

柯乐乐微笑。

"我也好想有个那样的男朋友哦。"樊亚茹说。

"你会遇上的。"柯乐乐说。

"晚上你还会举办生日派对吗？"樊亚茹问。

柯乐乐犹豫，今天晚上言子夜会陪她吗？要不就请同事们吃个饭吧，不然也过意不去。柯乐乐不知道该请她们吃什么，自己平时都不上餐馆，言子夜曾经带她去过的地方又太昂贵。

正在柯乐乐犹豫时，樊亚茹拿出一个小盒子，递给柯乐乐说："生日快乐。"

"谢谢。"柯乐乐好意外能收到同事的礼物，她说："亚茹，晚上我想请大家一起吃个饭，拜托你帮我组织一下呗，还有，吃饭的地方你有什么建议吗？"

"让我想想哦，待会儿告诉你。"

"谢谢。"柯乐乐笑。哎，难得过生日，就花一次钱吧，也能买得同事们的友好关系。

薛颜已经坐在电脑前了，那个背影是柯乐乐再熟悉不过的，弓着背，一边吃生煎一边看电脑。柯乐乐兴奋地从包里拿出她的书，伸到薛颜眼前晃了晃，得意地说："言子夜亲自为我设计的。"

薛颜看了看，说："不错，很特别的礼物，很有心意。"

"我好喜欢这个礼物。"柯乐乐眉开眼笑。

"是你现在正在写的长篇吗？已经写完了？"

"还差一点点了，争取四月份写完。"

"书可以先放在我这儿吗？我看看能不能先在我们杂志上连载一下。"

"好耶！"柯乐乐拍手，太棒了。真是超级开心的生日的一天，她已经在想象自己的第一部长篇小说受到欢迎的画面，上海是她的幸运宝地，她在这儿得到重生。

柯乐乐一直想和从前的自己来个一刀两断，但她还是无法彻底了结，父母依然是她的父母，这是无法改变的事实。午饭时间，父亲的电话打来，这个寡言的男人,似乎是第一次主动给她来电话,就算家里得知她退学的消息时,母亲打了很多电话来骂她,这个男人也一句话都没对她说过。看到手机上显示父亲的名字,柯乐乐十分意外,如果是母亲来电的话,在今天这个好日子她就坚决不会接起电话。柯乐乐赶紧跑到楼层的安全通道去,那儿不会有人。

"嘿,爸爸。"好久好久没叫了的称呼。

"生日快乐,乐乐。"

父亲的声音让柯乐乐眼眶湿润,在远方她曾经有个家,她拼命往外逃,还是有根拉扯着她的线被握在远方那端。

"谢谢。"柯乐乐说。

"在上海过得还好吗?"

"很好。"

"那就好,乐乐长大了,可以独立生活了。"父亲说。

柯乐乐努力不让眼泪流下来。

"工作还顺利吧?听说上海的生活压力很大,你一个女孩子在那里会很辛苦,还是回老家来工作吧,至少家里吃的住的也舒服些。"父亲说。

"爸,我在上海很好,你不用劝我回去了。"

"好,好好照顾自己。"

"嗯,我会的。"柯乐乐挂掉电话,深吸几口气,让自己情绪稳定下来。她在心里对自己说:你已经离开那儿了,他们再也不可能干涉你做任何事,你是自由的。

自由,曾经是柯乐乐最向往的东西,她误以为自己现在已经得到了,精神上自由,行动上自由,物质上也将自由,她喜欢现在这种状态。她没觉得自己是从一个牢笼又钻进另一个牢笼,甜蜜的牢笼,暂时蒙蔽了她的意识。

二十岁,人生中最美好的时光,一切都还很干净很灿烂,有着一颗真诚的心,迎着晨曦,走在阳光里,做着纯纯的青春梦。

杂志社里的同事都很羡慕柯乐乐才二十岁,她们都想回到这样的年龄,她们已经开始衰老，却还没有把自己嫁出去。樊亚茹帮柯乐乐订了一家日本料理店宴请同事们，去了十一个人，因为是临时通知，大家也没有准备礼物，樊亚茹说干脆一起凑钱买个生日蛋糕吧，同事们都说好。一群人说说笑笑地分三辆出租车去吃饭的地方，柯乐乐和樊亚茹还有薛颜坐在一辆车上，樊亚茹看看柯乐乐腿上放着的Dior包，她一直想探个究竟这个包到底是不是真的，她脸上挂着献媚的笑，说："我很喜欢这款包耶，可以让我仔细看看吗？"

"可以呀。"柯乐乐不明就里地说。

樊亚茹拿过包，摸了摸，手感不错，她360度仔细看了一圈，做工也很精良，她又厚脸皮地拉开拉链，摸了摸内里的布料，好像是真货。柯乐乐的男朋友是大老板，送个两三万的包包不成问题，这个包应该不是A货。

薛颜很鄙夷地扫视樊亚茹一眼，樊亚茹的模样就像没吃过肉骨头的狗。

樊亚茹把包包还给柯乐乐时，看到柯乐乐头发里若隐若现的闪光，她掀起柯乐乐的头发，看到一只非常惊艳的耳环，樊亚茹凑近仔细看了看闪光的钻，是真的钻石吗？"你朋友圈照片上放的那对耳环就是它吗？哇，好漂亮。"樊亚茹羡慕地说，"是什么牌子的？"

"一串英文，我也说不上来，好像是T字母开头的。"柯乐乐突然想起自己的那条项链，她把它从衣领里取出来，翻过背面给樊亚茹看，"喏，就是这个牌子。"

樊亚茹看到了Tiffany&Co的Logo，天，这个牌子的东西很贵的！她又仔细看了看柯乐乐的项链，这条项链也得上万吧，柯乐乐真是有钱。

薛颜在一旁咳嗽了两声。

"哎，显得我送你的礼物好寒酸哦，乐乐你不会嫌弃吧？"樊亚茹说。

柯乐乐还没拆开樊亚茹送的礼物呢，在樊亚茹的要求下她立即拆开礼盒，是一条粉色水晶手链，樊亚茹晃了晃自己的胳膊，说："我买了姐妹款哦，你千万不要嫌弃，你会戴上的吧？"樊亚茹说着就拿起手链替柯乐乐戴在左手上，她自己是戴在右手，她拉起柯乐乐的手，两条手链紧挨着，樊亚茹说："我们是好姐妹。"

柯乐乐微笑。

薛颜似乎是冷笑了一声。

"主编，你送乐乐什么礼物啊？"樊亚茹问薛颜。

"一本书。"柯乐乐抢着回答。"保罗·柯艾略的《牧羊少年奇幻之旅》，听说这本书超棒的。"

"呵呵，果真是主编，搞文化的人就是不一样，我啊，完全没有耐心看完一本书。"樊亚茹说。

"那你爱看韩剧吗？"薛颜问。

"喜欢，超级喜欢，天天回家都看。"樊亚茹说。

"你看着就像看韩剧的人。"薛颜说。

樊亚茹没听懂薛颜话里的讽刺。樊亚茹开始拉着柯乐乐激动地谈起最近正在看的韩剧，柯乐乐是个不看电视剧的人，只是安静地听着，薛颜在一旁露出鄙夷的神色，果真只是个前台，脑残一个，话多得真烦人。薛颜不希望柯乐乐跟这种人来往亲密，不利于她的成长进步。

一群人来到日本料理店，樊亚茹还预定的是包厢，她一直很想来这种店吃饭，今天终于借此机会如愿。柯乐乐也是第一次吃日本料理，她坐在榻榻米上，翻开菜单，立即傻了眼。天，好贵！她不知道该如何点菜了，只好装作若无其事地说："大家想吃什么就点啊。"

大家点菜都毫不客气。

平时柯乐乐跟同事们在公司里都没怎么说过话，今天难得这么多人聚集在一块儿，大家热情地乐乐长乐乐短地叫唤着她，柯乐乐的心情很好，怪不得自然界的一切生物都喜欢群居，没有人喜欢孤独。蛋糕送来时，一群人还一起唱起生日快乐歌，有模有样地插上生日蜡烛，叫柯乐乐许愿吹蜡烛，就跟真正的生日聚会一样，柯乐乐笑，接连过了两次生日，这种感觉真好。

当然除掉买单的时候，吃了两千多块钱，是大半个月的工资呀，哎，心疼得要死，脸上还得强装欢笑。她刷了言子夜给她的信用卡，他应该收到短信通知了，他会怪罪她花这么多钱吗？在银联单上签字时，柯乐乐签了言子夜的名字，被一旁眼尖的樊亚茹看到，惊呼："哟，你用的是你男朋友的信用卡吗？"

"嗯。"柯乐乐回答。

"天啊，乐乐你太幸福了，男朋友居然给你信用卡让你随便刷。我好想找个这样的男人啊。"樊亚茹大声说。

一群同事也叽叽喳喳地或真诚或酸溜溜地表示羡慕之情。

吃完饭一群人起哄着要去唱歌，柯乐乐不好意思拒绝，只得答应，她心里惦记着今天写小说的任务还没完成呢。一群人走去附近的好乐迪，要了一个大包厢，按小时计费，柯乐乐心里琢磨着，至少又得花上千块钱吧，完了，出来玩真是随随便便的一个月的工资就这么没了，还是安静待在家里好。

柯乐乐五音不全，不好意思在这么多人面前唱歌，也不喝酒，安静地坐在角落里看她们疯。薛颜也不喜欢这么吵闹的环境，坐了一会儿就要走了，临走时对柯乐乐语重心长地说："乐乐，她们现在有点把你当钱包使了，你没觉得吗？"

诶？柯乐乐倒真没往这方面去想。

"你男朋友对你的好，你不应该拿出来炫耀。还有像樊亚茹那样没啥内涵的女人，你以后也少跟她接触，你应该多跟优秀的人交朋友。"

又开始教育人了，哎，我以后是不是该叫你薛妈妈？柯乐乐在心里嘀咕着，脸上却嘿嘿笑着说："好啦、姐姐，今天是我生日嘛，难得玩一次。"

柯乐乐真是矛盾，她其实觉得这样闹哄哄的聚会没啥意思，她不唱歌不喝酒也跟她们没啥话说，但她又很想待在人群中，坐在那儿傻傻地看着她们，心里也是乐呵呵的。

九点半时，言子夜的电话打来，手机放在包里，包厢里唱歌的声音太吵覆盖了电话铃声，柯乐乐完全没有听到。言子夜连续打了七个电话来。待离最后一个电话已经过了十几分钟，柯乐乐想看看现在时间是几点，才从包里掏出手机，顿时傻了眼，老天，这么多未接电话，他一定着急死了，我真该死！柯乐乐赶紧冲去洗手间回电话给言子夜，像做了极大错事的小孩，紧张得一颗心咚咚咚跳得厉害。

"你在哪里？为什么不接电话！"言子夜接起电话就大声咆哮。洗手间的门关着，外面的唱歌声音还是很明显地透进来，言子夜问："怎么这么吵，你在酒吧吗？"

"不是，我在跟同事们唱歌。"

"这么晚了还在唱歌，你明天不准备上班了呀！为什么我打了那么多电话都不接，你是不是旁边还有男人？"言子夜吼。

"哪儿有，我发誓包厢里全是女人，是因为唱歌声音太大了我才完全没听见手机响。"柯乐乐解释。

"现在就给我回家！"

"你来接我吗？"

"自己打车回来，立刻！马上！"言子夜挂掉电话。

糟了，他好像又生气了。柯乐乐沮丧起来，她也不想玩到这么晚，今天是人家生日嘛。她看看手机，已经晚上十点多，他不停地打了七个电话来她都没接，他当然会担心，是她不好，她应该把手机拿在手上时刻等待着他会打来电话，都是她的错，他完全是因为在乎她才会发这么大的火，他现在是不是已经在她家了，她回去要好好乞求他的原谅。

大伙儿还兴致高涨地唱着，柯乐乐很不好意思地拉拉樊亚茹，在她耳边说："我有些困了，想回家了。"

"再玩会儿嘛。"樊亚茹说。

"男朋友在家里等我，我现在就得走了。"

"可是大家正唱得高兴呢，现在突然说结束的话会不会不太好？"

"你们继续玩啊，我先走。"

"可是……买单……是你请客吗？"

"我请客。"

"现在也不知道她们会玩到几点，也不好算钱啊。"樊亚茹为难地说。

"这样吧，我把信用卡放你这儿，买单时你刷我的卡，没有密码。"柯乐乐说。

"你真大方，乐乐，有个有钱的男朋友就是不一样哦。"樊亚茹笑着说。

柯乐乐挤出微笑，心里暗暗叫苦。我哪里有你们想象的那么有钱，今晚花费得我心疼死了。还好不是用我自己的钱。柯乐乐琢磨着回家还得把用了言子夜这么多钱的事情也得好好解释一番，哎，回家该怎么办啊，头痛。

不能坐公交车，那样太缓慢，等出租车花了几分钟时间也把柯乐乐给急死了。回家看到言子夜那冷若冰霜的脸，柯乐乐十分害怕，她脱下鞋，怯怯地小声说："我回来了。"

言子夜没有看她，坐在沙发上继续用电脑。

他在看资料，柯乐乐不敢打扰他，安静地坐到他身边，等待他抬起头跟她说句话。等待的每一秒都是煎熬，柯乐乐紧张地绞动着手指，她都已经想好解释的台词，就等他开口问她。两人就这么安静地坐了将近十分钟，言子夜把电脑合上，说："睡觉吧。"

"那个……需要我解释一下吗？"柯乐乐小声问。

"你要解释什么？你有做什么对不起我的事情吗？"

"没有没有，我发誓没有！"柯乐乐举起右手做出发誓的姿势。

"以后不许不接电话，也不要玩到这么晚。"言子夜的表情还是很严肃。

"嗯。"柯乐乐低下头。

言子夜去洗手间冲澡，柯乐乐坐在沙发上，依旧紧张得呼吸急促。她不敢主动去碰触他，虽然他都没有责备她，她却感觉芒刺在背。这种感觉真不好受。

更糟糕的是，两人都关灯准备睡觉了，言子夜惯例吻了吻柯乐乐的额头，说了声晚安，柯乐乐悬着的一颗心终于落下来，以为睡一觉后两人就可以像什么都没发生一样恢复往日的亲密，言子夜调成静音的手机突然亮起，是一条短信，信用卡的消费通知短信。言子夜奇怪地皱皱眉，问："我给你的信用卡在你那儿吗？"

"哦，我给樊亚茹了。"

"谁是樊亚茹？"

"我们公司的前台，我今天生日不是请同事们吃饭唱歌嘛，我离开时她们还在玩，我就把信用卡留给樊亚茹叫她帮忙结下账。"柯乐乐解释。

黑暗中柯乐乐看不到言子夜的脸色变得铁青，但她能听出他声音里的怒火："你怎么可以随便把信用卡给别人！"

"我……"

"真不知该说你是傻呢还是无知！"言子夜说。顿了几秒，言子夜叹口气，说，"明天记得把卡拿回来，以后你再把我信用卡乱给别人，我就收回卡片，记住了吗？"

"对不起。不好生气好吗？"柯乐乐眼眶都红了，她听到他的叹气声，就像对她很失望一般。这轻轻的一声却是最有杀伤力，母亲经常看着柯乐乐摇摇头叹口气，母亲说我怎么就生了个这么没用的人呢，哎。

言子夜背对着她睡，以前他都会紧紧抱着她入睡啊。柯乐乐越想越伤心，眼泪忍不住流出来，她吸了吸鼻子，伸手抹掉泪水。

"嘿。"言子夜回转身，在黑暗中抚摸柯乐乐的脸，手指一片潮湿。"小可乐，怎么哭了？"

"对不起，我保证以后再也不会不接你电话也不会晚回家。"柯乐乐说。

"好啦，乖，不要想这件事了。"言子夜为柯乐乐擦干眼泪，温柔地把她抱在怀里，"再哭明天起来就成熊猫眼了。"

柯乐乐把脸贴着言子夜的胸膛，好温暖。

"睡觉吧，乖。"言子夜揉揉她的头发。

"嗯。"柯乐乐破涕为笑。

三天后，薛颜把柯乐乐的书还给她，委婉地说这部长篇小说不适合在我们的杂志上连载。柯乐乐的期待落空，顿时有些郁闷。薛颜原本不想说出心里的真实想法，被柯乐乐执着地追问原因，老实说：整部小说的思维逻辑有些混乱，前面两个章节的文笔还稍微看得过去，后面的内容就有些东拼西凑的感觉，没有什么吸引人的亮点，故事情节也比较俗套……

柯乐乐听得心灰意冷，满腔热血被狠狠地泼了盆冰水，她以为她这部长篇小说写得还不错呢，她还以为能够成为畅销书，现在却连杂志都不肯连载，那还有出版社愿意出版吗？

薛颜安慰柯乐乐，说她还年轻，以后还有很多机会，一定要继续努力。

柯乐乐整天工作都没了心情，编辑的两篇稿子出了几处错误，交上去后又被重新折返回来，薛颜责备柯乐乐工作不认真，柯乐乐在心里对薛颜生出不满的情绪，甚至有些憎恨的意味。

我的小说真有那么差吗？柯乐乐有些不服气，晚上回家后向几个作者问了一些出版社的联系方式，把小说的简介和部分样章寄邮件发送给出版社。她近日也无心写作，她需要得到一些肯定的消息来激励自己。薛颜的一番话把她打击得不轻，写作是她最最在意的东西，是她心灵的寄托，是她灵魂的栖息地，她对这部长篇小说灌注了那么多心血寄予很高的期望，她不想听到的是：你还年轻，以后还有很多机会……

她不想等到以后，她已经等了那么多年，该是繁枝漫卷茂叶翻飞的时候了。

柯乐乐这种情绪严重影响到工作，这几日心不在焉，编辑的稿子错误百出，也忘记向作者催促稿件了，被薛颜在每周例会上当众点名严厉地批评了一番。柯乐乐本就是脸皮薄又十分在意别人对她的看法的女孩，当着那么多同事的面检讨自己的工作态度不认真，柯乐乐当即就想跑出去，不再回来，不干了。她咬了咬牙，真是恨死薛颜了。

薛颜完全是公事公办，她看重这个文学天赋很好的小女孩，她必须时刻提醒柯乐乐，像柯乐乐这种年纪的女孩最容易走上歪路，贪图享乐爱慕虚荣的话就创作不出好的作品，一颗心必须静下来。薛颜以为柯乐乐这几日不认真工作是因为谈恋爱让她的心浮躁了，薛颜完全不知道这一切都是自己造成的，她还适得其反，加重了柯乐乐的逆反心理。

还好接着就是清明节放假三天，柯乐乐可以不用面对同事，可以不用工作，她颓废地什么事情都不想做，着急出版社那边为何都过一个星期了还没有任何消息。她又给每家出版社写了一封邮件过去，依然是自动回信，信上说如果一个月内没有回复的话就请另投别处。一个月，多么漫长的等待，柯乐乐觉得自己会被焦虑折磨死的。言子夜也不在身边，他出差了几天，清明节又回杭州扫墓去了，柯乐乐好想跟着去杭州，去见见他的父母，她应该会讨得他的父母欢心，他岁数也不小了，他父母应该会经常催促他快点结婚吧，他们应该早就想抱孙子了吧，若他们见过她，或许他们很快就会结婚，她相夫教子，一定会是个好妻子好母亲。呜，柯乐乐好想有个真正属于自己的家。

干脆，跑去杭州吧，柯乐乐一直好想在西湖边漫步，那是自古以来文人墨客都赞美的地方，她想象着自己站在白蛇和许仙相会的断桥上，言子夜气宇轩昂地朝她缓缓走来，握住她的手，说：嘿，原来你在这里。春风拂面，绿波莺啼，纷飞的柳絮飘落在他们身边，那一刻，只会有"执子之手，与子偕老"的动容。柯乐乐想象着这个画面就激动不已，走，去杭州。

柯乐乐没有提前通知言子夜，一个人去火车站买了票跑去杭州。看着窗外风景变换，她想起自己背着家人偷偷从老家跑来上海的情景，买的是硬座票，坐了将近三十个小时，是秋初，天气还十分炎热，低等车厢里几乎都是贫穷的人，其中很多民工模样的人买的是站票，脱了上衣一身汗臭味坐在地上，有人嗑着瓜子嗓门很大地说着话，不文明的人还在车厢里抽烟，各种气味混合在一起十分难闻，柯乐乐忍受着，在心里鄙视着他们，甚至还有些同情他们，她和他们不一样，他们一辈子也就这副模样，而她，她的生活才刚刚开始。她想着再过会儿到达杭州后就是一片新天新地。很奇怪，那时她坐在火车上一点都没有什么孤身一人去上海会遇到坏人啊困难啊之类的担心害怕，她非常乐观,想的全是新生活的美妙,并且坚信自己一定会过得很好。此刻,柯乐乐对着窗外微笑,她现在的确过得很好,幸福来得那么快,就像是做梦一般。

一个小时就到达了杭州,柯乐乐在火车上光顾着回忆往事,还没来得及想想在杭州的安排,她是应该现在就打电话告诉言子夜她来杭州了相约断桥上相见,还是自己先去西湖边逛逛呢?万一他正有事在忙走不开怎么办?胡思乱想之际,一个男人和柯乐乐擦肩而过,撞了柯乐乐一下,柯乐乐正想抬头对着那男人的背影抱怨一句,突然看到一**叠**钱从那男人的裤子口袋里掉出来,那男人似乎一点都没发觉,柯乐乐眨了眨眼,张口喊:"喂……"

她话还没说完,身后突然冒出来一个男人,迅速弯腰把钱捡起来塞到自己外套的内里口袋里,左右看了看,然后盯着目瞪口呆的柯乐乐,小声说:"嘘,别吱声,没有别人看到,就你知我知,我会分一半钱给你,然后我们就装作什么都没发生过各走各的路。"

诶?柯乐乐愣在原地,嘴巴张得好大。这样做……好吗?

"怎么样?我们把钱分了吧。"男人说。

柯乐乐一时有些财迷心窍,这么大一**叠**钱,这男人至少也要给她两三千吧……柯乐乐竟然点头答应。

"这儿人太多,我们找个没人的角落分钱。"男人说。

柯乐乐什么都没多考虑,跟着他走了。

刚走几步路,刚才掉钱的那人突然掉头回来,跑到柯乐乐身边装作很焦急地说:"你好,我的钱掉了,我记得刚才你就走在我身后,你有看到我掉的钱被谁拿了吗?"

"我……"柯乐乐犹豫,她看到拾到钱的男人对她使使眼色,她改口说:"没看到。"

"真的?"掉钱的男人问。

"我真没看到。"

"不会是你捡去了吧?"掉钱的男人说。

柯乐乐脸红了，她心慌地看看拾到钱的男人，他连忙帮腔地说："兄弟，不要乱冤枉人，我刚刚就跟这个小姑娘走在一起，哪儿有见地上有什么钱啊。"

"是吗？但我的钱应该就是刚才掉的。"掉钱的男人说，"要不这样吧，你们两位的包让我看看。"

拾到钱的男人很爽快地把自己的挎包打开让掉钱的男人检查，还把裤子口袋衣服口袋都拉出来，说："你仔细看好了啊，你的钱在我这儿吗，哼！"

柯乐乐的心跳得厉害，好险，掉钱的男人没检查拾钱男人外套的内里，一般人的外套内里也没口袋嘛。钱不在她这儿，她可以理直气壮地让掉钱的男人检查。她把手提包和行李都递给掉钱的男人，装作真金不怕火炼提高音量说："你可检查仔细了，如果没找到你的钱的话你得向我道歉！"

掉钱的男人在翻找柯乐乐的包时，拾钱的男人笑着走到柯乐乐身边，小声跟她聊天，问她到杭州来玩吗？有什么安排啊？一会儿要不要一起吃晚饭啊？柯乐乐的视线被拾钱的男人挡住，她不想跟他有任何瓜葛，待会儿分了钱就各走各的，才不要搭理他呢。很快，掉钱的男人把提包和行李都还给柯乐乐，柯乐乐扬扬眼，哼一声："现在你该相信我是清白的吧。"

"抱歉，我再去别处找找。"掉钱的男人说完就急匆匆地跑开。

柯乐乐悬着的一颗心终于落下来，她现在的行为算不算犯罪？

"快把包打开，我把钱扔你包里后我也要走了，免得那人又追回来。"拾钱的男人说。

柯乐乐听话地拉开包的拉链。

拾钱的男人对着外套内里的口套掏了掏，迅速将一叠钱扔进了柯乐乐的包里，然后就快步走开了。柯乐乐的心咚咚咚跳得厉害，左右看了看，似乎没人注意到她，她把包的拉链合好，拉了拉衣服，努力让自己装作若无其事的样子。第一次做坏事，柯乐乐的脑子里紧张得一片空白，什么都无法思考，坐上出租车，对司机说："到西湖。"她打开车窗，猛吸窗外新鲜的空气，无心看窗外城市的模样，双手紧紧抱着包，仍然心有余悸。

老天，我怎么做了这种事情，刚才也太财迷心窍了，好吓人，如果被掉钱的那人找出钱的话，说不定现在我就在派出所了，在个人档案上留下一生都洗不掉的罪名记录。千万不能被别人知道，不然就真的没脸见人了。下了车就立即把钱存起来，免得言子夜看到我包里有这么多现金，撒谎的话一定会被他识破。柯乐乐自言自语，现在才有些后悔，可惜已经无法挽回。哎，又不是我捡起来的，我没有骗那人，他问我时我的确还没有拿他的钱嘛，是……是另一个人硬塞给我的封口费。不过……那人掉了这么多钱，一定很着急吧，看他样子也不像条件很好的人，说不定是他辛苦攒了很久的积蓄，说不定还是他的全部积蓄，就这么没了……柯乐乐不敢再继续想下去，脑子都快被各种自责担忧后悔害怕给挤炸了。

不知过了多久，司机回头问："小姐，你要去西湖哪儿块啊？"

"断桥。"柯乐乐想也没想就开口。她打开包，想看看让她焦虑不安那么久的钱到底是多少，一看，立即傻了眼，这钱是假的！只是在白纸上印着红红的图案而已，刚才紧张慌忙时哪里还顾得上去看钱的真假，一叠纸卷在一起还真就误以为是人民币了，该死，一分钱都没得到。是拾到钱的人故意不分钱给她，还是原本他拾到的就是一叠假币呢？柯乐乐气炸了，真想把这叠纸扔出窗外。等等，好像还有什么不对劲……她的钱包呢？柯乐乐惊慌失措地翻找手提包，没有钱包，连手机也不见了，她又翻找行李包，也不在里面。老天，它们什么时候掉的，莫非……莫非是被那个掉钱的人检查她包时拿去了？她回想那时的情景，掉钱的人翻她的包，拾钱的人故意走到她跟前说话，挡住了她的视线……天啊，他们是一伙的！她中了他们的圈套！

"啊——"柯乐乐气愤地尖叫一声。

司机回头看了她一眼。

我被骗了。柯乐乐痛苦地捏紧拳头，指甲深深掐进肉里。钱包没了，手机也没了，叫你贪图什么不义之财，结果竹篮打水一场空。现在该怎么办……

"到了。"司机停下车，回头对柯乐乐说。

柯乐乐歉意地说："不好意思啊师傅，我才发现我的钱包被偷了……"

"那你打算怎么样？不付钱吗？"司机态度不好地说。

"我……"柯乐乐被司机那种怀疑的眼神看得想哭，"我的钱包真的被偷了。我手机也被偷了，你能借我用下手机打个电话吗，我叫我朋友立刻送钱过来。"

"你身上就一点钱都没有了吗？"

"被偷了。"柯乐乐忍不住湿润了眼眶。真笨，笨死了，我刚才怎么就财迷了心窍呢！活该！见司机犹豫的样子，柯乐乐可怜兮兮地说："我都要崩溃了，我的钱包真的被偷了，求求你，借我手机打个电话，我朋友会把钱给你的，你等待的时间也会给你算钱的，翻倍给你好吗？"

司机终于把手机给柯乐乐，并且戒备地转过身盯着她。

我又不会拿着你的手机逃跑，我不是骗子！柯乐乐很受不了被人误会。她颤抖着手按下言子夜的号码，还好她能背出他的手机号码，不然她一个人在杭州该如何是好啊。电话响了很久，没有人接听，柯乐乐急死了，她再次打过去，心里默念着：言子夜，快接电话啊，快接啊！

平时广告推销的骚扰电话太多，言子夜通常不接陌生号码，见这个电话连续打了两次来，终于接起。

听到那熟悉的声音，柯乐乐忍不住"哇"地哭出声。

"言子夜，我是可乐。"柯乐乐哽咽地说。

"宝贝？你怎么哭了？发生什么事情？你怎么用别人的手机打给我？"

"我钱包和手机都被偷了……"说起这事柯乐乐哭得更伤心。

"你在哪里？"言子夜想起显示的是杭州号码，心里一惊，"你在杭州？"

"我在西湖，我没钱付出租车费，你快来接我。"

"具体地方在哪儿？"

"断桥边上。"

"我马上过来，你坐在出租车里别乱动。"言子夜挂掉电话。

柯乐乐把手机还给司机，捂住脸呜呜哭泣。

司机安慰她说:"姑娘,别难过了,外面小偷很多,你以后一个人出来得小心注意一点。"

"谢谢。"柯乐乐抹抹泪。镇静,不能让言子夜看到她一副邋遢样儿。

路上有些堵车,等了二十多分钟言子夜才到,司机中途三次下车抽烟,有些等得不耐烦,自言自语地抱怨几句,还叫柯乐乐再打电话给朋友催促一下。柯乐乐哪里敢催促言子夜,她很紧张,害怕言子夜责备她,她犯了非常严重的错误,如果是在老家,母亲知道的话一定会让柯乐乐几天不得安宁,带着失望又嘲讽的笑容,反复提起这件事情,说自己真是生了个"了不得"的女儿,自己怎么就生了个这么"了不得"的女儿呢……

母亲冷嘲热讽起来真的会让人有想跳楼的冲动,尤其是母亲脸上浮现的那种微笑。柯乐乐曾经试图跳楼自杀过一次,那时她才九岁,见身边的同学总有零花钱买零食吃,十分羡慕,她还没有尝过任何零食的滋味,除了正常的一日三餐,她没有机会吃到其他东西。那天,她终于实行了想了很久的行动,趁家里没人时,把以前的旧课本和用过的作业本以及一些新的作业本拿去家附近的收废品的小摊上卖掉,得到六角钱,她开心不已,立即蹦跳着去卖零食的小店,她一直好想进这种地方逛逛,但以前她身上没有钱,不好意思进去,怕被店主嘲笑她只看不买,每次她都是露出渴望的眼神经过,一再驻足偷偷地朝里面张望。这日,她终于揣着六角钱趾高气扬地走进零食店,就像揣着巨款一般。她目光贪婪地在每一种零食上流连,看起来都好好吃,她都好想要,可是一看价格,她就泄了气,她只有六角钱,可以买什么呢?最后她选择了一包看起来分量十分大又能够买得起的东西,一袋红薯片,她拿着零食乐呵呵地付了钱,她拥有的第一份零食,出了小店就忍不住扯开包装一边走一边吃起来,她觉得自己从未吃过如此好吃的东西,简直是人间美味。她一片一片慢慢地品尝,吃得忘乎所以,仿若置身天堂。她完全没注意到母亲已经走到她身旁,母亲一把夺过她手上的零食,铁青着脸看着她,她抬起头,立即呆在原地,全身开始因害怕而瑟瑟发抖。她被暴打了一顿,母亲说她是败家子,小小年纪就开始偷家里的东西出去卖,往后就是监狱里的常犯。之后的一个多星期,母亲天天提起这件事情,天天要她重复检讨自己的错误,更糟的是,周末和亲戚聚餐时,母亲在饭桌上当着那么多人的面谈起这事,面带着若有若无的微笑,说自己上辈子造了什么孽,怎么生了个这么"了不得"的女儿……柯乐乐当即就冲出亲戚家,母亲在身后大声吼叫她回来,她没有停下,迅速跑下楼,一路跑回家,把房门反锁起来,蹲在角落里才觉得安全一些。她流泪,觉得自己无脸再面对那些亲戚,越想越觉得没有存在于世的必要,她猛地抬头看着窗户,她恨,她想狠狠地报复母亲,母亲那"了不得"的女儿永远地消失了,母亲再没有发泄的对象,这是对母亲最好的打击。柯乐乐想到了跳楼,只有死亡才能结束这无休无止的苦难。她站起身,觉得全身充满了力量。她搬了条凳子爬上窗户,站在窗沿上,低头往下看了看,她们家住在五楼,她相信这个高度足够造成死亡。她又抬头看了看天空,在这儿看到的风景似乎和平时看到的不一样,天空变得好近,似乎伸手就可碰触。微风吹拂,她张开双臂做出飞翔的姿势,她好希望自己能飞,飞得远远的,再也不要回到这个家,再也不要看到这些人。她闭上眼,想象自己纵身一跃,是不是就能感受到飞翔的感觉,自由自在,飞向蔚蓝的天空。不,她脑海里的画面突然转变,纵身一跃是重重地摔到地上,脑浆四溅,蚊蝇嗡嗡盘旋,给人留下的最后印象是模样十分丑陋恶心。她尖叫一声,她不要死得这么难看。身体摇晃了一下,半个身子往外够,她条件反射地抓住一旁的窗框,才没有摔下去。她心怦怦跳得厉害,好险,差一点就没命了,她这才开始感到害怕,对死亡的恐惧,赶紧从窗沿上爬下来,蹲在角落大口喘气。她不要死,她要想别的方法逃离这儿……

思绪被司机的喊声拉回现实,柯乐乐茫然地抬起头,司机兴奋地说:"你朋友刚才来电话问我具体方位,他马上就到了。"

柯乐乐慌忙地从包里取出镜子,理了理头发,脸现在看起来好糟糕,她对着镜子咧了咧嘴唇,试图挤出一丝微笑出来。

出租车的计价器上显示八十七元钱，言子夜掏出钱包，柯乐乐小声说："那个……我答应付给司机双倍价钱。"言子夜看了她一眼，抽出两张百元的钞票递给司机。他面无表情，柯乐乐知道事情很不妙，大气不敢出，提着行李小跑跟着他坐进车里。他发动车子，开得很快，他们还没有交谈一句，这跟柯乐乐想象的见面方式完全不同，一点都不浪漫，反而还十分恐慌。

前面有个人闯红灯横穿马路，言子夜猛地急刹车，然后骂了一句。柯乐乐上车忘记系安全带，冲力使她身体向前扑，胸口重重地撞到车上，好痛，她"哎哟"叫出了声。言子夜扭头看了她一眼，眼神好冷酷，她赶紧重新坐好，手忙脚乱地系上安全带。他依旧一句话都没说。柯乐乐坐立难安，求求你，言子夜，你说句话吧，骂我一顿吧，是我的错，我惹你生气了，但求求你不要一句话都不说。

车来到停车库停下，柯乐乐还没搞清这是哪儿，只知道跟着言子夜下车。出了电梯后，人群拥挤起来，柯乐乐觉得有些不对劲，这儿……好像是火车站？

言子夜回头，看到柯乐乐落后一大截，站在原地不动，他扬了扬眼，示意她跟过来。柯乐乐摇头，他是什么意思，他带我到火车站来干吗！

"过来。"言子夜终于开口说话。

柯乐乐继续摇头。

"过来！"他的声音变得愤怒。

他发火了，柯乐乐不敢忤逆他，胆怯地小碎步走到他身边。言子夜拉着她的胳膊几乎是拖着她走。

售票处排队的人太多，言子夜直接走到一个黄牛模样的男人面前，问他有没有去上海的高铁票，黄牛出了个价，成交。

柯乐乐退后两步，瞪大着眼睛问："你现在就要我回上海吗？"

"对。"

"可不可以让我留下？我想在杭州陪你。对不起，是我错了，我不该丢了钱包和手机，我以后会小心的，我保证以后不会再丢东西。"柯乐乐乞求地说。

言子夜把票递给柯乐乐。

柯乐乐节节后退。

"拿着。"言子夜命令。

柯乐乐咬咬嘴唇。

"拿着！他妈的你还要让我再重复吗！"言子夜大吼。

柯乐乐傻掉了，他好凶，还骂了脏话。

或许意识到自己刚才太冲动，言子夜稍微缓了缓语气，说："听话，好吗？"

这是柯乐乐第一次让言子夜看到她骨子里倔强的因子，她使劲摇了几下头，然后抱着行李就拼命往外跑，她跑得好快，从小体育考试上都没有跑这么快过，她什么都没来得及思考，忽视了自己身上没有钱，忘记了会惹言子夜更加生气，也不知道自己要跑去哪儿，她只是不想立刻回上海，她只是想和他对着干！

跑了很久，跑得气喘吁吁，柯乐乐终于停下脚步，回头看了看，言子夜没有跟来。她茫然地环顾四周，不知道自己置身何处，心里涌起一种反抗的快感，她喘着气咧嘴笑，好似胜利了一般。她缓慢移动脚步，漫无目的地在街上游荡起来，天色渐渐变暗，她竟然不知不觉地走到西湖边，真是冥冥中的吸引，看来她还是一个有缘人。柯乐乐问了路人断桥怎么走，沿着湖边漫步到断桥，夜晚的西湖边游客变得稀少，那种绿水青山杨柳飘的景色柯乐乐是欣赏不到了，她站在断桥上，听着湖水轻微的浪声，感受微风的吹拂，一颗心变得很静很静。她就这么静静地站了半个多小时，心灵放空的状态，感受到许久未有的放松。

良久，身边经过一对年轻的情侣，似乎是学生模样，两人在离柯乐乐不远处的桥沿上坐下，女生把头靠在男生的肩膀上，男生搂着女生的腰，两人卿卿我我地说着话，不时发出咯咯的笑声。柯乐乐看着他们，想起自己刚认识言子夜时，两人也是经常如此亲昵，可是渐渐的，这样的时光越来越少，他总是霸道地要她听话，听话才能奖励糖果吃，她感觉自己像他养的一只宠物。

一颗心被搅乱了，柯乐乐十分嫉妒这对年轻的情侣，她又想起白素贞和许仙在断桥上的相会，缠绵悲怆的爱情故事由此开始，白娘子有一段唱词："西湖山水还依旧……看到断桥桥未断，我寸肠断，一片深情付东流！"为何美好的爱情总是要历经许多苦难呢，为何不能一直两情相悦缠缠绵绵呢？柯乐乐心生歹毒的念头，她走到那对情侣身边，狠狠地诅咒说："抓紧亲密吧，过不了多长时间你们就会吵架分手了！"她走开，听到身后两个年轻人对着她背影的骂声。她冷笑着，同时眼泪流下来。

柯乐乐心情低落地沿着西湖边散步，她努力想使自己的心保持平静，可她无法再去辨别风的声音，脑子里不受控制地闪现过一个个她与言子夜相处的镜头，回忆里，一切都是那么甜蜜美好，显得之前她对他的几丝怨恨是那么罪恶。她开始感到后悔，在火车站时她应该乖乖听话回上海，她为何要忤逆他，为了那一瞬间反抗的快感而毁了这段爱情，多么愚蠢。他一定非常生气，他还会理她吗，还会像以前那样爱她吗？柯乐乐越想越恐惧，她害怕失去他，他是她唯一的依靠，她不想变得孤苦伶仃。柯乐乐站在湖边呜呜哭起来，泪水模糊了视线，不知自己已经走到道路和湖水的临界点，三分之一脚掌伸出路沿，她浑然不知，依旧闭着眼痛哭……

"喂——"一只手猛地把柯乐乐拉回道路上。

柯乐乐睁开眼，看不清眼前这个男生。

"别想不开啊，有什么事情可以努力去解决嘛，跳湖自杀的行为多么愚蠢啊！"男生说。

柯乐乐抹了抹泪，视线终于清楚些。眼前是个青春朝气的男生，一身运动装扮，身上还淌着汗。他说的话真是莫名其妙，谁想自杀了！

"你想想看你的父母，他们辛苦把你养大，你就这么走了对得起他们吗？姑娘，我看你这么年轻，应该遇到的事情也不会是什么大事，是不是因为感情问题啊？稍微遇到点挫折就轻生的行为对自己和父母都太不负责任了……"男生试图开导柯乐乐。

"喂，你胡说什么啊，我才没想自杀！"柯乐乐大声说。

"你刚才不是自杀吗？"男生愣了愣。

"我才不会自杀！"

"抱歉，可能我误会了，我看你半只脚都快走进湖里了。"男生憨笑着搔搔后脑勺。

他也是因为好心，柯乐乐就不责怪他了。哎，她叹口气，她的样子看起来像是为情所困吗？

"再见，以后你走路时小心点。"男生说完，做起跑步的姿势，他在沿着西湖夜跑。

"喂——"柯乐乐喊。

男生刹住脚。

"那个……"柯乐乐不好意思地说，"能借我手机打个电话吗？我出门时太匆忙，忘记带手机和钱包了，我要打电话给我朋友叫他来接我一下。"

"我借你打车费吧。"男生一点都没怀疑。

柯乐乐看着男生满脸的诚恳，觉得自己撒谎真是坏死了。"谢谢，我打个电话就好。"

柯乐乐颤抖着手拨下言子夜的号码，她好害怕他不再理她，那她该怎么办，她没有钱，怎么回上海！还有……她身份证放在钱包里的呀，她没有身份证，怎么坐火车啊，她似乎为自己找到不回上海的理由。

那端响了两声就接起。言子夜一直等着柯乐乐的电话，他虽然很生气，却也很担心她，她没有钱，人生地不熟，能跑去什么地方，他知道她最终会打电话给他。她只有这个选择。

"是我。"柯乐乐紧张地说。

"你在哪里？"

"西湖。"

"具体的地方？"

柯乐乐问旁边的男生："这儿具体是什么路多少号啊？"

"南山路，呃……具体多少号我也不知道。"男人说。

电话里言子夜的声音立即紧张起来，他问："你在跟谁说话？这是谁的手机？"

"一个路人。"柯乐乐交代。

"你问他最近的明显路标有多远？"言子夜说。

柯乐乐问到几分钟路程的一家餐厅的名字，言子夜叫她去那里等他。挂了电话，柯乐乐松口气，他什么都没盘问她，似乎她从火车站逃跑的事情没有发生过。他是爱她的，柯乐乐想，她以后要好好听话，不能再惹他生气了。

"谢谢你。"柯乐乐把手机还给男生。

"我陪你等朋友吧。"男生说。

"不用麻烦了，谢谢。"柯乐乐说。

"那我陪你走去餐厅吧，我怕……你找不到地方。"男生说。

也好，身边有个人在能让她慌乱的心平静一些。"那麻烦你了。"柯乐乐说。

男生笑起来，露出两颗好看的虎牙。他想认识这个女生。

两人一边走一边聊天，男生很主动地把自己的基本资料和盘托出，他叫方启舟，浙江大学经济系的学生，马上大学毕业，已经在银行里找到实习的工作，父母都是中学老师，家庭传统殷实。他问起柯乐乐的情况时，柯乐乐支支吾吾地不愿意多说，谎称自己已经大学毕业，父亲是一个企业家。方启舟问了柯乐乐的电话号码，有些羞涩地问："我以后可以给你打电话吗？"

"可以。"柯乐乐没多想什么，她也没想过自己以后还会和这个男生有什么交集，不过是萍水相逢的陌生人。

走到和言子夜约定的那家餐厅，柯乐乐看了看身边这个似乎还不想走的男生，她说："你继续跑步吧，我朋友应该马上就到了。"

"我陪你等。"

"不要！"柯乐乐大声脱口而出。意识到自己语气太着急，她缓了缓，也不知自己为何要撒谎说："我朋友认识我父母，万一他误会了告诉我父母就不好解释了。"言子夜看到她身边站着个男生一定会暴跳如雷，原本两人就紧张的关系会变得更糟糕，她可以想象言子夜冲下车二话不问就直接揍这男生的画面，他做得出这种事情，她觉得自己在他面前得越来越小心翼翼，这种感觉很不好。

方启舟依依不舍，临走时晃晃手机说："保持联系哦。"

柯乐乐笑了笑。阳光大男孩，她想起苏井然，他带给她很多灿烂的阳光，刚进大学时她的心理是那么阴暗，写的文字也十分忧郁，整日待在图书馆不跟任何人接触，是他带她步入另一片明媚天地。可是……可是她为了言子夜把苏井然给弄丢了，这个最好的知己，唯一的知己，她是不是已经失去他了？柯乐乐终于后悔那日对苏井然说了那么多狠话，她说的都是气话，她说话从来就不会经过大脑，感情用事，又不肯承认自己的错误。她此刻好想苏井然，好想累的时候可以靠在他的肩膀上歇一歇，听他一针见血理性地分析她目前的生活状态，告诉她什么是对什么是错，什么该抛弃什么该留下……

车喇叭声响起，柯乐乐茫然地抬起头，看到言子夜的车已经停到她跟前。他下车，隔着一辆车的距离看着她，看不出他脸上的表情是什么样的情绪，他是担心她还是依旧生她的气？柯乐乐从来就看不懂言子夜的内心，管他什么内心世界，她只要他不跟她分手，不会不要她，她什么都肯依他，他说什么她都会回答那个他最喜欢听的字——"嗯"。

7

柯乐乐和言子夜约法三章，以后她去任何地方，包括和同事出去聚会，都必须把自己的行踪提前告诉言子夜一声，不许再无理取闹，不许再忤逆他！言子夜说若她再惹他生气，后果将非常严重。柯乐乐当时小声地问："你就会离开我吗？"言子夜回答："或许。"柯乐乐害怕了，发誓她一定会乖乖的。

刚回到上海柯乐乐的新手机和新钱包就被Coco送来了，这个秘书的办事效率真快，眼光也非常好，原本在心里嘀咕着自己才不要用这个女人挑选的东西的柯乐乐，在看到新钱包后忍不住仔细地看了又看，真好看，皮摸着就好舒服，一定又是很贵的名牌，Chanel，她不知道这个牌子，但她用过的品牌都牢牢地记在心里。

还得再补办新的身份证和银行卡。柯乐乐为难了，她的存款全在银行卡里，而办理银行卡需要身份证，办理身份证需要回到老家，还得拿上户口本，她不想见到父母亲，见到他们就会莫名地恨，心情变得很差很差。怎么办？柯乐乐记得自己还有老家的钥匙，在房间里翻找一番，终于在一堆杂物里看到那把小小的黄铜色钥匙，她提起钥匙圈，钥匙在她眼前不停地来回晃动，那个贫寒的家的影像在她脑子里也晃动起来，她的小卧室，睡了很多年的单人小木床，堆满了各种教学辅导书的书架，偷藏在床垫下的小说不知是否已经被爱翻找她隐私的母亲发现，还有霸占了很大空间的衣柜，家里只有一个衣柜，三个人的衣服都放在她的房间，这样父母想窥视她在房里是专心看书呢还是搞别的花样时，就可以名正言顺地装作从衣柜里拿衣服而站在她身后，她简直恨死这一点了，她总感觉身后有一双眼睛正盯着她，无论她走到哪儿都摆脱不了。衣柜里有个上锁的抽屉，父母的存折、重要资料等都锁在那个抽屉里，户口本也在里面。柯乐乐下定主意，她要趁父母去上班时偷偷把户口本拿出来，她才不要见到他们，永远都不想再见到他们！

言子夜告诉柯乐乐，乘飞机需要公安局开一份身份证遗失证明，他叫她打电话给父母，让父母在当地公安局为她办理后寄过来，他才能为她订机票。柯乐乐当即摇头说不行，她不能叫父母帮她办理。言子夜奇怪，柯乐乐支支吾吾地无法解释，没有人能理解她对那个家的抗拒，她情愿自己是个没有父母的孤儿。她眼眶发红，拜托言子夜不要再询问原因，能不能想想别的办法？言子夜心疼，她每次谈及父母时情绪总不太好，他不知道她以前遭受过什么，莫非是家庭暴力虐待吗？她是如此美好的可人儿，谁会忍心伤害她？言子夜难得没有因为她拒绝他的建议而生气，他情不自禁地把她拥入怀中，轻抚她的头发，他说他不会再问，除非她自己愿意告诉他。他要好好呵护她，如果她乖乖的，他会给她想要的一切。言子夜在上海找公安局的熟人帮忙为柯乐乐开了一个身份证遗失证明，他才发现她连个暂住证都没有办。出于无意中的一句提醒：你打电话给银行挂失银行卡了吗？言子夜惊讶地发现柯乐乐居然不知道银行卡掉了得先立即去挂失，她比他想象中更没有生活自理能力，真是个不问世事的小姑娘，不过他还真是乐意把她关在温室里不用理会外界的一切。

柯乐乐打电话给银行，说要挂失银行卡，报出自己的身份证和办理时填写的一些资料，挂失成功。她问：我卡里现在还有多少钱？银行那边反问：你以前卡里有多少钱？柯乐乐报出一个数字，银行的工作人员告诉她：你现在卡里没有余额。

什么！柯乐乐不敢相信自己的耳朵，她的存款明明有两万多块钱，为什么说她卡里没有余额！不可能，银行一定搞错了，一定错了！

柯乐乐急死了，眼泪大颗大颗流出来，把刚洗好澡从洗手间走出来的言子夜吓了大跳，担心地问："可乐，出什么事了？"

"我卡里没钱了？"

"什么？"

"我银行卡里的钱都被盗刷了！"柯乐乐难过地放声大哭。

言子夜只裹着一条浴巾，全身还冒着热气，他把她抱入怀里，安慰说："没事，我再给你。"他感觉到她全身冰凉，哭得打哆嗦，眼泪大颗大颗滴落在他胸膛。

"为什么钱会没了！"柯乐乐喃喃自语。

"你银行卡密码是不是你生日后几位？"

"嗯。"

"难怪。"言子夜无奈地叹口气。小偷一定是拿着她身份证上的号码去试，一试就准，小偷绝对乐坏了。"以后设置密码不要再这么笨了。"

"我都难过死了，你居然还说我笨！"柯乐乐狠狠地在他胸膛咬了一口，因生气而十分用力，留下两排绯红的牙齿印。

言子夜疼得叫唤一声推开她。

柯乐乐自顾自继续哭泣。

女人的眼泪有时是个很好的能令男人动容的武器，但无节制就容易使人反感。言子夜丢下她走去客厅。

柯乐乐兀自沉浸在悲痛中，两万多块钱就这么没了，她花了多久才存下这么多钱啊，就这么没了，没了！该死的鬼迷心窍，贪图那一点不义之财，结果赔了夫人又折兵。活该！笨蛋！超级大傻瓜！当晚柯乐乐无法入睡，把脸埋入枕头中伤心难过，也没有理会言子夜，她在心里一直诅咒着那两个该死的贼。

柯乐乐直到早晨时才迷迷糊糊睡着，感觉到言子夜起身的动静，柯乐乐懒洋洋地没有动。由于请了假要回老家办理身份证，是中午的航班，也没有设置晨起的闹钟，柯乐乐真想赖在床上当作什么事情都没有发生过，她没有去杭州，没有被偷钱包，银行卡里的钱都还纹丝不动地躺在那儿。将近十点时被电话铃声闹醒，是 Coco 的电话，遵循言子夜的指示来叫醒柯乐乐。原来他还有些了解她。柯乐乐很不爽地接起电话，Coco 说已经为柯乐乐叫了辆车送她去机场，十分钟后车就会等在她家楼下。

柯乐乐叹口气，言子夜为什么不亲自送她去机场？

临走时柯乐乐才看到客厅茶几上放着一叠钱，她数了数，刚好一万块。她眼睛湿润了，他随手就能给她这么多钱，她两个多月的工资啊，都不需要她开口去要什么，他什么都会主动给她。昨晚不该迁怒于他的，柯乐乐好自责，掉了钱有什么大不了，只要她还有他，她就什么都会有的。

柯乐乐终于又露出笑容。她发微信给言子夜：谢谢你，还有，我爱你。

言子夜回复：到老家后记得给我报平安。

第一次坐飞机，柯乐乐都不知道怎么办理登机牌，应该去哪儿乘。窘迫地一路问人，还好顺利登机，坐在飞机上十分兴奋的感觉，仿若身份层次就高了一等。言子夜为她订的头等舱，她完全不知道，她觉得座位真舒适宽敞，旁边和前后的座位还是空的，柯乐乐天真地想：是不是机票太贵了更多的人宁愿去乘火车？

手机短信铃声响起，柯乐乐一看是陌生的号码，信息说：你好，还记得我是谁吗？

是谁啊？柯乐乐懒得理会，飞机广播在叫大家关闭手机，柯乐乐没有回复短信就关机，歪着脑袋看着窗外，她要一路好好地欣赏风景。

飞机上空姐的服务态度真好，有各种饮料可以喝，还有东西吃，一切都是那么新鲜，柯乐乐真想找个人吹嘘一下这种感觉。苏井然嘛，哎，这么久都没有联系了。薛颜嘛，算了，她老是教训我。樊亚茹？不错，樊亚茹是个好对象，她一定还没有乘过飞机，标准的小市民，总是对柯乐乐露出一副十分羡慕的神色，柯乐乐需要身边有这么一个可以令她产生优越感的朋友。她会拿出自己的新钱包，故作镇定地说：瞧，我刚掉了钱包男朋友就给我买了新的。她会装作不经意地说：每次我坐在飞机上从云端俯视大地，就感叹自己的渺小……

两个半小时后，飞机降落到老家的机场，柯乐乐的兴奋劲消失了，取而代之的是紧张恐慌，她没想过自己逃离后会再次回到这片土地，她曾经以为自己这辈子都不会再回来。她叹口气，提起自己的小包，她没有带换洗的衣服，这个地方她不愿意多停留，准备明天下午就回上海。

手机开机后就看到两条未读短信，是之前那个陌生号码发来的。短信说：你好，可能你已经忘记我了，我是你来杭州时在西湖边遇到的跑步男孩，那时你手机掉了，我借给你手机打电话，不知这个提示是否能让你想起我是谁。如果你不想理我，抱歉打扰了。

另一条短信说：我过几天会到上海出差，可以请你吃个饭吗？

柯乐乐记得这个男生，他叫什么来着？哎呀，忘记他名字了。当时她光顾着担心言子夜会怎么对待她，哪里还有功夫去记一个陌生人的名字嘛。柯乐乐回复短信：我记得你。抱歉刚才在飞机上没有开手机，我现在回老家补办身份证，明天回上海，你来上海时我应该请你吃饭才对，谢谢你那天帮了我一个大忙。

柯乐乐想起言子夜嘱咐过她到达后要报平安，她给他打电话，他语气淡淡地说"我知道了"就挂掉了电话。柯乐乐对着手机嘟嘟嘴，真是搞不懂他的情绪，有时候他表现得真像嫌她烦不在乎她一样。

男生加了柯乐乐的微信，柯乐乐在大巴上闲着也没事，跟男生聊起来。

此时还是上班时间，柯乐乐估摸着家里不会有人，为了确保万一，她特意给家里的座机打了电话，响了很久都没人接听，太棒了。柯乐乐拿着那把用了很多年的钥匙打开家里的门，扑面一股熟悉的味道，她努力挥去心底那份亲切感。家里的摆设几乎没有变化，这个极少添置新东西的家，父母说这是节俭的好作风，柯乐乐就算很鄙视这种作风，骨子里却早已不知不觉深深地染上。她不肯叫"妈妈"或"爸爸"这个称呼，她站在门口喊了一声："有人吗？"没有应答，柯乐乐彻底松了口气。

得迅速拿到户口本，然后明天趁他们去上班后再神不知鬼不觉地把它放回原处。柯乐乐记得父母的卧室里有个专门放各种钥匙的抽屉，她把所有钥匙都拿去一把一把地试开锁住户口本的锁，没有哪把钥匙能够打开那道锁。柯乐乐急了，莫非父母把这把关键的钥匙随身带着？她猛烈地拉动抽屉，试图暴力强制把抽屉打开，毫无用处。柯乐乐暴躁地用拳头重重捶了抽屉一拳，好痛，抽屉纹丝没动，她揉着自己的拳头气爆了。现在该怎么办？原本觉得计划得很好，居然一开始就出了岔子，再耽搁下去的话父母就快下班回家了，她不能让他们见到她。情急之下，柯乐乐使了更大的劲拉动抽屉，她不管了，就算把抽屉弄坏她今天也要拿走户口本，往后父母发觉也无所谓，反正那时她已经逃回上海。横下心，柯乐乐找来扳手锤子钳子之类的工具，捣鼓一番，终于把锁强制性弄坏，她也累得喘气。柯乐乐迅速在抽屉里翻找一番，咦，为什么没有户口本，她明明记得以前经常看到父母从这个抽屉里拿出户口本，莫非现在他们又把它放到别的地方了？该死，事情怎么这么不顺利！柯乐乐骂了一句。得快点找到户口本离开这个鬼地方，柯乐乐手忙脚乱地在屋子里翻找，急躁得也顾不上把现场翻乱了，当是小偷来过也行，屋子里每一个角落她都寻了几遍，就是不见户口本的踪影，她莫名地发火，对着墙壁狠狠踢了几脚。他们是故意的吗？知道我今天要回来拿户口本，所以故意藏起来了吗！柯乐乐颓然地靠着墙壁坐到地板上，看着一片混乱的现场，六神无主，无力地叹气。

传来防盗门关闭的声音，然后是熟悉的脚步声。柯乐乐知道，父亲回来了。他走去厨房，开始洗菜做饭，这个老实沉闷的男人，把家务活全包了，每日规律地上下班，从不出去玩，把妻女的日常生活时间也卡得死死的，除了工作上课外的时间，三个人几乎都待在家里，沉默无交流，这样令他觉得安全踏实。

柯乐乐坐在地上一动也不想动。

脚步声渐渐靠近,她的卧室和父母的卧室门挨着门,父亲走至门口停下,看着地上被翻箱倒柜,各种东西一片混乱地散落着,脸上露出错愕的表情,他以为家里遭遇小偷了。家里没有存放现金,也没有什么贵重的东西,他的第一反应是去看存折有没有被偷,虽然存折设置了密码,他还是很担心。果真,放有存折的那个抽屉也被撬开了,但存折还在,他松了口气。

"爸……"柯乐乐小声喊。

昏暗中,父亲看到角落里坐着的柯乐乐。他打开灯,突如其来的光亮好刺眼,柯乐乐伸手挡住双眼。

"乐乐……"父亲愣在原地。

"是我弄的。"柯乐乐说。

"你回来了啊。"父亲喃喃地道。

两个人都一动不动,互相对视着。良久,两人的眼眶都红了。

"起来吧,坐到沙发上去,我把屋子收拾一下,你知道的,如果你母亲看到会大发雷霆。"父亲说。

柯乐乐动了动发麻的腿,拖着脚步坐到沙发上。她深吸几口气,控制住自己的情绪。还是碰面了,这是计划之外,她不知道待会儿该怎么办,她不会解释什么的,也不会再像以前那般唯命是从,她已经是独立的大人。

父亲很快把混乱的局面收拾好,连锅里还炖着肉都忘记,一股焦味儿从厨房里传出,柯乐乐嗅了嗅,走去厨房把火关掉,用勺子翻了翻锅。

父亲走进厨房,说:"你好久没跟我们一起吃饭了。"

"我不吃了,我马上就走。"

"才刚回来就要走吗?"

"爸,户口本在哪儿,我要借用一下。"柯乐乐故意让自己的语气显得生硬。

"你拿它干吗?"

"我身份证掉了,得重新补办一个。"

"你妈妈拿去单位登记什么资料去了,她下班后会带回来。"父亲说。

柯乐乐如同遭受晴天霹雳，父亲还好说话一点，现在户口本在母亲手中……该如何是好！我为何不晚一天回来，还刚刚赶巧了啊，老天故意要为难我吗！

"爸……要不……你先帮我把户口本拿好，我明天早晨再找你拿。"柯乐乐不想跟母亲面对面，那将会有一场火山爆发的灾难。"求求你了，爸。"柯乐乐乞求地说。

父亲叹口气，走至锅旁，把已经焦掉的炖肉倒进碗里，开始炒菜。

柯乐乐呆呆地站在厨房里。

"你早点告诉我你要回来，我还可以做几道你最爱吃的菜。一个人在外面很辛苦吧，都是在外面吃饭吗？外面的饭菜不卫生，用的油也不好，哪里有在家吃饭舒服。"父亲说。

"爸，求求你好不好，我明天早晨去你单位拿户口本。"柯乐乐不用伪装发出的声音就已经十分可怜。

"你难得回来，不住在家里吗？住外面的旅馆又得花钱还住得不舒服，哪里有家里条件好。"父亲说。

柯乐乐快哭出来了，谁叫她现在有求于他们，她只得低声下气。他还把她当成是那个柔弱的小丫头。

外面传来关门的声音，母亲回来了。柯乐乐努力稳定自己的情绪，必须强大起来，仅此一天而已，等自己要到户口本就不用再对他们低声下气了。

"今天你一个亲戚到学校来找我，托我把她儿子弄进我们学校读书……"母亲一边说一边朝厨房走来，看到柯乐乐，后面的话忘记说了，嘴巴张成一个O状。

柯乐乐没有称呼母亲，她扭过头手有些颤抖地去柜子里取出盘子递给父亲盛菜。为何见到这个女人她就会感到害怕。

"还知道回来啊。"母亲冷笑一声。

柯乐乐还是没吱声。

"是不是在上海混不下去了？"母亲继续笑着说。

柯乐乐咬咬嘴唇，这笑声真刺耳，她就知道母亲会是这种态度，永远都爱嘲讽别人，却不瞧瞧自己到底有多少斤两。告诉你：我在上海住高档公寓，吃得很好用得很好，光我提的那个Dior的包包就是你一年的工资，我戴的项链和耳环比你和父亲一年的工资加起来还要多！柯乐乐只是在心里无声地抗议，她不敢当面和母亲顶嘴。

"想走就走，想回来就回来，你把这里当成什么了！家里可不欢迎一个废人，大学都没读完，你能找到什么样儿的工作啊，呵呵。"母亲笑出声来。

柯乐乐恨得全身颤抖，她才意识到自己在上海过得多么开心，总是有好心情，只要一回到这个家，她就别想笑得出来，她没被逼得发疯已经算心理承受能力强大了。

"孩子她妈，去洗个手可以开饭了。"父亲插话。

母亲把包放到沙发上，走去洗手间洗手。柯乐乐盯着那个包，户口本就在里面，她刚移动脚步想去拿了户口本就逃离这儿，被母亲喊住："还不来洗手。"

柯乐乐条件反射地去乖乖洗手。该死，我为什么这么听话！

三个人坐在饭桌上，谁也没讲话，沉闷得令人发慌。柯乐乐完全没胃口，何况在外面待了很长时间每顿吃得都比较清淡，家里的菜很辣，她口味变得不习惯了。

"家里的菜没有你在外面吃得好吗？不想吃就离开，别一脸苦瓜相影响别人吃饭。"母亲说。

如你所愿！柯乐乐重重地放下筷子，走去沙发上坐下。她身边就是母亲的包，她得找机会偷偷把户口本拿走。

"哟，跑去大城市一趟别的没学会，倒学会发大小姐脾气了。"母亲讽刺地笑。

柯乐乐攥紧拳头，指甲深深地掐进掌心。我难得回来一次，你就不能好言好语地欢迎我吗？我离开这么久你就从来没有想过我吗？你总爱跟亲戚抱怨说你养了个白眼狼，你指望不了老有所依，你活该，都是你逼我的！

"别指望你回来我们会养你，你早过了十八岁，我们没有义务再养你了。"母亲威胁地说。

"谁稀罕啊，就你们那点工资。"柯乐乐终于忍不住顶嘴。

"那你回来干吗，有种你就永远不要回来啊！"母亲拍桌子吼。

别以为我还会怕你，我已经不怕你了！柯乐乐怒目相对。

"你们一人少说几句，还要不要人吃饭。"父亲威严的声音。

房间里终于又安静下来。

一分一秒都好漫长，柯乐乐不时瞄一瞄身边母亲的包，期待他们快快离开饭桌。

"乐乐，过来吃点东西吧。"父亲喊。

"我不饿。"柯乐乐说。

"她呀，去次大城市眼光就变高了，开始嫌弃我们家穷了。"母亲嘲讽道。

"她难得回来几天，你就不能少说几句吗！"父亲责备母亲。

"哼，她还知道回来。"母亲说。

"她身份证掉了，回来补办身份证。"父亲说。

"哟，出事了才知道回来啊，是不是身份证没掉的话你就永远不再回来了？呵呵翅膀硬了知道远走高飞了，也不想想是谁辛辛苦苦把你拉扯大，良心都让狗给吃了。"母亲说。

再忍一忍，待会儿就可以离开这儿了。柯乐乐对自己说。

母亲似乎特别惦记着她包里的户口本，她知道这是她的筹码，她要继续折磨柯乐乐。吃过饭母亲就从包里拿出户口本，在手上拍了拍，柯乐乐一直死死地盯着那个本子，她以为母亲是要递给她。结果母亲拿着户口本走去柯乐乐的卧室，她要把本子放回抽屉里。

糟了。柯乐乐在心里暗叫不妙。

母亲看到抽屉的锁坏掉了，她脸色瞬间变得铁青。

"柯乐乐，你这个小偷！"母亲大声骂道，"我从小白教育你了，你死性不改，就知道偷家里的东西！"

柯乐乐的脑子里嗡嗡乱叫，她只偷过一次东西而已，在九岁的时候，偷了用过的旧课本去废品站卖掉，得到六角钱，买了自己有生以来第一份零食吃。那次的经历十分惨痛，她好几年在亲戚面前都抬不起头，甚至差点跳楼自杀。母亲的话唤醒了她的记忆，唤醒了她心底深深的恨意，一股愤怒涌上来，柯乐乐失去理智，她冲进卧室，试图从母亲手中硬抢走户口本。

母亲叫骂着和柯乐乐争夺，两人都不顾形象，场面十分狼狈。父亲闻声赶来，试图分开快要打起来的两人，柯乐乐当然是挨打的那一个，母亲太彪悍了，揪着柯乐乐的长发，把她的脸抓伤，两条长长的血痕。母亲狠狠地说："我要把你的脸毁了，你这样的畜生还有什么脸可以见人！"

户口本在争夺中被撕破。

柯乐乐歇斯底里地大叫，把手边能抓到的东西全部扔向母亲，衣服，枕头，书，台灯，圆珠笔……没有砸中目标，倒是父亲被砸了两下。

"造孽啊，我上辈子是做了什么坏事，怎么就生了个狼心狗肺的东西！"母亲哀怨地喊。

"你们都够了！"父亲大声吼。

母亲还是有点怕父亲的。

柯乐乐仇视地瞪着母亲。

"都给我在自己的房间里好好待着！"父亲发话。

母亲捡起地上的户口本残片，看了柯乐乐一眼，顿时被柯乐乐的眼神吓到，那是怎样的眼神啊，像狼一般露出血腥凶光。母亲赶紧走回自己房间去。

"乐乐，把自己屋里收拾一下。还有……你的脸……要不要用酒精消毒一下？"父亲问。

柯乐乐才察觉到脸上被抓伤的地方有些发痛。她摇摇头。

父亲走出去时把门带上。

房间里只剩下她一个人，柯乐乐无声地流泪，她想起每次去薛颜的家里时，看到他们一家人有说有笑其乐融融，好生羡慕，而在她家里，只有命令与服从，没有任何感情交流，更别说他们会来关心她的内心世界了。柯乐乐真想立即就离开这里，她努力了一年多才好不容易调整成乐观的心态，才回来两三个小时就被彻底毁掉，她真想杀了他们再自杀。儿时她在心里诅咒过他们很多次，希望他们出车祸啊或者突然生场大病死去，不是她心肠歹毒，她已经被压迫得失去理智。

房间里没有镜子，这是母亲的主意，母亲说是为了不让柯乐乐因为耽于打扮而不用心读书。家里就洗手间才有一面半身镜。柯乐乐很爱照镜子，家里没人时，她可以对着镜子看上半天，观察自己身上各个地方的变化，尤其是那张脸，她很爱美，总希望它再美一点。还有发型，以前她的头发不是现在这样长长的披肩发，这是她去读大学后才开始慢慢留长的，一直到现在都没有剪过。从小母亲都要求她把头发剪得很短很短，跟个假小子一样，就是为了让柯乐乐在头发上少花时间。其实适得其反，短发很难打理，风一吹就乱了，反而让柯乐乐在镜子前花费更多时间。柯乐乐从小最痛恨自己的发型了，总是对着镜子试图把头发弄得服帖，琢磨着怎么才能使短发也能显出女生味儿。每次柯乐乐在镜子前停留的时间过长，母亲就开始呵斥，说她不用心学习，整天就知道臭美，样子能拿来当饭吃吗，只有成绩好才是唯一的出路！母亲憎恨柯乐乐的头发，总是柯乐乐刚在镜子前把头发整理服帖，母亲伸手就对着她的头发刨两下，发型全没了。柯乐乐真是恨死母亲了。

柯乐乐从包里取出小镜子，看了看脸上的伤，母亲出手真狠，两条长长的血痕，毁容了。柯乐乐气得浑身颤抖，千万不要留疤啊。

花了些时间稳定自己的情绪，也哭累了，柯乐乐开始收拾自己的房间。她突然看到地上的项链吊坠，惊慌地摸了摸自己的脖子，天，项链是什么时候被拉扯断的！柯乐乐着急地寻找，没有找到项链。不可以丢了，这是言子夜送她的礼物，这么珍贵的东西怎么可以弄丢呢。柯乐乐的第一反应是：弄丢了会被骂的。这样的条件反射真是可怜，她总是担心被骂。柯乐乐跪在地上把屋子翻了个遍，包括床底下她都用电筒照着看了又看，还是没有找到项链，她打开房门，一路仔细地在客厅寻找，一定还在这个屋子里，不可能掉到外面。

"找什么？"父亲问。

"我的项链掉了。"柯乐乐说。

"你房间里没有吗？"

我房间里有的话我还出来找什么？柯乐乐在心里翻了个白眼，但不敢说出口。

"我帮你看看。"父亲也在客厅里搜寻起来。

厨房，洗手间都找了三遍，还是没有。只剩下父母的卧室没有检查过。母亲坐在卧室的藤椅上看新闻联播，斜着眼看了一下站在门口的柯乐乐，哼哼两声。

"干吗？过来认错啊？"母亲说。

柯乐乐没说话，开始一寸一寸仔细寻找项链的下落。并且还在床上枕头下抽屉里翻找。母亲呵斥道："柯乐乐，你又想干什么！出去！这里是你乱撒野的地方吗！"

"她项链掉了。"父亲解释说。

母亲目光闪躲了一下，转瞬又恢复正常，咕哝着说："谁知道是不是她找的一个借口，这丫头呀，花样多着呢。"又吼道，"喂，柯乐乐，走开点，你挡着我看电视了！"

柯乐乐没空跟母亲怄气，她心里非常着急，她必须找到项链。

"你是不是在回家的路上就掉了？"父亲问。

"就是在家里掉的，被她拉扯断的！"柯乐乐食指指着母亲。

"喂，你说话要凭良心啊。"母亲很不满柯乐乐的态度，居然还用手指着她！

"就是被你弄断的，吊坠我都找到了！"柯乐乐举起证据。看到那个钥匙状的吊坠，柯乐乐的眼泪又忍不住流出来，她想起言子夜送她礼物那晚的幸福时光，这把他锁住她心门的钥匙。

"找不到的话重新买一根链子吧。"父亲说。

"哟，坠子看着倒很闪亮，假的东西戴在脖子上有什么意义，虚荣！"母亲嘲讽地说。

"假的？呵呵，你眼睛瞎了吧，四万多块钱买的东西会是假的吗！"柯乐乐忍不住报出项链的价格，她想让母亲吃惊，想炫耀她在上海过的日子非常好，是他们这种每个月拿两千多块钱的工资的人一辈子都无法企及的生活。

母亲和父亲都瞪大眼，嘴巴一时张得合不上。一条项链要四万多块？天，疯了吧，谁会花这么多钱只为买一条项链，吃饱了撑着！

父亲的目光开始变得严厉，他问："这么贵的项链，你怎么买得起？乐乐，你是不是有什么事情瞒着我们？"

"我交男朋友了，他送我的。"柯乐乐老实说。

"他怎么送你这么贵的东西？他是不是岁数很大？你是不是做别人的情妇去了！"母亲大声质问。

"没有！"柯乐乐不甘示弱地大声喊，她又没做错什么事情，她是成年人，还不可以交男朋友吗？

"乐乐，别骗我们。"父亲说。

"我说的是真话，项链是我男朋友送的，他今年33岁，自己开了一家广告公司，对我很好很好。"柯乐乐说。

"他还没有结婚？"母亲问。

"没有。"

"33岁还没结婚！都这个岁数了还没结婚的男人一定不是什么好男人！出手这么阔绰，你不会是被他的钱迷住了吧？告诉你，社会上很多这种骗人的男人，专挑你这样什么都不懂的小女孩，卖了你你还得乖乖给他数钱呢。"母亲继续讥笑地说，"谁知道这条项链是不是真的，就你那破条件还有这么优秀又单身的男人看上你，呵呵，笑话！"

柯乐乐的牙齿咬得咯咯作响，眼里闪着一股无法遏制的怒火，她真的被激怒了。言子夜才不是骗子！他爱我疼我，是世界上对我最好的人！还有，我条件怎么了，我就不值得被人爱吗！

"你这是什么眼神！"母亲吼道，"这孩子，真是越来越没规矩，这次在家我得好好管教管教你，你完全走上邪路了。"

柯乐乐死死盯着母亲，一字一顿地问："项链是不是在你手里？"

项链在争执中掉进母亲的衣领里，母亲回到自己的房间后，总觉得脖子上凉凉的，伸手一摸，发现一根金色的链子。这不是她的东西，难道是柯乐乐的？母亲没有声张，把链子放入自己的包中，她在想办法惩治一下这个不听话的女儿。

"不要血口喷人！"母亲心虚地说。

"还给我！"柯乐乐步步紧逼母亲。

"够了乐乐！"父亲威严的声音，"回自己的房间去，另外，把那男人的电话号码给我，我要跟他谈谈。"

什么？谈什么？柯乐乐觉得可笑，她又不是小孩子，交往什么样的男朋友还需要你们决定吗！

"快把项链还我！"柯乐乐依旧直视母亲，她知道项链一定在这个女人手里。

"乐乐，你听见我说的话没！"父亲提高语调。

父亲大部分时候都还蛮好说话，他不会轻易发火，但凶起来比母亲还要可怕。父亲以前是军人，对纪律性要求十分严格，动起手来力气很大完全不顾你死活，要求家里人对他绝对的言听计从。记忆中父亲只对柯乐乐凶过三次，现在想起仍然会觉得后怕。

第一次是柯乐乐小学二年级时，父亲买了一块手表，父亲很爱惜它，每日回家后都用布小心擦拭，然后把它装入盒子里放好。柯乐乐一直想看看这块手表，父亲没有答应，他不让她碰。某天父亲在厨房里做菜时，她偷偷地从柜子里拿出这块手表，好奇地看着指针转动，觉得很好玩，她不知道指针为何能自己转动，她想试试看甩动几下手表，这指针还能不能继续转动。手表在甩动时不小心摔到地上，表壳碎了。柯乐乐惊慌失措地把手表重新放回盒子里，胡乱塞进柜子里跑开。父亲拿着坏了的手表质问她时，她嘴硬地不肯承认是自己摔坏的，结果被父亲提起她的腿，让她倒悬在半空中，生气地打了她屁股一顿。一个星期她都疼痛得无法坐在椅子上。

　　第二次是小学五年级时，外地的一个叔叔回来探亲，带着堂弟一起住在柯乐乐家里。那日叔叔出去会朋友，堂弟在家里待着无聊，吵闹着要去游乐园玩。柯乐乐惊讶父母居然立即就答应了。她还从未去过游乐园呢！老家只有一个小小的游乐园，开业已经有三年多了，柯乐乐央求过父母好多次想去那里玩，她的好多同学几乎每个周末都去那儿玩，可是父母一次都没答应过，他们表情严肃地叫她别整日就想着玩，若她把这股劲放在学习上，成绩一定会提高很多。柯乐乐看到堂弟雀跃的表情，心理很不平衡，父母对别人家的小孩都比对自己的女儿好，她到底是不是他们亲生的！不过一到游乐园柯乐乐的心情就好起来，她好奇地东张西望，每一个游乐项目她都想去玩，还有好多零食摊，沾了堂弟的光，父母居然破天荒地允许她吃零食。毕竟男孩子和女孩子喜欢的游乐项目不太一样，堂弟特别喜欢碰碰车，坐了两次还闹着要继续再坐。排队时，柯乐乐看着不远处的旋转木马，眼里露出向往的神色，她真是烦死这个堂弟了，碰碰车有什么好玩的。对着旋转木马看了又看，柯乐乐终于忍不住，对父母撒谎说她想上厕所，厕所就在旁边，父母放心地让她一个人去，叮嘱她别乱跑，快去快回。柯乐乐往厕所的方向跑去，回头看了看父母，他们没注意到她，她迅速钻进人群里掉转方向，狂奔向旋转木马。她坐在木马上转了一圈又一圈，忘记了时间，待突然看到父母铁青着脸看着她时，她才从公主的梦境中醒来。刚才父母四处找她，差点就要报警。待旋转木马停下，她怯怯地走向父母，她有些害怕，他们的脸色很不好。刚想解释，张口说出个"我……"字，父亲一巴掌就打来，她雪白的脸上当即就出现三个血红的拇指印，更糟糕的是，她觉得嘴里一股血腥味儿，她吐了口血，还吐出了一颗牙齿……

第三次时柯乐乐已经长大，按理说过了挨打的年纪。那年她十六岁，刚进入高中，暗恋隔壁班的宣传委员，高大帅气的男生，她光是偷偷地看他一眼就会面红耳赤。那时她写的一篇文章在市里的报纸上发表，几个语文老师都拿着那篇文章在班级里作为范文朗读，柯乐乐很是风光了几天。某日下了晚自习，柯乐乐快走到校门口时，暗恋的男生突然走上来跟她打招呼，他说今天看了她写的那篇文章，文笔非常棒，她真是个心思细腻的女孩儿。被暗恋的男生夸奖，柯乐乐真是比吃蜜还甜，她低下头，脸红得发烫。男生提议送她回家，柯乐乐没来得及思考就答应了。这是她梦寐以求的相处机会，她完全没去考虑在学校门口等着接她回家的父亲，她躲在学生人潮里走出校门，没有向父亲的车走去，父亲也没发现她。那晚柯乐乐的心情原本非常好，快乐得快飘上天了，一路和男生聊天，他也很喜欢文学艺术，两人似乎有说不完的话。走了十几分钟，路上的学生变得稀少起来，两个人在马路上十分显眼，父亲开着车找到他们，直接把车横着停到他们前面，然后怒气冲冲地下车。柯乐乐这才想起父亲，害怕地小声唤了父亲一声，父亲二话没说就朝着男生的脸就是一拳，大吼："小小年纪就不学好，想勾引我女儿……"柯乐乐去拉父亲，被父亲随手一甩，摔倒在地上，胳膊撑地时时关节被摔错位了……

这就是柯乐乐记忆中那个令她十分害怕的父亲，记忆使她头皮发麻，有种眩晕的感觉。柯乐乐努力让自己看起来强大一点，她要让他们知道：她现在已经不是那个逆来顺受的小孩子，她有独立的人格。

"不！"柯乐乐对父亲大声说出心里的想法，然后冲回自己的房间，把房门反锁上。若放到以前，柯乐乐是万万不敢反锁门，父母禁止她对他们隐藏任何事情，房门必须永远敞开。这次，她躲在门后大气不敢出，等了片刻，没有敲门声也没有钥匙开门声，柯乐乐松懈得整个人似乎都垮掉一般，颓然倒在床上。

将是一个不眠夜。

早晨七点多时门被敲响几声，然后传来钥匙转开门锁的声音，父亲推开门朝里面看了看，见柯乐乐一动不动地躺在床上，他唤了声："乐乐。"柯乐乐没有反应。父亲把门重新合上。柯乐乐努力听着外面的动静，听到防盗门关上的声音，确定他们两人都去上班了，柯乐乐才起床。餐桌上留着早饭，柯乐乐没有胃口，她开始去父母的卧室翻找户口本和项链。一无所获，柯乐乐气得破口大骂，母亲一定把这两样东西随身带走了，这的确是母亲的风格。她就是要折磨我，越折磨我她越开心。柯乐乐恨得咬牙。

原计划早上去派出所办理身份证，下午两点的飞机回上海，机票都已经订好的，现在看来是回不去了。柯乐乐叹口气，给言子夜打电话，刚听到他声音就委屈地哭起来，哭得上气不接下气，吓坏了言子夜。

"可乐，发生什么事情了？"言子夜担心地问。

良久，柯乐乐才能哽咽着说出话。"我下午赶不回上海了。"

"身份证办得不顺利吗？"

"他们不给我户口本……"柯乐乐想起这事新一轮眼泪又涌出来。

他们，当然指的是她父母。言子夜稍微知道她和父母关系不是很好，但不好到何种程度，他一直没去探究。现在看来，情况比他想象的要恶劣很多。

"为什么？"言子夜问。

"他们就是想折磨我。"柯乐乐说。

折磨？父母怎么会折磨自己的孩子？言子夜不能理解。

"好了，宝贝别哭了，具体怎么回事，你说来听听。"

"他们就是不给我户口本，看我着急，让我求他们，我求了也没用，他们就是不想给。"柯乐乐说。

言子夜听得一头雾水。

"怎么办？我想回上海了……"柯乐乐说。

"宝贝，你再好好跟父母说说吧，等你办好身份证我再重新给你订机票。我还有个会要开，晚点给你电话。"言子夜说。

柯乐乐听着嘟嘟的忙音久久不愿放下电话。

再次倒在床上，其实也没有睡意，柯乐乐只是不知道自己还能干什么。她闭着眼，试图让自己处于放空状态，纷繁杂乱的各种记忆影像却折磨得她在床上烦躁地翻来覆去。

父亲中午回家时，看到餐桌上为柯乐乐留的早饭原封不动，他走到她房间门口，咳嗽一声，说："乐乐，该起床了。"

柯乐乐还是不动。

"你在上海每天就是这么生活的吗？睡到中午也不起床？"父亲的声音里含有责备，他看不惯懒惰的人。

柯乐乐也说不清为什么，她就是有意要惹他生气，她就是想跟他对着干。她把被子拉来蒙住脸，表现出对于父亲的教训很不耐烦的姿态。

父亲被激怒，走去猛地掀开被子，把被子狠狠扔到地上。

柯乐乐依旧躺在床上一动不动。

"乐乐，不要让我重复第二遍！"父亲警告说。

"呵呵，莫非你想动手打我吗？"柯乐乐发出不像是自己的笑声。

"你已经长大了，我不会打你。"父亲冷冷地说。

他走回厨房做菜，丢下柯乐乐一个人在房间，她倒希望父亲跟她吵一架，然后一了百了。一家人的性格都是喜欢怄气打冷战，从不把事情摊开来谈清楚，叫人没个解决方案。

手机铃声响起。是那个叫方启舟的男生，他发了一个笑话段子过来。无聊，柯乐乐把手机往床边一扔。手机铃声又响起，柯乐乐烦躁地骂了一句，这个男生真是闲得没事干吗！拿来手机一看，是 Coco 发来的短信，提醒柯乐乐后天记得去驾校参加交通规则考试。

天！柯乐乐完全忘记了这件事情，交通规则教材她还一页都没有看过呢。

而且，后天……后天她回得去吗？烦烦烦烦，到底要怎样才能拿到户口本，芝麻大的一件小事，在他们家却搞得惊天动地。硬的不行软的也不行，他们到底想拿她怎样！

母亲很快也回到家，柯乐乐以为母亲会走来对她一顿臭骂，结果母亲的脚步从未向她卧室靠近。房门打开着，她能听见外面父母的说话声，一句话也没有关于她的，柯乐乐竟然有些失落。碗筷摆上桌的声音，他们应该开始吃饭了，也没有人来叫她一声，柯乐乐仿佛被父母遗弃了。她一动不动地躺在床上，柯乐乐不知道自己想赌气到何时，她此时已经没有台阶可下。

父母的生活规律还是老样子，吃完饭，父亲会午睡一个小时，母亲则在客厅里看电视剧。柯乐乐烦躁不安，她知道她只得变回那个乖乖的柔弱小孩，那个他们能随意掌控的听话女儿。她是他们的玩偶，养在笼中的鸟儿，偶尔才被放飞的风筝，他们不愿让她逃离他们的掌心。主动去认错吧，虽然柯乐乐觉得自己没有做错任何事情。

起床，穿上自己昨天那身衣服，她连换洗的衣服都没有带。房间的门敞开着，柯乐乐回到这个家就没有什么羞耻心可言，他们连她更换衣服时关门也会骂她一顿，说她的身体有什么好隐藏的，他们从小帮她洗澡，她身上连什么地方有颗痣他们都了如指掌，现在还学会害臊了啊，害臊的话还在学校里跟男生早恋，真是笑话。她只是跟隔壁班的男生放晚自习后一起走了一段路被父亲抓到，这件事情就被他们在无数小事上都能关联着提出来嘲笑指责一番。她是大姑娘了，身体发育了，女性的特征也慢慢显现出来，总觉得被别人看到她的身体是很羞耻的一件事情，尤其父亲还是个异性。在她五六年级开始察觉自己身体的一些变化后，早晚更换衣服时就变成一件痛苦的事情，几次试图关上房门，结果都被母亲大骂，她再不敢关门，小心翼翼地听着屋外的动静，确定不会有人走来，迅速躲在墙角换衣服。有几次她刚脱了衣服，父亲突然走来视察她在房间里干什么，她双手抱在胸前大声尖叫，仿若遭受强暴一般，母亲闻声赶来，说她大惊小怪，又开始一顿喋喋不休的责备。后来，柯乐乐对于这种事情就也熟视无睹了。

柯乐乐走去客厅，母亲斜着眼看她一下，又继续盯着电视看。有时柯乐乐觉得母亲有些可怜，整日除了上班就是待在家里，没有社交，没有别的娱乐活动，只能看看电视剧打发时间。她总觉得母亲患有抑郁症，所以经常把不满的情绪发泄到柯乐乐身上。

"妈。"柯乐乐终于叫了母亲一声。

母亲没有应答。

餐桌上留有饭菜，柯乐乐刷了牙后吃得狼吞虎咽，她饿坏了。她很自觉地把碗筷都洗了，回到那个积极地迎合他们的乖女孩姿态。没有向母亲问起户口本和项链的事情，柯乐乐坐到沙发上，陪母亲看起电视剧。上海的那个家里的电视，柯乐乐几乎都没打开过，她没有看电视的习惯，觉得浪费时间，捧一本小说她就可以待大半天。两人静静地在客厅坐着，却似乎有一种无形的对峙力在拉锯，母亲终于忍不住冷嘲热讽，问："你跟你那个男朋友上过床了吗？"

"没有。"柯乐乐撒谎说。

"呵呵，是吗？"母亲冷笑。

柯乐乐真受不了母亲这种语气和表情，没办法，谁让她现在有求于母亲，她只得保持卑微的姿态。

"你那个所谓的有钱男朋友，你们是怎么认识的？发展到什么程度了？他的具体情况还有你在上海的情况都仔细说来听听。"母亲说。

柯乐乐半是事实半是谎言地叙述一番。她把一切都描绘得很好，让人听着是那么不真实，像是童话故事里才有的灰姑娘变身公主的逆袭。她自己说着说着就不免语气激昂起来，脸上不自觉地洋溢出一种幸福感。

母亲最痛恨看到柯乐乐散发出的快乐气味，仿佛自己不幸，别人也就不能快乐一般。她的心一点一点阴沉下来，听完柯乐乐的叙述，呵呵干笑了两声，说："听起来就跟真的似的。"

"本来就是真的。"柯乐乐反驳。

"我从小看着你长大，就你这点能耐我还不知道，别在我面前胡编乱造，你老实告诉我，你是不是做已婚男人的情妇了？"

柯乐乐瞬间脸色苍白，母亲怎么能说出这种话！那是道德极坏的女人才会做的事情，她无论如何也不可能做出破坏别人家庭的行为！身为母亲，不是应该祝福自己的女儿吗？不是应该希望女儿过得幸福吗？她长得又不丑，工作也很努力，只不过没有读完大学而已，就不能被优秀的男人爱上了吗？柯乐乐心里有一万只马在奔腾，却不能发作出来，她提醒自己：我现在必须讨好母亲。

户口本和项链的事情母亲没有主动提出来，柯乐乐就不方便开口。她只有等，非常非常有耐心地等，不知道是等一天，两天，还是一周，两周？她还有工作，还有驾照考试，他们难道就不为她考虑吗？

父亲午睡后走至客厅，看到柯乐乐，问："下午你准备做什么？"

我还能做什么？柯乐乐在心里翻个白眼。

"待会儿我开车捎你去把身份证办了吧。"父亲说。

"不行！"母亲尖声说。

柯乐乐刚升起的希望又瞬间破灭。

"孩子她妈，你也闹够了。"父亲说。

"她在外面学野了，完全没有规矩，我得留她在家里好好管教，不然她这个人就彻底废了，我们这二十年来白养她了。"母亲说。

"我还得工作。"柯乐乐小声说。

"在老家也可以工作。"母亲说。

"老家连一家杂志社报社都没有，这里的人完全不注重文化事业。"柯乐乐反驳。

"不是还有文联吗？"母亲说。顿了顿，又冷笑道，"呵呵，不过就你这个中途辍学的身份，连个大学文凭都没有，文联怎么可能录用你？"

柯乐乐忍住想吵架的冲动。

还是没有拿到户口本。父母上班去，留下柯乐乐一个人在家里。柯乐乐想打电话向言子夜哭诉一番，电话那端没人接听。家里没有小说，连个电脑都没有，也没有无线网络，柯乐乐不知道自己还能干什么，早知道会在家里耽误这么多天，就该把电脑带回来，她已经好多时日没有写作了，薛颜说她小说逻辑混乱没啥出版希望的打击曾令她一蹶不振，现在她开始怀念写作的时间，可以忘记自我，是一种救赎。

柯乐乐联系Coco，叫Coco把交通规则的电子版本发到她的邮箱里，以及把她交通规则考试的时间再推迟一个星期。一个星期的时间她应该可以办好身份证逃回上海吧，柯乐乐想。她对Coco说这些话时没有用"麻烦你""谢谢你"之类表示客气的词，她就像言子夜交代自己的秘书办事一般，冷冷的语气，命令般不容对方说无法完成的态度。她知道Coco或许会在电话那端气得咬牙切齿，会在心里哼哼道：你是谁啊，你凭什么吩咐我！柯乐乐在心里对假想的情敌对话道：我是你老板娘！

Coco说了两个"嗯"，然后通话结束。

言子夜最喜欢听女人说"嗯"，他把自己的秘书训练得真好。柯乐乐闲着无事，又开始在脑子里想象起她不在的这些时日，言子夜会不会和Coco出去约会？Coco了解言子夜的一切喜好，比自己还了解他，她一定会穿上他最喜欢的那类裙子，踩着十厘米的高跟鞋，他会为她戴上项链吗？会挽起她的手吗？会和她在能看到江景的高级餐厅吃饭吗？会和她喝点红酒然后翩翩起舞吗？会和她相视而笑吗？会温柔地抚摸她的长发吗？哦，这些画面在脑子里源源不断地出现，柯乐乐气炸了，他怎么可以背叛她！她完全没有试图抹掉脑子里那些画面，而是任由它想象，就似在构思小说情节一般，她还为故事注入血肉，有情节有对话有布景，一切看起来那么真实。柯乐乐看得抓狂，她不停地重复着，带着乞求的可怜的语气：不，言子夜，不要这么对我，不要，不要这么对我……

柯乐乐不能自已,她跑进厨房,看到电饭煲里还剩了一些白米饭,她伸手就抓起一把米饭往嘴里塞,来不及细嚼慢咽就吞下去。她又抓了一把米饭,一口还没来得及吞下又硬塞入另一口米饭,两腮胀得鼓鼓的,狼吞虎咽,把自己给噎着了,米饭卡在喉咙那儿下不去,难受得她剧烈咳嗽。她顾不了那么多,脑子里的画面还在如胶片电影般播放,这时候言子夜已经伸手搂住Coco的腰,他的头慢慢凑近Coco,嘴角勾起一抹坏坏的笑意……柯乐乐在厨房里对着言子夜凄厉地喊:不,不要吻她,不要!

　　停止不住吃,必须不停地往嘴里塞东西,无论什么,只要是可以吃的东西。生的蔬菜,生鸡蛋,大蒜,小葱,姜,面粉,大米,玉米粒……只要是可以吃的东西,抓起来就往嘴里塞,也不顾那令人反胃的味道。饿,好饿,浑身冒着冷汗,觉得胃的容量有无限大,怎么都填不满。她被这种饥饿感吞噬,整个人发疯般地把家里所有能吃的东西全部扫光,肚子胀得圆鼓鼓的,最后她终于忍不住跪在地上"哇"地吐了出来。胃痉挛,她疼痛地捂住肚子在地上蜷缩成一团,沙哑地呻吟着,天旋地转,眼泪不知何时已经挂在眼角,她几乎快被这种疼痛感袭击得晕过去。

　　好了,脑子中言子夜和Coco亲密的影像终于消失,世界又恢复宁静。

　　柯乐乐气喘吁吁地从地上爬起来,仿若经历了马拉松长跑一般,感觉疲惫不堪。她看着眼前的厨房,如同遭受了洗劫的现场,一片混乱。她叹口气,收拾整理厨房,使之表面看起来跟以前没有两样,但所有能够吃的东西全部都消失了,她该如何向父母解释?她露出苦笑,她连对自己都无法解释,她中邪了吗,面粉都能吃得下去?她试图回忆当时的画面,模糊不清,她只觉得好像发生过这么回事儿。可笑,我真是中邪了,不可思议。柯乐乐拖着虚脱的身体躺回床上,竟然很快就进入沉睡。

　　她是被母亲揪着耳朵骂醒的,柯乐乐睁开惺忪的睡眼,看到母亲狰狞得有些扭曲的面孔。母亲咆哮:"兔崽子,你下午在家里干了什么好事!"

　　柯乐乐仿佛回到那个小小孩童的时代,她想起自己跪在家门口,不停地忏悔着:"我错了,我是坏孩子。我错了,我是坏孩子……"经过的人都好奇地看看她,议论她,还有人嘲笑她。她不知道自己做错过什么事情,她总觉得那些都不是她的错,但每次她都会遭受严厉的惩罚。父母要让她长点记性,学会悔改,不得重蹈覆辙,他们总说他们是在把她拉入正轨,是为她好,仿若她天生就是邪恶的。柯乐乐此时无法解释家里的大米啊蔬菜啊鸡蛋等等食材为什么都不见了,她也无法说清当时那种见到任何东西都想往嘴里塞的感觉,她完全无法控制自己,只有吃才能解决一切事情。

母亲质问时,柯乐乐一直低头不语。母亲觉得柯乐乐这种态度是对自己权威的无声抵抗,越骂越激动,几乎把柯乐乐从小犯过的错误都细数一番,说得柯乐乐像个犯了什么滔天大罪的万恶不赦之人。母亲骂起人来真是口若悬河,能把人说得无地自容,柯乐乐已经逃离母亲魔爪一年多,母亲就似一座压抑许久的火山,终于等到爆发的机会,还要把这一年多来没有骂出口的东西全部弥补回来。

柯乐乐跟着母亲的数落也重温了一遍从小到大犯过的错误,天啊,自己竟然干了这么多"坏事",听起来真是该千刀万剐死不足惜。这些话,母亲也常常对亲朋好友说起的,在母亲的描述里,柯乐乐就是一棵长歪了扶不正的树苗,不知在他们的眼中,柯乐乐是不是也确实就变成了这副形象?哎,也罢,反正我以后也不会在这个小县城继续待下去,在上海,有个全新的我,没有人知道我的过去,我喜欢那个城市的自己。

母亲骂累了,也骂得满足了,丢下一个决定:不许柯乐乐回上海,既然她不愿意读书,就在老家找个工作,然后找个安稳的男人结婚。

柯乐乐在心里发出一声轻蔑地笑,难道你要我成为你那样的人吗?

继续又在老家待了三日,柯乐乐一直在自己的房间里用手机看驾照考试用的交通规则,并且等待机会偷了户口本和项链逃走。父母还是老样子,没事就走至她门口朝里面张望一下,见她一直玩手机,不免皱了皱眉头,但她又表现得很乖很安静,并且整个人处于他们的控制范围内,他们也就暂且任由她这样。父母已经开始托人帮柯乐乐找工作,他们要把她留在身边,觉得这样才是为她好。他们只能试着原谅她偷偷退学的事情,做到这一点他们觉得自己真是太伟大慈悲了,应该打断这个兔崽子的腿才对。由于没有大学文凭,好的工作都无法应聘,父亲求老板看在自己为他做了七八年司机一直兢兢业业的份上,收留自己的女儿在他公司里做个小文员,老板勉为其难地答应了。

父亲觉得自己做了一件非常了不起的事情,回家来向柯乐乐邀功,说她的工作已经安排好了,她明日就可以去上班。

柯乐乐没应答。

父亲提高音调又说了一遍。

柯乐乐淡淡地说:"过几日再说吧,我现在没状态。"

这句话把父亲激怒了,他卑微地放下男人的尊严去开口求老板,女儿竟然这么对待自己!"明天立即去上班!"父亲下命令。

柯乐乐没有说话,她已经懒得跟他们争论,她知道就算自己不同意,父亲下定决心的事情,明日早晨扛着她也要把她扛到公司门口。她心里生出一个小计谋:公司办理入职需要在人事部登记自己的资料,应该还会要求提供身份证复印件,就算不需要提供,她也可以对父母撒谎,到时候他们自然就会拿出户口本给她去办理新身份证了。柯乐乐在心里偷笑。

晚上言子夜打电话来,询问她何时回上海。柯乐乐在电话里唉声叹气,这不是往日她在言子夜眼里的形象,她在他看来一直是乐观阳光的,他最爱听她咯咯咯傻笑,能融化他心里一切阴霾。她回老家的这段时间,每次通电话都是叹气声,哭诉着她想快点离开那儿,他听得心都碎了,那个地方把她给毁了。言子夜想象不出她到底经历过怎样的童年,为何她一回老家性情都能大变,他怀念那个如春日阳光般美好的她。

"我去四川接你吧。"言子夜说。

"不要!"柯乐乐大声脱口而出。

言子夜皱皱眉头。

"我不希望你看到我现在的样子,我害怕你会厌恶我,我现在就好厌恶此刻的自己。"柯乐乐说。

言子夜安慰她一番。

柯乐乐欣慰地想:至少我还有言子夜,就算全世界都抛弃了我,有他一人就够了。她似乎很健忘,忘记自己前几日还因为想象中他和别的女人亲密的画面而恨他入骨。已经一个星期没见到言子夜了,漫长得如同一个世纪,柯乐乐不知道言子夜是不是也有同样的感觉,她后悔手机里连两人的合照都没有一张,她好想看看他的样子,抚摸他的脸,亲吻他的唇,对着手机里的照片,她可以大胆地对他做出任何亲昵的举动。柯乐乐抱着手机陷入遐想里。

薛颜的电话打断了柯乐乐的甜蜜时刻,薛颜问她准备什么时候回去上班,明明只请了两天假,却迟迟不见人影。薛颜还问她,是不是跑出去玩了?薛颜不容分说地责备柯乐乐,说她的工作态度十分不好,要她明天就出现在公司,不然她就保不住这份工作了。柯乐乐解释,自己的身份证还没有办好,出了一点意外,还需要几日时间。薛颜追问是什么意外,柯乐乐窘迫地说不出口,她不能告诉任何人关于她家里的情况,而且这是三言两语也解释不清楚的。薛颜发出警告:如果公司人事部要开除柯乐乐的话,自己也没办法帮她了。薛颜的语气似乎对柯乐乐很失望。

柯乐乐既害怕又无比憎恨别人用这种失望的语气对待她,父母从小就总是对她失望,她明明已经很努力,他们还想要她怎么样!

还能怎样呢,她只能委曲求全,卑微到尘埃里,等待着某天能开出花来。

次日父亲七点半就把柯乐乐叫醒,她其实一夜没睡,她睡不着,步入这个家时她就仿佛被强制植入一个抑郁的芯片。机械化地洗漱,吃饭,然后敞开着卧室门更换衣服,听见父亲的脚步声靠近,柯乐乐脱衣服的动作稍微停顿一下,衣服脱至一半,头被包裹在衣服里,胸罩露出小截,她知道自己不该在这个家里含有羞耻心,眼眶却不知不觉红了。父亲在门口看了柯乐乐一眼,催促她动作快些,他送完她还得去接领导上班。听到父亲的脚步声离开,柯乐乐迅速更换衣服，整理好自己的情绪。她穿的依然还是从上海回来时穿的那身衣服，她没有带行李回来，原计划是住一晚就回去的。衣柜里她从小到大穿的衣服都整整齐齐地保存着，节俭的母亲不喜欢扔旧物，连柯乐乐小学时的衣服都还在衣柜里放着，反正她从小到大买的衣服不多，小小空间就够存放。那些衣服，柯乐乐不愿意再去碰触，款式很土质量也不好，她宁愿每天睡觉前把身上这套洗干净，次日继续穿。临走时柯乐乐对着镜子看了看脸上的抓伤，结的痂掉了部分，新长的肉还带着粉色，看起来十分丑陋。她在心里祈祷千万别留下疤啊。

父亲工作的地方柯乐乐还是第一次进来，小小的一家糖果制造厂，柯乐乐被安排做文员，负责各种资料档案的编写，无聊透顶完全不需要技术含量的工作，在父母眼中所谓的安稳踏实的工作。上班第一天当然是先去人事部报到，办理入职手续，果然不出所料，需要柯乐乐提交身份证复印件，柯乐乐以为心中的大石头终于可以落地了。带点窃喜地给父亲打电话，柯乐乐说明事由，父亲回答说知道了。没过一会儿，人事部的人告诉柯乐乐，不要她提供身份证复印件了，她的入职手续已经办理好。

一定是父亲打电话去通融的。柯乐乐仿佛遭受了晴天霹雳，她的计划又一次落空。机械地在糖果厂里待了一天，把资料输入电脑里，这是上过计算机课的小学生都能完成的工作。柯乐乐觉得在这儿真是浪费自己的青春，她是有梦想的女孩儿，跟这里那些只求轻松安稳的大妈们不一样。柯乐乐有些崩溃，父母是用身份证来挟持她，他们要把她留在身边。可是，又能留得住多久呢，他们终归还是会让她去办理身份证的，她办理好就一定会立即逃离他们。他们以为她真的就甘心过一辈子这样的穷日子吗？

浑浑噩噩地又在老家待了三天，中途薛颜和杂志社人事部的人都打电话来催促柯乐乐回去上班，并且发出会辞退她的警告。Coco通知她后天要参加驾照考试，是否需要再次延后？言子夜打过两次电话来问她到底还要在老家待多久，需不需要他过去帮忙解决？连那个在杭州西湖边只有过一面之缘的方启舟也发微信来询问她何时回上海，他已经到上海出差了，好可惜不能请她吃饭。他们都想她快点回到上海，哎，柯乐乐却不知何时才能回去，她好想念那个城市，夜里闭上眼就是那个城市的画面，惹得她泪湿了枕头。

压抑得很难受，柯乐乐闲着时就跟方启舟发微信聊天，他似乎也很闲，总有大把大把的时间陪她说话，有时还会讲几个笑话逗她开心。年轻阳光的男孩，柯乐乐联想到苏井然，但是方启舟跟苏井然不同，苏井然更像一个成熟的兄长，他能懂她的痛楚，能拨开她心里的阴霾，相比之下，方启舟只像个无聊时才想起的玩伴。苏井然他……还在生我的气吗？柯乐乐想。两人断交已经快两个月了，他真是狠得下心这么久不联系她，他应该马上就毕业了，工作找好了吗？是按照原计划那样待在成都找份报社的工作吗？有好多话想跟他说，尤其是现在这种脆弱无助的时刻，好希望他能分担一下她的忧愁，关于她家里的事情，他知道的最多，她可以无所顾忌地讲给他听，他会如同温情的哥哥般抚慰她。哎，柯乐乐叹口气，这些天她常常叹气，她觉得自己都老了好几岁。她很想给苏井然打电话，在通讯录上翻出他的号码，对着手机看了又看，还是没能拨出那个号码。算了吧，既然他不想理她，她就别厚脸皮地再缠着他。

回到老家的第八天，柯乐乐终于受不了，她决定实施犹豫了好几日的计划：趁父母睡着时，偷了母亲的包离开。但是这个计划有个缺陷，如果户口本和项链被母亲藏到别的地方，计划就失败了，父母会把她盯得更严，她想逃离的日子更加遥遥无期。事到如今，只能赌一把，总比困在这儿什么都不努力好。父母害怕她去上海变得堕落，其实，在这儿的日子才是堕落，日复一日，只是生存着而不是生活。

这天下班回家后柯乐乐表现得特别乖巧，她主动谈起自己在糖果厂的工作，说同事们很好相处，工作也简单轻松，她还笑着说还是家里舒服，下班回家就有饭吃，真好。母亲冷笑着说："呵呵，你终于知道反省了啊。当然是家里好，世界上只有父母才会无私地为你好。"柯乐乐附和着说："是，是。"

夜深人静，柯乐乐躺在床上一直大睁着眼，不时看看时间。等到两点多时，柯乐乐估摸着父母应该熟睡了，小心翼翼地起身，睡觉前就已经把出门穿的那双鞋藏在床底下，东西也收拾进包里，她把鞋和Dior包拿好，然后无声地走至父母的卧室门口，听了听，只有父亲时起时伏的鼾声，好，开始行动。柯乐乐激动又害怕，全身微微颤抖，双眼在黑暗中适应了一会儿，搜索到母亲的包放在床头柜上，她蹑手蹑脚地走进卧室，离目标越近，她的身体颤抖得越厉害，终于，她伸手拿到母亲的包……

"哐当"一声，手因为颤抖得太厉害，包滑落到地上，在幽静的黑夜里发出的声音似乎是巨响。

父亲首先被惊醒，条件反射地半坐起身。

两束目光相对，柯乐乐愣了片刻，赶紧弯腰捡起地上的包就往外跑。父亲在后面喊了她一声。柯乐乐来不及换鞋子，赤脚跑下楼，跑出小区，跑到无人的大街上，还在拼命地跑，从小不擅长体育运动的她，没想到自己还能跑得这么快这么久，这种速度去参加校运动会进个前三甲都没问题。不知跑了多久，柯乐乐回头看了看，父亲没有追上来，她瘫坐到地上，累得气喘吁吁，这才感到脚底一阵疼痛，两只脚都不知何时被磨破，皮肉绽开，满脚污泥混合着鲜血。她顾不上去照看脚，她死死盯着手里的母亲的包，她向老天祈祷，她要的东西一定得在包里，不然她就死定了。

颤抖着手拉开拉链，柯乐乐呼吸急促，心都快跳出来了。谢天谢地，她在隔层里看到了户口本，这个小小的红褐色本子，害她吃了这么多苦。项链呢？柯乐乐把包翻了个底朝天，一遍又一遍地查找，没有看到项链的踪迹。可恶，母亲把项链拿去哪儿了，不会拿去卖了吧！

哎，至少拿到了户口本，已经是不幸中的万幸。项链的话言子夜还会再给她买一条吧，他应该不会怪罪她。柯乐乐安慰自己。

没有去旅馆投宿，柯乐乐害怕自己一睡就会睡过头。她像个鬼魅般在大街上游荡，等到六点多时看见有小店开门，进去吃了一碗热气腾腾的面，胃里温暖有食了，整个人也就踏实许多。派出所八点半才开门，柯乐乐靠在小店的椅子上休息，眼皮沉重，几次欲昏睡过去，头沉重地往下一掉，又惊醒过来。不能这样，会错过时间的，柯乐乐干脆走去派出所门口，来回踱步让自己保持清醒。该死的小县城，连卖咖啡的地方都没有。

街上的人流渐渐多起来，柯乐乐哈欠不断，整个人几乎快要累垮了。又一个哈欠袭来，她大张着嘴时，突然看到父亲那辆车朝自己的方向缓缓开来，她惊得忘记合上嘴，整个人愣在原地。

车停到柯乐乐身边，父亲从车里走下来，面无表情地看着她。"上车。"父亲说。

柯乐乐摇头。

"上车！"父亲重复一遍。

父亲通常不会再重复第三遍，柯乐乐了解父亲的性格，她已经在脑子里想象父亲会走来狠狠地给她一巴掌，在人群中他也做得出，他不怕丢脸。父亲开始向柯乐乐逼近，柯乐乐一步步后退，她把母亲的包扔向父亲，父亲接住了。

"昨晚你的行为算是犯罪，我们本可以告你偷窃。"父亲说。

"那你报警呀。"柯乐乐嘴硬地说。

父亲一脸失望地看着柯乐乐。

"别靠近我，别逼我！"柯乐乐从包里拿出刚才来时路上买的一把小刀，对准自己的左手腕。

路上的行人纷纷停下来看着他们两人。

"别做傻事，乐乐，别一错再错。"父亲在离她三四步远的距离停下脚步。

"别逼我。"柯乐乐大声吼。因为用力而全身发抖，她是害怕的，这是她最后的招数，她早就猜到父亲会来派出所阻止她。

有路过的人认识父亲，上前来叫了父亲一声，询问发生什么事情。父亲淡淡地说："没事"。

派出所早到的员工也凑过来，看看父亲又看看举着刀试图自杀的柯乐乐，插至两人之间，叫两人有话好好说，还想把他们带去派出所问话。

父亲的眼神渐渐变得黯淡，他仿佛一瞬间老了好多岁，无奈地张了张嘴，欲言又止。最后，他说："我把车开去前面的路边停好等你，你办理好身份证记得把户口本交给我。"说着，他走回车上。

听到车发动的声音，柯乐乐手中的刀颓然掉落到地上，她蹲下身，呜呜哭起来。

路边围观的行人渐渐散去，似乎看了一场好戏的开场，戏却没继续演下去，看得不尽兴啊。

柯乐乐不知道自己为何要哭，她觉得有些对不起父亲，尤其是父亲转身上车的背影，那么苍老无力。

身份证上的照片留下了柯乐乐哭肿的双眼憔悴的脸，好丑，将会跟着她很多年。新的身份证她选择了快递回上海，户口本她也没有亲自还给父亲，而是拜托派出所门口的保安转交给前面那辆车的车主。她害怕面对父亲，出了派出所大门就快速朝他相反的方向跑开，她知道父亲一定在车上看着后视镜里她越来越模糊的身影，他没有追上来，他应该清楚他留不住她……

打车去机场，这个城市一天只有一次飞往上海的航班，她现场买了票，然后给言子夜打电话，她说："我要回来了。"千言万语无数心酸都蕴含在这句话中，终于可以逃离了，真好。

在飞机上嗡嗡的吵闹声中，柯乐乐睡了这一个多星期来第一个好觉，睡得很沉，全部乘客都走光了她还在熟睡中，她简直累坏了。空姐推了推她，她睁开朦胧的双眼，机舱内的灯在空姐的身后投映出光圈，柯乐乐以为自己看到了天使。

这儿，飞机降落的地方，的确是她的天堂。柯乐乐看了看窗外，脸上渐渐露出微笑，她轻声说："天堂，你好。"

8

　　言子夜到机场接柯乐乐，见她从出口走出来彷徨地四处张望，在人群中瘦弱的身影，一阵风就能把她吹倒似的。他想起第一次见到她时的模样，扑闪的大眼睛，如同一只受惊的小鹿般傻傻可爱，而她此刻的脸，憔悴得令他心碎。言子夜手里捧着大束红玫瑰向柯乐乐走去，花当然是秘书订的。柯乐乐终于看到言子夜，她飞奔向他，扑入他怀中，双手紧紧搂着他脖子。熟悉的香水味，宽阔温暖的胸膛，在他身边她一颗心顿时觉得安全踏实。

　　"我好想你。"柯乐乐轻声说。

　　"我也是。"言子夜揉揉她的头发。

　　这是柯乐乐最喜欢的动作，她笑，笑容一点一点驱散心中的阴霾。她紧紧地抱着他不愿意松开，两人在机场大厅抱了好久，在车上她也要把头靠在他肩上抱着他，回了家也一直紧紧抱着他。言子夜笑，这种对他的依赖感令他开心。

　　"我以后再也不要和你分开这么久，我感觉自己都快死掉了。"柯乐乐说。

　　他横抱起她，把她扔到床上。思念折磨了他这么多日，让他有种她可能会一去不复返的错觉，真是奇怪的体验，这么多年来他似乎从未有过如此强烈的担忧。他当然不会亲口告诉她他的害怕，他要惩罚她，狠狠地惩罚，她居然害他担心了，连工作时都有时会分心，她像是个妖精。柯乐乐感受着言子夜对她的爱，她变得热烈，是团熊熊燃烧的火焰，她从未如此放纵自己，索求着他，不满足，要更多，更多，更多……

柯乐乐在言子夜怀中沉沉睡着，如同蜷缩在子宫中，没有人可以欺负她，那么安全。她太累了，终于可以安心睡个好觉。言子夜看着怀中眉头还有些紧皱的柯乐乐，他才注意到她右脸颊上有几条淡淡的伤痕，轻微掉皮，还未完全愈合。她离开上海时还没有这些伤，她回到老家到底遭遇了些什么，那个甜美的柯乐乐快点回来。他亲吻她的额头，乖宝贝，他决定用自己的所有去呵护她。

第一次睡了十六个小时才醒来，柯乐乐看到手机上的时间，已经是次日早晨十一点了，她吓了大跳。她呼喊言子夜的名字，原本是没抱任何希望的，这个时候他应该去公司了吧。没想到他竟然走到卧室，靠在门边微笑着看着她，赤裸着上身，只穿了一条松松垮垮的睡裤，那么英俊诱人。他一直陪着她耶，那么爱工作的他居然守候着等她醒来，柯乐乐雀跃尖叫，她张开双臂，说："老公，过来让我抱一抱。"

老公？言子夜扬了扬眉，这个新的称呼让他心情有些微妙。

不小心脱口而出的称呼害柯乐乐羞红了脸，她捂住嘴，眨了眨眼，糟糕，怎么就不小心喊出来了呢。她曾经在心里这样叫了他无数次，她只敢偷偷地喊，每次喊出这个称呼时她都很开心，咯咯咯地傻笑，仿佛他们已经就是夫妻关系。她迫不及待地想成为他的妻子。

"你刚才说什么？再说一遍。"言子夜走近她，伸手勾起她的下巴，令她的脸仰起来。

柯乐乐低垂着眼皮，不敢直视他。

"看着我，我想再听一次。"言子夜说。

柯乐乐娇羞地钻进被子里，用被子盖住脸。脸好烫，刚才真是羞死人了。

"别逼我使用暴力哦。"言子夜警告。

"你舍不得对我使用暴力的。"柯乐乐捂在被子里发出模糊不清的声音。

"是吗？"言子夜发出坏坏的笑声，他像只野兽般跃上床，把柯乐乐压到身下。他要掀开被子，她死死地拉住不放，这种争夺战的游戏使他感到新鲜刺激。"你不乖了，可乐，再不松开被子你将会很惨。"言子夜说。

"松开了我会更惨。"柯乐乐说。

"你是铁定主意要忤逆我吗？小心哦，你可要做好心理准备。"言子夜咆哮一声，她的力气哪里是他的对手，被子被他强力掀开。

柯乐乐的身体被他压着，动弹不得，只有把脸转过去埋在床单里。

"看着我。"言子夜命令。

柯乐乐紧闭着眼贴着床单。

"小丫头，出去几天就学坏了，看来我得好好教教你规矩。"言子夜勾着嘴角笑。他对着她脖子哈气，她很怕痒，身子扭来扭去。言子夜的笑意更深了，说："你不是想玩游戏吗，那我就好好陪你玩。"

从脖子，慢慢顺着腋窝往下，言子夜的双唇和舌头灵巧地触动着柯乐乐每一根神经，好痒，痒得受不了，柯乐乐的身体被他压着无法逃脱，只能痛苦又快乐地扭动。她终于把脸转向面对他，求饶说："我错了，亲爱的，我错了，快停下来。"

"现在才认错，已经晚了。"言子夜说着，在她脖子上重重地吮吸了一下，留下一个紫红的吻痕。给了柯乐乐喘息的两秒时间，言子夜又在她锁骨处留了一个吻痕，接着是胸口处，然后顺着往下……

柯乐乐想挣扎，双手被他死死钳住，她挣脱不了。上一次他气愤地在她身上留下许多吻痕时，她处于醉酒状态，完全不清楚这件事情。此刻，他每在她身上留下一个紫红色痕迹，她就忍不住轻声叫唤一下，痛，还有一种奇异的感觉在涌动，有些……刺激？柯乐乐已经数不清他在她身上吮了多少下，这是他盖下的章，她是属于他的，没有人可以从他身边把她抢走！心里突然冒出了一个比喻，柯乐乐忍不住咯咯咯笑起来，

"你似乎很享受嘛。"言子夜停下动作，"告诉我，你在笑什么？"

"你这样很像狗狗在撒尿标示地盘耶。"柯乐乐不经大脑思考原封不动地

把刚才想的说出来。

言子夜皱了皱眉头，似乎动怒了一下。然后，他哈哈大笑起来，他轻抚她脸颊上未愈的伤痕，他说："可乐，你一定不知道我有多喜欢你，连我自己都不知道。"

"我知道，我知道。"柯乐乐把自己的手覆盖上他放在她脸颊上的手。

"永远待在我身边，答应我。"

"嗯。"柯乐乐笑。

言子夜的双唇覆盖上柯乐乐的唇，深情又甜蜜的长吻。柯乐乐闭上眼，脸上的笑意隐藏不住。童话故事里，王子都是这样把灰姑娘吻成公主的吧。我永远都是你的，只属于你。柯乐乐在心里对言子夜说。

吃午饭时柯乐乐才意识到工作的事情，她有些担心杂志社会不会辞退她，递交上去的请假单上她只请了两天假，现在，算是她无故旷工一周吗？言子夜对于她下午就要赶去公司很不赞同，她才回来，需要好好休息放松。柯乐乐坚持要去。

言子夜开玩笑："你这么敬业的员工真好，我公司就是缺乏你这种员工啊。"

"那聘我去你公司上班啊。"柯乐乐也是开玩笑的语气，说的却是心里话。她一直好想去言子夜公司上班，做个前台也无所谓，只为跟他有更多相处的时间。

"那叫我该怎么管理你呢？我无法把你当成员工看待。"言子夜揉揉柯乐乐的头发。

也罢，我只是说说而已。柯乐乐在心里嘀咕。

到了杂志社，前台樊亚茹发出惊喜的欢呼，说："乐乐，你终于回来了，我想死你了。"不知樊亚茹说的是真是假，反正听起来很悦耳。

柯乐乐也笑着说："我也想死你了。"她刷了员工卡，然后小声问，"老板这几天都来公司了吗？"

"来过好几次。"樊亚茹说。

糟糕，老板去他办公室的路上必经过柯乐乐的办公桌，看到那儿空了这么多天，不知会如何着想。"你这几天听到公司里有什么关于我的风声吗？"柯乐乐问。

"没有啊。"樊亚茹笑着说。其实同事们闲着时议论过柯乐乐好几次，还有人说她不会回来上班了，被大老板养着还需要上什么班啊，享福去喽。

柯乐乐先去薛颜那儿报到，开口就先认错，解释说自己因为老家有事耽误了很久，实在很抱歉，她以后一定会认真工作不再发生同样的事情。薛颜无奈地看她一眼，叫她去人事部那儿一趟，这种事情是人事部负责。柯乐乐离开时薛颜叫了她一声，柯乐乐回头，薛颜张了张嘴唇，欲言又止，末了，还是不忍心亲口告诉她，摆摆手说："没事，你去人事部吧。"

柯乐乐突然有种不好的预感，她希望只是自己瞎猜测而已。

去人事那儿报到，虽然两人同处一家公司，平日并没有怎么交谈过。柯乐乐敲敲人事部的门，怯怯地说："那个……我回来上班了，过来报个到。"

"叫什么名字？"人事明明认识这个公司的大红人，故意装作不知道。

"柯乐乐。"

人事在一堆资料里找出几页纸，看了看，冷冷地说："哦，你已经被公司开除了。"

什么？柯乐乐不敢相信自己的耳朵，她并不是故意这么久不回来上班的呀，她真的是迫不得已。柯乐乐想解释，可是又该怎么解释呢，没有人会相信她被父母"劫持"了吧，她们会把它当成笑话听的。

"还有商量的余地吗？"柯乐乐弱弱地问。

"决定都已经下来了，喏，你看。"人事把那几页纸递给柯乐乐，并且要她在上面签字，还有一点未结算的工资会在下个月发工资的日子打在她工资卡里。

看着那几页纸，柯乐乐咬咬嘴唇，眼眶都红了。她喜欢这份工作，她不想失去它。"我能见下老板吗？"柯乐乐问，试图做最后的挣扎。

"这个我没权决定呢,要不你问问你主编吧。"人事对着电脑继续工作起来。

柯乐乐在那儿呆立了好久才默默地转身走回自己座位上。她沮丧地一直盯着那几页纸,她不愿意签字,签字了就表明她不再是公司的员工。薛颜回头看了柯乐乐几次,最后也只得以一个主编的身份,走去告诉柯乐乐,离开前她得把电脑的开机密码交出来,把她手中那些作者的稿子以及联系方式交出来,记得把电脑里自己的一些东西拷贝后删掉,如果她没有U盘,可以借给她一个。说出这些话薛颜有些不忍心,但这是公司的制度,她已经两次警告过柯乐乐快点回来上班,是柯乐乐自己没有良好的工作纪律意识。薛颜希望柯乐乐以后好自为之,她是个很有文学天赋的好女孩,千万不要被物质给迷花了眼,毁掉大好前程。薛颜跟公司里其他一些同事一样,认为柯乐乐这段时间是跑出去玩了,故意不来上班。

"姐,你不能帮我向老板求个情吗,我保证以后会好好工作,我不想失去这份工作……"柯乐乐说着,眼泪忍不住掉下来。

薛颜拍拍柯乐乐肩膀,叹了一声气。她无法帮这个忙,这是公司的制度。"或许,你还想继续做编辑的话,我可以帮你向其他杂志社推荐。当然,以后你投来的稿子我也会优先录用。"薛颜说。

"谢谢姐姐。"柯乐乐说。

"收拾一下吧。"薛颜说。

"让我再在这里坐一会儿。"柯乐乐说。

她呆坐在熟悉的位置上,不知自己该何去何从。

樊亚茹给老板送咖啡,经过柯乐乐的座位,看到柯乐乐失落的眼神,有些不忍。其实她早听说了这件事情。

"乐乐,"樊亚茹唤了声。

柯乐乐抬起头,冲樊亚茹无力地苦笑。

"你男朋友不是跟老板是朋友嘛,叫他跟老板说说,应该能管用。"樊亚茹出主意。

柯乐乐眼睛一亮，对哦，我怎么没想到呢。她立即豁然笑起来，真想抱着樊亚茹给她一个吻。"谢谢你，亚茹。"

"希望明天上班还能看到你哦，我舍不得你离开。"樊亚茹说。

薛颜听到她们的对话，对樊亚茹的笑面虎形象露出鄙夷的神色。不过……如果柯乐乐真心还想留在这儿工作的话，她男朋友出面应该能为她保住这份工作。心底里，薛颜还是希望柯乐乐继续在这里工作。

柯乐乐赶紧给言子夜发去短信，言子夜叫她回家再说。可是，你不能现在就帮我解决吗？柯乐乐在心里嘀咕。或许，他现在手头上正忙事情吧。柯乐乐又为他找理由。

"姐，今天还有什么工作需要我帮忙吗？"柯乐乐问薛颜。她还没有在离职书上签字，她还是这家公司的员工。

薛颜为难了。"乐乐，要不你先回家吧，等明天有什么新消息的话我再通知你。"

似乎只能这样，呆坐在那儿是会引起别人笑话的，但愿她们都还不知道她被公司开除的事情。开除跟辞职完全是两个概念，前者是公司不要她，后者是她不要公司，她倒宁愿选择后者，至少可以趾高气扬地离开，并且是享受着她们嫉妒又羡慕的眼光离开。而此刻，柯乐乐静悄悄灰溜溜地走了，不敢惊动任何人，只在出大门时跟樊亚茹挥了挥手，说声"明天见"。柯乐乐不知道，她一离开办公室里就炸开了锅，互相议论着她失落的形象，带着幸灾乐祸的笑声。

回到家里，打开电脑看着还未写完的长篇小说，人生中创作的第一部长篇，她曾经给予它很高的期望，薛颜给了她当头一棒的打击后，这些日子她再没写出过一个字，她无法专心写作。哎，柯乐乐叹口气，把电脑关上，还是看交通规则吧。别人通常只是应付了事地大致浏览一遍交通规则教材就去参加考试，柯乐乐则是像参加高考那般把交通规则书从头到尾认真地背了五遍。Coco 已经第三次帮她把参加考试的时间申请推迟了，柯乐乐不知道 Coco 是怎么办到的，她想在什么时候参加考试 Coco 就能替她改到什么时候，这种能力她是不具备的，除了文字，其他任何事情她都办不好，难怪言子夜总是夸 Coco 的工作能力强，哎，她想替代 Coco 做言子夜的贴身助理看来是无法胜任了，她还是老老实实地在杂志社做编辑吧。她相信言子夜一定能帮她搞定这个难题。

言子夜应酬到夜里十一点多才回来，浑身白酒味，柯乐乐赶紧给浴缸放水，让他可以泡个热水澡放松一下。看他这么辛苦的模样，柯乐乐没有提起自己工作的事情去打扰他。她坐在浴缸边陪伴他，他把头枕在她的腿上，两人没有什么交谈，他闭着眼，她抚摸着他的脸，安静地，却又令他无比放松。他很享受有她陪在身边的时刻，她乖巧，也不聒噪，难怪他总是忍不住想往她家里来。

柯乐乐设定的闹钟次日在七点半时就叫醒他们，言子夜咕哝着翻个身，还想多睡一会儿，今天就中午再去公司吧。柯乐乐关掉闹钟，看看言子夜，犹豫一下，又看看他，再次犹豫一下，又看看他。该不该叫醒他呢，她想去上班。言子夜伸手把她抱回怀里，她听着他均匀的呼吸声，不忍心惊动他，只得祈祷他快快醒来。我想上班，我想上班，我想上班。柯乐乐在心里嘀咕着，不小心就说出了声，自己惊得赶紧捂住嘴。

"你在嘀咕什么？"言子夜动了动身。

"我想去上班。"柯乐乐说。

"你昨天不是说被公司辞退了吗？"

"你有没有帮我向老板求情啊？"柯乐乐期待地问。

"再说吧，老赵不可能这么早起床。"言子夜把柯乐乐抱得更紧了，他的体温很烫，柯乐乐热得背上有些流汗，又不愿意推开他的怀抱。"乖，再陪我睡会儿。"言子夜温柔地说。

柯乐乐嘟嘟嘴，怎么有种不好的苗头？

言子夜果真没有打算帮她这个忙，他不想让她去上班，乖乖待在家里，专注写作,这样多好,时间上也变得自由,他随时想休息度假时她都能陪着他。只是言子夜没有说出心里的想法,他叫柯乐乐在家里再休息一天,他下午去联系老赵。然后他晚上回家来吃着柯乐乐做的一桌丰盛的晚餐,遗憾地告诉她,老赵说公司最近的业绩不理想,将要裁员,而她这个助理编辑的职务原本就是多出来的,公司现在负担不了这么多员工。

"连你去求情都不行吗?"柯乐乐失落起来。

"现在经济环境不好,我也没办法。"言子夜故作无奈地耸耸肩。

"只得重新找工作了。"柯乐乐叹口气。

"你的小说写得怎么样了?"言子夜岔开话题。

"薛颜说我的小说逻辑混乱,不怎么看好它。"

"那只是她的看法而已,别放在心上,我帮你拿给几个出版商朋友看看,他们的意见才是最中肯的。"言子夜说。

柯乐乐立即眉开眼笑起来,似乎看到了新的希望。

"你也别忙着找工作的事情,先在家专心把小说写完吧,写书才是你应该在乎的事情,去上班把你的天赋和时间都浪费了。"言子夜引导地说。

"你觉得我的小说真的能出版吗?"

"我觉得行,听你以前讲过一些轮廓,我觉得很棒啊。"言子夜违心地说。

柯乐乐嘿嘿笑,失落的情绪一扫而空。

就这么开始了无业游民的日子。柯乐乐去杂志社把电脑里自己的东西拷贝走,签了离职确认书,谢绝了薛颜推荐的她有熟人的文化公司,宣布她正式在家做自由撰稿人,靠稿费养活自己。薛颜语重心长地劝说柯乐乐,得有一份正经的工作,专职写作的收入很不稳定,没有时间上的束缚会让人变得懒散,容易堕落。樊亚茹则一脸羡慕地说柯乐乐有这么好的男朋友,本来就不需要工作,完全不用考虑收入的问题,专心做自己喜欢的事情就够了。当然是樊亚茹的话比较中听,柯乐乐不喜欢别人教育她。柯乐乐离开时还和樊亚茹热情拥抱,樊亚茹说没事就经常出来一起逛街吃饭哦,柯乐乐说好,薛颜则是拍拍柯乐乐的肩膀，叫柯乐乐再仔细考虑清楚。

柯乐乐暂时没有再考虑上班的事情。她去参加交通规则考试，拿到满分，Coco查到成绩时都惊呆了，60分就及格过关的考试，居然还会有人如此认真地对待，满分耶，连驾校的教练都说第一次碰到交规考满分的学员。言子夜也很惊讶，转瞬又露出微笑，他喜欢柯乐乐这份用功的态度，他的女人，当然不能像那些随随便便的女人一样。

紧接着就是实际开车学习，言子夜指定要一个女教练教柯乐乐，并且像个超级VIP那般地对待，别人来驾校上课都是三四个人共用一辆车学习，并且经常听到其他教练大声责骂学员，而柯乐乐每次都是一个人占用一辆车，教练教得很认真，从未对她露出严厉的模样。柯乐乐不知道言子夜花了多少钱贿赂教练，她很享受被特别照顾，金钱是个好东西。

更好的消息是：她的长篇小说被一家出版社看中了，要把她小说的版权签下来。言子夜告诉柯乐乐这一消息时，柯乐乐兴奋地在客厅里又蹦又跳，喜悦尖叫，还抱着言子夜吻了又吻，无法表达出自己的激动。她的文字真的能出版成书了！会有很多人看到她的文字，喜欢上她的文字，她也能在父母面前狠狠地争口气！还有薛颜，居然说她的小说糟糕，什么眼光呀，这不就有出版社要跟她签约了么，哼，到时候书出版出来，她就可以在薛颜面前狠狠地嘚瑟一番。柯乐乐简直开心坏了，她的理想就要实现，她的前途会一片光明。身边这个男人，这个她爱着同时也爱她的男人，这一切都是他带给她的，她不知自己该如何感激他，她抱着他说："子夜，我将用我一生去爱你，用我的一切去爱你。"

嗯，这就是言子夜希望看到的反应。送了柯乐乐那么多昂贵的首饰衣服鞋包，还给她金钱，她似乎都没有什么欢喜感激的举动，这次出钱帮她出版自己的小说，终于得到他想要的回报。柯乐乐或许永远也不会知道，她的这个处女作长篇小说写得并不是很好，出版成书的概率极其小，若不是言子夜花钱找人给她出版，它永远也不会出现在书店里，而且出版方还说会给她版权费，这些钱当然也是由言子夜付。他给她编织了一个美丽的童话。

童话很美，但愿人沉醉不会醒来。

紧接着就是五一劳动节，很多上班族难得休假，会选择出去游玩，言子夜闲在家里，用睡觉和看碟片的方式放松。他说过段时间找个空闲的时间，不要选择节假日，带柯乐乐出去旅行一次。他谈起自己去过的地方，中国大部分城市都去过了，其他国家也去过十几个，路上的趣闻，美景，美食，言子夜说得绘声绘色，柯乐乐听得着迷，她也好想去旅行，她还从未旅行过。她央求着，要他快点抽空带她出去玩，她憧憬着和他牵手走遍世界各地，在每一个美丽的地方留下两人的合影，等到老时，看着一张张照片，有那么多美好的回忆。言子夜随口答应着。他问她有没有护照，柯乐乐摇头。港澳通行证呢？也没有。柯乐乐叹口气，这两样都需要回老家去办理，还需要用到户口本，她不敢冒这个险，出国旅行的计划似乎就无法实现了，柯乐乐感到悲哀。还有国内呢，那么多美丽的大好河山，她又不需要上班时间很自由，往后她就一个地方一个地方地消灭掉。

假期的第二日，方启舟发微信来说，他要到上海找同学玩，问柯乐乐有没有空一起出来吃个饭。柯乐乐犹豫不决，不上班后空闲的时间太多，言子夜又不可能一直陪着她，除了写作看书她就没别的事情做了，大多时候，柯乐乐觉得闷得慌，有时她会在网上研究食谱，琢磨着做什么美食给言子夜吃，要想抓住一个男人的心首先就要抓住他的胃，柯乐乐相信这句话，可惜言子夜很少会在她家吃饭，她几乎都是做给自己吃，就当是实验操练吧，柯乐乐这样安慰自己，等达到大厨级别了再让言子夜眼前一亮。空闲的时候，柯乐乐也会和方启舟断断续续地聊天，虽然从西湖一别后再没碰过面，两人也熟络起来。

柯乐乐迅速看了一眼正在阳台上打电话的言子夜，她放下手机，不知道该怎么回复方启舟。不过她不会当着言子夜的面回复这条微信，她几乎都没在他跟前用过手机，更别说跟别的男生聊天了，她总是担心引起一些不必要的误会。电视上的画面被定格着,柯乐乐换了个坐姿,等待言子夜打完电话回来继续看碟片,慵懒的午后,两人或坐着或躺在沙发上一起看电影,她有时靠在他肩膀上,有时头枕在他大腿上,这样消磨时间的方式十分温馨。

言子夜打完电话,告诉柯乐乐晚上他要出去跟客户吃饭。柯乐乐"哦"一声,表面看起来没什么,心里却失落,她还准备晚上下厨做饭给他吃呢,她都想好该做些什么菜了。两人一起看完这部电影,言子夜就洗漱出门,临走时叮嘱柯乐乐乖乖在家等他。

又是她一个人在家,柯乐乐叹口气,站在阳台上愣愣地望着言子夜的车子离开的方向发呆。良久,她想起方启舟之前发来的微信,她回复:好的,待会儿一起吃晚饭如何?方启舟的电话立即就打来,他的声音里有掩饰不了的兴奋。

吃饭地点订在徐家汇的一家川菜馆,方启舟只是一个即将大学毕业在银行实习的小男生,当然和言子夜每次带柯乐乐出入的高级餐厅无法相比,但不吃辣的他,特意为柯乐乐订了家乡菜。柯乐乐打扮一番才出门,并且提上了自己的 Dior 包包,盛装打扮时她习惯性地去抽屉里取出耳环和项链,才想起这条项链已经不能戴了,她好喜欢那条项链,和什么衣服都很搭配,她真是恨死母亲了。言子夜还不知道项链的事情,柯乐乐在心里摇摆不定,她想自己花钱去配一条链子,或是叫言子夜重新为她买一条,但是自己花钱她有些舍不得,告诉言子夜嘛她又害怕挨骂,哎,真是难以抉择。柯乐乐看着项链的吊坠,重新把它放回抽屉里。

乘地铁前往,吃饭地方在商场里,柯乐乐看着时间还充裕,在商场逛了一会儿。好多衣服鞋子都很好看,她只是看看,懊恼自己银行卡里的钱被盗了,不然她还可以自己花钱买几件好看的衣服,刷言子夜的信用卡总让她不好意思,何况现在自己完全没有收入,生活全靠言子夜,她不想让他误会自己跟他在一起是为了钱。逛了会儿过了过眼瘾,柯乐乐也就满足了,她去洗手间对着镜子整理一下头发,出现在和方启舟约定的地方。

"你……好漂亮。"方启舟目瞪口呆地看着站在他面前的柯乐乐。

上次两人见面时,柯乐乐哭得眼睛微肿,失魂落魄,而此刻她看起来那么时尚靓丽,方启舟反而拘谨起来。她提的包……应该很贵吧?方启舟偷瞄了几眼柯乐乐的包,她是个富家女吗,气质好高贵,而他只是一个月四千多块钱工资的打工者,他有些自卑。

看着菜单,方启舟说他什么都爱吃,全让柯乐乐做主。柯乐乐习惯了每次出去吃饭都是言子夜安排,几乎连菜单都没有去看过,第一次要自己点菜,她翻着厚厚的菜单,似乎有选择困难症。川菜嘛,有名的那几道菜叫什么来着?她从小都在家里吃饭,没上过什么饭馆,她叫不出那些菜的名字。柯乐乐才意识到出去吃饭有人帮她全程安排好不用她动脑筋真是一件幸福的事情,跟别的男生在一起,对比出更多言子夜的优点。柯乐乐想把这道难题推回给方启舟,他还是说随便点什么都行,柯乐乐只得随意点了几道菜。

两人都有些拘谨,总是出现尴尬的沉默时间,方启舟谈了会儿自己的工作,谈了白天和同学的见面,问到柯乐乐的近况时,柯乐乐结巴地不知道该怎么说,她对他说的多数是谎言,从一开始在西湖的结识就是建立在谎言的基础上,她去西湖的目的,她的家庭,她的学历,她的年龄,现在,连工作都变成谎言,她没有告诉他其实自己已经被公司辞退闲在家里,谎言的雪球越滚越大,或许说得多了她还会忘记曾经编造过什么,一不小心就会说得前言不搭后语。

"乐乐!"一声惊呼。

柯乐乐抬头,看到樊亚茹突然站在她面前。

"真的是你呀,好巧。"樊亚茹笑嘻嘻地说,又看了看方启舟,问,"这位是?"

"哦,杭州来的一个朋友。"柯乐乐说。她紧张起来,她和方启舟只是朋友关系,她害怕别人误会。

"你好,我是柯乐乐的同事。"樊亚茹跟方启舟打招呼。她说着就拉开柯乐乐身边的椅子坐下来,她也在这家餐厅吃饭,去上洗手间回来的路上居然看到柯乐乐跟一个陌生男人吃饭,她好意外。"你最近怎么样?好久没见到你了，我好想你，叫你出来逛街你又总说没空。"樊亚茹对柯乐乐说。

"我挺好的。"柯乐乐说。

"准备就一直专职写作，不另外找工作了？"樊亚茹问。

柯乐乐紧张地看了方启舟一眼，糟了，该死的樊亚茹，怎么突然问起这个，她刚刚才对方启舟谈起公司里的事情，现在他知道她撒谎了，她已经是个没有工作的人。他会怎么看待她？认为她是个骗子吧。柯乐乐突然对樊亚茹生出怨恨，樊亚茹待会儿不会再问起她关于言子夜的事情吧，这个叽叽喳喳的大嘴巴，说起话来就会没完没了，柯乐乐不知为何不想让方启舟知道她有男朋友的事情。

"告诉你一个好消息，我的长篇小说被一家文化公司看中，就要出版了。"柯乐乐转移话题。

"真的？"樊亚茹惊呼。

"嗯。"柯乐乐说。

"天啊，乐乐你太厉害了，书出版出来记得签名送我一本哦。"

"一定的。"柯乐乐笑。

樊亚茹终于回到自己的那桌去，临走又说了叫柯乐乐要多出来聚聚，并且对方启舟说以后有机会再见。樊亚茹当然很识相地没有提起言子夜，她不清楚柯乐乐跟这个男人是什么关系，看起来他也不像有钱人的模样，柯乐乐不会那么笨和别的男人搞暧昧吧？

柯乐乐松了口气。

"原来你还是个作家啊。"方启舟非常意外。

"还没成为作家呢，目前只算个写作者。"

"等你书出版了我一定去买。"方启舟兴奋地说。

还好接下来方启舟一直没提起柯乐乐工作的事情，柯乐乐也就装傻地相信他没有怀疑她。

吃过饭后两人又去衡山路的酒吧坐了会儿，刚好就是过年时苏井然到上海来那次两人去的酒吧，触景生情，柯乐乐有些感伤。这是她第二次到酒吧玩，她看着笑得一脸阳光的方启舟，不知这个男生能否代替苏井然。他从小的生活应该过得无忧无虑，才能如此青春朝气，这是柯乐乐一直不具备的气质，她总会郁郁寡欢。两人喝了一点酒后渐渐放松，方启舟还硬拉着柯乐乐去舞池里跳了会儿舞，方启舟学过几年街舞，随着音乐跳得非常棒，柯乐乐则是僵硬地扭了几下，然后就停下来观看方启舟的舞姿，他的活力能够感染人，柯乐乐一直笑语盈盈。

不知不觉就玩到晚上十点多，柯乐乐看到时间时暗叫不妙，糟糕，这么晚，言子夜会不会已经回家了？方启舟还想和柯乐乐多待会儿，柯乐乐急着要离开，他又提出送她回家，她摇头，说她住得很远就不麻烦他了，以后再聚。

急匆匆地打车回家，在楼下抬头仰望住的楼层，屋里没有亮灯，柯乐乐长舒口气，还好，言子夜还没有回来，害她在出租车上白紧张了，她还已经准备了好几种理由来解释呢。柯乐乐心情轻松地走进电梯，哼着之前在酒吧里听到的歌曲调子，偶尔出去玩一下对身心都很放松。拿出钥匙，开门，按亮客厅的灯，穿上拖鞋，柯乐乐哼着小调朝卧室走去，经过书房时，突然看到她的电脑开着，而言子夜坐在电脑前……柯乐乐惊呆了，手中的包惊慌失措地滑落到地上。

言子夜转动椅子，正面看着柯乐乐。

"你……你在家怎么不开灯啊？"柯乐乐结巴地说。

言子夜起身，慢慢走近柯乐乐，他鼻子闻了闻，问："你喝酒了？"

"喝……喝了一杯啤酒。"柯乐乐撒谎，其实她还喝了一杯鸡尾酒以及尝了小口方启舟喝的威士忌。她没有喝醉，她记得言子夜说过讨厌她喝醉酒。

"不是一个人喝的吧？"

"跟……一个以前的同……同事一起。"柯乐乐又撒谎。她很不擅长撒谎。

言子夜笑，伸手捏起柯乐乐的下巴，令她仰起脸面对他。她的眼皮依旧低垂着，视线看到他的腰部。

"呵呵，是吗？"言子夜问。

"嗯。"

"好玩吗？"

"还行。"柯乐乐说。

"我不是叫你乖乖在家等我吗，是不是开始嫌跟我在一起无趣了？"

"没有！"柯乐乐大声说。她永远都不可能嫌跟他在一起无趣，她还嫌不够多呢，她想每分每秒都跟他在一起。心里话，她不好意思说出口，她总觉得他会懂。

"很好。我看你也玩累了，先去洗个澡吧。"言子夜的声音稍微温柔下来。

柯乐乐紧张乱跳的心脏终于可以平复，她松口气，还以为他会责备她，她笑话自己瞎害怕什么呢。洗澡时，柯乐乐又哼起在酒吧听到的音乐调子，反复只会那几句，总在她脑子里盘旋。

言子夜开始翻看柯乐乐的手机。她真是没有心机的人，是她根本不在乎还是她觉得没有做什么对不起他的事，她的通话记录和短信记录似乎都没删除过。他之前已经在她的电脑上查过QQ的聊天记录和邮件来往记录，没有什么不妥的地方，也没有和那个叫苏井然的学长再来往，手机上也没有和苏井然联系的痕迹。不过多了一个叫方启舟的人，名字听起来就是男人，她也不刻意把他改个女生的名字保存吗？言子夜以前交往过一些女朋友，她们就会把关系亲密的男人的名字全部取名为"婷婷""茜茜""倩倩"等这些一看就是女性的名字，并且把不该留下的通讯记录都删除，令人难以抓住把柄。该说柯乐乐笨吗？言子夜看着她和方启舟的微信记录，呵呵，他们经常聊天嘛，今晚还见面了，还喝了点酒，她还做了什么更出格的事情吗？看了看方启舟的微信相册，很年轻的一个男人，模样倒还可以，呵呵，看来她身边一直不缺小男人嘛。

"乐乐，你到家了吗？"柯乐乐的手机突然收到方启舟发来的微信。

言子夜看了看，回复道："已经到家了。今天我玩得很愉快。"

"我也很开心,希望能经常见到你。"方启舟说。

言子夜的目光变得凌厉,这个男人,一看就是对我的女人怀有企图。他回复道:"我今天回来太晚了,惹得男朋友不开心,我想我们以后还是别联系了。"

"你已经有男朋友了?"方启舟问。

难道柯乐乐没有告诉这个男人她已经有男朋友了吗?她为什么要隐瞒!她还想脚踏两条船吗!言子夜恼怒起来,他最痛恨别人背叛他。他回复道:"是的,我很爱我男朋友,为了避免产生误会,请你以后不要再来骚扰我。"

"抱歉,我令你困扰了。我们连朋友也不能做了吗?"

"是的。不说了,我男朋友又不高兴了,我们以后就做陌生人吧,请你不要再联系我,再见。"言子夜回复完这条信息,把方启舟的微信拉入黑名单然后删除,通话记录也删除,然后把保存的他的电话号码也删除。干净了,言子夜还是不解恨,他的心情非常不好。

柯乐乐裹着浴巾走出洗手间,她有些心虚内疚,想着和言子夜亲密一下应该两人的关系又能恢复融洽,她极少这么暴露地出现在他面前,她对于自己的身体总是十分害羞。

"你今天晚上是跟男的还是女的一起喝酒?"言子夜问。

"女的。"柯乐乐小声说。她坐到他身边,他的表情有些严肃,她怯怯地不敢主动触碰他。

言子夜伸手解开她裹着的浴巾,灯光下,她的身体裸露在他眼前,年轻鲜美的身体,柔嫩弹性,他一度很痴迷,此刻他却有些嫌弃地看着,想象别的男人的手抚摸在上面,她的身体也会微微颤抖吗,脸颊也会泛起羞涩的红晕吗?

"还有别的男人这样看过你身体吗?"言子夜问。

"没有。"

"今天晚上你是跟女的一起喝酒吗?"言子夜又问了一遍。

"嗯。"柯乐乐低下头。

呵呵,还在撒谎,我本想给你一个机会的。言子夜冷笑,他动作粗鲁地捏起柯乐乐的脸颊,他的脸凑近她,问:"方启舟是谁?"

犹如遭受晴天霹雳,柯乐乐惊恐的眼神,他怎么知道方启舟?

"他有没有上过你?"言子夜声音里的寒意令柯乐乐战栗。

柯乐乐的脸颊被言子夜狠狠掐着,她无法张口说话,只得反复摇头。没有,绝对没有,我发誓,用我的生命担保,我怎么可能跟别的男人乱来!

"我曾经那么相信你。"言子夜说。

他的手渐渐松开,她雪白的脸颊上留下三个拇指红印。他悲哀又失望地看着她,他的眼神让她觉得自己犯了什么弥天大错,她要解释,她该怎么解释?

言子夜起身去换鞋。

"你要出门?"柯乐乐急急地起身,浴巾掉落在地上,她又慌忙弯腰拾起浴巾把自己的身体包裹住。

这时言子夜已经穿好鞋要离开。

"你什么时候回来?"柯乐乐有些绝望地问。

"不知道。"言子夜看了柯乐乐一眼,这个女人,他曾经冲动地想跟她过一辈子的女人,她辜负了他。

"我不是有意要骗你,我只是怕你误会,我真的没有做什么对不起你的事情,我和方启舟只是朋友……"柯乐乐试图解释。

言子夜不由分说地把门关上。

柯乐乐赶紧冲去打开门,光脚追出去。电梯门口,她拉住他胳膊乞求地说:"听我解释啊,不要离开我。"

她的恐惧赤裸而明显,他看着她,竟然没有产生一丝怜悯。

"回去!你想让别人看到你衣冠不整的样子吗?"言子夜大声呵斥。

"我们一起回去。"柯乐乐拉住言子夜的胳膊不放。

电梯门打开,言子夜用力甩开柯乐乐的手,她要跟着他进电梯,他回头狠狠地瞪了她一眼,她胆怯了,只能喃喃道:"不要离开我。"

电梯门合上,把两人分隔在两个世界。

柯乐乐病了,她故意让自己生病的,夏天里着凉感冒不容易,是在浴缸里放满冷水泡了三个多小时的结果。过程非常痛苦,初夏夜里的温度才二十度左右,冷水有些刺骨,柯乐乐一直瑟瑟发抖,几次全身抽搐,她忍耐着,她必须得重感冒,只有通过这种方法才能令言子夜重新回到她身边。伤心哭泣对他没有用,写了一封很长的信给他解释道歉并且发誓再也不会跟别的男人多说话了也没有用,她想起上一次类似的情况,无意中发烧感冒,他心急如焚地整夜在医院里守候着她,并且不由她再多解释就原谅她。柯乐乐想效仿,她以为只要自己生病了言子夜又会心疼地重新回到她身边。

感冒的症状没有立即反应出来,柯乐乐焦急地一夜没睡。她后悔,反省,为言子夜找借口,他是因为太在乎她才会吃醋,一切都是她不好,她的错,贪图什么呼吸新鲜空气,别的人只会带给她一时的安慰放松而已,言子夜带给她的,才是整个世界。她为何要等到失去时才能明白这么简单的道理!

没有开灯,只穿着裤衩在屋子里来来回回地踱步,冻得直哆嗦,怎么没有人发明一种吃了就立即感冒的药。柯乐乐越来越烦躁不安,漫漫长夜,电视啊电脑啊书籍啊她都无心去看,没有消磨时间的方式,显得每分每秒更加漫长。肚子突然咕咕叫了两声,轻微的饥饿感向她袭来,她去冰箱里找吃的,冰冻的酸奶是个好选择,冷东西可以加速感冒。她又倒了几杯水冻在冰箱里,多吃点冰块,乞求老天快点让自己病倒吧。

家里储备的食物很多,酸奶,果汁,水果,布丁,蛋糕,蜂蜜,鸡蛋,豆腐脑,速冻水饺,汤圆,猪肉,鸡肉,大米,燕麦……短短时间内,就被柯乐乐扫荡一空。饥饿感越来越强地袭击她,她完全不知道自己在做些什么事情,她吃的又是些什么,只要是能塞进嘴巴里的东西,她都能吃下去,不需要怎么咀嚼,不需要感受味道如何,她只是想吃,不停地吃,吃得疯狂,吃得脸上浮现出笑意。潜意识里让她得到一种极好的减压方式,时间也被消磨了。她的胃撑得难受，跑去洗手间吐了两次，吐完又继续吃，没什么吃的东西了，连花生酱沙茶酱等调料也吃，酱油也喝光了，她最后全身无力地瘫倒在厨房的地板上，竟然不知不觉睡过去了。

蓦然醒来，阳光已经晒进屋，柯乐乐动了动僵硬酸痛的身体，看到遭受了打劫的厨房，一时忘记昨夜发生过什么事情。还光着身子……柯乐乐害怕被对面楼的住户瞧见，赶紧捂着胸口起身，胃一阵痉挛，她"哇"地身体前扑吐出来。

哎，柯乐乐叹口气，为何我又吃了这么多东西。她记得这样的情况不止发生一次了，每次心情很糟糕时就想吃，停不下吃，这是什么情况，莫非我心理有问题吗？

拖着沉重的步子回卧室穿上睡衣，头好难受，胃好难受，骨骼肌肉也好难受，柯乐乐无力去洗澡，也不想收拾厨房，她躺到床上继续睡觉，她估摸着自己应该病了，再等等，等病情更严重时再通知言子夜。

这次用苦肉计的方法并不奏效，柯乐乐患了感冒，并没有发高烧，她打了无数个电话给言子夜，发了很多哀求的信息给他，告诉他自己生病了，他也没有任何回音。柯乐乐绝望了，她不想失去他，他是她的一切，她无法想象天塌下来会是什么情景。

我觉得自己快要死了。柯乐乐发短信给言子夜这样说。可是她没有死，四天过后，感冒自然地痊愈了，只是因为那晚暴吃了后一直没有进食，全身虚弱无力，躺在床上太久造成头脑昏沉。她心情沮丧，他真狠心，连她生病也不来看她一眼，他不再关心她了吗，连她的死活都不管了吗？柯乐乐甚至极端地想：如果我去他的公司，在他的公司跳楼自杀，他会拉住我吗？她只是想想，她不敢行动，也不敢去他公司找他，她害怕他会厌恶她。或许，他只是惩罚我一下，要我记住教训，过段时日他自然会重新回到我身边。柯乐乐有时又这么安慰自己。

已经有两次该去学车的时间没有出现在驾校里，Coco给柯乐乐打来电话，柯乐乐看到手机上显示的名字，立即欣喜若狂，以为是言子夜派Coco来慰问她，没想到Coco只是嘱咐柯乐乐记得去驾校上课，下周要进行第二场考试。

"没有别的了吗？"柯乐乐着急地问。

"哦？还想听什么？"Coco笑。

柯乐乐咽了咽口水，支吾着问："言子夜他……他……这几天忙吗？"柯乐乐知道向Coco打听言子夜的消息会被那女人笑话的，她就是忍不住，她已经好多天没有他的消息了，她想他。

"挺忙的。"Coco说。奇怪，莫非他们两人最近都没有见面？闹矛盾了？还是说……老板已经厌倦这个又傻又老土的女人？厌倦是迟早的事情，老板身边的女人都待不长，这个小朋友算是得到最多宠爱的一个。不过，Coco还没有得到什么具体的指示，通常老板要跟女朋友分手时都会叫她去挑选一份分手礼物。

"没事了，谢谢你提醒我上课的事情。"柯乐乐礼貌地说。

柯乐乐心里完全没底，她从来就不知道言子夜的出牌规则，不知道何时才能再见到他，不过，他的秘书还在联系自己，他应该就还没有完全放弃她。耐心地等待吧，柯乐乐对自己说。

有人按响门铃时，柯乐乐也是一阵兴奋，以为是言子夜来看她了，开门看到的却是送快递的人。她的新身份证办下来了。她自嘲地笑，言子夜有这里的钥匙，干吗还要按门铃呢。

堕落了好几日，在镜子中看着自己憔悴的模样，柯乐乐不敢相信那就是自己。还好言子夜没有来看她，不然会被吓着的。感冒花了几天时间才恢复正常，脸色依旧不好，谁叫她半夜总是失眠伤心流泪。她真是恨死那个方启舟了，若不是他来找她吃饭，她和言子夜此时还恩恩爱爱。她拿出手机，想把方启舟的电话号码删除，以表她忠于言子夜的诚意。在通讯录里反复查找，没有方启舟的电话号码，又去通话记录里看，也没有，她不相信地去微信记录里寻找，完全没有两人曾无数次聊天的痕迹。怎么回事？柯乐乐懵了，这些记录不可能是手机出故障自己消失的，难道是……对了，言子夜怎么知道方启舟这个人的存在？他一定查看过自己的手机，关于苏井然的存在也是因为查看过自己的手机？柯乐乐以前完全没去想过这个事情，她只顾着因他的离开而伤心又因他的回心转意而欢喜。他这样查看她的手机记录有多少次了？她想起父亲母亲的眼睛，他们无时无刻不在盯着她，寻找各种她做的他们所不允许的事情的证据，他也是这样么？她和父母就像打仗一般，她小心隐藏着，有时还会故意制造假证据，而她对言子夜完全没想过掩饰什么，她对他真心真意，他不相信她吗？她不喜欢被人监视的感觉，她好不容易才摆脱掉那些眼睛。可是……可是言子夜跟父母不一样，他会宠她，会鼓励她去实现梦想，还会……会给她物质……柯乐乐迷惑了，难道以后她也要开始对他刻意多留个心眼了吗？

去参加实操考试，教练说已经帮柯乐乐安排了监考人员在考试时作弊，她只需要看那人指挥她的手势就行了。考驾照也能作弊？柯乐乐听得目瞪口呆，她并没有要求教练这么做，又是言子夜安排的，他花了多少钱通融的啊，他还是在意她的。柯乐乐感伤起来，考试时满脑子想的都是他，完全没去注意监考人员对她指挥的手势，第一场倒车入库时就直接把车撞到柱子上。考试没过关。

"你怎么不看指挥啊！"教练忍不住骂一句。

柯乐乐低垂着头，真是笨死了，有人帮忙作弊都会考砸，言子夜会怎么想？她发消息给他，说了考试没过关这件事，很快Coco就打电话过来，说会安排她尽快重新参加考试。柯乐乐苦笑，他为什么不亲自打电话给她？不过，他通知了自己的秘书，他还是关心她的，他应该还需要一些时间才能原谅她吧，她愿意等，她会一直乖乖地等他。

一等就是大半个月，柯乐乐等待得都快抓狂了，总是暴饮暴食，胖了七斤，曾经以为怎么吃都不会发胖的她居然连以前牛仔裤的拉链都拉不上了。还好她几乎都是待在家里难得出门，整天穿着宽松的睡衣也看不出身材如何。她颓废了，无所事事，小说无心去写，出版方联系她商量书的出版计划她也无心过问，一日三餐都是叫外卖，躺在沙发上看电视，频道换来换去，吃着薯片，时间就这么流走了。她最爱的还是在夜晚时分，播放言子夜最爱听的那盘 CD，往空气中喷洒他的香水，被他的味道包围着，闭上眼，想象自己正被他深情相拥，随着音乐跳起华尔兹。这是她这段时间以来每日最开心的时刻。

月底，估摸着已经到苏井然毕业的时间，柯乐乐给他发了条短信，祝贺他毕业。两人已经很久没联系了，苏井然收到柯乐乐那条"不要再联系我"的短信后，就一直不敢联系她，他怕影响她的生活，她选择的生活。他回复："谢谢。"

许久没怎么开口说话，柯乐乐突然想找个人说说话，她闷得慌。她打电话给苏井然，说话时声音有些沙哑，又急切，像在监狱里关了很长时间被放出去的犯人。两人的对话不像以前那么默契了，如同陌生人般客气，并且小心翼翼。柯乐乐问："为何我们会变成现在这样？"苏井然叹口气，他也不知道，好像再也回不去了。曾经两人也闹过几次矛盾，甚至吵着绝交，但每次都能迅速和好如初，那时，他们在精神上是能够相通的，现在柯乐乐追求更高层次的生活去了，遥不可及的生活，他够不着她。被问起自己的近况时，柯乐乐撒谎称自己过得很好，言子夜对她非常好。说这句话时柯乐乐躺在沙发上，看着屋子里一片狼藉，她迷惑了，这真的就是自己想要的生活吗？

过后柯乐乐把两人的通话记录短信记录都删除干净，她不会再留下任何证据。

六月初时 Coco 打电话来，通知柯乐乐可以重新去参加驾照科目二的考试，柯乐乐懒洋洋地说她不想去考试，以后再说吧。她知道这些话 Coco 会通知到言子夜，她恨，他这次真是太狠心，她已经受够惩罚，已经吸取教训，他怎么还不肯原谅她？

那晚柯乐乐已经躺到床上迷迷糊糊睡着，言子夜酒气熏天地突然倒在她身边，她惊醒，发现身边有个人，尖叫着去开灯，他拉住她，把她抱入怀中，

"嘘，宝贝，安静点儿。"言子夜说。她伸手抚摸他的脸，不是在做梦吧，他怎么突然就出现了？他似乎很累，打着鼾迅速就睡着了。柯乐乐被他紧紧抱着，她不敢闭上眼，怕醒来发现是梦一场。他喝酒了，喝了很多吧，她从来没见他醉得这么厉害，他是酒醉后不由自主地走到她家的吗？他意识不清楚了还能知道路怎么走，他心里一定是有她的。柯乐乐的眼睛湿润了，等了这么久，终于等到他，他真是个大坏蛋，坏透了！

柯乐乐就这么一夜大睁着眼睛，感受着他的呼吸他的体温，生怕他消失了。房间里的光线一点一点变亮，屋外传来隐约的车流声，是早晨了，她已经反反复复看了无数遍他的脸，就算闭上眼她都能完整无缺地画下来。待言子夜睁开眼时，首先映入眼帘的是她布满血丝的双眼，他伸手抚摸她的脸，说："嗨。"

"嗨。"柯乐乐微笑。

两人都不知道该说什么，长久地注视着对方，然后热吻突然就开始，激烈而绵长，他想她，他想了无数次，这个坏女孩，总是令他心神不宁。曾经有好几次，应酬结束后他开车回家，不由自主地就开到她家楼下，他停下车，望着她的窗户，家里灯亮着，她乖乖地待在家里，他忍住想上楼的冲动，把车开走。昨晚和一帮朋友去酒吧玩，带着新认识的一个平面模特，那模特的脸蛋很漂亮，身材很棒，穿衣很有品位，懂得如何取悦男人。他起初玩得很愉快，他知道模特喜欢他，他也乐意和她周旋，搂着她的腰，在她耳边说些甜言蜜语，不外乎逢场作戏的老招数。可是喝着喝着酒他突然就厌倦了，脑海中总是浮现出柯乐乐的脸，她低垂着眼，抿着嘴唇羞涩一笑，整座冰山都能被这一笑融化。他想柯乐乐，无比想念她，这个坏女孩，他对她这么好，为何她还想着跟别的男人约会？呵呵，女人都一样，装清纯，吃着碗里的看着锅里的，最后还想给自己立个牌坊！言子夜恶毒地把柯乐乐给妖魔化，却还是无法克制自己去想她……

此刻，她完全属于他，他粗暴而用力，报复着她对他的不忠。柯乐乐有些痛，却不愿意推开言子夜，她做错了事，心甘情愿接受惩罚。

他问："你以后还敢不敢和别的男人约会？"

她拼命地摇头，发誓，"永远不会。"

言子夜的眼神温柔下来，他抚摸她的脸，她是他的。"感冒好了吗？"他轻声问。

"已经好了。"柯乐乐感动，他还挂念着她的病。

"你的脸色不太好。"他说。

"对不起。"眼泪大颗流下来，"对不起，我以后再也不会惹你生气了，对不起……"

"嘘。"言子夜用手指按住她的嘴唇，见到她，他的铁石心肠立即就成绕指柔。"乖，宝贝，我说过不希望再看到你流泪。"

可是每一次，都是他惹她流泪。

"嗯。"柯乐乐说，立即把眼泪憋回去。她要做他听话的好女孩儿。

清醒过后再环视这个家，简直邋遢得一塌糊涂，这段时间柯乐乐完全没有收拾过屋子，尤其是客厅那一片，吃的薯片碎屑四处散落，垃圾也懒得去倒，各种莫名的气味混合在一起。言子夜看着四处狼藉，知道这段时间她过得不太好。

"我立即就收拾。"柯乐乐急急地说。该死，怎么让他看到这幅光景。

"别忙活了，我叫个阿姨过来收拾吧。"

"不用阿姨的，我自己能打扫。"

"可乐，你不用为我省钱，以后就请个阿姨在家长期干活儿，你啊，专心写字看书就够了。"言子夜捏了捏柯乐乐的脸。

"这样不太好吧？"从小父母就对她教育灌输着好吃懒做是非常恶劣的品行。

"我说好就是好。"言子夜霸道的语气。

柯乐乐笑，低着头说："嗯。"

他要带她出门吃早茶，跟他一起，她当然要着装好看。在衣柜里挑选了自己最喜欢的那条裙子，拉腰侧的拉链时，才发现居然拉不上去，她胖了。言子夜坐在床边注视着她，她窘迫得满脸通红，只得脱下裙子重新拿了一条。

"小可乐，你裙子脱了又穿，是故意诱惑我吗？"言子夜说。

柯乐乐的脸更红了。

她又试了一条裙子，拉链勉强可以拉上去，但是胸部那儿勒得很紧，胳膊有些活动不开。

"你似乎胖了。"言子夜起身走近她。

"嗯，我很快就会瘦下来的。"

"你不需要减肥，胖一点好看。"言子夜从身后抱住她，在镜子中端详她。"你的胸部似乎也大了些？"

"胖了造成的吧。"柯乐乐羞涩地低下头。

"二十岁，好像还没发育结束吧？"言子夜坏笑。

柯乐乐红到脖子根。

"你需要一些新的衣服。"言子夜说着，脱下柯乐乐的裙子，重新把她抱回到床上，"我怎么要不够你呢？"言子夜的吻又铺天盖地地洒下来。

这次是言子夜亲自带着柯乐乐去购置衣服，不是Coco按照自己的眼光帮她挑选，而是让她看上哪件就随便买。柯乐乐雀跃，他一天都没去公司，一直陪着她，突然而来的幸福感令她眩晕。她拉着他的手逛了一家又一家商店，在他眼前试了一件又一件衣服，每次他都说好看，都买下来。很快他手里就提着大包小包，她想帮忙提几袋，他说这种事情天生就是男人为女人做的，她又说买得够多了可以走了，他说再逛逛，她的衣柜很空呢。通常很讨厌逛街的言子夜，平日买东西都是去定点的几家店，目标明确，选好就走，不愿意在这方面浪费时间。今天不知怎么就是很享受陪柯乐乐逛街的过程，看着她欢喜地穿着新衣服在镜子前转来转去，他心情变得非常好。

"你最近都没戴项链，不喜欢那条吗？"言子夜突然问。

柯乐乐支支吾吾地不敢看他，害怕他会怪罪她。"那个……那个……项链的链子断了,只剩下吊坠。"她没有说是被母亲偷去了,母亲的行为令她觉得蒙羞。

"那就重新再买。"言子夜说。

诶?就这样?柯乐乐眨眨眼,他说得好轻松,一点都没在意。他带着她去 Cartier 买了一条新项链,还给她买了一个手镯,她白皙纤细的手腕配着玫瑰金的手镯十分好看,她笑得很甜。他享受着这份成就感。

9

　　生活似乎就这么恢复了美好，两人相处得十分融洽幸福。柯乐乐的驾照考试顺利过关，第一部长篇小说也圆满结束，出版方那边很快就按照柯乐乐的要求设计好书的封面和版式，书籍也迅速印刷出来，全国各大书店和网络上都有售卖，她的梦想实现了，她成为了一名作家。柯乐乐还特意给父母寄了一本自己的书，却没有收到他们的任何回应，他们都不愿意祝福她一声吗？他们应该很不希望看到她成功吧，这样就证明了她的选择她的坚持是对的，他们不肯承认他们错了。无所谓，他们放弃了她，她也放弃了他们，她只要有言子夜在身边，有他一人就够了。

　　新书出版的消息被柯乐乐发布到朋友圈和QQ空间里，得到了很多以前在杂志社工作时结识的写手和画手的留言祝福，薛颜和樊亚茹分别打电话来恭喜柯乐乐，柯乐乐在薛颜面前狠狠地扬眉吐气了一番，哼，薛颜以前还说她的小说没啥出版希望呢，这不就出版了嘛！薛颜问柯乐乐下一步有啥打算，还准备继续在家里闲待着吗，应该出去找个工作了，不然容易堕落。柯乐乐对于听教诲变得很不耐烦，她说她可以靠写作养活自己，她已经在构思下一部作品了，很快她能获得比这本书更大的成功。

　　在柯乐乐的想象中，书籍出版后，会有去各大城市签名售书的活动，会有很多她的书迷拿着她的书来叫她签名，她甚至花了很长的时间来研究选择自己签名的样式，练习了无数次才满意。可是，这一切都没有发生，她的书只是印刷出来了而已，只是能够在网络上搜索到而已，没有慕名的粉丝，也没感受到任何聚光灯下的那种被瞩目感，完全平静得没有任何波澜，似乎书出版和没出版没有什么区别。柯乐乐不免有点失落，她好想在老家安排一场新书的签售会，就一场也好，让父母和亲戚们看看她的风光，衣锦还乡，扬眉吐气。为此柯乐乐还特意脸皮厚地问出版商：我的新书会安排签售会吗？出版商笑呵呵地回答她：等销售一段时间看看，如果卖得好的话就准备安排签售会。这个念头被出版商告诉了言子夜，言子夜没放在心上，帮她出版书籍就够了，开什么签售会，他不喜欢抛头露面的女人。

小说和驾照的事情都告一段落，手头上没有什么可做的事情，柯乐乐更闲了，整日就看看书、研究研究菜谱，家里卫生也不用她打扫，言子夜给她请了个阿姨，她变得更懒惰了。睡眠的时间变得很长，似乎恢复到婴儿期，一天需要睡十三四个小时。言子夜住在她家时，她会陪着他吃了早餐又躺回到床上继续睡觉，他不在时，她干脆直接睡到下午，想着反正起床也没什么事情做，睡觉是个极好的消磨时间的方式。世界上有那么多全职家庭主妇，丈夫不在时她们的生活都是怎么过的呢？除掉睡眠一天还有那么长的时间，她们就是做做家务、打打牌、逛逛街、看看电视或是跟朋友聚会吗？可惜这些事情柯乐乐都没兴趣，时间变得更难熬了。曾经她还信誓旦旦地说就算不上班她也不会觉得无聊，创作小说的那段时间的确不无聊，一天在电脑前写五六个小时，再加上经常去驾校学车就是半天时间，有时她还觉得时间不够用，那么充实快乐。

柯乐乐开始怀念上班的日子，至少还有同事可以说说话。现在能见到的人就是打扫卫生的阿姨和言子夜，她试图跟阿姨聊天，发现阿姨老是爱打听她家里的事情，也就闭嘴不再跟阿姨搭讪，两人共处一室时几乎安静无声，阿姨背地里还说她是个怪人。

"我想重新找工作。"柯乐乐终于忍不住对言子夜说，她在征询他的同意。

"为什么？"言子夜轻抚她的头发，问，"觉得我对你不好吗？"

"不是，这根本没有关联嘛。"

"那是为什么？"

"我觉得无聊。"柯乐乐说出实话。

言子夜笑，"你可以开始创作新小说。"

"还不知道写什么呢，完全没有思路。"

"所以啊，你得好好花时间构思。"言子夜说。

"我可以一边上班一边构思。"

"小可乐，你是个写作很有天赋的女孩儿，上班会浪费你的时间，乖，听话，好好在家构思新小说，或者多看看书提升自己。"言子夜再次轻抚她的头发。

他知道这个微小动作的魔力，她会乖乖地听话。

只是柯乐乐偶尔还是忍不住会抱怨，对着空气抱怨，每天都是她一个人待在家里，好孤独。身边没有知心朋友，好几次薛颜和樊亚茹约她晚上出来聚会，她都找借口拒绝了，她不敢晚上出门，怕被言子夜责备，她们为什么下午没有空呢？她好希望遇到几个跟她同种状态的女孩，不用工作，白天可以一起四处闲逛。可惜她又没有结识朋友的途径。

日子一天比一天漫长地过去，当言子夜真的就成为柯乐乐唯一的世界时，她对他的各种期待更加强烈。他为何不能天天晚上都过来陪着她？他为何不再带她参加舞会了？他为何不陪她逛街了？他为何不再精心为她制造惊喜了？他为何说过要带她出去旅行结果一次都没有？孤独的灵魂在尘埃里毫无目的地游弋，朦胧的眼神里扑朔着迷离的表情，空虚的内心里纠结的自我反问常常死于无奈而迷茫。柯乐乐总是孤孤单单地走过了黎明，孤孤单单地走过了夕阳普照的傍晚，然后在沉静而孤寂的夜里用自己的舌头舔舐着自己的伤口，这种痛苦只有自己的身躯才能感受，只有自己的心灵才能去体味。

终于等到七夕来临。柯乐乐已经期盼了好久，她将要过的第一个真正意义上的情人节，2月14日那天因为是元宵节，言子夜在澳洲不能陪伴她，他曾经答应过今年七夕一定会陪她。

七夕前一夜，言子夜没有到柯乐乐家里来，柯乐乐安慰自己说没关系，明日他一定会给自己一个惊喜，就像她生日那天一般，梦幻的气球，浪漫的烟火，还有烛光下他深情地看着她，他说：我爱你，一辈子。哦，光是想想就激动，那曾是她有生以来最幸福的时刻，这一次，他又会带她进入什么新奇世界？

可是七夕那一整天言子夜都没有出现，柯乐乐很乖巧地待在家里等着他，等着王子来解救被围困在城堡里的寂寞公主，王子似乎忘记了。时间一分一秒地过去，柯乐乐不时看看手机，不时站在阳台上看看小区里来往的车辆，等得魂不附体。柯乐乐倔强地没有主动联系言子夜，他当初承诺过她的，她不肯承认他当时只是随口说说而已。柯乐乐等得一夜没睡，屋里没有开灯，她坐在沙发上听着音乐，播放的都是忧伤的情歌。或许他在应酬，或许他喝多了，她固执地要等他到天亮。

言子夜在两日后才出现，他刚去外地出差回来，有些疲惫，想到柯乐乐家来舒舒服服地泡个澡，看部电影放松一下。才晚上九点多，她居然已经躺在床上睡觉了。言子夜坐到床边，在柯乐乐脸上印下一个吻，柯乐乐似乎睡着了，没有反应。言子夜微笑，轻声把卧室门给她合上。

听到客厅传来电视的轻微声响，柯乐乐翻转身体，泪水从眼角流下来。他回来了，他现在才回来，还一副若无其事的模样。柯乐乐决心故意不理他，她恨他，他是个大骗子。

言子夜完全不明了这几日柯乐乐对他的冷淡到底是怎么回事，每天他到她家里来，她已经早早地躺到床上装作睡着，他早晨去上班时她还没起床，他在她耳边说"宝贝，我走了哦"，她只"嗯"一声，也不跟他吻别。两人一直没有对话，更别说对视了，她连看都没有看他一眼。一开始言子夜还没在意，连着几日都如此，他纳闷，她在耍小孩子脾气要求得到更多的关爱吗？在赌气他不让她出去上班吗？还是别的什么？他不喜欢这种状态，他喜欢掌控局势，他给了这个女孩衣食无忧的生活，她就应该按照他的要求来感恩，来博取他欢心，而不是跟他打冷战。

"可乐，我们应该谈谈。"在又一次回来时发现柯乐乐已经躺到床上，言子夜推了推她，说，"我知道你是故意装睡，起来，有什么不满就开诚布公地说出来，我们一起找个解决的办法。"言子夜觉得自己的脾气和耐心真的变得很好，在她面前变得很好。

"你是个骗子。"柯乐乐说，依旧躺在床上一动不动。

言子夜皱眉。骗子？"呵呵，说来听听，我怎么成骗子了？"

"你答应过我什么你都忘记了吗？"柯乐乐惊讶地转身看着他。

言子夜想了想，我答应过她什么？莫非……莫非她是指买车吗？难道她以为驾照考出来就会立即拥有一辆车吗？呵呵，她未免想得也太多了，如果她有这样的想法，我真的很失望。

"你果真忘记了。"柯乐乐好伤心，他只是随口说说的，她却当真了。傻瓜，真是傻瓜！

言子夜为她抹掉眼角的泪水，泪水令他心软。"宝贝，告诉我，我忘记什么了？"

"你在过年前夕明明亲口答应过我七夕要陪我过的，骗子，大骗子！"柯乐乐冲他大声吼。

她第一次用如此恶劣的态度对待他，言子夜居然没有生气，奇怪，他竟然觉得她很可爱。他笑，他说的每一句话她都记在心里吗？

"乖，那天我不是在外地出差嘛，今天补偿你好不好？"言子夜耐心地哄她。

"说话不算话，骗子。"柯乐乐倔强地把头扭过去背对他。

"乖，别闹了，你不是说要做我听话的小可乐吗？我也很想陪你过七夕，可是我出差赶不回来啊，我连礼物都准备好了，本来想着给你惊喜的。"

"真的？"柯乐乐终于又转过身看着他。

"真的。"言子夜说，"不过现在已经告诉你了，惊喜没有了。"他故作叹气，临时想好了送她什么礼物，是个奖励，奖励她对他的在乎，奖励她不贪图物质。

"是什么礼物？"柯乐乐笑起来。

是一辆车，Mini cooper，非常适合小女生开的车。言子夜叫 Coco 去购买这辆车，有现货，当天下午就停到柯乐乐家楼下。Coco 接到这个任务时愣了愣，虽然她为柯乐乐去驾校报名学车时就已经提前有了心理准备，估摸着这种事情或许会发生，待听到老板真的要送柯乐乐一辆车时，Coco 还是很惊讶，老板交往过那么多女朋友，从未送过这么昂贵的礼物。这个小小的女孩总是一次又一次令 Coco 感到不可思议，她傻乎乎的外表下原来有着过人的魅惑力，Coco 低估了她。

柯乐乐看着自己的新车开心不已，她的车，她的名下有资产了，靠自己工资的话可能要一二十年才能买得起的东西，他一句话就为她买来，他对她真好，她爱他。言子夜还特意安排了一个司机陪柯乐乐练车，她是新手，开车十分紧张，怕把这么贵的车给撞坏了，车停在小区里被别的车剐蹭了一条印子她就心疼不已。司机耐心地每天下午陪着柯乐乐练车两三个小时，陪练了一个多星期言子夜才放心让柯乐乐一个人开车出去。她最近不无聊了，下午开着车四处闲逛，把很多以前从未看过的街道一条一条地穿过，这种兴奋又新鲜的感觉持续着，她整个人又变得神采奕奕。她的好心情还影响了言子夜，他爱看她咯咯咯地笑，她会搂着他告诉他今天开车出去看到的各种风景和趣闻，她吻他，感恩他，视他为世间至高无上的神。

两人都沉迷在爱情里。

九月中旬，柯乐乐以前就职的杂志社要举办一场杂志作者和读者的见面会，薛颜打电话给柯乐乐，问她要不要来参加，会有很多记者前来，杂志会专门开辟版面来介绍这次活动，还可以现场推荐她的新书。柯乐乐不知道出席这次活动其实是薛颜看在朋友的份上特意为她争取来的，其余来参加的都是知名作者。柯乐乐欣然答应，并且得意扬扬地在言子夜跟前炫耀，她的书开始受到关注了，会有越来越多的人喜欢她的书。

时隔五个月，柯乐乐又一次站在杂志社的门口，不是以员工的身份，而是以一个作者的身份。她良久地注视着杂志社的招牌，想起去年差不多这个时候，她初到上海，因为自己能够在杂志社做编辑而无比激动，觉得那是一份非常荣耀的职业。可是杂志社抛弃了她，它看低她。此刻，她要趾高气扬地看着它恭维她。

"乐乐，好久不见，你越变越漂亮了。"樊亚茹热情地拥抱柯乐乐。她看到柯乐乐手腕上戴的Cartier的手镯，脖子上的项链也是Caitier的，哇，柯乐乐的男朋友对她真好，又为她买新的奢侈品了。

柯乐乐送了一本自己的书给樊亚茹，扉页上有她的签名。

"好惨，我要留守在公司，不然就跟你们一起去参加活动了。"樊亚茹说话的同时，装作不经意地摸了摸柯乐乐的手镯，应该是真货。"乐乐，待会儿一起吃晚饭好吗？好久没跟你聊天了。"

"好啊。"柯乐乐微笑。

樊亚茹欢呼起来。

见面会的现场在公司附近一处礼堂里，柯乐乐特意先到公司，说是想跟薛颜她们一起过去。她开了车来，就停到公司楼下，出了大厦后她就用车钥匙对着车子按了一下，车灯闪烁起来。

薛颜不敢相信地看着柯乐乐，问："你买车了？"

"呵呵，言子夜送我的七夕礼物。"柯乐乐得意地说。

另外几个前同事发出啧啧的羡慕声。

"看起来他对你很好嘛。"薛颜说。

"不能再好了。"柯乐乐笑。

薛颜勤勤恳恳地工作，一路从编辑助理做到现在主编的位置，花了她八年的时间，她的一切都是靠自己的努力得来的。可是她银行里没有多少存款，编辑这行业的工资不高，她做这个工作纯粹是因为自己热爱它，她也曾经做过作家梦，后来发现自己并不是写作的好料，于是放弃了。她每天上下班都是挤地铁，很早就要起床，经常下班回家后还坐在电脑前面继续加班，她很辛苦，她付出了那么多依旧买不起一辆车，这么大的人了还跟父母一起住在几十年的老房子里。而柯乐乐，这个才二十岁的小姑娘，她可以任性地退学，可以任性地不工作，任性地想做什么事情就做什么，她住在高档的公寓里，开着三十多万的车，提着几万的包，还佩戴着好几万的饰品，一身名牌。凭什么她可以这么任性地生活！是脸蛋长得漂亮？是运气好？还是会诱惑男人？薛颜是又嫉妒柯乐乐又鄙视她。

柯乐乐开车载着几个前同事去活动现场，在车后备厢里她特意带了五十本自己的新书，本来想叫她们帮忙拿一下，她们每人手中都提了活动需要的一些东西，袋子不重，却不愿意再负担柯乐乐的书。只有薛颜帮忙拿了几本。薛颜有些为难地对柯乐乐说："活动的各个环节都事先策划好了，你的书准备以什么形式送出去？"

"不用形式，我过去就先一人发一本。"柯乐乐说。

"但其他的作者可能会抗议，他们会质疑杂志社为什么不宣传他们的书。"

"我不用杂志的名义。拜托了好姐姐，就通融一下嘛。"柯乐乐做出可怜状。

"我尽量看看活动过程中能不能为你的新书加一部分介绍的内容。"薛颜也只能帮到这一步。

"太棒了，姐姐真好！"柯乐乐抱着薛颜又蹦又跳。

薛颜无奈地摇摇头，这丫头，该说她什么好呢，真叫人生不起气来。愿上天一直眷顾着她吧。

现场很多人都已经到了，台子上摆了一圈圆弧形的座位，位置前放有各自的名牌号，柯乐乐找到自己的座位，在最左端的角落。坐在台子中央的那几位当然是知名作者，在杂志上发表的文章是三四百元一千字的稿费，而她，稿费只有一百元一千字，多么大的差距，她觉得自己写的小说并不比那些人差。柯乐乐先抱了十几本书上来，趁活动还没正式开始前走下台一本一本地递给记者和杂志的读者，微笑着介绍这是她的新书，请多多关照。反复下楼跑了三趟，终于把书发完。只有少数几人翻了翻她的书，其余的都把书扔到一边，三五成群地聚在一起聊天，柯乐乐安慰自己说他们回家去会耐心阅读的。她突然看到地上掉了一本她的书，不知是谁掉的，然后一个人路过时没发现，直接一脚踩上去，那人察觉脚下有异物，回头看了看，又无所谓地走开了。柯乐乐是爱书之人，家里的书她都会好好爱惜，曾经有人向她借书，归还时书里某页有零星油渍，她都会心疼得要死，从此再也不借书给别人。此刻，柯乐乐看到自己的书遭遇如此对待，真是心如刀割，赶紧跑下台拾起那本书，拍了拍上面的灰尘。

活动还没开始，台上相熟的作者也聚在一起聊天。柯乐乐坐在角落，她一向不知道怎么跟陌生人说话。有两个作者以前是柯乐乐负责她们的稿件，走来跟柯乐乐礼貌地聊了几句，很遗憾她已经不在杂志社做编辑了，并且祝贺她新书大卖。她们问起她版税的问题，问起书籍销量如何，柯乐乐只知道她已经收到预付的五万元，出版商说余下的版税会半年支付一次。那两个作者惊呼，她出版的第一本书就能得到如此好的价钱，真是太厉害了。她们写一本书一共才得到一两万元，而且出版社不肯给她们版税，是一次性谈个价钱把小说买断。一人看到台子上有本柯乐乐的新书，拿起来翻了翻，看到版权页上说书籍首印只有五千本，才区区五千本的印刷量，每本书是25元，就算按照知名作家的版税价是8%，一共也才只能得到一万元，何况她这种没名气而且还是第一次出书的作者，版税能得到6%已经算不错了，怎么可能得到五万元的预付款！

"呵呵，你把我们当傻瓜吗？"那个作者把计算结果公布出来。

"我说的是真的！"柯乐乐咬咬嘴唇。出版商的确向她的银行卡里打了五万元，合同的具体内容是言子夜为她谈的，她没有过问什么。

"我们都是出过书的人，版税怎么算我们还不知道吗？"那个作者笑。

另外几个作者也闻声围过来，计算了一下，首印最多只能得一万元，现在书籍还没有印刷第二版呢，哪个出版商会冒险一次性把后几版的钱都预付呢！他们议论纷纷，嘲笑着柯乐乐的谎话。柯乐乐的眼眶红了，她说的是真的！

还好活动正式开始，中断了他们对她的议论。柯乐乐坐在角落里，是最不起眼的角色，活动上几乎都没有她什么事情，没有记者采访她，没有读者向她提问，只有薛颜在介绍台上每个作者时提了提柯乐乐的新书，并且说那是一本很棒的言情小说。柯乐乐郁郁寡欢，脑子里反复涌现那几个作者对她嘲笑的嘴脸，他们说她是骗子，她不是骗子！

活动最后是自由交流环节，作者们走到读者群中，各自三五成群地聊天，有两个作者的粉丝最多，粉丝视他们为偶像，有人还准备了礼物送给他们。柯乐乐觉得没自己什么事了，想提前离开，穿过人群时有人突然激动地拉住柯乐乐，问她："你是杂志的编辑吧，我给杂志投过几次稿，为什么都没被录用呢？我刚写了一篇新小说，你能给我提提意见吗？"

"抱歉，我已经离职了。"柯乐乐说。

她离开的背影好孤独。

活动结束后杂志社编辑和作者会有聚餐，薛颜四处看不到柯乐乐人影，打电话给她，她说自己有些累，回家休息了。顿了顿，柯乐乐还是忍不住问薛颜："姐，你有听到别的作者议论我版费的问题吗？"

"我听说了。"

"你相信我真的得到那么多钱吗？"

"你真的得到这么多？"薛颜问。

"嗯。"柯乐乐苦笑，"原来连你也不相信我。"

"乐乐，我们都是这个圈子的人，都知道版费规则。我并不是不相信你，我只是很惊讶。"

"但我的确得了这么多，出版商还说这只是其中一部分，半年后还会给我结算版费。"

薛颜沉默了，想了想，问出心中的疑惑："出版商是言子夜为你介绍的吗？"

"嗯。"柯乐乐说。

真相大白。难怪柯乐乐的书这么顺利就出版，应该是言子夜操纵的，而这些钱，也是他出的吧。他对她还真好，不愿意让她对写作失望，还换种方式给她钱，这样的男人值得柯乐乐去爱。薛颜第一次对言子夜有了好感，肯花心思又肯付出物质的男人不多。薛颜破天荒地站在柯乐乐的角度，安慰她一番，说那些作者只是嫉妒而已。

柯乐乐的心情稍微好些。她依旧被蒙在鼓里，不知道言子夜为她做的事情。

言子夜也对柯乐乐说了同样的话，那些作者是嫉妒她。他不想让她知道真相，那样会伤害她。他想起当她知道自己的小说能够出版时又蹦又跳咯咯笑个不停地样子，他要呵护这份美好。

"可是，他们都知道版税的计算方法啊，算出来的结果就如他们说的那样。现在大家都在笑话我是骗子。"柯乐乐郁闷地说。

"那他们写的小说一定很烂，你不是说有些人还是直接被谈个价钱买断版权吗？我的小可乐，你的小说很棒，所以出版商才会付给你这么多钱，你不要跟那些垃圾作者相提并论。"言子夜说。

害怕柯乐乐继续纠结这个问题，言子夜转移话题，说："后天我要去北京出差，你想跟我一块儿去吗？"

"想！"柯乐乐立即兴奋起来。

这是柯乐乐第一次出去旅行，她从两天前知道这一消息时就持续激动着，去网上查了北京的旅行攻略，琢磨着该带哪几套衣服过去，该搭配哪双鞋子，甚至还长时间地对着镜子练习化妆。她想美丽地站在言子夜身边，听着他对别人介绍：这位是我女朋友。哇，光是想想就开心。

Coco 听到吩咐要订两张去北京的机票时不免愣了愣，另一位乘客是柯乐乐，她的预订机票存档里有柯乐乐的身份证号码，她看着这串数字，那个女人的出生年份，多么年轻啊，就开始不用工作衣食无忧，还有个这么优秀的男朋友，那女人上辈子一定拯救过世界吧，Coco 嘲笑地想。

机票是头等舱，一路上换登机牌、安检、登机都不用跟那些闹哄哄的人群一起排队，座位在飞机的最前端，柯乐乐记得上次回老家时也是坐在前端的位置。她笑着问言子夜有什么特权吗，为什么都可以不用排队啊？言子夜扬了扬机票，柯乐乐还是不懂，他无奈地解释，柯乐乐才恍然大悟。

"这么说，我回老家时的机票你也是给我买的头等舱？"柯乐乐问。

言子夜哭笑不得，这个傻姑娘，原来坐了头等舱还不知道。

"这张机票我要好好收藏起来。"柯乐乐做鬼脸。

"以后这种机票你多得是，没啥好珍惜的。"言子夜说。

以后，他说还有以后耶！柯乐乐真喜欢这个词，以后，很多很多年以后，他们还会在一起，还会这样手牵着手。因为一个词而已，柯乐乐就可以开心好一阵子。

住的酒店附近就是商业区，言子夜叫柯乐乐白天他不在的时候去逛街，他给她的信用卡她都没怎么用过，他叫她别为他节省钱。柯乐乐嘀咕着他不带她四处游玩吗？言子夜温柔地揉揉她的头发，说："乖，我得工作，不工作怎么养活你？"

我很好养的。柯乐乐在心里嘀咕，掩饰不了失落。

白天几乎都见不着言子夜人影，他临走时叮嘱柯乐乐就在附近逛逛，别乱跑，吃饭可以在酒店解决，无聊时还可以在酒店做个SPA。反正潜台词就是：你要乖乖地等我回来。

好不容易来趟北京，柯乐乐哪里肯整日浪费在酒店里，言子夜前脚刚走，她后脚就离开。第一天她去了天安门和故宫，还坐着人力三轮车穿梭胡同；第二天去了颐和园，还去北京大学和清华大学兜了兜，虽然她大学中途退学，觉得文凭并没有什么用，对于这两所学校她还是十分向往，只怪自己读书成绩不好。看着校园里穿着普通一脸稚气的学生，柯乐乐有些感怀，无忧无虑的时光，和同学打打闹闹的时光，在图书馆里阅读到心仪书籍的时光，热衷各种社团活动的时光，她还没来得及经历就失去了。后悔吗？似乎没有，只是有些失落。但如果不是退学，或许她就不能遇见言子夜，遇见他才是世界上最美好最重要的事情。

晚上言子夜都会陪着柯乐乐，他推掉应酬，尽量在晚饭前赶回酒店，看到她乖乖地在房间里看书，他微笑。他问她白天都做了些什么？她回答说看书。他笑着捏捏她的脸，说她应该出去逛街，附近的商场还不错。他带她出门，吃好吃的，到后海散步，还在酒吧里坐了会儿。他们在人群中接吻，她说：真想每天晚上都这样。他笑，小贪心鬼。

来北京的第三日，柯乐乐想着明天就要回上海了，必须去长城看一看。长城离住的酒店有七八十公里，如果不太堵车的话一个多小时能到，但北京的路况不容乐观。今早言子夜不停地在讲电话，磨蹭到快午饭时间才离开，柯乐乐一直在心里嘀咕着他怎么还不走。时间不怎么宽裕，柯乐乐想着就去长城迅速地看几眼，一定要赶在晚饭前回来。前往的路程不怎么堵车，柯乐乐笑着说自己真幸运。平日缺少运动，爬长城时没多一会儿就累得气喘吁吁，想着既然来了，不爬到上面去看看就可惜了，咬咬牙继续爬。她一路拍了很多风景照，也请别的游客帮她拍了几张照片，风很大，吹乱了头发，照片里的笑容却是无比灿烂。游玩途中，柯乐乐不时看看时间，她怕回去晚了。

只在长城待了一个多小时就匆匆离开，打不到出租车，又怕坐公交车或是旅游专线换乘的话坐错了车，不时有人过来问她要不要打黑车，价格比来时打车费贵了一倍多，柯乐乐咬咬牙，再贵她也得坐。一路上司机想跟她聊天，问她从哪儿来啊，在北京玩过什么地方了啊，这几天还需要用车吗……柯乐乐懒洋洋地回答着，觉得司机好烦。她在挑选照片，反复对比后，选出几张好看的，不能发朋友圈，那样言子夜就会看到，她只把照片上传到QQ空间里。很快照片下就有人发表评论，有人说长城看起来很雄伟，有人说羡慕她出去游玩了，有人说她很漂亮……柯乐乐不停刷新着QQ空间，一看到有人评论就兴奋，对于一个总是与孤独为伴的人来说，这是她唯一与别人互动的途径。

蓦地，言子夜的电话打来。柯乐乐看到显示的名字时震惊得手机滑落到地上。她手忙脚乱地捡起手机，叮嘱司机不要说话。

"怎么这么久才接电话！"言子夜开口就语气不太好。

"我……我刚才在上厕所。"柯乐乐支吾地说。

"你在哪里?"

"酒店啊。"

"在酒店看书吗?"

"是啊。"柯乐乐说。

言子夜笑,哈哈大笑,"可乐,你学会撒谎了嘛。"

你怎么知道?柯乐乐心虚,不知道该说什么。

短暂地沉默过后,言子夜又问了一遍:"你真的在酒店?"

"不然我能在哪儿。"柯乐乐嘴硬地继续撒谎。

"但是我怎么没看见你?莫非你躲在衣柜里吗?让我找找看哦。"言子夜笑。

糟糕!柯乐乐暗叫不妙,现在才三点多耶,他就提前回酒店了吗?

其实言子夜是想着明天就要回上海了,至少在离开前带柯乐乐去故宫看看,免得她抱怨来北京一趟都没有玩到什么。他回到酒店时却发现她不在,而且还对他撒谎,他简直气坏了。

柯乐乐回到酒店,忐忑地看了言子夜一眼就低下头,他的脸色不好,她又做错事了。"对不起。"柯乐乐说。

言子夜坐在书桌前用电脑,没有看她。

"我不该偷偷跑出去玩,我不该撒谎骗你,对不起。"柯乐乐先自我检讨一番。

言子夜还是没有说话。

柯乐乐不知如何是好,她又看了看他,然后小心翼翼地坐到沙发上。她正襟危坐,耐心地等待着他开口跟她说话,等得十分局促不安,沉默在两人间划出一道鸿沟。柯乐乐很害怕他不理她,她在心里骂自己,以后再也不要贪玩了。

良久,言子夜叹口气,看到她坐在那儿惶恐的模样他于心不忍。他走到柯乐乐身边，抚摸她的脸，说："你连撒娇都不会。"

柯乐乐不会撒娇，没人教过她怎么撒娇，在父母面前，每次做错事情时她就必须不停地承认错误，保证不会再犯。

"对不起。"柯乐乐轻声说。

"长城好玩吗？"

"诶？你不生我气了？"柯乐乐诧异地抬起头。

"我是担心你一个人出去，万一遇到坏人怎么办？"

"对不起。"柯乐乐伸手拥抱言子夜，把脸贴着他的大腿，"我以后再也不贪玩了。"

"给我讲讲这几天你都去了什么地方吧。"言子夜坐到她身边。

柯乐乐笑起来，好棒，他又原谅我了……

秋季的特征越来越明显，晚上的温度变低，开始需要穿外套了，言子夜叫 Coco 陪着柯乐乐去购置新衣，柯乐乐坚决不肯，她才不要那个女人对她的穿着指手画脚。她叫樊亚茹陪她逛街，樊亚茹当然很兴奋地答应，她去接樊亚茹下班，樊亚茹看着她的新车羡慕不已，殷勤地问柯乐乐有没有发现言子夜身边有什么优秀男人，柯乐乐只得谎称他身边的男人多数已婚，不过放心，她会帮忙留意的。

开了快两个月的车，柯乐乐的车技还是很烂，尤其是倒车，商场的地下停车库是立体式，两端的距离都框死了，柯乐乐倒了几次都不能刚好把车倒进车库里，又挡着别的车过不去。后面车的司机等得不耐烦，头伸出车窗喊："要不让我来帮你停车吧？"

柯乐乐求之不得。她窘迫得双颊绯红，下车时对着那个男人不好意思地笑笑，"麻烦你了。"

男人迅速把车倒入车库，取下钥匙交给柯乐乐，笑着说："新司机吧？"

柯乐乐尴尬地低下头。

樊亚茹抢着说谢谢，对那男人多看了几眼，也迅速看了一眼那男人的车。

是好车。

等电梯时，刚才帮忙倒车的男人和他朋友也走了过来，樊亚茹热情地又对他们说了声谢谢，然后就和他们搭讪起来。樊亚茹真是厉害，和陌生人也能迅速熟络起来，恰好他们是两人吃饭，她们也是两个人，樊亚茹居然说干脆就四个人一起吃饭吧，人多吃饭才有气氛。柯乐乐埋怨地看了樊亚茹一眼，这么大胆的要求都能提出来，他们跟你又不熟，怎么可能答应嘛。没料到，那两个男人欣然说好。柯乐乐懵了，结识陌生人就这么简单？见樊亚茹如此轻松地和他们谈笑风生，柯乐乐好羡慕。

原本是来买衣服，吃完饭后两个男人又邀约她们到楼下的咖啡店坐坐，樊亚茹立即答应，转身对柯乐乐说明天再陪她来买东西吧。互相交换了电话加了微信，天南地北地瞎聊，大多时候柯乐乐是看他们三人聊天，他们都是上海人，交谈时说上海话，柯乐乐完全听不懂他们在说什么，却装作一副很认真在听的样子。后来樊亚茹有些得意地介绍说柯乐乐是大作家，刚出了一本新书，卖得可火了。似乎这样说也能令樊亚茹自己身上贴金，她可是大作家的闺蜜呢。樊亚茹说这些话时依然用上海话，她自己没意识到。柯乐乐见三人都看向自己，尴尬地笑笑，说："抱歉，你们能说普通话吗？"大伙儿这才意识到柯乐乐完全听不懂上海话，道歉着用普通话交流。

两个男人的话题也转变，问了很多柯乐乐关于新书的事情，还聊起他们喜欢的作家，喜欢的书籍，这次柯乐乐终于可以融入进聊天中。不知不觉就过了十点，柯乐乐看到时间时大吃一惊，赶紧拉着樊亚茹要走。她不能回家太晚，言子夜知道了会不高兴的。

"她爸妈管得很严，不许她在外面玩得太晚。"樊亚茹在那两人询问柯乐乐为何这么急地要回家时打圆场说。

临走时互相说着有空再一起出来看电影啊。

送樊亚茹回家的路上，樊亚茹问柯乐乐："你男朋友管你管得很严吗？"

"这么晚还在外面，他会担心我。"柯乐乐为言子夜辩解。

"嘿，你觉得吴滨怎么样？"樊亚茹问。

"吴滨是他们中的哪一个？"柯乐乐记不住名字。

"就是帮你倒车的那个啊，我还挺喜欢他的。人长得不错，金融这个职业也很好，开的车也不错。"樊亚茹花痴地笑。

"你真大胆，直接就邀约他们一起吃饭，你不怕被拒绝吗？"

"吃饭又有什么，在酒吧里很多男人女人就看了几眼然后就上床呢。"樊亚茹不以为然地说。

柯乐乐听得目瞪口呆。

"哎，乐乐，你太单纯了。"樊亚茹说。

自己见的世面真是太少了，柯乐乐突然感慨，这样是写不出什么好作品的。经常看到一些言论说作家必须要有丰富的人生阅历，光靠从书本里观察世界是不够的。

今晚言子夜没有到她家里来，临睡前柯乐乐给他打电话，谈起樊亚茹说的那番一夜情的话，问他真会有这样的事情发生吗？言子夜立即警告说樊亚茹是个危险的人物，叫柯乐乐以后少跟这种女人接触。

柯乐乐没有听言子夜的话，不然谁陪她逛街买衣服啊。在周末时樊亚茹兴奋地打电话来说，吴滨约她们两个一起去看电影时，柯乐乐欣然就答应了，反正言子夜说了晚上他要应酬客户不能来陪她。但为了安全起见，柯乐乐特意给言子夜打电话，问他，今天她可以跟以前的同事去看电影吗？得到允许，柯乐乐才敢大胆地出门。

四人约会从下午就开始，在新天地那儿的咖啡店里坐了会儿，然后吃晚饭，然后才去看电影。樊亚茹总是想在吴滨面前表现自己，说话很唠，还特意穿了一条深V的裙子，原本B罩杯的胸不知道被她用什么方法挤出很深的沟。吴滨却似乎总想跟柯乐乐说话，所以他的话题老是围绕着书籍谈，而这是樊亚茹完全空白之地，插不上话，十分不乐意地又把话题转移开。

看的电影名字叫《分歧者：异类觉醒》，这是柯乐乐第一次去电影院看电影，言子夜还没有带她去过电影院呢，他总是买了碟片在家里看。按照电影票上的位置是柯乐乐挨着吴滨坐，吴滨特意把这张票拿给柯乐乐的，他进了电影院坐下后，樊亚茹完全没看自己的座位号，笑嘻嘻地就坐到他身边。反正柯乐乐也无所谓。吴滨还为两位女生买了一些零食，爆米花、薯片、牛肉干、杏仁。樊亚茹怕长胖，什么都不敢碰，柯乐乐吃得津津有味，吴滨不时会伸长胳膊越过樊亚茹把零食替给柯乐乐叫她拿一点，在昏暗中她对他羞涩地微笑表示谢意，他几次看呆了。吴滨很想把樊亚茹这个电灯泡赶走，可是他知道单独约会柯乐乐的话她应该不会出来，她是腼腆文静的女生，需要有耐心才能令她敞开心扉。

电影看完已经十一点多，吴滨提议去酒吧里坐坐，樊亚茹以为吴滨是想多跟她接触，心里偷着乐，硬拉着柯乐乐一起去，说难得周末出来放松，晚点回家应该没事的。柯乐乐犹豫，言子夜似乎今晚不会去她家，但他不会突然又跑去吧？樊亚茹摇晃着柯乐乐的胳膊撒娇，柯乐乐心动，她总是一个人待在家里太闷了，难得出来玩一次。她侥幸地希望不会被言子夜发现。

上洗手间时，柯乐乐给言子夜打电话。电话被按掉，他回复微信：宝贝，我正在应酬，你早点睡觉，我明天给你电话。柯乐乐看到微信居然松了口气，平日的话如果收到这样的消息她会郁郁寡欢好长时间。

可以尽兴地玩了，柯乐乐想。

酒吧也在附近，走路过去，出电梯门就听到震耳欲聋的音乐声。上两次去的酒吧都是静吧，这次的风格完全不同，音乐是节奏非常 High 的舞曲，舞池里不少男男女女迷乱地摇摆着身体，柯乐乐他们有一个卡座，勉强隔绝开拥挤的人群。柯乐乐好奇地张望着，她原以为酒吧的样子就是以前去过的那种静吧，现在她仿佛进入另一个群魔乱舞的世界。

座位原本是男男女女这样排序，樊亚茹挨着吴滨坐，柯乐乐和吴滨的兄弟各坐在两边。樊亚茹一直拉着吴滨说个不停，她的身体靠得他很近，几乎都快贴上去了，手总是有意无意发嗲地拍他几下。吴滨当然知道樊亚茹对他的想法，但他今天只是为了柯乐乐而来，偏偏出现一个挡路鬼，他叫一旁的兄弟帮他解围，想办法尽量耗着樊亚茹。

"来，我们换个位置吧，男女搭配着坐才有气氛。"吴滨对樊亚茹说。他们两人调换位置，吴滨坐在两个女生之间，终于如愿离柯乐乐近一些。

柯乐乐一直没说话，靠在沙发上看着左右的人群，每个人脸上似乎都洋溢着兴奋的色彩，觥筹交错，卿卿我我，柯乐乐的目光在他们身上游移着，觉得观察他们是件很有趣的事情，仿佛在看一场电影。

"嘿，威士忌你是要喝纯的还是兑绿茶喝？"吴滨问柯乐乐。

音乐声太吵，柯乐乐听不见。

吴滨靠近柯乐乐，嘴巴凑到她耳边重复一遍。他呼出的热气弄得她耳朵痒痒的，她脸颊发烫，紧张地把身体离他远一些。

"都可以。"柯乐乐回答。

吴滨已经读懂她的嘴型，却故意装作不知道她说什么，又靠近她，问："你刚才说什么？"

无奈，柯乐乐把嘴凑到他耳边说："都可以。"

两人的脸靠得那么近，吴滨看着她，柯乐乐一时也愣愣地看着他，对视几秒，她慌乱地低下头，身体往旁边挪动，和他隔开一段距离。

真可爱。吴滨笑。害怕柯乐乐喝不惯纯的威士忌，他递了一杯兑了绿茶的酒给她，小小的杯子，她先抿了小口，觉得酒味很淡，又喝了半杯。吴滨看着她，她的样子看起来很少喝酒，也很少到这种地方玩，他喜欢这样的女生。

樊亚茹拉着吴滨要跟他猜拳喝酒，几乎每次都输，爽快地一杯接着一杯地喝酒。柯乐乐担心地看着樊亚茹，在吴滨耳边叮嘱他让樊亚茹少喝点，樊亚茹却开始借着酒疯把身体靠在吴滨身上，手亲密地搂着他脖子，说："你们两个在谈什么悄悄话啊？"

"你少喝点。"柯乐乐对樊亚茹说。

"什么？我听不见。"樊亚茹说。

"你少喝点。"柯乐乐大声说。

樊亚茹笑,拉着吴滨要去舞池跳舞。

"你去吗?"吴滨问柯乐乐。

柯乐乐摇头,她不会跳舞。

"走嘛,我们四人都去。"樊亚茹一手拉柯乐乐一手拉吴滨,还招呼吴滨的兄弟也去。

走去舞池的路上人群很拥挤,吴滨走在前面开道,频频回头看看柯乐乐有没有被别人撞到。突然,他发现柯乐乐不在他身后了,他着急地张望,看到她一动不动地站着看向某个地方,来往的人潮把她推推撞撞,她毫无反应。吴滨冲柯乐乐大喊了一声,音乐声把他的声音淹没,樊亚茹也很奇怪柯乐乐愣在那儿干吗,也朝着柯乐乐大喊了一声。

柯乐乐听不见任何声音,连震耳欲聋的音乐声都消失了,周围的一切都变成空白,她的世界里只剩下一个人影,看着非常熟悉,她不确定那是不是言子夜,他说过他要应酬客户,为何会出现在酒吧里?手还搂着一个美女的腰有说有笑?柯乐乐魂不守舍地朝那人走去,撞着别人了,踩了别人的脚了,那些人对她骂骂咧咧几句,她完全看不见听不见,她死死地盯着那个人影看。

柯乐乐站在了言子夜身边,没错,是他,虽然她喝了几杯酒虽然光线很昏暗,她不会认错他。他们是一个很大的卡座,十几个人,男男女女,柯乐乐站在那里并没有引起任何人的注意,因为经常会有妙龄女郎到他们这儿来搭讪。

樊亚茹也看到了言子夜。她拦住要去叫回柯乐乐的吴滨,在他耳边说:"别过去,她男朋友在那儿。"

男朋友?吴滨愣了愣,她已经有男朋友了?

吴滨还是朝那个方向走去。樊亚茹一边跟上一边拉他,说:"都说了别过去啦,你过去干吗呀!"

言子夜在怀中的美女耳边说话,他不知道讲了什么笑话,逗得那美女哈哈大笑。柯乐乐的眼睛刺痛，拼命忍住快涌出来的泪水，她唤了声："言子夜。"他没有听见。她走向前，颤抖着手拍了拍言子夜的肩膀，他回头，迷离的眼睛瞬间瞪得很大，他整个人都僵住。

"她是谁啊？"言子夜怀中的美女抚摸着他的脸，充满敌意地看着柯乐乐。

言子夜把那美女推开。

"骗子！"柯乐乐说。

言子夜听不见。

"你怎么在这里？"言子夜问。

柯乐乐也听不见。

他靠近她，她则后退，他猛地把她拉住，她挣扎，手在他身上乱打，嘴里喊着："骗子！大骗子！"泪水忍不住流下来。

言子夜钳制住柯乐乐的手，说："乖，别闹，我们回家说。"

身旁的朋友好奇地看着这两人。

吴滨和樊亚茹他们走过来，樊亚茹看得出情况，言子夜在酒吧里和别的美女亲热，没料到被柯乐乐看见。樊亚茹暗暗替柯乐乐担心，交了一个花心男朋友。

吴滨往前几步，大声说："嘿，原来你们两个认识呀。"

言子夜和柯乐乐都扭头看向吴滨，柯乐乐脸上还有泪痕。

"怎么哭了呀？"吴滨问柯乐乐。

言子夜奇怪，他们两人怎么认识？

柯乐乐趁言子夜松懈之际挣脱开他，转身就钻进人群中。言子夜在身后大喊她的名字，无奈身边都是朋友，他不方便追上去。

"闹矛盾了？"吴滨问言子夜。

"你们认识？"言子夜问。

樊亚茹看看柯乐乐跑走的方向，又看看吴滨，最后选择跟他们一起坐下喝酒。

酒吧存包处排着好长的队伍，柯乐乐冲到最前面，排队的人嚷嚷着叫她别插队，她流着泪哀求排在队伍最前端的那人说："拜托，让我先拿包吧，我有急事。"那人看了看哭花了妆的柯乐乐，同意了。她此时的模样看起来像刚被别人甩了，或是被人占便宜了，不过酒吧里天天发生各种疯狂的事情，见怪不怪。柯乐乐却会在意，她不知道什么叫逢场作戏，她把看到的一切都当真了，她伤心欲绝，肝肠寸断。

深夜一点多言子夜才回来，卧室的门反锁着，他只有防盗门的钥匙却没有房间的钥匙。他敲了敲门，没有应答。他已经很疲惫，没有耐心去解释，而且他还窝着一肚子的火。他又用力踢了踢门，大声吼："可乐，开门！"门还是屹立不动。反复几次后，言子夜只得放弃，去客房睡了一夜。他喝多了，睡得很沉，还有些打鼾，他不知道柯乐乐曾轻轻地走出来，躲在墙角偷偷地注视他很久，泪水忍不住涌出来，她捂住嘴，害怕自己发出声音。她那么爱他，那么相信他，他为何要骗她！要背叛她！

柯乐乐趴在床上哭了一夜。

言子夜醒来时有些鼻塞，忘记盖被子着凉了。他去敲卧室的门，柯乐乐依旧不开门，她不想见他。他给她打电话，听见卧室里的手机响了几声，被她按掉。他有些抓狂，她居然这么对待他！言子夜不擅长对女人解释什么，他要的是女人服从、听话，柯乐乐这样闹情绪令他没有耐心，何况，她还跟着男人去酒吧玩！生气的应该是他才对！

言子夜给物业打电话，说家里的钥匙掉了，需要开锁。物业很快派了开锁的人前来，看了看卧室门的锁，说这锁撬坏后他们那儿现在没有匹配的新锁，需要明天才能装上新锁。言子夜回答说不用装新的，直接撬掉就是。

柯乐乐听到屋外的动静，没在意，没料到几声撞击后门就被推开，有亮光照进窗帘紧闭的房间，柯乐乐拉过被子，把头盖住。

待工人走后，言子夜走至床边，"可乐。"他唤了一声，柯乐乐躺床上一动不动。真是倔强的丫头，言子夜无奈地摇摇头，他按捺住自己快要爆炸的情绪，尽量压低声音对她说话。"昨天在酒吧，你看到的那个女人，她只是个陪喝酒的人而已，我跟她没有任何瓜葛，只不过逢场作戏。"

逢场作戏？呵呵，柯乐乐在心里发出冷笑。我明明看到你搂着她的腰，你们的身体贴在一起，你还亲密地逗她笑。想想，柯乐乐就气得全身颤抖，你是我的，你说过你爱我，你还说会爱我一辈子，这些话你是不是同时对很多女人都说过！

"可乐，别闹了好吗？"言子夜隔着被子拍了拍她的背。

"我不想看到你。"柯乐乐忍住内心要爆发的情绪说。

"我不是解释了吗？"

"我只相信我看到的。"

"好，你要说眼睛看到的，那你大半夜跟男人去酒吧又怎么解释！你白天打电话给我时是说跟以前的同事出去看电影，你仅仅只是看电影吗！吴滨是你以前的同事吗！"言子夜吼。

"一开始樊亚茹只是说去看电影啊，而吴滨跟我又没什么，他是樊亚茹喜欢的对象。"柯乐乐也不甘示弱地大声吼。

言子夜不喜欢她这种态度，他猛地掀开被子，暴力把她的身体翻转过来面对他，他强迫她看着他。

柯乐乐的头被他的手钳制着不能动弹，她被掐疼了，她尖叫着叫他放开她，她最痛恨别人强迫她了，难道他也要跟她父母一样对待她吗？她被激怒，反抗，手脚向他乱打乱踢，还狠狠地咬了他胳膊一口。言子夜后退几步，看着这头横眉怒目的小野兽，他的胳膊被她咬得留下两排牙齿印，真是下狠心啊。

"你走，我不想见到你！"柯乐乐歇斯底里地吼，眼泪同时也止不住地流下来。

言子夜第一次见识到柯乐乐桀骜不驯的一面。

两个人这次似乎真的闹崩了。互相不理对方，都觉得自己没做错任何事，一切都是对方的错，对方的欺骗、背叛，不可原谅。

樊亚茹打过几次电话给柯乐乐，问她跟男朋友和好没有，安慰她说男人在酒吧里玩暧昧是正常的事情，她不需要这么较真，他送她车送她奢侈品还给她钱花，干吗把这么好的男人给赶跑了呢，要想找到第二个就难了呢，忍忍就过去了。柯乐乐心力交瘁，她不要忍，她从小到大都在忍，忍了十几年，她不想再委屈自己。樊亚茹叫柯乐乐出来聚聚，柯乐乐每次都说改天吧。她已经把自己关在家里半个月了，她不想见任何人，也不想跟任何人说话。

言子夜一直赌气没有联系过她，柯乐乐有时会无所谓地想：那就算了吧，分手吧，反正我现在有几万块的存款，够我用到下本书出版，靠写作我能养活我自己的。有时她又会十分悲哀，会想起他曾经对她的好，两人曾经在一起的快乐时光，曾经她笑得那么开心，从未如此敞开心扉地笑过，他带给她温暖，带给她希望，让她以为王子和公主会从此幸福地生活下去。童话故事的结局通常都是这句话，却没有说王子和公主终于在一起生活后会怎么样，他们会吵架吗？会有第三者插足吗？他们的生活不可能永远都一帆风顺吧。两个人在一起了，并不是故事的结局，而是故事的开端。

每次悲痛欲绝时，柯乐乐找到一种很好的方法来治疗自己，吃，不停地吃，吃得肚子撑得浑圆，吃得蹲在马桶边呕吐，吃得天旋地转，然后她就可以沉沉地睡过去。日复一日，体重从八十二斤渐渐上升到九十五斤，脸浮肿得有些变形，她看着镜中的自己，都快不认识了。无所谓，变丑了也没人会看到，她就这么自我放纵着。

这样的日子又过了大半个月，柯乐乐分不清白天黑夜，分不清今天是星期几，但她知道这是她和言子夜失去联系的第某某天，她每天都会在镜子上用口红画出数字，擦了画，画了又擦，数字一点一点变大。她看着艳红的数字，有时是歇斯底里地狂敲打墙壁，打得手背淌出血来；有时是莫名其妙地哈哈大笑，笑到声嘶力竭。她有时都怀疑自己是不是发疯了。

如果这种状态持续下去，或许柯乐乐真的会疯掉。孤零零的一个人，她不想一个人！可是樊亚茹和薛颜还有吴滨都给她打过电话来，她又不想接听电话，任铃声一直响着。她拒绝和任何人接触。

十二月初，苏井然的一条微信发来。他不敢打电话给柯乐乐，害怕她男朋友正好在身边，给她引来不必要的麻烦。他不知道，此刻，以及很长时间以来，或者还会很长时间以后，她身边都没有人再监视她的电话了。微信写道：乐乐，我就职的报社要举办一场川籍作家见面会，你愿意过来参加吗？

柯乐乐看了后就把手机扔到一边，没放在心上，她不想理会任何人。睡至半夜，从噩梦中惊醒，浑身冒冷汗，她又梦见言子夜不要她了，这样的梦几乎天天都来骚扰她，令她神经衰弱。她抱着枕头痛哭，她不想这样的事情发生，她不要他离开，可是，当时是她自己亲手把他推开了，她冲他吼，叫他走，说不想见到他。这些都是气话而已，她无法接受他和别的女人亲热，每次想到酒吧里他搂着别的女人的那个画面她就抓狂。难道他不知道她说的只是气话吗，他怎么狠心这么久不联系她，如果他再次向她解释乞求原谅，她会原谅他的，她已经想他想得发疯。

蓦地，柯乐乐想到白天苏井然发来的那条短信。她赶紧找到手机，回复道：好的，我要参加。

柯乐乐想引起言子夜的注意。苏井然说报社那边只提供火车票的报销，柯乐乐说她自己承担机票的费用。她打电话给Coco，叫Coco为自己订一张飞往成都的机票，Coco职业性的语气，令柯乐乐猜不透Coco到底有没有察觉一些她和言子夜之间的问题。很快，柯乐乐就收到Coco发来的航班信息，机票已经预定好了。柯乐乐不知自己是不是该松口气，言子夜一定知道机票的事情了，他还肯为她付机票钱，那表示他还没有完全放弃她。柯乐乐抱着手机傻笑起来，他还没有放弃她！

临走时叫阿姨过来收拾屋子，一个多月来柯乐乐第一次好好地审视这个家，脏乱不堪，她不知道这段时间她怎么能在这种环境下生活。哦不，不应该是"生活"，这一个多月来的日子她只能叫"生存"。阿姨原本应该天天过来打扫，言子夜那边会每个月结算阿姨的工资，柯乐乐把阿姨赶走，她不想任何人打扰她。阿姨哀求着不想丢掉这份工作，柯乐乐不耐烦地说会继续付阿姨工资的。反正那钱又不是她出，她不知道言子夜知不知道这件事情，阿姨应该不会这么傻地告诉雇主自己不工作还要拿工资吧。待柯乐乐叫阿姨重新回来打扫时，阿姨显得很开心，至少不用提心吊胆会丢掉这份工作了。阿姨把厚厚的窗帘拉开，打开窗户，房间里灌入新鲜的空气和阳光，柯乐乐才注意到冬天已经来了。

见面会在周六举行，柯乐乐周五晚上前往成都，这样苏井然下班后就有空去接她。收拾行李时，柯乐乐才发现以前的衣服又都不合身了，她胖了好多，裙子全都穿不上，牛仔裤勉强把拉链拉上，腰间勒出一圈肥肉。不管了，反正冬天穿着厚外套也看不出来，她安慰自己。去年冬天买的风衣，只能敞开穿，扣上纽扣就显得自己臃肿，柯乐乐对着镜子嘀咕：我是不是该去买新衣服了？言子夜的信用卡还在我手里，我需要报复性地狂刷他的卡吗？

苏井然捧着柯乐乐最喜欢的百合花去机场，站在出口处朝人群张望，一时没有认出柯乐乐。待她站在他眼前，对他微笑时，他忍不住惊讶地张大了嘴。她精心地化了妆，却掩盖不了眼神的憔悴，而且，她变胖了好多，甚至可以说有些浮肿。苏井然意识到自己盯着她看有些失态，赶紧把花递给她，接过她手中的行李。柯乐乐把脸埋入花中深深地吸了几口气，真香，花能给人带来愉悦。"谢谢。"她说。她已经一个多月没怎么说话了，觉得自己都快丧失说话能力了。此刻两人注视着彼此，有千言万语想说，都化为沉默。苏井然突然有些心痛，每次问她过得怎么样时她都笑着说很好，可是这次，他觉得她过得不好，她眼睛里流露着忧愁，那份清新扑面的气息消失了。

报社为来参加见面会的作家订的住处是一家廉价的酒店，房间很小，两个人一个房间。从机场去酒店的路上，两人断断续续地聊了会儿，问对方目前的近况，都回答说很好。柯乐乐看得出苏井然是真的过得很好，他很喜欢这份工作，很努力，很开心，而她自己笑得很勉强，他没有问，他应该看得出来。到了酒店，看到两张小小的单人床，她将要和另外一个女人共处一室，柯乐乐突然觉得不舒服，她不想和陌生人聊天，尤其是别人打听她的家庭啊生活啊之类的事情她会很反感，但共处一室她又不可能一句话都不跟别人说。

"跟你一起住的是个乐山的作家，年纪比较大。"苏井然说。

"你家里是你一个人住吗？"柯乐乐问。

"是啊。"

"那我住你那儿吧。"柯乐乐说。

苏井然愣了愣，他家里很简陋，陈旧的房子，一室一厅，不知她会不会嫌弃。

"可以吗？拜托了，我不想听一个老女人叽叽喳喳地问我问题。"柯乐乐说。

苏井然点头。

柯乐乐笑，她拥抱他，说："谢谢。"

单身男人的家里通常都很乱，柯乐乐站在门口，就像大学时去他宿舍找他时看到的模样，她笑，说："你真是一点都没变。"苏井然不好意思地抓抓后脑勺，赶紧把沙发和床上四处乱扔的脏衣服卷成一堆塞去阳台上。到了这里，柯乐乐似乎才放松起来，她想起大一那会儿经常去苏井然的宿舍找他，推开门就是男生特有的汗臭味，还混合着各种食物垃圾的味道，她穿着洗得发旧的白色棉布裙子站在门口，夏天里男生宿舍里的人都只穿条裤衩，看到女生闯入，骂骂咧咧地四处找衣服遮挡，柯乐乐也不害羞，好笑地看着他们，他们起着哄喊着"嫂子请进"，一边把桌上的垃圾和四处乱扔的脏衣服一股脑儿地往阳台上塞，试图给她一个干净的印象。那会儿大家都认为柯乐乐在和苏井然交往，他们两人天天都会见面，一起吃饭一起泡图书馆一起散步，他的兄弟叫她嫂子时，她也不澄清，只是微笑着。

回不去了，那种简单的快乐。

"你肚子饿吗？"苏井然问，他实在不知该说什么。

"有一点。"柯乐乐说。

"走，出去吃夜宵。"苏井然说。

苏井然原本想带柯乐乐去好一点的餐馆吃饭，她穿得这么讲究，已经跟他的生活拉开了距离，他总是有种莫名的压迫感，觉得难以高攀她。但经过街边的烧烤摊时，柯乐乐突然拉拉他说："闻起来好香耶，就在这家吃吧。"

苏井然愣了愣，说"好"。这家烧烤摊是他吃夜宵常来之处，不过坐在露天的街边，简易的桌子，十分委屈她。

"好久没吃烧烤了。"柯乐乐笑，"还记不记得以前学校附近我们常去的那家烧烤店，好怀念那个味道啊，老板知道我们爱吃麻辣的，特意给我们放得特别重口味，还总是留新鲜的肉给我们。"

"毕业后我还连续去吃了三天，老板说以后再见不到我了，最后一天去吃时送了我好多吃的，还跟我一起喝了一瓶啤酒呢。"

"说起喝酒啊，你上次在那儿喝醉酒，还跟别的学校的人打了一架呢，我第一次见你打架，没想到这么凶猛，把老板的摊都给砸了，呵呵，后来每次去老板都不给你好脸色看。"柯乐乐哈哈大笑。

苏井然也笑。谈起往事，两人仿佛又回到旧时光，她又变回那个邻家可爱的妹妹，两人间那道鸿沟似乎也消失了。烧烤端上桌，柯乐乐吃得津津有味，直呼好吃。苏井然要了一瓶啤酒，她嚷着也要，各自一瓶下肚后，说话变得更加轻松起来。他们聊起大学那会儿的事情，那么多回忆，共同的回忆，从琐碎的小事里也能发掘出简单的快乐。

一顿夜宵吃得十分欢快，柯乐乐好久没笑得这么开心，她好想一直都能这么笑。回去时又买了四罐啤酒，靠在沙发上继续聊着回忆，继续哈哈大笑。柯乐乐喝醉了，笑着笑着她就开始流泪，读大一那会儿她多么快乐，离开了父母，没人管她，自由自在，随心而欲。认识言子夜后，她一会儿升入天堂一会儿坠入地狱，情绪落差反复，她流泪的次数比在父母身边还要多，还要伤心。柯乐乐第一次对苏井然敞开心扉讲起她在上海真实的生活，并不是如外人看到的那么好，尤其言子夜在前段时间背叛了她，他搂着别的女人，苏井然你知道吗，他居然搂着别的女人……柯乐乐嚷嚷说她要彻底离开言子夜，她现在手头有存款，完全可以支撑到她下本书写完，她能够靠稿费养活自己，才不要靠他养，看他的脸色，连跟朋友出去聚会都要向他请示。她一会儿又改口说她真的好爱言子夜，他给了她那么多美好的体验，让她感觉自己是上天的宠儿，让她对未来充满了希望，她真的好想一辈子和他在一起，结婚，生子……

柯乐乐语无伦次地醉倒在沙发上，眼角还残留着泪痕。苏井然心疼地看着她，这次她身上发生的变化很大，她有些自暴自弃的样子。他把她抱到床上，替她盖好被子，他轻声问："你为何要追求这样的生活呢？简单点，粗茶淡饭不行吗？"

柯乐乐在成都待了一个星期，待得她都有些不想走了。每天苏井然去上班后，她就一个人四处在街上闲逛，有时坐在街边的长椅上看着来往行人发呆，有时走进一家书店看到一本好书就站着看大半天。苏井然下班回家时，会看到房间被收拾得很整洁，就像家里有个贤惠的田螺姑娘。晚上两人喜欢重回大学校园走走，看着校园里那一张张青涩的面孔，看着很多有过美好回忆的角落，柯乐乐心里偶尔会闪过一丝后悔，当初是不是不该冲动地退学，如果她现在继续留在校园里又会是什么模样？日子过得不会很好，但至少不会心痛。她每天都会把自己在成都拍的一些照片发在朋友圈里，她知道言子夜会看到，她想刺激他，她想把自己表现得在外面玩得很开心的样子。

Coco发短信过来告知柯乐乐次日下午回上海的航班信息，柯乐乐一时愣住，她没有叫Coco订回上海的机票啊，一定是言子夜指示的，那家伙，擅自决定她的行程，她干吗要受他摆布！转瞬，心又变得柔软，他是不是想她了，想看到她，想她快点回到他身边，所以才为她订了机票暗示她。柯乐乐雀跃起来，见到苏井然时兴奋地把这条短信给他看，说："他给我订了机票，他要我回去！他要我回去！"

苏井然当然知道这个"他"指的是谁。他勉强地笑笑，祝福她。

柯乐乐开心得一夜没睡，她拉着苏井然陪她喝酒，激动地说起言子夜对她的各种好，她开始觉得酒精真是个好东西。苏井然不知该说什么好，前几天哭得稀里哗啦骂言子夜是个十恶不赦的大坏蛋的人是她，此刻把他夸成一往情深的好男人的人也是她。不过这是她自己选择的生活，苏井然无权干涉她，他很想对她说：留在成都不好吗，咱们一起看书写字，喝酒吟诗，你曾经不是说你向往的生活就是这样吗，我可以带给你。苏井然只能带给她这些，他是个穷小子，工资刚够自己花的，他给不了她名牌，给不了她大房子，更给不了她 Mini cooper，但他有一百块钱可以给她花九十九块钱，他们可以共同努力创造美好的未来。

只是，柯乐乐没有耐心去等待，她现在就想要拥有一切，她尝过糖的甜头，就不会再甘心去过那几毛钱的刀切馒头就当一顿饭的日子。

柯乐乐上飞机前给苏井然发去微信，说："谢谢你。"然后她把所有与苏井然的通信记录都删除，她学会了多留一个心眼，不让言子夜抓到任何把柄。

回到上海，柯乐乐琢磨着是乘地铁回家呢还是坐出租车，低着头拖着行李箱，在机场出口处突然听到有人叫她的名字，前两声她都没注意，待那声音追着出现在身旁时，她才茫然地回头，看到言子夜一步一步向她走近，他手里捧着一束鲜红的玫瑰花，他冲她笑，说："怎么，才这么几天而已，从我身旁走过了都没认出我吗？"

不是做梦吧？柯乐乐呆立片刻，然后用力捏了捏自己的脸，哎呀，好痛，是真的。

言子夜被她可爱的举动逗笑，他伸手捏了捏她另外半边脸，说："可乐，是我。"

柯乐乐猛地扑入言子夜怀里，笑得眼泪都流出来。"坏死了，什么才几天啊，明明都 51 天了！"柯乐乐说。

言子夜笑，数字记得这么清楚。

玫瑰花并不是她喜欢的花，柯乐乐对言子夜说过她喜欢百合，他记不住，他从来不去记这些小事，花是秘书为他准备的。但什么东西只要是他送的，柯乐乐就喜欢得不行。真的没想到言子夜居然会来接她，两人没有提起吵架分开的事情，仿佛那51天压根儿就不存在，他们从未发生过什么不愉快的事情，很自然地拥抱接吻，他牵着她的手带她回家。

当然言子夜有问起她这一个星期去成都做什么，柯乐乐回答说参加报社的川籍作家见面会，顺便玩了几天。言子夜没多问，他似乎相信了。开车时他一只手握方向盘，另一只手一直握着柯乐乐的手，温暖的大手，柯乐乐的心又找回被宠爱的感觉，对他的怨恨一笔勾销，忘记自己当初为什么要怨恨他，这么好的男人。

关于酒吧撞见背叛的话题被小心翼翼地掩埋在心里，柯乐乐曾经想象过无数种两人和好的场面，他捧着昂贵的礼物来不停地对她道歉乞求她原谅，或是他痛哭着说不能没有她乞求她原谅，或是他喝得烂醉如泥满脸憔悴地乞求她原谅……可是，言子夜压根儿就没道歉，两人就这么莫名其妙地和好了。这是他的风格，他离开她时铁石心肠，想回到她身边时又可以含情脉脉，一切都是他想怎样就怎样，完全不顾柯乐乐的感受。柯乐乐却因重新得到他而欢天喜地，感恩戴德。

言子夜也说柯乐乐胖了，初认识她时，他总是拉着她纤细的胳膊说"你要多吃点，胖一点更好看"。现在她胖得太多，腰身曲线全无，胸部也变大一个罩杯。男人似乎都是喜欢胸大的女人，言子夜以前交往的女朋友个个都是前凸后翘的模特身材，认识柯乐乐后，他才觉得其实一只手就能把胸部握在手心的感觉也很棒，她身上的每一处他都很喜欢，尤其那低头羞涩的一笑，令他神魂颠倒。言子夜搂着她的腰，以前两手一卡就握住的小蛮腰，怎么能胖得这么快呢。他笑，"以前以为你怎么吃都吃不胖呢。"

还不是怪你，每次长时间见不到你我就会长胖。柯乐乐在心里嘀咕，却不敢说出来，她好不容易才再次拥有他，不能抱怨惹烦他。

"要不要考虑去练瑜伽？"言子夜问。不能去健身房，那儿男人太多，她这种单纯好骗的性格最诱惑男人。

"好啊。"找个消磨时间的方法也好。

"回头我叫 Coco 帮你找个好的瑜伽馆。"言子夜说。最好是只针对女性的瑜伽馆。

又提到 Coco，哎，柯乐乐真不喜欢那个女人，老是插足在她和言子夜之间。不过，她能试着和 Coco 成为朋友吗，这样她就能打听到更多言子夜的事情。柯乐乐天真地想。

回到家，躺在言子夜怀里，柯乐乐睡了无比香甜的一觉。她的脸上不由自主地挂着微笑，言子夜醒来时看着她的笑脸，心里暖暖的，这个令他又爱又气的女人。

"嘿。"看到柯乐乐睁开眼，言子夜抚摸她的脸颊。

"嘿。"柯乐乐笑，往他身上贴得更紧一些。

"你好久都没说梦话了。"言子夜说。

"啊？我说过什么梦话吗？"柯乐乐完全不知情。

"你以前经常会在梦中说爱我。"言子夜说。

真的假的？柯乐乐脸红。

"你好久没在梦中说过了。"言子夜有些淡淡的失落。

真丢脸，怎么在梦中说这种话呢，连现实中柯乐乐都很少说出口，她总是放在心里，她以为他懂的。

"你还爱我吗？"言子夜问。

"当然。"

"当然什么？"

"爱你。"柯乐乐小声说。

"我想每天都听到，我要你大声说，完整地说。"言子夜霸道地在她嘴唇上吮吸一口，"记住了吗？"

"其实我每天都在心里反复说了几十遍。"柯乐乐说。

言子夜笑起来，他温柔地揉揉她的头发，说："好姑娘。但是你得说出来，我想听，我喜欢听你说你爱我。"

"嗯。以后我每天醒来就对你说一遍,但前提是你得每天都在我身边醒来。"

言子夜捏捏她鼻子,"小鬼,开始学会讨价还价了嘛。"

柯乐乐咯咯咯笑。

这笑声,久违的笑声,言子夜喜欢的笑声。他内心变得柔软,问她:"圣诞节快到了,你想要什么礼物?"这是他爱的方式,女人都是喜欢礼物的,礼物能让女人开心。

"你可以抽出几天时间陪我去旅行吗,你完全不工作,也不被别人打扰,一天24小时都待在我身边。"柯乐乐问。

"可以。"言子夜说。

柯乐乐欢呼起来,没想到他一口就答应了,属于他们两个人的旅行,真正意义上的旅行。因为他的一句话,她就可以恢复成那个阳光灿烂的小女孩,她开始重新热爱生活,多么美好的生活,为何要虚度了呢。她开始投入到阅读和写作中,开始联系上海仅有的两个朋友,告诉薛颜她准备为杂志写短篇小说,邀约樊亚茹有空出来逛街,她们两人前段时间很为联系不上柯乐乐担忧,柯乐乐笑着说感情上出现了一点小问题,现在一切都变好了。

白天的时间不再觉得漫长,早晨构思新的短篇小说,下午去逛街,衣柜里的衣服她都胖得穿不下了。柯乐乐刷言子夜给她的信用卡,他说过她花他的钱会让他觉得开心,她就放心大胆地买了几套衣服,还狠心买了一套很贵的护肤品,她要把自己打扮得漂亮,她要让言子夜百看不厌。经过一家美容院,看到说得天花乱坠的大幅宣传海报,柯乐乐有些犹豫,她要减肥,她要防止胸部下垂,她要让憔悴的脸重新恢复光泽弹性,尤其是她早晨仔细照镜子时,发现眼角居然长了一条小小的细纹,她担心死了,害怕自己会变老变难看。柯乐乐第一次走进美容院,咨询了价格,好贵,却又被销售人员热情劝说得十分心动,她想起言子夜说过的话:不要为我节省钱。柯乐乐咬咬牙,买了一张五千块的会员卡,刷卡签字时她的手在颤抖,言子夜收到银行的短信通知了吧,他会骂她吗?提心吊胆了好几个小时,晚上见着言子夜,怯怯地汇报今天买了些什么东西,他淡淡地说声"你喜欢就好",柯乐乐松口气,是不是意味着花费这些钱以内都不会被他责备乱花钱?此后,她刷信用卡时就放心大胆了。

言子夜叫Coco为柯乐乐联系的瑜伽馆也已经办好年卡,当时言子夜交代时特意提了最好是纯粹的女子瑜伽馆。Coco微笑得恰到好处,心里却十分不爽,前段时间她隐约窥察到老板和柯乐乐闹矛盾了,一度以为他们会就此分手,老板这次谈恋爱的时间也太长了吧,超过了他以往每次恋爱的时限。Coco嫉妒柯乐乐,老板为这个小女孩真是花费心思,连练个瑜伽都要替她报名,就像对待什么都不懂的婴孩,一切东西都给她安排好,不用她动任何脑筋。老天真是不公平,一个愚笨又做事能力差的女孩却受到老板的青睐呵护,Coco觉得自己才是与老板最般配的女人,他得力的助手,她看着老板身边流水般的女朋友,自信自己会是留在最后的一个。

柯乐乐将要去的是上海最棒的瑜伽会所,位于市中心繁华地带,内部环境十分豪华舒适,当然价格也不菲。言子夜对柯乐乐呵护得实在是太好,把她当成小孩子,好像出门处处会遇到危险。他要Coco在柯乐乐第一次去时陪着她,说害怕柯乐乐没去过这些地方会找不着。Coco在心里嘀咕:这么大的人了拿着地址不会问路吗,她是白痴啊?无奈,老板的命令是要听的,Coco装作热情洋溢地联系柯乐乐,问好她何时想去练瑜伽。

和Coco约好下班后接她一起去瑜伽会所,柯乐乐提早开车到言子夜公司楼下,她还记得他公司在几楼,她没打招呼就跑去他公司,想给他一个惊喜,也想让他公司的员工们知道她这个老板娘的存在。

前台不是以前那位,新来的前台不认识柯乐乐。当柯乐乐说是来找言子夜时,前台看了看这个直呼老板名字的女人,长得一般,不过提的包包和佩戴的饰品是名牌货,不知道什么来头。按照老板秘书交代的规矩,前台告诉陌生女人说老板不在公司。

"不在公司?那他去哪儿了?"柯乐乐问。

"我也不知道。"前台说。

柯乐乐有些郁闷，好不容易来他公司一趟，她好想坐在他办公室里看着他工作，他认真工作的模样真帅。

"那我找下Coco。"柯乐乐说。

Coco很快过来，亲切地笑着，"哎呀，你怎么提早到了，过来也不通知一声。"

"本来想过来玩玩的，没想到子夜出去了。"柯乐乐问。

Coco笑，同时看了前台一眼，对前台说："你以后记住了，这位是柯小姐，是老板重要的客人，以后她过来找老板你就不能胡乱说老板不在。"

前台唯唯诺诺地点头说自己记住了。

Coco热情地拉起柯乐乐的手，说："别见怪，这是公司的规矩，通常陌生女人过来说找老板前台都会告诉那人老板不在。"

"为什么？"柯乐乐好奇。

Coco一脸神秘地把嘴巴凑近柯乐乐的耳朵，生怕别人听到的模样。"因为呀，经常有老板的爱慕者过来骚扰他。"

啊？柯乐乐瞪大了眼。

"你要知道，老板的工作关系经常会接触到模特啊明星啊各种美女，那些女人也头脑简单，老板对她们稍微好点嘛就以为自己是老板的女朋友，总是不请自来，老板被她们纠缠烦了，就给前台订了这个规矩。"Coco故意说。她脸上不动声色，心里却很得意地从柯乐乐脸上看到了希望达到的效果。

柯乐乐一脸阴沉。经常接触美女？对她们好？自居女朋友？纠缠？这些字眼刺激着柯乐乐，令她抓狂，令她担忧。

"走，我带你去老板办公室。"Coco知道老板在工作时最反感别人打扰他，尤其是女朋友不请自来的打扰，Coco见识过好几次老板的前女友跑来公司，然后被老板恼怒地骂了一顿。

敲门，得到请进的允许，Coco为柯乐乐推开言子夜办公室的门，然后自已坐回到办公位上去。Coco办公的地方就在言子夜办公室的门外，离他多么近，随时可以接触他，柯乐乐好嫉妒，她希望坐在这儿的人是她，随时了解他工作行踪帮他处理事务的人是她，在他工作累了的时候递上一杯咖啡，在目光不经意对视时甜蜜地一笑……

"你怎么来了？"言子夜皱了皱眉。

柯乐乐从幻想中醒来，笑嘻嘻地走到办公桌前，说："接Coco去瑜伽馆，顺道来看看你工作。"

"有什么好看的。"言子夜语气里有些不悦。

柯乐乐完全没听出来，她拉开椅子在他对面坐下，胳膊肘撑在桌面上托着头，歪着脑袋凝视他，她笑，说："这样看着你工作，我看一天都看不够。"

言子夜的表情柔和下来，他无奈地叹口气，说："小捣蛋鬼，你会打扰到我。"

"我就坐在这儿，保证一点声响都不发出。"柯乐乐说。

"你坐在这儿我怎么还能专心工作呢。"言子夜笑，起身，走至柯乐乐身边，在办公桌上坐下，拇指和食指捏起柯乐乐的下巴看了看，说："今天的妆化得还不错。"

"想着来你公司，特意化的。"柯乐乐嘿嘿笑。她平时都是素颜见他，这个妆是她练习了无数次今天下午花了将近一个小时才化好的，淡妆，眼线和眉毛是她擦掉好几遍重化才终于满意。

"还好你没擦口红。"言子夜俯下身吻她。

认识这么久了，每次跟他接吻都会有窒息感。柯乐乐屏住呼吸，小脸涨得通红。

"你怎么还没学会接吻？"言子夜笑着刮了她鼻子一下。

柯乐乐的脸更红了。

"乖，跟Coco去瑜伽馆看看吧。"言子夜说。

"这么快就赶人家走。"柯乐乐嘟起嘴，"都不带我参观下公司吗？"

"乖，我叫Coco带你转转，我还有事情要忙。"言子夜揉揉柯乐乐的头发，他知道这个动作的魔力,她立即就会乖乖地听话。

抬头,言子夜才注意到她进来时忘记把办公室的门关上,见她这么可爱的模样,他也就无法责备她。

Coco一直坐在位置上仔细听着里面的动静,不是她预期的场景,她似乎还听到了柯乐乐的笑声。这个小女孩到底有什么魔力,一改老板暴躁的脾气。

桌上的老板专线电话响起,Coco接起,言子夜叫她可以提前下班了,临走时顺便带柯乐乐在公司里参观一下。Coco恨得咬咬牙。

柯乐乐笑语盈盈地走出来,对Coco说:"今天就麻烦你了哦。"

"应该的。"Coco职业性的微笑。

Coco带着柯乐乐在公司里转了一圈,公司布置得很有艺术感,员工几乎都是年轻人,男性居多,柯乐乐喜欢这样的公司,以前在杂志社上班时被那帮更年期的老女人八卦议论得很烦。一个年轻的男人经过,看了看柯乐乐,问Coco:"新来的员工吗?长得好漂亮。"

"我在这里上班你会欢迎我吗?"柯乐乐抢着问。

"美女谁不欢迎啊。"那个男人笑。

柯乐乐被夸奖得很开心,咯咯咯笑。她从小到大很少被人夸奖。

不得不说,这丫头的笑声很好听。Coco在心里嘀咕,至少自己就无法这么欢快地笑。

"别耍嘴皮子了,快回去干活儿。"Coco对那男人责备的语气。

柯乐乐突然觉得Coco在这家公司里有一股威严,不过一个小小的秘书而已,还能够训斥员工,谁给了她这么大的权力?柯乐乐的嫉妒心又升腾起来,她想在这家公司上班,想每时每刻监视着言子夜的行踪,断绝他和任何美女接触的机会!美女,哦,想到美女柯乐乐脑子里又浮现出那晚在酒吧里见到他搂着美女的画面,她曾经试图忘记这件事,此刻它却调皮地跳出来,提醒着她,刺激着她,他身边充满了各种危险诱惑,他随时可能被别人抢走。不,他是属于她的,他永永远远只属于她一个人!

柯乐乐的脸色变得很难看，愣在原地失神，Coco 叫了她两声都没反应，最后 Coco 轻轻地拍了拍她的肩膀，柯乐乐回过神来，一时半会儿也不再说话。

还好提前下班，路上不太堵车，Coco 坐在这辆自己亲手为柯乐乐挑选的车上，心里说不出的复杂滋味。她一次又一次地为老板身边的女人挑选礼物，很多昂贵的东西经过她的手，是她的品味她的喜爱，却没有一件是属于她的。连这家瑜伽会所也是 Coco 一直梦寐以求想来的，她练了一年多的瑜伽，不过是在公司附近的小瑜伽馆里，下班后先去上一个小时的课，然后再坐地铁回家，这样她穿的昂贵的职业套装就不会在地铁上被挤得发皱。

柯乐乐在前台领取年卡时，歪着脑袋问 Coco："你会练瑜伽吗？"

"当然。"Coco 回答。

"哇，要不要一起练？"柯乐乐问。

"我已经在别的瑜伽馆办了年卡了。"Coco 微笑。这家瑜伽馆的年卡是她消费不起的。

"可惜了，还想找你做伴一起练呢。"柯乐乐是真的惋惜，她想跟 Coco 套近乎可以了解更多关于言子夜的情报。

Coco 却把这看成炫耀的嘴脸，心里一阵厌恶。

年卡办理好，还送了柯乐乐十张次卡。柯乐乐欢喜地把次卡递向 Coco，说："送的次卡给你吧，你没事可以过来练几节课，我家离你公司很近的，到时候去接你一起来。"

"谢谢。"Coco 微笑。

既然都已经到这儿了，柯乐乐今天就想上节瑜伽课，怂恿着 Coco 也上课，Coco 借口说没有带上课的衣服来，柯乐乐立即就买了一套瑜伽服送给她，也给自己买了两套。原本普通的瑜伽服，在这儿卖的价格是外面卖的两三倍，柯乐乐刷卡时毫不在意，Coco 注意到她在银行单上签字时写的是言子夜的名字，不免暗暗心惊，天，老板居然把自己的信用卡给这个丫头随便花！这次，老板是动真格的了吗？Coco 无法接受这个事实。既然有十次可以跟这个丫头一起上课的机会，她得想点办法出来。

第一节课就上热瑜伽，对于从未接触过瑜伽的柯乐乐来说十分困难，韧带僵硬，高温闷热，没吃晚饭带来的眩晕，喘不过气，在课程快结束时她几乎要晕倒，躺在瑜伽垫上不愿意再动了。她看着一旁的 Coco，动作优美标准，她自嘲地吐吐舌头。洗过澡换好衣服，柯乐乐问 Coco 要不要一起吃晚饭，Coco 平日为了保持身材晚餐只吃一个苹果，今天想多跟柯乐乐接触，微笑着点头。

"你瑜伽真棒，都够当老师的级别了。"柯乐乐恭维 Coco。

"你经常来练习身体也可以变得很柔软。"Coco 说。

"你下次来时记得叫上我哦。"

"一定。"

"我想，我们应该可以成为朋友。"柯乐乐说。

朋友？ Coco 在心里发出冷笑，我们永远也无法成为朋友。"那是我的荣幸。"Coco 说。

Coco 带柯乐乐去了附近的一家日本料理店，生意太好，排着长队，犹豫着要不要换家店时，突然看到了老板的一个朋友。Coco 冲那人微笑着喊："吴总您好，没想到在这儿碰见您。"

吴滨对 Coco 点了点头，蓦地看到她身边的柯乐乐，愣了愣，然后笑着走过来。"嘿，好久不见。"

在跟我说话？我们认识吗？柯乐乐眨眨眼。

"就你们两个人来吃饭吗？"吴滨问。

见吴滨看着柯乐乐说话，Coco 抢着回答："对。"

"要不要一起吃？我有预定包厢。"吴滨说。

"太好了，谢谢吴总。"Coco 笑得很好看。

柯乐乐还在心里琢磨这人是谁。姓吴？是和樊亚茹一起认识的那个男人？虽然一起吃过两次饭喝过两次咖啡看过一次电影还一起去酒吧玩过，柯乐乐几乎都没敢仔细看那两个男人的脸，完全不记得他们长什么模样。其中一人似乎是姓吴吧？

吴滨是和三个男性客户共进晚餐，两个女性的加入令晚餐变得更有气氛，尤其是Coco这种交际手段圆滑的女性。吴滨和Coco在饭桌上打过几次交道，是言子夜带着她去陪喝酒的，Coco酒量很好，白酒能喝一斤，尤其是那些年长的客户很喜欢这类女人。柯乐乐则一直安静地坐着，低着头，也不喝酒，吴滨同行的三个男人劝了几次要她喝点嘛，她都微笑着摇摇头，丝毫不给人面子，他们觉得没趣，也就不再搭理她，继续跟Coco猜拳聊天。

吃了一段时间，吴滨才跟坐在他对面的柯乐乐说话，他问："你最近好吗？"

"挺好的。"柯乐乐笑说。

"之前听亚茹说你和男朋友吵架了，现在和好了吗？"

"嗯。"柯乐乐笑。现在她能完全确定这个男人是谁了，就是因为跟他去酒吧玩才看到言子夜不堪的一面，令她心目中那个完美的男神大打折扣，使她产生严重的不安全感。脑子里再次重播着言子夜搂着别的女人的画面，柯乐乐脸色又忧郁起来。她不要想起这件事，没有这样的事情发生过！

吴滨也有些失落，朋友的女朋友他是不能抢的。

"你们怎么认识的呀？"Coco突然扭头看着他们。

"呵呵，很偶然认识的。"吴滨笑着说。

"讲来听听呀，我很好奇耶。"Coco想刨根问底，她觉得他们两人间的气氛很微妙。吴滨也曾经是Coco想拿下的男人之一，年轻优秀的男人，Coco喜欢这样的男人，身边一旦出现这样的目标她就浑身来劲，可惜总不能成功。

吴滨大概讲了下两人认识的经过。说起车技，柯乐乐嘟起嘴抗议说："我现在倒车技术很好了。"

"是吗？今天停车时我还见你倒了好几次才停进车库，还压着隔壁车库的线了。"Coco说。

柯乐乐脸红，Coco真是损友，把她的糗事说出来。

吴滨哈哈大笑。

柯乐乐瞪他一眼。

"别误会，我不是嘲笑你，我是觉得你很可爱，真的很可爱。"吴滨说。

柯乐乐仍然不乐意地噘起嘴。

Coco看了看吴滨，他看着柯乐乐时有几秒的失神，这没有逃脱Coco的眼睛。她在心里嘀咕：现在的男人都喜欢愚蠢的女人吗？

吴滨的几个客户却喜欢Coco这样的女人，他们拉着她喝酒，她豪爽地一杯一杯地喝，清酒上头比较厉害，Coco知道自己有些醉了，硬扛着，包厢里的气氛全靠她活跃。他们闹腾的时候，吴滨跟柯乐乐断断续续地说了会儿，她的话真的很少，她总是低着头，乖巧无辜，与世无争。

饭后，柯乐乐开车送Coco回家，Coco很累的样子，把椅子靠背放低躺着。"你是不是喝多了？"柯乐乐问。

"有一点。"

"干吗喝那么多，不能喝就别喝了嘛。"

Coco笑，"小朋友，你不懂，为人处世哪儿有你想得那么简单，你是命好，不用在外工作打拼。"

柯乐乐不知道该怎么接话，虽然她从小就抱怨自己的命为何那么不好，真想死掉重新投胎，直到她遇到了言子夜，能被他爱上才算是她的命好。

回到家，言子夜还没回来，他经常会应酬到很晚，喝得酒气熏天。以前柯乐乐会在心里抱怨他这么晚才回来，今晚听到Coco那番话，觉得生活不易，不是每个人都能像她这般有个爱她的男人，不用为温饱担忧，专心做着自己喜欢的事情。她很后悔自己以前老是抱怨他陪她的时间很少，她恨不得每天每分每秒他们都腻在一起，但他不工作怎么赚钱呢？

看书，已经有些犯困，哈欠不断，柯乐乐固执地等着，不知道他今晚会不会过来，从以前每天十点半就上床睡觉的作息习惯渐渐变成十二点半，有时还会更晚，一切以他的作息时间为准。有时会等到他，有时不会，但她每晚都会等待着，门口留了一盏灯，这样他开门后迎接他的就不会是黑暗。

将近十二点时，终于传来了钥匙开门的声音，柯乐乐欢喜地从书房跑出去，唤着他的名字，扑入他的怀里。

"呵呵，今晚欢迎我的方式怎么这么热烈？"言子夜笑着吻了吻柯乐乐的额头。

"今晚特别特别想你。"柯乐乐难得这么直白。

言子夜有些意外。"可乐，发生什么事了吗？"

"没有，就是突然觉得你特别好，我好感激老天让我遇到你。"柯乐乐仰起脸，眸子里含着无尽柔情。

言子夜抚摸她的脸颊，深情对视着，然后他俯下身吻她，缠绵的吻，令他跟客户应酬喝酒的疲惫消失无踪。她是他的温柔乡。

10

圣诞节前夕，柯乐乐把家里布置得很有节日气息，一棵高大的圣诞树立在门侧，上面布满彩灯和各种挂饰，她还准备了圣诞帽，长筒袜里装着她送给言子夜的礼物。以前她对任何节日包括自己的生日都没有兴趣，觉得跟平日的每一天没什么两样，自从跟言子夜在一起后，她变得十分期待节日的到来，她想跟他一起庆祝，虽然大多时候希望都落空。

平安夜那天，言子夜告诉柯乐乐，他要去参加朋友举办的一个派对，不能陪她。柯乐乐不乐意地噘起嘴，为什么不能带她一起去参加派对？她好想融进他的朋友圈，可以大家一起玩，多么开心。可是他几乎都不向朋友介绍她。言子夜捏捏她的脸蛋，笑着说他参加派对并不是玩，而是为了工作。

"你不会带别的女人去吧？"柯乐乐不放心地问。

"可乐，以后再问这种问题我会生气的。"言子夜警告地说。

"好吧。"

"我不喜欢听你说'好吧'，我喜欢听你说'嗯'。"

"不说，我今天不高兴。"柯乐乐继续噘着嘴。

言子夜笑，"乖，别闹了，你不是提前向我预定了圣诞节礼物吗？我答应过会带你出去旅行，下个月我们就去旅行好不好？"

"好吧。"

"还这样说？"

"嗯。嗯。嗯。嗯。嗯。这下你满意了吧。"柯乐乐做个鬼脸。

临走时言子夜特意叮嘱柯乐乐今天可以和朋友出去玩，但别玩得太晚。

又丢下我一个人，怎么交了男朋友后还是一个人过节？柯乐乐沮丧。大街上圣诞节节日氛围很浓厚，四处都是成双成对的人，她却孤孤单单地待在家里。把彩灯打开，圣诞的音乐响起，让自己看起来像在过节吧。装着礼物的长筒袜挂在树上，他完全没注意到，这是柯乐乐送他的第一件礼物。

前几日樊亚茹打电话过来问柯乐乐平安夜准备怎么过，那时柯乐乐笑着说当然是和男朋友一起过啦。现在好了，害怕寂寞，柯乐乐不顾丢脸地打电话给樊亚茹，问她今晚有何安排。其实几日前樊亚茹就联系过吴滨，她好久没见到他了，约过他几次他总是以工作忙为借口拒绝，那时她问吴滨圣诞节要不要一起出来看电影，吴滨说不能确定有没有空，今天接到柯乐乐的电话后，樊亚茹再次厚脸皮地给吴滨发微信，说她和柯乐乐平安夜不知道该做什么，问他有什么建议吗？吴滨的电话很快打过来，他说朋友在游轮上举办了一个派对，问樊亚茹她们要不要一起过去玩？樊亚茹兴奋坏了，连连说好。兴奋一阵后，她突然想起自己没有可以穿去参加派对的衣服，怎么办？她不可能穿着现在这身难看的衣服过去啊，还有这双普通的雪地靴，还有这个便宜的包。樊亚茹郁闷极了，游艇上举办的派对耶，一定非常高端，参加的人员也应该非常优秀吧，她好不容易有个这样的机会，不能给搞砸了。樊亚茹问柯乐乐能不能借小礼服给她穿？还有高跟鞋，还有包。柯乐乐爽快地答应。樊亚茹在电话里开心地尖叫着说柯乐乐是她最好最好的朋友了。

下班后樊亚茹就去柯乐乐住的地方，惊讶她住在这么高档的小区。"租金很贵吧？"樊亚茹说，"你男朋友对你真好。"

柯乐乐无奈地笑，如果他好的话就不会丢下她一个人过平安夜了。看，前几日才觉得自己应该多体谅言子夜工作忙不能老抱怨他不陪自己，现在就忍不住心生不满。

樊亚茹参观柯乐乐的衣柜，一件一件地看衣服后面的牌子，居然看到一条 Valentino 的黑色晚礼裙，好赞，柯乐乐居然有这么高档的裙子。樊亚茹一边啧啧称赞柯乐乐买这条裙子很有眼光，一边迫不及待地穿上。长及脚踝的裙子是真丝服帖的面料，完全勾勒身型，身上的半点赘肉都藏不住，樊亚茹跟现在发胖过后的柯乐乐的身材差不多，而这条裙子是柯乐乐胖了十几斤之前穿着刚刚好的。纤瘦高挑的身材才能穿得了这条晚礼裙，樊亚茹看着镜中把裙子绷得很紧的自己，肚子努力吸气还是有赘肉，但她又很喜欢这条裙子，就是想穿着它去参加游艇派对。

柯乐乐看着这条裙子失神，她脑子里回响起舞会的音乐，言子夜搂着她跳起华尔兹，他对她深情地微笑，说：可乐，你好美。她穿着这条裙子第一次跟他出席社交场合，也是唯一的一次。那时她纤瘦，满足，幸福，两人间还没有出现过任何矛盾。现在，现在……哎，别想不愉快的事情，她不要太贪心。

樊亚茹又去鞋柜里挑了一双高跟鞋，刚好是那双柯乐乐参加舞会时 Coco 为她买的搭配这条裙子的高跟鞋，十厘米的高跟，柯乐乐穿着它完全无法正常走路，言子夜贴心地立即带她去重新买了一双低跟的鞋子。哦，又开始回忆，回忆里他对她那么好，她多么希望时刻都是这样的甜蜜。她忘记了，糖吃得太多就会习以为常，再给她一颗糖吃她也觉得平淡无味，要更甜的糖果才会刺激味蕾。

"啊，我的脚比你大一码！"樊亚茹看到鞋码后发出尖叫声。

柯乐乐回过神来，看着抓狂的樊亚茹试图把脚硬塞进鞋子里。

"难受的话就别硬穿。"柯乐乐说。

"我总不能穿我那双雪地靴搭配这条裙子吧？"

"要不你回家去换双鞋子？"柯乐乐问。

"我就喜欢这双。"樊亚茹忍着痛把自己的脚硬塞进鞋里。好紧，大脚趾都需要蜷缩着，十厘米的高跟走路的确有些困难。但是樊亚茹就要穿着它去参加派对，她好喜欢这双鞋子。

柯乐乐随意地穿了条粉色的裙子，披上白色皮草外套，穿着平跟长靴。

"吴滨应该快到了。"樊亚茹说。

"啊?"柯乐乐眨眨眼。

"跟他约好了来接咱们一起过去。"樊亚茹说。

"我们可以自己开车过去。"

"拜托,派对上要喝酒耶,你怎么开车回来啊。再说了,男人接送我们是天经地义。"樊亚茹拿出小镜子再次检查妆容。

比约定的时间提前十几分钟,吴滨就到达柯乐乐家楼下。樊亚茹开心地对柯乐乐说:"不迟到的男人是好男人。"

"我知道你喜欢他。"

"你男朋友跟吴滨认识耶,叫你男朋友多组织几次四人约会,你得多帮帮我制造机会呀。"樊亚茹摇晃柯乐乐的手哀求说。

"好的。"柯乐乐答应。

看到吴滨,樊亚茹一改大大咧咧的性格,变成妩媚小女人状。她直接坐到副驾驶位上,柯乐乐一个人坐后排。

"你们两位都好漂亮。"吴滨说。

樊亚茹很得意。她努力吸着气,不让肚子看起来太大。

"言总今天不陪你吗?"吴滨回头看了看柯乐乐。

"他晚上有应酬。"柯乐乐说。

"你旁边的袋子里是你们两个美女的礼物,圣诞节快乐。"吴滨说。

樊亚茹立即兴奋地叫柯乐乐把袋子递给她,是一瓶香奈儿的香水,樊亚茹眉开眼笑地对吴滨说她最喜欢这款香水了。樊亚茹好奇地叫柯乐乐把她的袋子打开,也是一瓶香水,她放心了。

上了游艇,顿时觉得是两个世界,布置得很有圣诞氛围,各式自助点心,服务生穿梭,吧台有专业的调酒师,还有现场的乐队和DJ,穿着时髦的男女三五成群地交谈。樊亚茹眼花缭乱地四处张望,这是她在电视里才看过的世界,此刻身临其中,内心狂喜不已。樊亚茹脱掉厚厚的羽绒服,故作优雅的姿态,脚却痛苦不堪，这双高跟鞋太高太小了，为了美丽，她必须强忍着。

"你不冷吗？"柯乐乐问。她还穿着外套，室内虽然开着空调，舱门没关，阵阵冷风灌进来。

"你应该买些披肩，改天我陪你去买。"樊亚茹说。她看到别的女人穿着礼服披着披肩，尤其是皮草披肩，非常贵妇范儿，她有些嫌弃柯乐乐这丫头是土包子，有钱都不知道该买什么。

吴滨跟一些朋友打完招呼后就回来陪伴在两位女士身边，是个非常合格的男伴。他为她们拿了酒精度很低的鸡尾酒，也会介绍她们跟来打招呼的朋友认识，带她们四处参观，樊亚茹叫他帮忙拍照时也很有耐心地微笑着。樊亚茹在柯乐乐耳边轻声说："他真绅士，能做他女朋友就好了。"柯乐乐替她加油。这些照片樊亚茹迅速就上传到朋友圈里，她好不容易有了一次炫耀的机会。

"要不要出去吹吹风？"吴滨提议。

"好耶。"樊亚茹开心地主动挽起吴滨的胳膊。

到室外后樊亚茹就后悔了，只有三四度的温度下她穿着露肩的裙子，在冷风中瑟瑟发抖，借机靠在吴滨怀里取暖，吴滨不好推开她，对着柯乐乐尴尬地笑笑。

在游艇上看黄浦江两岸的夜景很美丽，张望中，柯乐乐似乎看到一个人长得很像Coco，穿着一袭白色小礼裙，手上举着一杯红酒，踩着很高跟的鞋步履优雅地朝她们这个方向走来。

"那人是Coco吗？"柯乐乐不确定地问吴滨。

吴滨顺着柯乐乐指的方向看过去，那身白色的身影很快走进舱内消失了。"有点像。"

柯乐乐蓦地就联想到言子夜，他会不会也在这儿？"我过去跟她打声招呼啊。"柯乐乐说着就快步走进舱内，完全没顾忌樊亚茹在身后喊了她两声。

女人的第六感，柯乐乐焦急地在人群中搜寻着白色的身影，她穿的是平底鞋，身高淹没在人群中，她踮起脚尖够长脖子穿梭其间，匆忙中后退时撞到端着托盘送酒的服务生，几杯红酒杯打翻，溅了几滴在她的外套上，红褐色的酒渍在白色的皮草上十分显眼。服务生被叮嘱过，来参加派对的都是身份尊贵的宾客，因此十分恐慌地道歉，柯乐乐顾不上理会，她看到了一个背影，快步走去那人身后拍了拍那人的肩膀喊："Coco。"那个女人回头，奇怪地看看柯乐乐，柯乐乐抱歉地说，"不好意思，我认错人了。"

哎，我真好笑，在瞎担心什么呢？柯乐乐自嘲地笑笑。她这才低头看外套上的酒渍，这件皮草外套很贵，能清洗干净吗？她准备去洗手间用水擦拭下，她完全不知道皮草的保养是不能沾水的。以前有几次言子夜换下来的脏衬衣，柯乐乐很勤快地立即就把它们放洗衣机里洗干净，言子夜忍了几次后终于教育她，他的衣服不能用水洗，要在外面干洗。柯乐乐为言子夜送过几次干洗的衣服，价格好贵，她搞不懂他为何这么讲究地每次洗衣服都要花几十块钱，她为自己是舍不得的。

走了没几步，柯乐乐停下脚步，愣愣地看着左前方，言子夜和Coco站在一起，跟另外几个男人交谈着，他们碰杯，喝酒，言子夜搂着Coco的腰低头在她耳边说了几句话，随即又举着酒杯跟身边的男人碰杯。柯乐乐呆呆地看了一两分钟，他不是说他晚上要工作应酬吗？他为什么带了Coco而不是带她来参加派对？柯乐乐机械地朝言子夜走去，脑子里一片空白。

"柯小姐……"Coco惊呼。她是看到她对面的周总往她身后奇怪地看了几次后才回头，发现站在她身后的柯乐乐，柯乐乐都没有跟他们打招呼，已经呆站在他们身后好一会儿了。

言子夜也惊讶地回头。"可乐，你怎么在这儿？"

镇定，镇定，不能当着这么多人的面质问他，不能让他难堪。柯乐乐在心里对自己说。她努力挤出微笑，却笑得很僵硬难看。

"你衣服上溅到酒了，我陪你去洗手间处理下啊。"Coco十分看得懂形势，机智地挽起柯乐乐的胳膊，拉着她往洗手间走。

柯乐乐任Coco拉着自己离开。

言子夜和他们继续说了会儿话，然后找借口离开。他朝洗手间的方向走去，在洗手间附近看到柯乐乐和Coco，他笑着对Coco点了点头，Coco说："你们聊。"然后离开。

柯乐乐瞪着言子夜。

"你怎么在这儿？"言子夜伸出手想抚摸柯乐乐的脸颊，她头一偏躲开了。

言子夜皱了皱眉。

柯乐乐委屈得瞬间眼眶噙满泪水。

"乖，别闹。"言子夜说。

"为什么不带我来？"柯乐乐伤心地问。

"我是来应酬的。"

"为什么Coco能来？"

"她是我助理。"

"这种派对还需要助理吗？"柯乐乐不满的情绪显而易见。

"我说了，我参加这种派对是为了工作。"言子夜提高音调。

"你还搂了她的腰。"柯乐乐也提高音调。

"你简直是无理取闹！"言子夜失去耐心解释，"你怎么进来的？"上游艇需要出示邀请卡，没有邀请卡无法进入。

"不要你管。"柯乐乐故意要跟他对抗。

"快说！"

"不关你的事！"柯乐乐扭头就要跑。

言子夜抓住柯乐乐的胳膊，抓得很用力，她让他抓狂，这个不听话的坏姑娘。

"痛……放开我！"柯乐乐大声说。

经过的宾客停下脚步看着他们。

言子夜怕影响形象，松开手，柯乐乐趁机迅速跑掉。她一路在人群中跌跌撞撞，不知怎么跑到厨房间，她找了个角落躲起来。言子夜四处找她，没有找到。柯乐乐蹲在一个高柜后,厨房的工作人员看了看她,问她有什么需要帮忙的吗?她说她正在跟人玩躲猫猫游戏。

手机响起,是言子夜打来的。柯乐乐把电话按掉。他再次打来,她又按掉。

言子夜抓狂地发微信来,说:"你在哪儿?快出来!"

柯乐乐不理会,她恨得咬牙,她不要再见到他。

"你跟谁一起来的?是不是跟男人一起?"

"快回电话,我已经生气了!"

言子夜发微信来。

我更生气!柯乐乐在心里呐喊。

言子夜又打了几个电话过来,柯乐乐把手机调成静音,免得它发出声响引来厨房里的工作人员总是朝她看。她蹲在角落里,完全被忧伤的情绪笼罩。言子夜这个大骗子,说什么是为了工作,明明就是出来玩,他不带我在身边是不是想出来泡妞!坏蛋!超级大坏蛋!

良久,才发现未接电话里有两个樊亚茹的来电,柯乐乐回电,她刚才完全忘记他们的存在了。

"你跑哪儿去了,我们四处找你。"樊亚茹大声问。

"我想走了。"柯乐乐说。

"现在怎么走啊,船在河中央开着呢。"樊亚茹说。

柯乐乐无助地抱紧膝盖,她好想哭。

"你在哪里?"吴滨抢过电话。

"厨房。"

"待在那儿别动,我们过来找你。"吴滨说。

吴滨和樊亚茹在厨房间找到柯乐乐,樊亚茹拉起眼里噙着泪水的柯乐乐,惊讶地问:"乐乐,怎么了?"

"我看到言子夜了。"眼泪忍不住大颗滴落下来。

樊亚茹不知所措地回头看看吴滨。

"来，我们出去坐着说。"吴滨说。

柯乐乐摇头，"我不要出去，我不要被言子夜找到。"

"为什么？"樊亚茹问。

"他是个大骗子。"柯乐乐说着，哭得更凶了。"我想走了……"

"你们又怎么了？"樊亚茹无语，莫非言子夜又搂着别的女人？有钱的男人呀，真是不省心。

"我不要待在这里，我要走了。"柯乐乐说。

"大小姐，我们在河中央呢，你想跳河游上岸啊。"樊亚茹说。

"你们出去玩吧，我就待在这儿直到船靠岸。"柯乐乐说。

"我想想办法吧。"吴滨说。

离游艇靠岸可能还有两三个小时的时间，吴滨打电话给一个游艇会的朋友，节日里空闲的快艇很难找，好不容易找到一艘空闲的小快艇，半个小时内可以来接他们离开。柯乐乐死活不肯出去，她不想见到言子夜。吴滨和樊亚茹去主舱内待了会儿，期间吴滨还和言子夜打了招呼，樊亚茹不时偷偷瞄几眼言子夜，他的女人缘似乎很好，不时有时尚靓丽的女人走来跟他谈笑风生，交头接耳，肢体语言也很丰富，难怪柯乐乐会伤心，哪个女朋友看到这样的场面不气得半死嘛。樊亚茹没注意到的是，言子夜会不时拿起手机看看，拨个电话给柯乐乐，或是发条微信给她，这个小丫头一直不理他，他心里气得抓狂，脸上却要挂着笑容面对大家。

"说老实话，言总是不是很花心？"樊亚茹问吴滨。

"我跟他只因为工作关系接触过几次，不是很了解。"吴滨官腔地说。

"我觉得这男人不靠谱。"樊亚茹下结论。

"我看乐乐似乎很喜欢他？"

"他对乐乐又是送车又是送各种奢侈品的，哪个女人不喜欢啊。"

"乐乐应该不是这种女人。"吴滨说。

"哦？"樊亚茹警觉地看看吴滨，"你对她又了解多少？"

吴滨耸耸肩。

樊亚茹突然心里有些不爽，吴滨对柯乐乐似乎过分在意了。

小快艇很快就开至游艇旁，吴滨跟游艇的船长打了招呼后，去厨房间叫柯乐乐出来。柯乐乐抹抹泪痕，脸上的妆都花了，樊亚茹赶紧掏出纸巾帮柯乐乐擦了擦脸，开导她说："别这么想不开，男人花心是正常的，最主要的是他对你比对其他女人好得多。"

"我不要他对别的女人好。"柯乐乐说。

"他只是跟别的女人说说话而已，又没做什么出格的事情。"樊亚茹说。

"反正我就是接受不了。"柯乐乐提高音调。

樊亚茹没耐心，不再安慰柯乐乐了。

小心地从游艇下到小快艇，甲板上一些人好奇地看着他们三人。樊亚茹抬头最后看了看游艇上的灯光，都怪柯乐乐，她还没有好好地享受就要离开，不知道还有没有这种机会。一时，樊亚茹也闷闷不乐。

叫的代驾已经等在停车场，吴滨坐在副驾驶位上，樊亚茹只得和柯乐乐一起坐到后排，她偷偷地脱掉不合脚的高跟鞋，脚应该肿起来了，好痛，这就是爱美的代价。吴滨问樊亚茹家的地址，樊亚茹说先送柯乐乐回家吧。樊亚茹心里打着小算盘，想和吴滨单独多待会儿，说不定还能发生一点什么。

"我能去你家里睡一晚吗？"柯乐乐问樊亚茹。

"我跟我爸妈一起住，你想住我那儿的话明天一早我去上班时你得跟我一起离开哦。"樊亚茹小声说。

"没关系，我不想回家住。"柯乐乐红着眼眶。

"好吧。"樊亚茹在心里叹口气，今晚的如意算盘失败了。

车开至樊亚茹家的楼下，樊亚茹再次试图把浮肿的双脚塞进高跟鞋，完全塞不进去，只得踮起脚尖下车，摇晃不稳，赶紧扶住柯乐乐才不至于摔倒。吴滨看看柯乐乐，欲言又止，他车里的后备厢还放着要送她的另一份礼物，他原本想先送完樊亚茹回家再送柯乐乐时交给她。

"好好开导她。"吴滨对樊亚茹说。

樊亚茹不乐意了,吴滨对柯乐乐真是过分关心。

老式的居民楼,没有电梯,樊亚茹穿着这双高跟鞋叫苦不迭,干脆脱下光脚爬楼梯。父母已经睡了,樊亚茹对柯乐乐做了个"嘘"的动作,小心翼翼地进屋。在灯光下看到自己的脚,红肿变形,真不知道在游艇上是怎么强忍过来的,樊亚茹揉着自己的脚抱怨,柯乐乐闷不吭声地洗了澡就躺到床上。柯乐乐的心里很乱,脑子里全是言子夜搂着别的女人亲昵交谈的画面,不同的女人,无数她见都没见过的女人,她被自己的臆想弄得发疯。

"喂,你手机闪了很久了。"樊亚茹推推柯乐乐。

柯乐乐看一眼,把手机扔到枕头下。言子夜不停地给她打电话,已经打了二十多个了,柯乐乐不想理他。

"这样不接电话不太好吧?"樊亚茹说。

"睡觉吧,你明天还要上班呢。"柯乐乐说。

言子夜已经回到柯乐乐住的地方,家里没人,她还在外面玩?还是跟别的男人在一起?该死的丫头,居然敢不接他的电话,他气得摔手机。风一吹,圣诞树上的铃铛叮叮作响,言子夜愤怒地抱起圣诞树狠狠朝地上砸,圣诞树上挂着的各种小饰品散落一地,包括那个大大的长筒袜,里面装着柯乐乐为言子夜准备的礼物,他不知情,还用力对着它踢了两脚。

早晨跟樊亚茹一起坐地铁,樊亚茹问柯乐乐有何打算,开导说不要对男朋友生闷气,要么跟他大吵一架,要么原谅他。还说柯乐乐这样做很不聪明,最好还是原谅他,不小心把他惹走了以后靠自己独立生活多么辛苦。柯乐乐不吭声,上班高峰期的地铁上十分拥挤,她第一次感受这种拥挤,还被踩了几脚,十分不习惯。的确,离开言子夜的生活会非常辛苦,可是,她又不甘心,他为何不能一心一意只对她一个人好?

回到家,看着一片狼藉的客厅,柯乐乐呆呆地没有收拾,反正一会儿打扫卫生的阿姨就来了。她看到那个红色的长筒袜,难过地拾起,取出里面包装精美的礼盒，那是她原本要送给言子夜的圣诞节礼物。看着礼物，柯乐乐忍不住呜呜地哭了会儿，这跟她计划的圣诞节完全不一样，她宁愿昨晚一个人待在家里也不要去参加游艇派对，她不想变成现在这样。

柯乐乐把樊亚茹昨天放在这儿的衣服鞋子给她送去公司，回途经过一家卖杯子蛋糕的店，柯乐乐望着橱窗里琳琅满目的蛋糕发呆，来上海之初，她曾经天天经过这儿，无比渴望尝尝它们的滋味，后来她在这儿碰见言子夜，他让她终于如愿尝到了蛋糕的甜蜜，他对她笑，笑得那么温柔，令她苍凉空白的生命有了生机。柯乐乐的眼睛又湿润了，她推开门走进蛋糕店，要了一杯咖啡，并且每样蛋糕都要一个。店员露出惊讶的眼神，问："全部都在这儿吃吗？要不要哪些包起来带走？"

"都在这儿吃。"柯乐乐找个靠角落的位置坐下。

二十多个蛋糕摆满桌子，喝早茶的几个客人不免奇怪地朝柯乐乐看了看。她从最近的一个蛋糕开始吃，起初还会咬了小口细细品尝滋味，渐渐就开始大口吃，变得无法控制，狼吞虎咽。进食能挤掉脑子里关于言子夜的各种画面，浮现黑洞状态，吃，吃，吃，食物令她觉得安全。完全想象不出柯乐乐曾经一个蛋糕小小咬一口就无比欢喜，为了让甜蜜的滋味持续更久，她一天只吃蛋糕的四分之一，这样就可以四天都有蛋糕吃。那时的她那么容易满足，一点温柔的甜头就能让她感恩戴德。

十几分钟她就把满桌子的蛋糕吃光，有点噎着，再要了一杯果汁，干货遇到水迅速膨胀起来，裙子的腰部勒得好紧，身体十分难受，心的痛楚却反而被遗忘了。结账时，店员刷了两次卡都不成功，把信用卡退还给柯乐乐时说："抱歉，您这张卡已经被停用了。"

什么？柯乐乐眨眨眼，不敢相信自己听到的。"不可能，你再试一试。"

店员又试了一次，依旧不能用。

"会不会是你们机器坏了？"柯乐乐说。

"您还有别的卡吗？"店员问。

柯乐乐把自己的储蓄卡递给店员，这里面存的是她的私房钱，她几乎都没有动用过。

这次刷卡成功。

柯乐乐愣愣地看着信用卡，言子夜的信用卡，他给她停掉了吗？为什么？柯乐乐一时无法接受这个事实，他不要她了吗？好不容易才把他从脑子里挤开一会儿，此刻他重新占据了她全部身心，她心如刀绞，悲痛欲绝。

阿姨来打扫卫生时看到客厅的狼藉，嘀咕着："多好看的圣诞树啊，怎么就摔成几截了呢？"又多嘴地问，"小姐，你和先生吵架了啊？"

柯乐乐一听就来气，把阿姨给轰走了。好了，世界清静了，又只剩下她一个人。独自伤心，独自流泪。她好希望这个时候言子夜的电话再次不停地打来，或许她会接起，她会说：好吧，我原谅你，但是不许你再跟别的女人有亲密的举止。她错过了机会，他对她无比生气。

守着手机，等待，漫长的等待，那个想念的人的电话一直没有打来。倒是收到几条吴滨和樊亚茹的微信，柯乐乐懒得回复。她焦虑，忧伤，孤独，灵魂被黑暗一点一点吞噬。她反省，自责，不该无理取闹，不该惹他生气，似乎现在的状况一切都是因为她做错了什么。从小就这样，她不断地惹父母失望生气，她那么努力，拼命地好好表现，还是达不到他们的期望，他们看着她叹气，摇摇头，令人寒心。她不想言子夜也这样，她要爱，要很多很多的爱，她想让他知道自己可以为他付出一切，只要他独属于她。

终于忍不住主动联系言子夜，打了几个电话过去他都没有接，柯乐乐又写了很长一篇道歉的微信，哀求他重新回到她身边，那条微信她用尽了文采和心思，自己看着都觉得感动。

两日过去，言子夜那边没有任何回音。

这次他一定很生气，以前也闹过几次矛盾，但他也没至于把给她的信用卡都停掉。这次他真的打算不要她了吗？

半夜里，柯乐乐无法入睡，鬼使神差地出门，穿着羽绒服在冷风中依然瑟瑟发抖，她走到言子夜住的小区。她不敢确定他现在还住不住在这儿，年初刚认识他那会儿经过此地时他曾经说住在这里，恋爱初期柯乐乐因为好几天见不到他人影，也曾疯狂地跑到这儿来试图抓住他开车载着别的女人回家的证据，那次也是冬天，等了几个小时却无疾而终。

这次柯乐乐换了一种寻找方式，她走去地下车库，小区里有十几幢楼，柯乐乐不知道言子夜住在哪幢，她一辆车一辆车地辨认，终于看到言子夜的车，她坐了无数次的车，她动情地抚摸它，就像抚摸着他。柯乐乐靠在车旁坐了一夜，裹紧羽绒服，把头埋在两膝间，竟然不知不觉睡着了。

待言子夜早上出门上班时，看到车旁的柯乐乐，脸上的表情惊呆了。

"可乐。"言子夜弯下腰，推了推柯乐乐。他又气又无奈，这个丫头怎么睡在这儿？

柯乐乐抬起头，迷茫地眯着眼，转瞬又惊喜地叫起来："子夜……"她想站起身，双腿弯了一夜有些僵硬，试了一次起不来。

言子夜扶着她站起来。"你怎么跑到这儿来了？"

"我想见你。"柯乐乐说。

言子夜依旧绷着脸，心里却有些触动。什么样的姑娘才会这么笨这么冒失地守在地下车库一夜啊？

柯乐乐呵呵对着言子夜傻笑，终于看到他了，好开心。

言子夜无法对她发火，他叹口气，该拿她如何是好？

"以后不许再做这种事情，感冒了怎么办？"言子夜摸了摸柯乐乐的额头，十分冰凉，他揉揉她的手，也十分冰凉。

"我怕见不到你，又不敢去你公司打扰你。"柯乐乐委屈地说。

言子夜无奈地叹口气。"送你回家吧。"

"我们和好了吗？"柯乐乐怯怯地问。

"你先回家。"

"不要，你要答应我我才走。"

"你又想惹我生气吗?"言子夜说。

柯乐乐低下头,眼睛里含着泪。

"上车吧。"言子夜的语气稍微缓和一些。

柯乐乐不敢再违背他,至少他还没说要跟她分手。

"晚上能一起吃晚饭吗?"车停到柯乐乐家楼下,她小声问。

"再说吧。"言子夜冷冷地说。

"嗯,我等你。"柯乐乐乖乖地下车。

"平安夜晚上你没回家,去哪儿住的?"柯乐乐一只脚已经跨出车外,言子夜突然问。

冷风灌进车内。

"在樊亚茹家里。"柯乐乐回答。

"你跟谁去的游艇派对?"

"樊亚茹。"

"还有谁?"

"吴滨。"柯乐乐只得老实交代。她偷偷地瞄了一眼言子夜的脸色,她跟别的男人接触,她好害怕他会生气。

"回去多喝点热水,不要感冒了。"言子夜说。

柯乐乐张了张嘴,想解释点什么,想想还是算了,越抹越黑。她下车,目送言子夜的车离开,在心里默默地说:我等你吃晚饭哦。

走进门,她勤快地把屋子收拾干净,又忙去菜市场买菜,回来做了一桌言子夜爱吃的菜,还开了一瓶红酒,花瓶里插上新鲜的百合花,把圣诞节要送他的礼物摆放在餐桌上,满怀期待地等着言子夜回来。时间一点一点过去,柯乐乐焦躁地来回踱步,在阳台上不时张望车来车往,看看手机,躺在沙发上胡思乱想,又去温热一下变凉的饭菜,看着礼物盒发会儿呆……

到夜里一点多,柯乐乐趴在餐桌上昏昏欲睡,言子夜还没有过来。她茫然地看着满桌菜,她晚饭都还没吃,她不想碰它们,看着就觉得无比倒胃口。

她愤怒地把它们全倒进垃圾桶里，眼泪大颗大颗地滴落。

"今天又见不到你吗？"柯乐乐发微信给言子夜。

"乖，最近比较忙。"言子夜回复。

新的一年都过去一个星期了，柯乐乐一直没见到言子夜，她每天都乖乖地待在家里等着他，其实她很想冲去他公司偷偷地看他一眼，就看一眼也好，或是再效仿那日去他家的车库等着他，红着眼眶求他今晚就住在她家好吗？没有他抱着入睡，真的好难安眠。但她怕他讨厌她，嫌她烦，他警告过她那夜跑去他家车库的事情不许再发生。柯乐乐每天都会发微信问言子夜一遍："今天能见到他吗？"他起初会回复一下，这两天连回复都消失了，柯乐乐不敢再问，他一定被问烦了吧。不过好消息是，柯乐乐去超市买东西时，尝试着用言子夜给她的那张信用卡，现在又能成功刷卡了，她找到了安慰，他不会舍弃她的。

一月中旬，言子夜的电话终于打来，他叫她打扮下，晚上跟他出去吃饭。柯乐乐欣喜若狂，她终于等到他回心转意了。把衣柜里的衣服一件一件拿出来试，真糟糕，她为何又胖了，照这样下去会变丑会被他嫌弃的。柯乐乐对着镜子痛斥自己一顿，以后再也不能自暴自弃。

花了三个多小时，才选好衣服鞋子，化好妆，柯乐乐喜滋滋地坐在沙发上等言子夜，其实离他下班时候尚早，她书也无心阅读，脑子里幻想的全是待会儿见面的各种美好画面。

言子夜在给柯乐乐打电话之前，柯乐乐就已经看到他的车开进小区，她心花怒放地抓起包就冲下楼。待言子夜给她打电话时，柯乐乐已经出了电梯。她拉开车门，对着他傻笑，浑身洋溢着喜悦。言子夜看了看她，没有说话。柯乐乐本来准备了很多台词，见他似乎专心开车的样子，也就不敢开口。

原本以为是两人单独吃饭，柯乐乐跟在言子夜身后走进饭店的包厢，看到里面已经坐了两男一女。言子夜拉开椅子坐下，柯乐乐赶紧坐在他旁边，她不习惯面对陌生人，拘谨地不知如何是好，言子夜也不为大家介绍她，他跟那两个中年男人攀谈起来，一句话都没跟柯乐乐说。另一个女人看了柯乐乐几眼，柯乐乐对她微笑，她把眼神转移开，弄得柯乐乐很尴尬，自己像在饭桌上多余的一个。

包厢门被推开，柯乐乐对面的女人叫起来："哎呀吴总，就等你一个了。"那个男人在空位坐下。

柯乐乐一直低着头看着碗上的花纹发呆。

"可乐，看到熟人也不打声招呼吗？"言子夜突然对柯乐乐说话。

柯乐乐眨眨眼，顺着言子夜的目光看过去，右侧坐着的男人赫然就是吴滨。两个人对视时都愣了愣。

"没想到言总今晚把嫂子带出来了。"吴滨笑着说。

另外两个男人开始起哄了，原来是弟妹啊。茅台酒打开，倒上满杯，都要跟柯乐乐喝一杯，第一次见到弟妹。言子夜摆摆手，说可乐滴酒不沾，她的酒他为她喝了。言子夜很爽快地为杯子里倒了满杯，一口喝下。

整顿饭局上言子夜似乎都对柯乐乐呵护有加，替她挡酒，为她夹菜，还不时在她耳边亲昵地问她想吃什么，抚摸她放在桌上的手背，亲吻她的头发……柯乐乐觉得自己本该窃喜才对，却没有开心的意味，反而觉得怪怪的。言子夜他好像在……在演戏。对，他在演给吴滨看，他在提醒吴滨：柯乐乐是我女人。想到这里，柯乐乐浑身打寒战，她就像他的战利品。待言子夜再做出什么亲昵举动时，她挤出的微笑十分僵硬。

回家的途中，有代驾开车，两人各坐在后排的窗边，之间仿佛隔着无法跨越的鸿沟。柯乐乐看着窗外闪烁的霓虹，突然觉得无比悲哀，这就是自己向往的城市，这就是自己向往的爱情？那种天真的期待，以为努力就会拥有的梦想生活，她只是轻触到它伪装出来的面目。

"子夜，你爱我吗？"柯乐乐忍不住问。回到家他又若无其事地洗漱，然后往床上一躺，搂着柯乐乐想亲密。消失十几天的事情他完全没提，他想来就来，想走就走，从不考虑柯乐乐的情绪，她的等待，她的眼泪。

言子夜没有说话，继续脱柯乐乐的睡衣。

柯乐乐推开他，郑重其事地看着他，又问了一遍："你爱我吗？"

"你这个问题真愚蠢。"

"我在你眼里做什么事都是愚蠢的。"柯乐乐凄凉地说。

言子夜被柯乐乐弄得立即没了兴趣，他伸手把台灯关掉，叹了口气。

"你为什么不回答我？回答这个问题很难吗？"柯乐乐执着地问。

"可乐，你不要把我逼走，这样对你没有好处。"言子夜说。

"你不爱我了吗？"柯乐乐不甘心地问，眼泪忍不住流下来。她抹了抹眼睛，恨自己为何这么爱哭。

言子夜有些厌恶地转身背对她。

以前我每次流泪，他都会温柔地拂去我的眼泪，要我答应他不许再哭了……现在，他开始对我不耐烦了吗？柯乐乐在黑暗中看着言子夜的背影，一阵心酸。"如果你不爱我了，记得告诉我，我就不会再烦你了。"柯乐乐哽咽地说。

"睡吧。"言子夜说。

柯乐乐张张嘴唇，还想说什么，最后沉默了一夜。安静的夜里，她一直听着他均匀的呼吸声，曾经她把这种时刻看作是非常幸福的事情，光是听到他的呼吸声就激动不已。她嘲笑自己真的像他说的一样很蠢，明明他都开始向她示好，缠绵一番后两人又能恢复情侣的模样，只要她乖乖听话，他会在空闲时扔给她一点甜头。她为何不能满足于此呢？

一夜没睡，早晨很早地起床为言子夜准备早餐，柯乐乐努力让自己不去计较。她把为他买的圣诞节礼物放在餐桌上，两人相对无言地吃早餐，他似乎没在意这个礼盒。言子夜出门时柯乐乐微笑地说："晚上等你回来。"

"我可能要去外地出差几天。"言子夜说。

"嗯，等你回来。"柯乐乐保持微笑。

蓦地看到餐桌上的礼盒，才想起忘记给他了。柯乐乐呆呆地看了它好久，拆开礼盒，一条宝蓝色的领带，她在商场里逛了大半天才挑中它，还特意上网学习系领带的方法，想象着她亲手为他系上，他搂住她的腰，低头亲吻她的唇，说：可乐，我的好可乐……

她把事情搞砸了，她又把他逼走了。柯乐乐呜呜哭泣起来。

"对不起，我保证以后都乖乖的，不会做蠢事，不会惹你生气。我在家等你回来。"柯乐乐发微信给言子夜。

一个人的日子。每天不知道该怎么打发时间，宅了几日后，瑜伽馆的前台打电话给柯乐乐，热情地说她好久没来了，现在开设了新的课程，有空过去体验下。柯乐乐终于找到一种消磨时间的方式，可以不用思考，可以暂时忘却忧伤。冬日很冷，她把车里的暖气开足，那个男人供给她温饱，让她免受寒风的凛冽，没有工作的辛苦，这是多少女人羡慕的生活。她告诉自己应该满足。

每天下午，柯乐乐几乎都泡在瑜伽馆里，上会儿瑜伽课，坐在榻榻米上喝杯咖啡，翻翻杂志，有时还与别人聊几句解解闷。下午时段来瑜伽馆的人多数不用工作，有家庭主妇，也有依靠男人提供物质的年轻漂亮女孩儿，还有几个号称自己是模特或明星。女人聚在一块儿，很喜欢八卦自己的男人，年轻漂亮的会秀男人给自己买了什么奢侈品，年长的则爱说外面的狐狸精怎么勾引自己的老公，谈到动情处，还会说起夫妻生活的各种不和谐，老公总是晚归家，抱怨很久没一起吃过一顿饭等等。她们问起柯乐乐的情况，柯乐乐微笑着说自己已婚，老公对她很好。她不爱谈自己的生活，总是安静地听她们聊。某次在一个中年妇女的威逼利诱下，柯乐乐说了自己的爱情观，认为两个人在一起每天都应该像初恋一般，互相陪伴，互相关心，互相思念，睡觉前的亲吻，早起的一声"我爱你"，见不到面时的一声"我想你"，执子之手，与子偕老……还没待柯乐乐说完，那个女人就哈哈大笑，说柯乐乐一定新婚不久才会有如此幼稚的想法，爱情跟生活不一样，婚后哪儿还有这么多浪漫哦，逛街时老公能一直牵着你的手已经算稀罕了。柯乐乐听后，心情低落，真的是这样吗？她想起自己的父母，他们在她读初中时就已经分房睡了，她从未见过他们有何亲密浪漫的举动，不会一起逛街不会一起看电影，老是为了鸡毛蒜皮的事情吵架，看不出任何恩爱的成分。她不想自己变成父母那样，她要爱，一直一直都有爱。言子夜曾经对她说过：我爱你，一辈子。他许诺过她！

忍不住，柯乐乐拨通了苏井然的电话，只有他是能够倾诉心里话的人。以前对苏井然谈及自己的生活时，总会描述好的一面，这次，柯乐乐一股脑儿把自己所有的不快乐都真实说出来。她问他："如果你交女朋友了，你会总是以工作忙为借口把她一个人丢家里吗？"苏井然回答说不会。她又问："那爱情到底是什么呢？"苏井然想了想，一时也答不上来，爱情哪儿有那么直接的定义。对于他来说，他爱一个人，一定会陪伴她包容她关心她，不会总让她黯然神伤。苏井然觉得柯乐乐最主要的问题是太闲了，什么事情都不做，脑子里才会有太多时间瞎想，如果工作充实，她应该会快乐一点。

"找个工作吧。"苏井然劝说。

言子夜说过不让她出去工作，她不想违背他的意思，何况，懒惰久了，若真要朝九晚五地生活，她会不习惯。

"那就写作，用文字来倾诉你的内心。"苏井然说。他已经很久没听她说自己在写作了，也没听她谈最近看了什么很棒的书，看了什么好电影，她的生活似乎一片空白。她得到的只有钱，可是她也不怎么花钱。

在苏井然那儿没有得到答案，柯乐乐又打电话给樊亚茹。樊亚茹奇怪柯乐乐为何会觉得自己不幸福，她找到那么好的男朋友，不用工作，物质条件优越，换做是樊亚茹，开心还来不及。抱怨男朋友没时间陪她干吗，给你钱不就得了，你自己找朋友陪你玩。樊亚茹叽叽喳喳地说了一大堆，最后说到自己身上，她说起最近联系过吴滨几次，他也说工作忙不能出来跟她一起吃饭，她很想知道吴滨喜欢她吗？樊亚茹说她好喜欢吴滨，问柯乐乐最近有没有看见过他，叫柯乐乐赶紧让男朋友组织四人约会帮她制造机会呀。柯乐乐想起那日在饭局上看到吴滨时的尴尬，言子夜故意宣扬她是他的所有物时的敌意，她不知道该怎么面对吴滨了，只好敷衍樊亚茹几句。

没有人能帮助她，柯乐乐悲哀地想，不知方向地游走在这个大世界，孤独把她一点一点吞噬。或许她只留下写作了，她颓然地坐到电脑前，盯着空白文档看了很久，不知该写什么。她觉得自己是个不幸的人，生在不幸的家庭，有着不幸的成长，为何老天还要让她成年后也遭遇不幸呢？好吧，让一个陌生的女孩代替她去寻找幸福吧，非常非常的幸福，幸福得令所有女性都嫉妒。

柯乐乐把自己所期待的那种爱情方式用文字的形式写出来，花了三天时间，完成一篇将近八千字的短篇小说。柯乐乐把它发送给薛颜，薛颜次日就激动地联系柯乐乐，说这篇小说写得非常棒，读后十分动容，她会把这篇小说用在下期的特别推荐里，还夸奖柯乐乐写作进步许多。当然，薛颜也问到柯乐乐的近况，两人许久未见面了，当初那种情似姐妹的关系也变得貌合神离。柯乐乐强作欢笑地说自己生活得很好。

重新找回写作的感觉，柯乐乐变得一发不可收拾，下午去练瑜伽，晚上坐在电脑前写作。时间变得稍微没那么漫长，思念抱怨言子夜的时间也减少许多，她每天睡觉前会给他发一条短信："晚安，我想你。"她等待着，何时他再次回到她身边。

天天坚持练瑜伽，身体柔韧性渐渐变好，还能够劈叉了。

一天上热瑜伽课时，柯乐乐才上了二十多分钟就感到一阵头晕恶心，忍不住跑出教室，在洗手间里呕吐。怎么回事？以前才接触热瑜伽课时也会感到头晕难受，但从未呕吐过，况且今天也没有狂吃东西啊。柯乐乐靠在榻榻米上休息，相识的人下课后在此坐坐，说柯乐乐脸色很苍白，柯乐乐笑着说可能今天身体不太舒服吧。开车回家时，也有种晕车的感觉，柯乐乐没当回事。次日再次出现这种晕车的状况，实在忍不住把车停到路边，打开车门就一阵狂吐，五脏六腑都似要吐出来。莫非我是病了吗？柯乐乐自问。

在家休息了两日没出门，没发现身体有何异常，再次闲得无聊想去练瑜伽，驱车前往的途中只是稍微感觉不适，瑜伽课上到一半，做至身体倒立的动作时，胃部一阵恶心袭来，柯乐乐还未来得及站起身，就呕吐出来，教室里弥漫一股酸臭味，学员们纷纷捂住鼻鄙夷地看看柯乐乐，抱怨这样怎么继续上课啊。课程中断，柯乐乐连连道歉，常跟她一起上课的一个中年妇女扶着柯乐乐出去休息，问起柯乐乐最近的身体异常，老是恶心想吐，说她该不会是怀孕了吧。

怀孕？柯乐乐吓了一跳，不会吧？

细细想来，上一次例假似乎是十二月初，到现在已经过了将近两个月，柯乐乐由于对爱情的事情魂不守舍，完全没去在意自己这个月还没有来例假。不会真的怀孕了吧？柯乐乐不知自己是该高兴还是伤心？

去药店买了早孕测试器，心情复杂地一夜没睡，需要取清晨第一次的尿液，柯乐乐在四点多就等不及地开始测试，看到试纸上的两条红线一点一点地出现，对照说明书，是阳性，表明可能怀孕。柯乐乐呆立好久。

直到下午柯乐乐才联系言子夜，不知他是在忙还是故意不接听电话。柯乐乐就不停地反复打，连续打了九十多个电话，言子夜终于接起。他语气不是很好，埋怨她打一个电话他就知道了，打这么多干吗。

"我怀孕了。"柯乐乐打断他的话。

言子夜惊呆。沉默良久，问："去医院检查过了吗？"

"没有。"

"明天我带你去。"言子夜说。

当天晚上，言子夜捧着大束百合花来到柯乐乐家，这次他终于想起她喜欢的是百合而不是玫瑰花。他抚摸她的脸颊，充满柔情地看着她，她再次变成他的小可乐，他的小宝贝。用这种方式让言子夜回到自己身边，是柯乐乐完全没料到的，一个甜蜜的意外。她问他："如果我真的怀孕了，应该怎么办？"他坚定地说："生下来。"

柯乐乐怀孕了，已经快两个月，言子夜非常开心，说自己就要做爸爸了。他专程抽空带她去三亚玩，遵守了自己送圣诞礼物的诺言。住在海边带游泳池的别墅，告别冬日的寒冷，懒洋洋地晒太阳，光脚踩在白沙滩上奔跑，站在海水中感受浪潮冲击时发出的尖叫，听着海浪的声音入睡，当然，最开心的还是清晨睁开眼时，言子夜就在她身边，紧紧抱着她，那么安全踏实。柯乐乐觉得自己再次变成全世界最幸福的女人。

虽然一直在长江边长大，柯乐乐完全没下水游过泳，言子夜兴冲冲地要教她游泳，说游泳对以后生产好。他牵着她的手去商店挑选泳衣，柯乐乐看中的几款都是比基尼，言子夜瞪了瞪她，不许她穿这么暴露的。他挑了一款连体泳衣给她，柯乐乐看着这么保守的款式咯咯咯笑，被言子夜敲了一记脑袋，说最近没管教她她就不知规矩了。

其实别墅外的泳池也没有外人可以看到，柯乐乐喜欢言子夜这份霸道的自私，只有他可以看她，她是他的。柯乐乐抚摸自己的腹部，怀孕后她反而瘦了一些，早孕反应太强烈，吃了东西就忍不住吐出来，言子夜贴心地叫酒店送来很多甜点和燕窝给她加餐。言子夜教柯乐乐游泳时，他托着她的肚子，满意地说他抚摸到了儿子的心跳声。柯乐乐在水中咯咯咯地笑，呛了满嘴的水，难受地趴在岸边咳嗽，咳完又继续傻笑。

"你怎么知道是儿子？"柯乐乐问。

"我就是知道。"言子夜说。

重男轻女的家伙！柯乐乐吐吐舌头，希望肚子争气给他生个儿子。

在三亚悠闲地度过三天，柯乐乐无比快乐，觉得生活会如此美好下去，他们结婚生子，相伴到老。

柯乐乐把怀孕的消息告诉身边认识的人，一个个发来祝贺，樊亚茹还闹着要做伴娘呢，柯乐乐笑着说好，她身边也的确没别的做伴娘的人选。想到婚礼现场，柯乐乐就泛出花痴的笑容，她开始喜欢在网上查看各种婚纱的照片，那美轮美奂的轻纱弥漫，是女孩心底最温暖柔情的梦。

言子夜会怎么向我求婚呢？柯乐乐经常会幻想，那一定是个特别浪漫的场面。

柯乐乐每天都等待着言子夜向她求婚,她每天呕吐两三次,吃着言子夜为她买来的各种补品,身子却还日渐消瘦,小腹倒是开始微微隆起。她抚摸着肚子对还未成型的胎儿说话,买了很多胎教书,对肚子里的"儿子"充满期待。这段时间言子夜天天都到她家来陪她,关心她的身体情况,从未有过的温柔。

情人节前夕,言子夜早早就开始和柯乐乐商量她想怎么度过,原本他想带她去泡温泉,上网查到孕妇不能泡温泉,烦恼地挠挠头,他说真想带柯乐乐体验一下,她还没泡过温泉呢。看到言子夜如此花心思,柯乐乐笑得很甜蜜,他很爱她,她想。两人认识一年后,柯乐乐终于如愿过了真正意义上的第一个情人节,言子夜在外滩边的酒店订了一间总统套房,床上和浴缸里都洒满了玫瑰花瓣,房间充满粉色的气球,精心预订的法国餐,两人坐在靠窗的餐桌旁,窗外是大上海万千霓虹闪烁,他举着红酒杯深情地对她说:"可乐,我会照顾你一辈子。"她咯咯咯笑,还未喝酒就已经醉得脸泛红晕。他们相拥着跳舞,华尔兹她已荒废许久,他像第一次教她跳舞般耐心指导,他绘声绘色地描述着未来的画面,过完年后要在郊区给两人买一幢别墅,要带大花园的那种,这样儿子就可以在花园里玩耍,他要给柯乐乐在花园里造一个大秋千,要养一条萨摩耶……柯乐乐和言子夜一起幻想着未来的生活,属于她和他还有宝宝的三人世界,他们的家,想想就激动不已,她终于要有自己的家了。

言子夜突然停止舞步,拉着柯乐乐站在窗边,他指着窗外叫她看,她望出去,对面的大厦上赫然灯光闪烁一行大字:我爱你,柯乐乐。柯乐乐惊得张大嘴,天啊,他公然对她示爱啊,会有很多人看到吧,他们一定羡慕死这个叫柯乐乐的女孩了。柯乐乐感动得泪光闪烁,他爱她,就算他很少说出这三个字,她完全不容置疑他对她的爱。

言子夜温柔地拭去柯乐乐眼角的泪水,说:"小可乐,你不是答应过我不再哭的吗?"

"我是高兴。"柯乐乐仰起脸冲他笑,"谢谢你,子夜,谢谢老天让我遇见你。"

言子夜递上一个包装精美的小盒子，说："可乐，情人节快乐，你要永远快乐，答应我。"

柯乐乐接过礼物，惊喜得全身颤抖，他向她求婚了吗？一颗心扑通扑通跳得厉害，她定定地看着那个小盒子，觉得自己是不是在做梦啊，他向她求婚了耶，她快被幸福袭晕了。

"打开看看。"言子夜说。

柯乐乐花痴地傻笑，解开丝绒带子，打开盒子，呃……是一条项链。她呆立无语。原来是项链啊，她还以为是戒指呢，她傻期待什么呀，真可笑。

"喜欢吗？"言子夜没有从她脸上看到欢喜的表情，有些失落。这是他亲手为她挑选的礼物，不是通过秘书之手，他还没有亲自为以前的那些女朋友们买过礼物呢，只有对她，他才付出这么多真心。

"嗯，真漂亮。"柯乐乐挤出微笑，却在心里重重地叹口气，它跟期待的相差十万八千里。言子夜，你到底何时才向我求婚？

言子夜蹲下身，把耳朵贴在柯乐乐的肚子上，他最近很爱做这个动作，才三个月的胎儿并没有什么胎动的声音，言子夜总说他能感受到，说起柯乐乐肚子里的宝宝时他笑得很开心，他说他的宝宝一定很聪明漂亮。他还说起等过完年后带柯乐乐去香港做孕检，那边可以查到胎儿的性别，还说柯乐乐生宝宝时也去香港生产。

见他这么在意胎儿的性别，柯乐乐有些担忧地问："如果我怀的不是儿子，是女儿呢，你也会高兴，会喜欢她吗？"

"当然，我的孩子，我都喜欢。"言子夜说。

柯乐乐还是祈祷自己怀的是男孩，这样他应该会对她更好。

过年时，柯乐乐还是不愿意回老家，她依旧不能谅解自己的父母，她害怕不良的情绪会影响自己的"儿子"。言子夜得回杭州和家人一起过年，柯乐乐满脸期待地问他，他会带她回去见他父母吗？言子夜说时机还未到。柯乐乐立即忧伤起来，什么时候才到时机？他们不是马上都要结婚了吗？她嘟着嘴，言子夜耐心地哄她，说他会尽快回上海陪她。

又是一个人过年，合家团圆的日子柯乐乐显得孤零零的更加凄凉。哦，不对，她不是一个人，她还有宝宝陪着她。抚摸着肚子，柯乐乐不由自主地泛起微笑，她轻声说："儿子，你要争气，快点让你爸爸娶你妈妈。"

过年时附近的餐馆都关门了，阿姨也请假回老家，柯乐乐懒得出门，连续吃了几天的速冻水饺，面对空荡荡的房间莫名感伤。父母一直没有打电话来，也没有派别的亲戚来斥责她不归家，算一算，跟他们断绝联系已经有大半年，以前他们总是打电话来责备她时她觉得他们好讨厌，现在真的如愿没有半点他们的消息，柯乐乐反倒觉得失落，他们真的彻底放弃她了吗？当作没有她这个女儿？或许是因为自己有了孩子，柯乐乐开始懂得一些亲情，她竟然有点想念父母。她被这个念头吓到，怎么会，父母从小如此恶劣地对待她，她为什么还会想念他们，不，不能，她不能让自己的孩子认这对外公外婆，她要让孩子生活在蜜罐里，她没得到过的，没享受到的，统统都会让孩子替自己实现。她会是一个好母亲，言子夜也会是一个好父亲。她想象着孩子小手小脚，甜甜地唤她为母亲的画面，感怀地流下泪来。她就快有自己的家了，真正的家。可是，言子夜什么时候才肯向她求婚呢，她已经等了这么久，肚子里的胎儿一天一天长大，很快她的肚子就会高高隆起，到时候出门人人都知道她怀孕，问起她的丈夫，她该怎么回答？他为什么还不求婚！柯乐乐被自己的胡思乱想折磨着，她一会儿开心地笑，一会儿烦躁难过，感觉自己都快成神经病了。

言子夜的归来加深了柯乐乐情绪的两极化，他对她关怀体贴，却一直未提及结婚的事情，她每天在心里不停地问他无数遍：我们什么时候结婚？她快被他的无动于衷逼疯了，终于在某日睡觉前，她鼓起勇气开口问："子夜，我们是不是该计划一下婚礼了？"

言子夜愣了愣，他还没考虑过这个问题。

"孩子已经三个多月了，肚子再大些穿婚纱就好难看。"柯乐乐小声说。

言子夜沉默片刻，他缓缓开口说："可乐，先不要考虑这个问题，先把孩子生下来吧。"

"你不打算娶我吗？"黑暗中，柯乐乐红了眼眶。

"我会对你和孩子好。"

"那你会娶我吗？"柯乐乐不甘心地继续问。

"可乐，这个话题以后再说。"

"要等到什么时候？你是不是从未想过要娶我？你只是在玩弄我？"柯乐乐情绪激动地提高音调。

"别说这么愚蠢的话，我对你怎样难道你还不清楚吗！"言子夜不免也提高音调。

"那你为什么不立即娶我？"

"可乐，听话好吗，先把孩子生下来。"言子夜揉揉柯乐乐的头发，他知道这个动作对她的魔力，以为她就会顺从。

柯乐乐不要听话！她起身往外走。

"你去哪里？"言子夜问。

"我去另一个房间睡觉。"

"回来！"言子夜喊。

柯乐乐倔强地走出去，眼泪大颗大颗的滴落，她受伤了，他不会娶她。她在客房辗转反侧了一夜，流泪，伤心，怨恨，他为什么不娶她！他是不是已经结婚了？他在别处有个家庭，所以他不能给她承诺，他想要的只是她的孩子，最好还是个"儿子"。呵呵，她真傻，痴心妄想，他根本就不会娶她。

枕头湿了大片，眼睛红肿，心如死灰。柯乐乐作了一个艰难的决定。

次日柯乐乐很早就起床，为言子夜做好早餐，在餐桌旁等着他。她的目光冷漠而坚定。言子夜看到这个目光时愣了愣，他有些不安，轻轻地唤了她一声。一顿饭吃得很沉默，她痛彻心扉，想着即将开口要说的话，努力克制不断想涌出的泪水。

"昨晚我睡得很不好。"言子夜说,"以后不要闹脾气了,好吗?"

"你会娶我吗?"柯乐乐不甘心地又问了一遍,她在做最后的挣扎。

"可乐,我现在还不想结婚,这个话题我们以后再讨论,好吗?"

"你是不是已经结婚了?"

"呵呵,你担心的是这个吗?可乐,我没有结过婚,我一直单身,这点我可以保证。"言子夜伸手想触摸柯乐乐放在餐桌上的手,柯乐乐把手缩回去。

柯乐乐痛心地说:"我想把孩子打掉。"

言子夜震惊,"不可以!"

"除非你立即娶我。"

"可乐,你在要挟我吗?我最讨厌被人要挟。"

"随你怎么想,你要么娶我,要么我打掉孩子。"柯乐乐冷冷地说。

两个人陷入僵局。

言子夜第一次烦躁地在客厅里来回踱步。而这个动作,柯乐乐每天在等待他时都会重演,他能体谅一下她的感受吗?

上班临走时言子夜不安地看着柯乐乐,说:"可乐,你不要乱做什么傻事,放心,我会对你和孩子负责。"

"你会娶我吗?"柯乐乐问。

言子夜无奈地看着她,他不擅长承诺。

柯乐乐给了自己三天的等待期,言子夜没有来她家,他在逃避她。她曾经以为爱能治愈一切,他给了她无尽的希望,却也是他亲手打破了她的美梦。这里不是她的家。

柯乐乐下定决心,她给言子夜打电话,说她决定去医院把孩子打掉。言子夜问她:"你是不是害怕这个孩子不是我的?"柯乐乐听了这话仿佛遭受了晴天霹雳,她为他流了那么多眼泪,他竟然怀疑她!她对他大吼,有些歇斯底里,用尽了自己能想到的一切脏话,这个恶毒的男人,他从未信任过她!

两个人都愤怒地摔了手机。

一阵冲动，柯乐乐当即就开车去医院。医生说她怀孕时间过长，不能做无痛人流，需要选择用药流然后清宫，住院一个星期，两日后病房才有床位。柯乐乐咬咬牙预付了住院费，还有两天时间，她仍然抱有小小的侥幸，希望言子夜发现他不能失去她，不能失去孩子，握住她的手坚定地说：可乐，我们结婚吧。

奇迹没有出现。短短的时间，柯乐乐就从幸福的山巅摔入谷底，山太高，足够把她摔得粉碎。她给言子夜发去短信说："我今天住院，后天动手术。"言子夜没有回复。柯乐乐心灰意冷，他怎么可以这么狠心。

简单收拾了日用品前往医院，填写手术申请表时看到家属那一栏，柯乐乐愣愣地没有动笔，她没有家属。护士问她是未婚吗？柯乐乐回答"是"，她总觉得护士听到回答后看她的眼神有些鄙夷。呵呵，未婚怀孕，三个多月了才想起要流产，真是个没脑子的不良少女。

"必须要有家属签字才可以做手术。"护士告诉柯乐乐。

"我是成年人了，可以自己负责。"柯乐乐说。

必须要家属签字，这是医院的规定。

"我姐姐在外地出差，明后天应该可以过来签字。"柯乐乐撒谎说。

先住院，接受各种身体检查，做人流的女人很多，各项检查都得排长队。她们或有父母陪着或有另一半陪着，柯乐乐孤零零的一个人，走到哪儿都觉得别人看她的眼神里带着鄙夷。一间病房里有八张单人床，另外几个室友都比较年长，身边也一直有人陪着，柯乐乐害怕她们问起自己的情况，除了做检查和上厕所，一直把被子盖住自己的脸装作睡觉。这么多女人不要自己的孩子，她们的理由又是什么？男人真可恶，反正又不是他们受罪，这种把身体的一部分强行割离的痛彻心扉他们不懂。柯乐乐缩在被子里总是忍不住流泪，她恨言子夜，她恨他！有时隔壁床女人的母亲会走来拍拍柯乐乐的肩膀，问："小姑娘，你在哭吗？"

柯乐乐一动不动。

"怀孕时千万别哭啊，特别伤眼睛。"那人继续说。

柯乐乐像只鸵鸟般用被子把自己盖住，就以为别人看不到她的存在。

次日下班后，薛颜匆匆赶来医院。明日就要动手术了，必须要家属在手术同意书上签字，柯乐乐无奈之下躲到楼梯口给薛颜打电话，刚一张嘴，就忍不住哭泣，哽咽地说不出话来，薛颜还以为柯乐乐和男朋友吵架了呢，安慰柯乐乐一番，说谈恋爱哪儿有不闹别扭的时候。柯乐乐还是一直哭，薛颜慌了，以为他们俩分手了。后来柯乐乐的情绪终于稳定一些，告诉薛颜实情，薛颜震惊得不知该说什么。这个……比分手更严重，那个该死的言子夜，怎么有这么逃避责任的男人！

薛颜捧着一束百合花来看望柯乐乐，出了电梯，就看到柯乐乐穿着宽大灰条纹的病服来迎接她，苍白的脸，红肿的双眼，挤出的微笑僵硬又忧伤。一开始我就警告过你，你不听。薛颜说不出的心疼，给了她一个拥抱。

"很多女人都会经历这一劫，乐乐，坚强些，这是你成长的教训。"薛颜安慰柯乐乐。

病房里很热闹，每张病床旁都围着几个亲友，叽叽喳喳地唠家常。柯乐乐不愿意跟薛颜进病房里聊天，害怕别人窥视她的悲惨。两人走至走廊的尽头，她一直紧紧捧着那束百合花，香气令她感到一丝生机。

"言子夜呢？他人为何不出现？"薛颜有些生气地问。

听到言子夜这三个字，柯乐乐强忍的泪水就涌出来，这次他真的伤她太深，伤口永远也不可能愈合。柯乐乐把情况如实告诉薛颜，她真的好傻，他不会娶她，说什么会永远对她好，这些都是骗人的。他辜负了她。柯乐乐越说越伤心，趴在薛颜肩膀上号啕大哭。

薛颜愤怒地嚷嚷着要打电话去骂言子夜这个混蛋。

柯乐乐制止，她说她不想再见到他，她永远也不会原谅他。

"为什么不戴套？做好安全措施就不会发生这种事情了！"薛颜还是忍不住责备柯乐乐。

柯乐乐茫然，言子夜似乎从未用过安全套。她也没在意，笨蛋，遇到他之前她从未有过男女经验，她不知道会这样，她曾经还希望怀孕，以为怀孕后他立即就会娶她。笨蛋，大笨蛋！

　　当晚柯乐乐依然是无声哭了一夜，这几日她没有哪天晚上能睡个好觉，尤其明日一早就要摘除曾经无比期待欢喜的骨肉，她心如刀割。她忍不住给言子夜发了条微信："明日动手术。"她真傻，为何到现在还对他抱有一丝丝侥幸？

　　清晨六点多护士就来给柯乐乐测试体温，然后给了她药片讲了一些流程和注意细节。柯乐乐问自己：要不要再等一等，或许言子夜起床后会突然后悔了赶来医院。想想，又嘲笑自己，都什么时候了还这么天真。柯乐乐毅然决然地吞下药片，躺在床上继续独自难过，听着病房里的人渐渐都醒来活动，家属探望关怀，她的床边始终空荡荡。不知过了多久，腹部开始疼痛，很快发展为剧痛无比，身体蜷缩成一团痉挛，痛得呻吟，眼泪唰唰地流，这些天她似乎快把一辈子的泪水都提前流干了。隔壁床病人的母亲好心地拍拍柯乐乐的肩膀说："姑娘，坚持住，一会儿就好了。"老阿姨还扶着柯乐乐去洗手间对着专门的排泄盆排出子宫脱落的物体，柯乐乐近日几乎没怎么吃东西，全身无力，疼痛难忍，蹲下身再站起时几乎晕倒，老阿姨叫来护士才合力把她抬回床上。

　　"好像是个男孩呢。"老阿姨说。

　　柯乐乐一听就忍不住放声大哭，完全不顾病房里其他人的眼光。是儿子，言子夜一心想要的儿子，如果她生下来，他一定很开心罢。可是她不敢打那个赌，她不想让孩子成为私生子，她不想听到别人背地里的闲言闲语。他为什么不肯娶她！越想越伤心，一直哭一直哭，好几个人走来安慰柯乐乐，她哭得更撕心裂肺。言子夜啊，你真狠心，这个时刻都不愿意出现。

　　薛颜下班后又到医院来看望柯乐乐，买了一些水果，柯乐乐瘦得厉害，皮包骨头，整个人都失了魂。

"是儿子。"柯乐乐喃喃地对薛颜说。

薛颜一阵心酸,好好的一个女孩,如今被折磨成这样。该死的负心汉!她走出医院就气愤地给言子夜打电话,破口大骂,他这种人渣该下十八层地狱!

极度伤心,柯乐乐意识不清地给苏井然打去电话,如果她脑子清楚,她不会这样做,她希望在他面前保持美好的形象。听着电话里她的痛哭,苏井然担心极了,当即就买了最后一班航班飞往上海,到了机场才想起向单位领导请假,领导说现在正是工作量大的时候,不给批假,苏井然说声"我必须请假"就把电话给挂断了。半夜赶到医院,底楼值班护士说已经过了探视时间,不让苏井然上楼。

柯乐乐都忘记自己曾给苏井然打过电话,白天腹部的疼痛感消失,她被折磨得筋疲力尽,昏昏沉沉地睡过去。手机在安静的病房里突然响起,她被惊醒,以为是言子夜打来的电话,眼睛都没来得及睁开,条件反射地接起电话,张口就喊:"言子夜……"

"是我,乐乐。"苏井然说。他一阵心酸,都这种时候了,她还惦记着那个男人。

柯乐乐茫然地看了看手机,是苏井然打来的。

挣扎着从床上起来,一路扶着墙走去电梯,近日几乎没有进食,身体非常虚弱。待见到苏井然时,柯乐乐瘫软在他怀里。苏井然扶着她,看到她憔悴的脸,不由得攥紧拳头,他真想狠狠地揍那个叫言子夜的男人。

"他为什么不来?"苏井然愤怒地说。

柯乐乐苍白地笑,"我不想看见他。"

苏井然在医院附近的旅馆住下,次日一到探视的时间就买了早餐带去医院。隔壁床病人的母亲看到苏井然,笑着说:"哟,老公终于来了啊,小伙子,你老婆昨天遭了多大的罪啊,你要对她好一点。"苏井然尴尬地笑笑。

"谢谢你。"柯乐乐握紧苏井然的手,看到他她就踏实很多。

苏井然一直在医院陪着柯乐乐，中途单位领导打电话来，骂骂咧咧地说："臭小子你真的就旷工了啊，你要受到处罚的！"苏井然说声"随便"就挂断电话。

下班时薛颜也来看望柯乐乐，见到守候在床边的苏井然，不免惊了惊。观察一会儿后，薛颜肯定地认为这个男人喜欢柯乐乐。薛颜还特意带了母亲炖的鸡汤，装在保温桶里，要苏井然劝说柯乐乐一定得全部喝完，她太虚弱了。薛颜愤愤地说起昨晚给言子夜打电话时，她话都还未说完他居然就挂断电话，然后把她的号码拉进黑名单了，真是个混蛋！薛颜叫柯乐乐以后再也不要理那个人渣，搬出那个房子，和他彻底了断。柯乐乐流泪，她不知道，她恨他，可是心里还是想念他，怎么办？

临走时薛颜把苏井然叫到走廊，拜托地说："请照顾好她，她还太小，不懂这个社会的复杂……"

"我会的，放心吧。"苏井然郑重其事地说。

柯乐乐身体的痛苦还没有结束，她又做了一次清宫手术，这种手术不能像无痛人流般打一针就睡着，醒来就一切都结束了。打了一点麻药，意识却完全清醒着，在白炽光下大睁着眼，在男医生面前张开自己的双腿，那份耻辱感终身不能释怀，眼泪不断地涌出，机器在体内刮动时发出的吱吱声，她恨透了这一切，她恨透了言子夜，她恨透了自己。她一动不动，眼泪也流干了，觉得自己不如死了好。

苏井然在手术室外等着她，这原本是言子夜该做的事情。他一句责备的话都没说过，只是一直守护着她。

麻药的药劲消失后，疼痛感再次袭来，柯乐乐第一次尝到这种痛楚，简直是人间地狱。她觉得自己遭受过这一劫后，再也不会相信男人了。

又是折磨得筋疲力尽地睡去，这次柯乐乐真的累坏了，不知天昏地暗地睡了一天多，连眼皮都懒得翻一下。待护士必须做检查时强制把柯乐乐叫醒，她太虚弱了，完全不能起身，护士只得给她输葡萄糖，还责备苏井然说他老婆不想吃东西也必须强制喂食。床头柜上放了两个保温桶，柯乐乐以为是薛颜带来的，抱歉地对苏井然说："我会好好吃东西，我想通了，没必要跟自己过不去。"

一个保温桶里是燕窝，一个保温桶里是鸽子汤，苏井然喂给柯乐乐，柯乐乐笑着说薛颜真好，特意叫母亲给自己炖这些营养的东西。苏井然的手一抖，洒了些汤水到床单上，他抱歉地放下保温桶，用湿巾把床单擦了擦。

床头柜上有两束百合花，柯乐乐把脸凑过去深深地嗅了嗅，说："井然，你没必要天天买花。"

"不是我买的。"苏井然的语气有些不对，柯乐乐没注意到。

"哦，薛颜她人真好，我之前太得意忘形了，还有点抱怨她，真是不应该。"柯乐乐说。

"言子夜送的。"苏井然脱口而出。

柯乐乐整个人僵住。

"中午他来过。"苏井然说。

所以呢……食物和花都是言子夜送的？想到这个名字，柯乐乐就一阵心痛，他来看她了，他终于来了，她连招呼都没机会跟他打。可是，若她真见到他，她会跟他说什么呢？狠狠地骂他一顿？还是求他怜悯呢？

"他说了什么吗？"柯乐乐问。哦，不，她居然还在乎他，急切地想知道他的任何讯息。

"你还爱他吗？"

"我不知道。"

"那就是还爱。"苏井然忧伤地说。

中午苏井然坐在床边看书，突然一个男人站在他面前怒气冲冲地质问他是谁。那个男人抱着大束百合花，还提着两个保温桶，敌意地瞪着苏井然。"你又是谁？"苏井然反问那个男人，其实他问这个问题时就已经猜到对方是谁。男人说他是柯乐乐的男朋友。苏井然听完二话没说就起身揍了言子夜一拳，言子夜从小到大还未受过这般对待，扔下花束和保温桶，也是一副要动手的架势。这个突然冒出来的男人和柯乐乐又是什么关系！她在外面真的有别的男人！她肚子里的孩子是不是这个男人的！一系列的疑问令言子夜失去理智，两人在病房里大打出手，苏井然是从小打架长大的，言子夜当然不是他的对手，言子夜的脸上挨了几拳，青肿起来。两人被病房里别人的亲友和护士拉开。

在这么混乱的场面下，柯乐乐依然昏昏大睡。

"你们见过面了？"柯乐乐突然担心这个问题。天啊，言子夜会抓狂的，他超级反感她跟别的异性接触。

"我揍了他一顿。"苏井然淡淡地说。

什么？柯乐乐瞪大眼。"你怎么可以这样！他有受伤吗？"

苏井然觉得不可思议，她还这么关心那个混蛋！

"你怎么不叫醒我！你把事情搞砸了！"柯乐乐大声吼。

苏井然受伤的表情。

柯乐乐着急地要给言子夜打电话解释。苏井然夺走电话，柯乐乐嚷着叫他还给她，他不肯，他说："那样的人渣你还在乎他，你脑子是不是坏掉了！"

"对，我脑子坏掉了，把手机还给我！"柯乐乐嚷。

"你忘记你受的痛了吗，你现在还躺在病床上！你真还想跟他打电话的话我就撒手不管你了！"苏井然第一次对柯乐乐这么凶。

病房里的人都看着他们，想着这是一出什么狗血戏。

柯乐乐被苏井然这么一骂，呆立住。

言子夜没有再出现，但是他把一直给柯乐乐家里打扫卫生的阿姨叫来了。阿姨笑眯眯地说："小姐好，先生叫我来照顾你。"阿姨一日三餐都是换着花样给柯乐乐补各种营养品，阿姨还说先生交代过她要她白天一直在医院陪着小姐，柯乐乐赶她她都不走，柯乐乐起身想上个洗手间阿姨就赶紧扶住她，完全不给苏井然任何照顾柯乐乐的机会。

苏井然冷眼看着这一切。

柯乐乐的心里很复杂，苦涩里却生出一丝丝柔情，言子夜到底还是关心她的。可是他为什么不亲自来照顾我？他是否误会我和苏井然之间的关系？他会不会怪罪我让一个男人来照顾？

"你该回去上班了。"柯乐乐对苏井然说。她今日出院。

"你有何打算？"苏井然问。

"先把身子养好吧，得卧床半个月呢。"柯乐乐苦笑。

"不要再回到那个男人身边。"苏井然说。

柯乐乐却犹豫，她不知道，他伤害她这么深，她恨他入骨，却总是会想他。

"答应我，乐乐，我不想看你再受伤，你受了这么多苦难道还没有看清他吗？"苏井然感到痛心。他好想说：跟我回成都吧，让我照顾你，我一定不会再让你受到任何伤害。

"嗯。"柯乐乐小声说。

柯乐乐回家静养，还好有阿姨在身边全天候照顾她，她每天吃吃睡睡就够了。什么事情都不做，时间全用来独自感伤，整日郁郁寡欢。身体一点一点恢复健康，仿佛曾经遭受的罪是一场幻觉。苏井然每天都会发微信或打电话来，聊完过后，柯乐乐会把通讯痕迹全部删除，无意识地这么做，是害怕以后被言子夜查到。呵呵，她还想着跟他的以后，难道他们还有以后吗？

天气渐渐转暖，柯乐乐的心还停留在冬季。若不是苏井然和薛颜打来电话祝她生日快乐，柯乐乐都忘记了自己的生日。去年此时，言子夜包下了外滩高楼的一间餐厅为她庆贺，给她展示了惊艳的夜景和美轮美奂的烟火，带她步入花花世界。他抱紧她说："我爱你，一辈子。"他说的每一句话她都记得。他的心早已变换了季节，而她还站在他许下诺言的那一天。

Coco 知道今天是柯乐乐的生日，她没有提醒言子夜，她看出最近老板和那丫头闹矛盾了，似乎关系接近破裂，老板整个人的情绪都非常不对劲。她以为那个丫头已经走到了幸运的尽头，那丫头就算再厉害，打破了以往言子夜交往女朋友的记录，但终归还是会输，只有她才能陪着言子夜走到最后。等着瞧吧！Coco露出狡黠的微笑。

身体完全恢复后，柯乐乐把阿姨给辞退了，阿姨说这要先生做主，柯乐乐才不管，强制把家钥匙从阿姨手中要了回来，任阿姨有何怨言对言子夜说去吧。

柯乐乐开始看网上的招聘启事，投递出多封求职信，无人问津。薛颜也推荐了柯乐乐去她一个做主编的朋友工作的杂志社，那边为难地说她没有大学文凭，不能录用她。柯乐乐第一次意识到文凭的重要性，她不甘心，她有实力，她出版过书籍，还发表了二十多篇短篇小说，一页文凭能证明什么？既然工作一时半会没有着落，柯乐乐准备先构思小说，空闲的时间那么多，必须让自己忙碌起来，才不至于总是伤心地想起言子夜。自己做饭吃，一日三餐简单有规律，不敢储备太多的食物在家里，害怕某个夜深人静的时候，无法自制地疯狂往嘴里塞东西吃，胃的难受只能暂时缓解心的痛苦，吐得天昏地暗后，是加倍的煎熬。

言子夜一直没有消息。

柯乐乐以为自己已经可以做到心如止水，她考虑重新租个地方住，银行卡里的存款够她省吃俭用很长时间，她此时已经比刚到上海时宽裕很多，有何理由不能重新开始？她迅速找了一处离这儿很远的房子，一室一厅，房租对于她来说十分昂贵，但她无法像以前那般挤在几平方米空间的群租房里。她尝过糖的滋味，就再也忘不掉它的味道。

刚来上海时提着一个小小的行李箱，此次搬家，东西装了十几个纸箱，只得找搬家公司搬家。临走时柯乐乐留恋地一再驻足在门口朝里张望，她搬进来的那天如此欢天喜地，她还没住过这么豪华的房子，自以为高人一等了，没料到会跌得粉身碎骨。她还有一辆车，是在她的名下，她不想带走它，她要证明自己不是为了钱才跟言子夜在一起。她把车钥匙放在鞋柜上，狠心地关上门。

"我搬家了，车钥匙留在鞋柜上。"到了新的住处后，柯乐乐给言子夜发了一条微信。

言子夜的电话立即打来，他生气地问："你为什么要搬家？你搬去哪儿了？"

柯乐乐觉得他的愤怒显得很可笑。"不关你的事。"柯乐乐冷冷地说。

"当然关我的事，你现在在哪儿？"

"言子夜，我跟你已经再无瓜葛。"柯乐乐挂断电话。

言子夜愣住，这是他常对别的女人说的话，一段感情关系里，他才是主导，该分手还是在一起，要他说了算。这丫头，强制把他的孩子打掉，他有多难过她知道吗！再次打电话过去，柯乐乐直接按掉。

很好，重新开始。柯乐乐自嘲地说。她把新的住处重新布置，虽然很小，却也温馨。至少比以前住的群租房强了几倍。

次日柯乐乐就被言子夜找到。她出门准备去超市购置一些东西，看到言子夜的车停在楼下，她以为自己出现了幻觉，呆立在楼道口，直到言子夜下车站在她面前，双手扳着她肩膀说："你想离开我吗？"

柯乐乐调头就想跑。被言子夜紧紧拽住胳膊，柯乐乐挣扎，吼着："放开我！"

言子夜紧紧把她抱入怀中，说："可乐，不要离开我，我们回家吧，好吗？"

他反复喃喃着她的名字，柯乐乐的心渐渐柔软，哇哇大哭起来。她踢他，咬他，说："你早去哪儿了，我恨你，我恨死你！"

柯乐乐泣不成声，言子夜揉着她的头发，说："好了，都过去了，我们重新开始吧，重新开始。"

言子夜来到柯乐乐新的住所，打量一番，这么简陋，他怎么能让她住在这种地方！言子夜强制柯乐乐今天就收拾东西搬回去。柯乐乐没答应，她苦涩地看着他，他为何又出现了，他为何要出现！她费了好大的工夫才做出离开他的决定，一见到他意志力就全瓦解了，她恨他。

"车是我送给你的礼物，拿回去。"言子夜把车钥匙放在茶几上。

柯乐乐淡淡地扫了钥匙一眼。"你怎么找到我的？"她问。

"可乐，你无法逃离我，没有我的允许，你不能逃离我。"言子夜一字一句地说。

他太可怕了，连我搬到什么地方都知道。柯乐乐心里冒冷汗。他是用什么方法找到她的？柯乐乐不知道她用的手机是言子夜设置的账号，她去哪儿他都可以定位到她，她随时被他监控，如果她知道，她一定会抗议，从小她就被父母监视着一举一动，她最受不了别人监控她。

柯乐乐没有立即搬回之前那个住所，她的心情很复杂，她竟然一开始搬出来时就期待着言子夜要她搬回去，搞什么鬼，她受的伤还不多吗，她怎么还能对他心存幻想？

两日后，言子夜晚上来敲门，柯乐乐从猫眼里看到他，吓得赶紧躲到墙角。

"可乐，我知道你在里面，屋里亮着灯。"言子夜喊。

柯乐乐没回应。她还没有想好，她害怕再受到伤害。

言子夜继续敲门。

柯乐乐怕惊动邻居，隔着门说："你先走，让我再想想。"

一句话暴露了她的心理，言子夜更有胜算。他继续敲门。

柯乐乐不得已把门打开，恐惧却又要故作敌意地瞪着他。

"现在就跟我回去，东西我叫人过来收拾。"言子夜说。

柯乐乐又一次对他妥协，她搬回那个好不容易才决心离开的地方，她的牢笼。

那个被柯乐乐赶走的阿姨重新回来工作，柯乐乐完全不用自己动手，打包行李，搬家，恢复以前的布置，全部都由阿姨做了，柯乐乐只要懒洋洋地看着就好。是周末，言子夜不用去公司，在柯乐乐家里对着电脑处理事情，柯乐乐则躺在沙发上看书，两人没有交谈，他完全没有慰问过她手术的事情，肚中的胎儿生成又消失，是一个忌讳，他的样子看起来就像完全没发生过这件事，但它不是凭空的幻觉，柯乐乐心里清楚，这个伤疤还未愈合，也永远不可能愈合，而他只要她乖乖地回来就安心。

阿姨收拾柯乐乐的东西时，看到一个盒子里装着的柯乐乐给言子夜买的圣诞礼物的那条领带，她把它从盒子里取出来单独挂在衣架上。

它成了一个祸端。

一天时间家里又恢复原状，柯乐乐自嘲地打量一番，她没有清点自己的东西，她现在对什么都不太在意，连跟言子夜亲密也没兴趣，两人到现在还没有什么肢体接触。为了避免跟言子夜有什么亲密接触，柯乐乐早早就上床装作睡觉，言子夜洗过澡，打开衣柜找自己的睡衣，一眼就看到那条男士领带。他的眼真敏锐，衣柜里挂了那么多衣服，夹在其中的小小领带都被他看到。

"这是什么？"言子夜猛地拉下那条领带，不是他的东西。

柯乐乐回头看了看，没在意，又背对他。

"我问你这是什么！"言子夜愤怒地把柯乐乐揪起来，"你果真在外面有别的男人！"

"喂，言子夜，你不要老是怀疑我好不好！我在你心目中的形象就那么不佳吗！"柯乐乐冲他大吼，她受的委屈还不够吗，他这个混蛋。

"那你告诉我，这是什么！"

"如果你圣诞节那天没有在外面搂着别的女人，你就会看到它。"柯乐乐不甘示弱地吼。

言子夜心中闪过一丝内疚，瞬间又被更多的愤怒冲击。"好，你要跟我提圣诞的事情，那天你跟别的男人出去参加派对，还夜不归宿，你又有什么好理由吗？"

柯乐乐瞪圆了眼，这个混蛋，她怎么就心软搬回来了，他根本就不知悔改。

两人大吵一架，柯乐乐没有解释，其实她说出这条领带是为他准备的圣诞礼物，事情就不会闹得那么恶劣。她倔强的脾气激发出来，她翻出他的种种不堪旧账，她埋怨他，指责他，逼得他生气地摔门离开，她冲着他离去的身影吼着不想再看见他了。

又把事情搞砸了。待怒气渐渐消退后,是歇斯底里的痛哭,后悔,她不想他离开。柯乐乐给言子夜打电话,他不接,她发微信去解释:"对不起,前天我不该对你大吼大叫,那条领带是我为你准备的圣诞节礼物,真的,对不起对不起,拜托不要不理我。"

言子夜还是没有音讯。

不过柯乐乐收到快递来的一个香奈儿的包,卡片上写着:生日礼物。柯乐乐破涕为笑,他还是在乎她的。

在那次吵架时柯乐乐不顾后果地指责了言子夜一大堆,说完后具体说了些什么自己都忘记了,言子夜记住其中一点:今年她生日他居然都不记得!Coco没有提醒他,他把Coco叫到办公室大声呵斥了一顿,Coco为言子夜工作了将近五年,第一次受到这样的责骂,红了眼眶。她居然被一个黄毛丫头打败得这么惨!

收到礼物,柯乐乐开心地背着它去练瑜伽,会所里几个熟脸的人笑着说很久没见了,寒暄几句,当然不忘说:"这个包以前没见你用过嘛,老公送你的新礼物啊?"柯乐乐很乐意炫耀言子夜对她的好。

"最近都没在瑜伽馆里见过你,你不练瑜伽了吗?"柯乐乐给Coco发去这条微信,把Coco气得半死。Coco觉得自己低估了这丫头。柯乐乐倒是诚心联系Coco,见到Coco就仿佛见到了言子夜,总能打听到零星半点关于他的消息。

言子夜还是没有联系柯乐乐。柯乐乐急了,打电话给Coco,问她:"言子夜现在在公司吗?"Coco回答"在",柯乐乐完全没多想就开车去言子夜的公司,精心打扮了一番,经过这次手术后她很消瘦,就像言子夜初认识她时的身材,脸上可以用化妆来遮掩憔悴,眼神里的那份灵动却再也无法回来了。

公司的前台记性真好,只见过柯乐乐一次,但知道这个人跟老板关系非凡,刻意记在心里。前台直接放行柯乐乐进公司。

"嘘，不用通报他。"柯乐乐对起身的 Coco 微笑。

"他知道你要来吗？"Coco 问。

"不知道。"柯乐乐吐吐舌头。

通常女人不提前通知就擅自跑来公司骚扰言子夜，言子夜都会火冒三丈，所以才交代过前台看到年轻貌美的女人找老板时都要说老板不在公司。前台竟没有跟 Coco 打声招呼就放柯乐乐进来，看来是不想保住饭碗了。

Coco 静观其变。她不清楚两人之前发生过什么矛盾，最近老板情绪很烦躁，她还以为他们会就此了断，现在看来他们似乎和好了。

柯乐乐把门推开一条缝，偷偷地往里看，言子夜在讲电话。她就撅着屁股躲在门口偷看了好一会儿，她已经很久没有仔细看过他了，他的眉、眼、鼻、唇，还有她曾经在夜里无数次轻轻触摸的有一条沟的下巴，光是这么看他几眼，她就开心起来。几个公司的同事经过，好奇地朝她看看，嗤笑着交谈几句。

Coco 咳嗽一声，说："柯小姐，你不进去吗？"

柯乐乐被 Coco 这么一喊，一时惊慌不小心把门撞开更多。柯乐乐回头瞪了 Coco 一眼，待再回过头时，言子夜已经起身看着她。

"那个……"柯乐乐尴尬地搔搔后脑勺，"我就是……想来告……告诉你，我收到你送的生日礼物了。"

"把门合上。"言子夜冷冷地说。

柯乐乐窘迫地把门合上。

真是令人抓狂的家伙，谁允许你擅自跑来这儿！言子夜瞪着柯乐乐。柯乐乐有些害怕，他生气了吗？

"我……打扰到你了吗？"柯乐乐怯怯地问。

废话！言子夜在心里骂。看到她的模样又有些心软，改口说："没有。"

柯乐乐笑起来。不得不承认，她笑容可掬的模样很好看，言子夜一时看得失神，有多久没有看过她甜甜地笑了。

"晚上要不要一起吃饭？"柯乐乐忘记害怕。

"好，你先乖乖回家，晚些我去接你。"言子夜说。

"噢耶！"柯乐乐拍手欢呼，不由自主地冲上去吻了言子夜的脸颊。

柯乐乐是眉开眼笑地走出言子夜的办公室，Coco再次被震惊。

心情变得很好，柯乐乐还开车出去购物，买了一套新衣服新鞋子。刷卡的消费短信当然会发到言子夜手机上，他说过她用他的钱会使他感到开心，她也是心情好才重新开始刷他的卡，上次她住院做手术的五千多块钱还是用的自己的私房钱呢。想到手术，柯乐乐的心情就低落下来，她努力挤掉这个阴影，不许再想不许再想。

两人似乎都在共同努力让这段关系恢复原状。一段时日过后，感情似乎逐渐回温，柯乐乐脸上的笑容出现得越来越多，写作也顺利了。但她的心态变得很不好，不能天天见到言子夜，他经常要应酬、加班和出差，反正他有各种正当的借口。只要言子夜连着几日没有来她家，她又开始烦躁不安，失眠，暴饮暴食，甚至还开始酗酒。都怪言子夜在她家放了一个红酒柜，存的都是上好的葡萄酒，他说她失眠时可以偶尔喝上一小杯，有助于睡眠。柯乐乐失眠的次数多起来，酒也越喝越多，喝醉了就能什么都不用想地倒头大睡，异常轻松，但是醒来又头痛，胡思乱想得更加严重。

这是一种恶性循环。就像老鼠得到了饼干，它还会想喝牛奶。

就这么一会儿开心一会伤心地过了两个多月，柯乐乐只要一发胖，就能看出她这段时间愁眉苦脸，只要她瘦了一些回来，说明这些天她过得快乐充实。连瑜伽馆里常跟她一起练瑜伽完全不了解她生活实况的人都看出她的异常。

薛颜打电话来问柯乐乐工作的事情找得怎么样，柯乐乐支吾着，她完全忘记找工作这件事情了。薛颜严肃地问："你是不是又回到言子夜身边了？"薛颜对这丫头真是恨铁不成钢，都说吃一堑长一智，这丫头都受过这么大的痛，怎么还学不乖？"你简直无可救药！"薛颜这么说柯乐乐，"我放弃再管你了！"

我又不是小孩子，你也不是我的谁，要你管！柯乐乐被责备得不乐意，但薛颜毕竟有恩于她，在她几次困难的时候出手相救，她不能说出自己的不满，只是跟薛颜的联系次数变少。

连苏井然都痛心疾首地说他不会再管她了，他指责言子夜的不是，柯乐乐居然还护着那个男人，苏井然简直不敢相信自己的耳朵。

柯乐乐又一次把身边最关心自己的两个人逼走，她总是这么自我。

一到得意的时候，柯乐乐只有拉樊亚茹出来陪她，为了讨好樊亚茹，柯乐乐甚至还为樊亚茹办了一张瑜伽卡，这样她就有个伴了。柯乐乐刷卡时樊亚茹啧啧称赞言子夜真好，花这么多钱都不在乎。可是哪儿会不在乎，当晚言子夜问柯乐乐今天又买什么东西了怎么花了这么多钱，柯乐乐支吾地说帮朋友办了张瑜伽卡，言子夜立即皱了眉头。柯乐乐急急地解释："你又不能每天陪我，我总得为自己找个伴吧，而且是个女人，你可以放心。"

言子夜看了看她，也只能叹口气。至少练瑜伽要比她跑去外面乱玩要来得安心。他还警告柯乐乐：以后不许没事就跑去他公司。柯乐乐已经三次不提前打声招呼就跑去他公司，然后说只是想看看他。这种行为已经使公司里的员工议论，弄得言子夜抓狂。柯乐乐感到委屈，她只是想看看他，因为好几日没见到他了，她想他。

矛盾不时会产生，小矛盾，隔日就能化解，也不算什么大问题。柯乐乐知道言子夜最痛恨的就是她和别的男人接触，所以她一直遵守这个原则，连瑜伽馆里的老师邀约大家一起去户外练瑜伽她都拒绝参加，只因为老师是个男人。她天真地想，她乖乖的，这段感情关系就会长久，总有一天言子夜会娶她，一定会有那么一天。

樊亚茹每次练完瑜伽都会摆拍一些动作，然后把照片放在朋友圈里，有两次放了自己和柯乐乐的合照，吴滨在下面点赞了。樊亚茹开心起来，她几个月没见过吴滨了，偶尔聊几句，她知道他不喜欢她，但心底总有小小期盼。樊亚茹总是在柯乐乐耳边念叨着柯乐乐的男朋友真好，柯乐乐苦笑，既然别人都羡慕她，她就满足吧，至少他在物质上从来没有亏待过她。

某日，柯乐乐开车接了樊亚茹去瑜伽馆的途中，樊亚茹玩了一会儿手机后突然兴冲冲地对柯乐乐说:"吴滨说他就在瑜伽馆附近吃饭,叫我们上完课后一起过去吃饭。"

"你去吧,我就不去了。"柯乐乐说。

"一起去嘛,我一个人不好意思去。"樊亚茹说。

柯乐乐又不能告诉樊亚茹,她害怕言子夜知道她和别的男人接触,在外人面前,柯乐乐一直很维护言子夜的形象。

上完瑜伽课,樊亚茹显得很兴奋,对着镜子迅速化妆,柯乐乐要先离开,樊亚茹恳求着:"一起去吃饭嘛,拜托了。"柯乐乐被樊亚茹硬拉着去了。几分钟路程的一家日本料理店,柯乐乐想:言子夜已经很久没带我出去吃饭了,曾几时,他可是花了心思每次带我去不同的地方吃饭。柯乐乐有些闷闷的。她完全是素面朝天,没见言子夜时连头发都懒得洗,在脑后盘个发髻。见了吴滨,柯乐乐尴尬地笑笑,想起之前言子夜带她和吴滨一起吃饭时故作亲密的举动,真是丢脸,不过至少那会儿言子夜还知道宣示"所有物",现在他连说"你是我的"都不说了,他总是很晚才到她家,没有什么谈心,只要她乖乖地在家就好。

难得一群人吃饭,柯乐乐的心情渐渐放松明朗,她喜欢处于人群中,就算不说话安静地听他们闹,令她暂时逃离孤独也好。吴滨没有提之前的事情,就像普通朋友般,对于樊亚茹的献殷勤也只是淡定地笑笑,待樊亚茹去洗手间的间隙,他对柯乐乐说:"你看起来不快乐。"

"我很快乐啊。"柯乐乐强颜欢笑。

"如果我之前给你造成了什么误会,我向你道歉。"吴滨说。

饭桌上就柯乐乐一人没有喝酒,她得开车。樊亚茹喝得最多,柯乐乐在樊亚茹耳边轻声叫她少喝点,别醉了。樊亚茹嬉笑,就是醉了才有机会。末了,起身时樊亚茹说喝酒上头了,要吴滨搀扶着她,樊亚茹冲柯乐乐挤挤眼,柯乐乐识趣地拜托吴滨送樊亚茹回家。

我看起来不快乐吗?有那么明显吗?柯乐乐自问。

回到家，屋里漆黑，阳台上却有火点闪烁，柯乐乐吓了大跳，拧开灯，看见言子夜在阳台上抽雪茄。

"怎么不开灯啊？"柯乐乐说。

言子夜面无表情地看着她。

"被一起练瑜伽的几个朋友拉去吃饭了。"柯乐乐解释。

言子夜勾了勾嘴角。

他的笑容很奇怪，莫非他知道我跟吴滨吃饭？柯乐乐低着头，心里很慌。

"苏井然现在在成都吧？"言子夜问。

诶？柯乐乐愣了愣，他怎么知道？他突然谈起苏井然干吗呀？想想，开始觉得不对劲，又说不出哪里不对。

"你之前说去成都参加什么作家交流会，是去见苏井然吧？"言子夜又露出那种奇怪的笑容。

他怎么知道我去成都见过苏井然？柯乐乐诧异。

"呵呵，然后回来没多久你就怀孕了。"言子夜大笑起来，"是不是太巧了？"

柯乐乐眨眨眼，他想说什么？

"你还有什么好解释的吗？"言子夜冷笑。

"我想你误会了。"

"误会？呵呵，是误会的话你把手机上的联系痕迹删除得那么干净干吗？自己看看你的通讯记录，跟苏井然联系得很密切嘛。"

柯乐乐顺着言子夜的眼神看向茶几，上面有一叠纸，她拿起翻了翻，眼睛瞪得浑圆。是她近几个月来的通话记录，言子夜全部打印出来了，还把所有苏井然的电话号码都勾了个圈。言子夜交代Coco去办理这件事情时，Coco对着电话单露出不怀好意的微笑，这丫头难道出轨了吗，这次她玩完了！

柯乐乐气得全身颤抖，她瞪着他。他怎么可以这样！这是她的隐私，他有什么权力去打印她的通话记录！他这样的行为跟她父母有什么区别，都想控制她，她最痛恨别人控制她！

两人互相瞪着，言子夜简直气坏了，她什么都不解释，居然还敢瞪他！

良久，柯乐乐把打印的电话单撕成碎片扔垃圾桶里，淡淡地说："以后不要这么做了。"

"你是默认了吗？"

"我没有什么好解释的。"柯乐乐朝卧室走去。

言子夜抓狂，她是什么态度！他只是想听她解释，求他相信她，痛哭，发誓，保证。该死的丫头，他对她这么好，她居然骗他，还漠视他！

言子夜跟着去卧室，他把她推倒在床上，撕扯她的衣服，他要惩罚她。柯乐乐挣扎着，尖叫着要他放开她。她被弄疼了，狠狠地朝他胳膊咬了一口，言子夜痛得恼羞成怒，失手打了柯乐乐一耳光。

两个人都惊呆了。

成年后，柯乐乐第一次挨打，还是她最爱的男人打她。他说过要一辈子对她好，他说过会给她幸福，骗人，都是骗人的！

柯乐乐冲出这个家，该死的地方，当初她就不该搬回来。傻瓜，大傻瓜！

开了车她就猛踩油门，柯乐乐的精神受到严重的创伤，他让她爱上了他，就应该同时也让她快乐，不应该总让她悲伤。她把车一路开得很快，她没有哭，她只是好恨，恨自己，恨言子夜。她自我厌恶，自我放逐，路两旁的风景迅速地朝后，她什么都不去看，什么都不顾，踩着油门一路不放，遇到红灯也直接闯过，速度令她感到一种前所未有的刺激，就这一路前进，前进，离开言子夜远远的，让他的伤害再也触碰不了她……

"砰"一声巨响，闯红灯时人行道上两位老人经过，柯乐乐条件反射地避开他们，方向盘往右猛地扭转，踩在油门上的脚却没有放松，车子猛烈地撞击穿越过花坛，然后又继续向前冲撞击人行道防护栏，防护栏几乎被车撞穿，车子侧翻，附近的行人发出尖叫声。柯乐乐没有系安全带，整个人冲撞到前挡风玻璃上，又被反弹到椅子上，满脸鲜血直流，头脑震荡得渐渐失去了意识。在意识完全消失前的一刹那，柯乐乐对自己说：这次，一定要离开言子夜……